Catherine Lloyd wurde in der Nähe von London, England, in eine große Familie von Träumern, Künstlern und Geschichtsliebhabern geboren. Sie schloss ihre Ausbildung mit einem Master in Geschichte am University College of Wales, Aberystwyth, ab und nutzt die dort erworbenen Kenntnisse für die Recherche und das Schreiben ihrer historischen Krimis. Catherine lebt derzeit mit ihrem Mann und ihren vier Kindern auf Hawaii.

CATHERINE LLOYD

MORD
— AM —
BELL
TOWER

EIN FALL FÜR MAJOR KURLAND
& MISS HARRINGTON

Deutsche Erstausgabe Februar 2022

© 2022 dp DIGITAL PUBLISHERS GmbH

Made in Stuttgart with ♥
Alle Rechte vorbehalten

Mord am Bell Tower

ISBN 978-3-98637-656-7
E-Book-ISBN 978-3-96817-506-5

Covergestaltung: ARTC.ore Design
Umschlaggestaltung: ART.ore Design
Unter Verwendung von Abbildungen von
shutterstock.com: © gyn9037, © asharkyu, © Frank, © KathySG
Korrektorat: Buchgezeiten
Übersetzt von: Robin Morgenstern
Satz: dp DIGITAL PUBLISHERS GmbH
Druck und Bindung: Books on Demand GmbH, Norderstedt

Das Werk darf – auch teilweise – nur mit
Genehmigung des Verlages wiedergegeben werden.

Sämtliche Personen und Ereignisse dieses Werks sind frei
erfunden. Etwaige Ähnlichkeiten mit real existierenden Personen,
ob lebend oder tot, wären rein zufällig.

Vielen Dank an Ruth Long, die als Letzte durchgehalten und das Buch konstruktiv kritisiert hat. Auch diesmal danke an Kat Cantrell für alle biblischen Angelegenheiten. Die Informationen zu Zaubern, Kräutern und Tränken stammen von meiner modernen Freundin A. Catherine Noon.
Ich habe außerdem in Culpeppers *Herbal* und *A Curious Herbal* von Elizabeth Blackwell nachgeforscht, die online einsehbar sind. Wer sich für Hexenkunst interessiert, kann außerdem online *The Discovery of Witches* von Matthew Hopkins lesen. Alle Fehler, sowohl historische wie auch anderer Natur, sind meine eigenen.

Kapitel 1

Kurland St. Mary, England
Oktober 1817

„Die Frage ist doch, Andrew, wie lange braucht eine Frau, um eine einfache Hochzeit zu planen? Bei der Hochzeit von dir und Mrs Giffin schien alles ausgesprochen unkompliziert."

Major Sir Robert Kurland warf seinem Begleiter Andrew Stanford einen Blick zu, während sie zusammen die mit Bäumen gesäumte Auffahrt von Kurland Hall in Richtung des Dorfes hinunterspazierten, wo gerade das örtliche Dorffest in vollem Gange war.

Es war ein klarer und kühler Herbsttag, unter dessen trügerischem Sonnenschein sich bereits erste Anzeichen des Winters versteckten. Robert hatte sich dazu entschieden, hinunter ins Dorf zu gehen, um sein verletztes Bein zu dehnen. Viel wichtiger war allerdings die Gelegenheit, sich bei seinem besten Freund über die derzeitige Lage beklagen zu können.

„Sophia und ich waren beide verwitwet, Robert, und ich habe eine Sondergenehmigung erhalten, mit der die Lesung des Heiratsaufgebots entfallen ist. Wir wollten beide keine große oder ausgefallene Hochzeit."

„Ich will das ebenso wenig", stöhnte Robert. „Alles, was ich brauche, sind ein Geistlicher, meine Braut und zwei Trauzeugen, aber offenbar bedeutet das nur, dass ich schockierend wenig Einfühlungsvermögen für die Gefühle meiner Braut und ihrer Familie zeige."

„Miss Harrington ist die Nichte eines Earls, mein Freund." Andrew lachte. „Du kannst nicht erwarten, dass ihre Familie eine so spartanische Feier hinnimmt. Ihre Hochzeit muss stilvoll sein."

Robert schnaubte. „Mir kommt es eher wie ein Zirkus vor. Die Brautbekleidung muss angepasst und genäht und Einladungen bis in die letzten Winkel der Erde geschickt werden, um die Harringtons an einem Ort zusammenzubringen, und das Ganze muss auch noch ausgerechnet in London am Hanover Square in der St. George's Church stattfinden, obwohl ich London verabscheue und sie alle das auch wissen." Er musste kurz innehalten, um Luft zu holen. „Um die Wahrheit zu sagen, habe ich das Gefühl, dass ich daran verzweifeln werde, mit Miss Harrington vor den Altar zu treten."

„Hast du mit ihr darüber gesprochen?"

„Wie könnte ich? Jedes Mal, wenn ich sie sehe, ist sie damit beschäftigt, endlose Listen und Probleme abzuarbeiten. Und da Miss Chingford sie wie ein Wachhund verfolgt, habe ich kaum einen Moment allein mit ihr verbringen können."

Andrew gluckste, was er unter einem Hüsteln zu verbergen versuchte. Robert sah ihn finster an.

„Du findest das amüsant?"

„Es tut mir leid, mein Freund. Du hast doch Militärerfahrung. Vielleicht musst du nur deine Strategie anpassen."

„Und was genau soll ich tun? Aufgeben? Ich will verdammt sein, wenn man mich nicht in die Planung meiner eigenen Hochzeit miteinbezieht."

Robert blickte nach vorn in Richtung der alten Kirche von Kurland St. Mary, die gegenüber dem weit neueren Pfarrhaus stand. Hinter der Kirche lag die Dorfwiese, auf der zurzeit zeltähnliche Stände aufgebaut waren, die ihn an ein ausgesprochen undiszipliniertes Militärlager erinnerten. Die Hälfte der Dorfbewohner und sicherlich sämtliche Kinder aus der Gegend schienen sich zwischen den Zelten zu tummeln. Foley, sein Butler, hatte für die Bediensteten um Urlaub gebeten, damit diese das Dorffest besuchen konnten. Robert war der Bitte nachgekommen. Tatsächlich konnte er seinen Stalljungen Joseph Cubbins erkennen, der gerade über die Wiese in Richtung des Puppentheaters lief. Es war schön zu sehen, dass der Junge zur Abwechslung mal etwas Kindgerechtes tat.

„Rede mit Miss Harrington. Ich bin mir sicher, dass sie deine Sorgen besänftigen kann. Und du willst sie schließlich heiraten, nicht wahr, Robert?"

„Natürlich will ich das."

„Dann ist das vielleicht der Preis, den du dafür zahlen musst, deine holde Maid für dich zu gewinnen."

Robert erblickte aus den Augenwinkeln eine Gruppe von Frauen, die gerade das Pfarrhaus verließen. Er beschleunigte seine Schritte. „Vielleicht wird mir auf dem Dorffest ein Moment allein mit meiner Verlobten vergönnt sein. Wenn ich sie von dieser Gorgone trennen kann."

„Was hältst du davon, wenn ich Miss Chingford in ein Gespräch verwickle, während du mit Miss Harrington die für den Erntewettbewerb eingereichten Erzeugnisse in Augenschein nimmst? Du bist ohnehin einer der Preisrichter, nicht wahr?"

„Offenbar." Robert stöhnte. „Letztes Jahr ging es mir noch nicht gut genug, um teilzunehmen. Meine Verlobte hat mich wissen lassen, dass es meine Pflicht ist, mich zu engagieren, und ich habe gelernt, mich ihren Ratschlägen zu fügen."

Andrew klopfte ihm auf den Rücken. „Gesprochen wie ein Mann, der bereit ist, an die Leine gelegt zu werden. Schau, da vorn sind Miss Chingford und ihre Schwester. Wieso hältst du nicht Ausschau nach Miss Harrington und entführst sie?"

„Ich wünschte, das könnte ich", murmelte Robert missmutig. „Nach Gretna Green durchzubrennen, klingt inzwischen nach einer erstaunlich guten Idee."

Andrew schüttelte den Kopf, trat ein paar Schritte nach vorn, bot mit seinem charmantesten Lächeln den beiden Chingford-Schwestern je einen Arm und ging mit ihnen davon, um nach seiner Frau zu suchen.

Robert entdeckte seine Verlobte vor einem kleinen Kind hockend, dem sie die recht verrotzte Nase putzte. Sie trug eine einfache blaue Haube, die ihr Gesicht vor ihm verbarg, und einen praktischen schwarzen Mantel. Robert stützte sich auf seinen Gehstock und half ihr mit der anderen Hand auf die Beine.

„Guten Tag, Miss Harrington."

„Major Kurland!" Sie wandte sich ihm zu. Ein Lächeln erhellte ihr sonst so ernstes Gesicht. „Ich freue mich so, Sie zu sehen."

„Wirklich? Sonst haben Sie mir in den letzten Tagen eher gesagt, dass ich gehen und Sie in Frieden lassen soll."

Sie seufzte und hakte sich bei ihm ein. „Sind Sie immer noch eingeschnappt deswegen?"

„Ein Gentleman ist niemals eingeschnappt. Wir hatten lediglich eine Meinungsverschiedenheit über die Arrangements für unsere Hochzeit. Ich hülle mich in würdevolles Schweigen, bis Sie wieder bei Sinnen sind und Ihnen klar wird, dass ich recht habe."

„Sie meinen bezüglich der Vorzüge des Durchbrennens?" Sie führte ihn zu einem der Zelte. „Sie haben sicherlich nur gescherzt."

„Es mag ein Scherz gewesen sein, aber er wurde ausgelöst durch meine Verzweiflung über die Unmengen lächerlicher Albernheiten, die offenbar durch eine Hochzeit aufgewirbelt werden."

„Wir hatten diese Unterhaltung doch schon mehrfach, Sir. Ich kann nicht einfach mit Ihnen durchbrennen."

Kurz bevor sie den Eingang erreichten, trat Robert einen Schritt zur Seite und zog Miss Harrington in den engen Durchgang zwischen zwei Zelten. Es war dunkel und er musste seine Schritte zwischen den Heringen und Seilen am Boden mit Bedacht wählen.

„Major Kurland! Wo in aller Welt wollen Sie hin?"

Er drehte sich zu ihr um und führte eine Hand unter ihr Kinn. „Und wieso können Sie das nicht?"

Sie blickte ihn forschend mit besorgter Miene an. „Weil es so scheint, als hätte ich auch darüber keine Kontrolle. Mein Vater und Onkel scheinen sich in einer Art Krieg darüber zu befinden, wer die beste und ausgefallenste Hochzeit für eines seiner Kinder organisieren kann. Es ist offensichtlich, dass mein Onkel gewinnen wird, aber es scheint, als sei ich nur eine weitere Schachfigur in ihrem lebenslangen Wettstreit."

Er beugte sich zu ihr hinunter und berührte ihre Nase mit der seinen. „Sagen Sie ihnen allen, dass sie sich zum Teufel scheren sollen, und laufen Sie mit mir zusammen weg."

„Und schaffe damit die Grundlage für alle möglichen Gerüchte über meine Familie? Das kann ich einfach nicht. Ich muss auch an den Ruf von Anna und meinen Cousinen denken. Ihre Aussichten auf eine gute Ehe würden darunter leiden, wenn man von mir denkt, dass ich mich unverantwortlich verhalten hätte."

„Aber wir wären verheiratet."

„Ich weiß." Sie seufzte. „Aber man kann nicht immer nur an sich selbst denken."

„Ich schon." Er küsste sie mit Nachdruck auf den Mund.

Sie legte eine Hand auf seine Brust und schob ihn bestimmt von sich. „Major Kurland, das ist kaum die Zeit oder der richtige Ort für solch eine –" Er küsste sie erneut, und mit einem sanften Stöhnen erwiderte sie diesmal den Kuss, bevor sie sich besann und einen Schritt zurücktrat. „Das ist wirklich genug."

„Ich will dich in meinem Haus und in meinem Bett, Lucy Harrington."

„Da will ich auch sein", brachte sie stotternd hervor. „Ich meine, ich möchte deine Frau sein. Aber sei bitte *geduldig*, Robert, ich flehe dich an."

Er seufzte. „Es scheint, mir bleibt keine andere Wahl. Vielleicht sollte ich noch mal mit deinem Vater sprechen."

„Oder mit meiner Tante Jane. Sie scheint sich um alles zu kümmern."

Robert nahm sie bei der Hand und führte sie den Rest des Weges zwischen den Zelten hindurch. „Vielleicht sollte ich Tante Rose auf sie ansetzen. Sie hat erst kürzlich im Handumdrehen eine Hochzeit im gehobenen Kreis organisiert."

„Dafür gab es aber auch einen guten Grund." Miss Harrington blickte ihn mit belustigter Miene an. „Soweit ich weiß, war die Braut in einem sehr interessanten Zustand."

Robert setzte zum Sprechen an, aber seine Braut hob einen Finger. „Und bitte denk nicht einmal darüber nach, unsere Hochzeit auf diesem Weg zu beschleunigen!"

„Du magst meine Küsse."

„So ist es, aber ich würde es bevorzugen, wenn wir … alles andere erst in unserem Ehebett teilen."

„Da spricht die Pfarrerstochter." Robert bot ihr den Arm. „Sollen wir los und die Prachtexemplare von Obst und Gemüse bewerten? Foley hat mich wissen lassen, dass Mr Pethridge von Kurland Halls Landgut einige sehr starke Erzeugnisse im Rennen hat."

Sie blickte zu ihm auf, während sie gemeinsam mit allem gebührenden Anstand zurück zum Eingang des Zelts schritten. „Sind Sie wütend auf mich?"

„Nein."

„Sind Sie sich sicher?"

„Meine Nerven sind sicherlich etwas angespannt, aber ich wünsche, Sie zu heiraten. Daher werde ich wohl einfach geduldig sein müssen, schätze ich."

Sie klopfte ihm sanft auf den Arm. „Vielen Dank."

Er blickte zu ihr hinunter, als er den Stoff am Zelteingang zurückschlug und sie vor ihm eintreten ließ. „Aber ich werde es nicht viel länger bleiben."

Die Luft im Inneren des Zelts war erfüllt mit dem erdigen Duft von Obst, Gemüse, Blumen und einigen Handwerksprodukten aus dem Ort, die allesamt in ordentlichen Reihen ausgestellt lagen. Zahlreiche Besucher hatten sich versammelt, betrachteten die für den Wettbewerb eingereichten Erzeugnisse und gaben ihre Kommentare zur Pracht der einzelnen Stücke – oder dem Mangel davon – mit ungewöhnlicher Direktheit zum Besten.

Miss Harrington führte ihn auf den ersten Tisch zu, auf dem mehrere Karotten fast wie ein Bataillon Soldaten ausgestellt wurden. Und wie in jedem Bataillon unterschieden sich die einzelnen Karotten ausgesprochen in Form und Größe.

Robert senkte die Stimme. „Was genau soll ich hier tun?"

„Haben Ihre Eltern Sie nie mit auf das Fest genommen?", fragte Miss Harrington und überreichte ihm ein Stück Papier, auf dem mehrere Nummern standen, die sich offenbar auf die anonym ausgestellten Erzeugnisse bezogen.

„Ich bin mir recht sicher, dass sie das getan haben, aber ich bezweifle, dass ich meine Zeit damit verbracht habe, mir reihenweise Gemüse anzusehen. Ich habe mich viel mehr dafür interessiert, mit den anderen

Burschen aus dem Dorf herumzutollen und mich in Schwierigkeiten zu bringen."

„Jeder Teilnehmer stellt drei Musterstücke aus seinem Garten aus. Als Preisrichter müssen Sie entscheiden, welcher Beitrag insgesamt am besten ist."

„Also wenn es eine riesige Karotte gibt und zwei kleinere, ist das weniger preiswürdig als drei große Karotten der gleichen Größe?"

„Exakt." Miss Harrington bedachte ihn mit einem zufriedenen Lächeln. „Kann ich Sie allein lassen, während Sie Ihre drei Favoriten in jeder Kategorie auswählen, und mich in der Zeit um das Eingemachte und die Backwaren kümmern?"

„Wenn es sein muss."

Sie entfernte sich und war bald schon am anderen Ende des Zelts mit weit interessanteren Dingen beschäftigt als mit Roberts rohem Gemüse. Aber es war seine Pflicht, sein Dorf zu unterstützen, also machte er tapfer weiter und notierte seine Entscheidungen auf dem Papier, das sie ihm gegeben hatte, und schritt so eine Reihe nach der anderen voller Lauch, Kohl, Zwiebeln und Kartoffeln ab. Während er seine Urteile bildete, wurde ihm bewusst, dass er von mehreren Blicken verfolgt wurde. Wenn man bedachte, dass dies nur ein kleiner Wettbewerb im Dorf war, fühlte er sich stärker unter Druck gesetzt, als er vielleicht erwartet hätte.

Schließlich bahnte er sich seinen Weg durch die Menge hinüber zu Miss Harrington, die gerade in ein Gespräch mit Andrews Frau und einem unbekannten Mann vertieft war.

Miss Harrington winkte Robert zu sich und wandte sich dem Gentleman neben ihr zu. „Ich glaube, man hat

Ihnen noch nicht den neuesten Gast im Pfarrhaus vorgestellt, Sir. Major Sir Robert Kurland, das ist Mr Nathaniel Thurrock."

„Es ist mir eine Freude, Sie kennenzulernen, Sir Robert, oder bevorzugen Sie es, auch mit Ihrem militärischen Rang angesprochen zu werden?"

„Sir Robert reicht völlig."

Mr Thurrock verneigte sich etwas schwerfällig, und Robert vernahm eindeutig das Knarzen eines Korsetts.

„Es ist mir eine Freude, Sir, eine große Freude."

„Mr Thurrock, sind Sie vielleicht mit unserem geschätzten Küster verwandt?"

„Er ist mein Bruder. Ich bin aus Cambridge angereist und seit zwei Wochen bei ihm zu Besuch."

Robert rief sich das Aussehen des hochgewachsenen, schlanken und bescheidenen Küsters ins Gedächtnis und konnte kaum eine familiäre Ähnlichkeit erkennen. „Ich hoffe doch, dass Sie Ihren Aufenthalt hier genießen."

„Das tue ich in der Tat. Der Pfarrer und ich sind seit Jahren in Kontakt bezüglich einiger Angelegenheiten der Familie Thurrock und auch einiger interessanter historischer Fragen zur Grafschaft Hertfordshire. Wir waren zusammen an der Universität." Er glättete das Revers seines Mantels. „Ich muss gestehen, dass ich mich, auch wenn ich beruflich ein Mann des Gesetzes bin, in meiner Freizeit als Amateurhistoriker betrachte."

„Wie faszinierend." Robert versuchte die Aufmerksamkeit von Miss Harrington auf sich zu ziehen. „Sie müssen mich vor Ihrer Abreise zum Abendessen in Kurland Hall besuchen."

„Das wäre sehr großzügig von Ihnen, Sir, ausgesprochen großzügig." Mr Thurrock verbeugte sich tief. „Ich hatte mir bereits erhofft, Sie um einen kurzen Einblick in die Aufzeichnungen Ihres Anwesens bitten zu können, war aber nicht sicher, ob ich als würdig genug gelten würde, um Sie ansprechen zu dürfen."

Robert zog eine Augenbraue hoch. „Ich bin ja kein O-ger, Mr Thurrock. Ich bin mir sicher, dass mein Landverwalter Mr Fletcher Ihnen nur zu gern Einblick gewähren wird, in was auch immer Sie wünschen."

„Das ist sehr liebenswürdig von Ihnen, Sir Robert. Wirklich sehr freundlich und zuvorkommend von Ihnen." Mr Thurrock lächelte Miss Harrington an. „Ihr Vertrauen in Sir Robert war gerechtfertigt, Madam. Er ist in der Tat ausgesprochen freundlich."

„Wann verlassen Sie das Dorf wieder, Mr Thurrock?", fragte Robert just in dem Moment, als er seinen jungen Landverwalter erblickte, der gerade das Zelt betreten hatte. Er winkte ihn herüber.

„Frühestens in einer Woche, Sir."

Robert lächelte Dermot Fletcher an, den jüngeren Bruder des Dorfarztes und Roberts neuestem Angestellten.

„Dermot, darf ich Ihnen Mr Nathaniel Thurrock vorstellen? Er würde gern die Familienarchive von Kurland Hall einsehen. Bitte vereinbaren Sie einen passenden Termin zu einem Besuch im Herrenhaus mit anschließendem Abendessen."

„Sehr wohl, Sir Robert."

Robert verabschiedete sich von Mr Thurrock mit einem kurzen Nicken, bot Miss Harrington den Arm und führte sie weg vom Eingang. Am anderen Ende des

Zelts sprach der hochgewachsene Küster mit Andrew und den Chingford-Schwestern, die gerade die Handwerksprodukte in Augenschein nahmen.

„Was geschieht mit dem Obst und Gemüse nach dem Wettbewerb?", fragte Robert.

„Das meiste davon wird für den Erntedankaltar in der Kirche gespendet. Danach wird es entweder an den Besitzer zurückgegeben, ans Armenhaus gespendet oder zum Schweinehof bei Kurland St. Anne gebracht."

„Ich bin froh zu hören, dass nichts verschwendet wird. Nach den furchtbaren Sommern in den letzten zwei Jahren gibt es einige, die durchgefüttert werden müssen."

Roberts Gedanken wanderten zum flachen Land und seinen endlosen Bemühungen, seine Ländereien zu entwässern, eine vernünftige Ernte einzufahren und Überflutungen zu vermeiden. Hätte er nicht darauf bestanden, zur Armee zu gehen, wäre er viel besser auf die landwirtschaftlichen Katastrophen der letzten zwei Jahre vorbereitet gewesen. Er konnte nur Gott danken, dass sein Einkommen im Gegensatz zu den meisten Landbesitzern hauptsächlich aus dem Handel und der Industrie stammte. Für viele Adelige zwar eine obszöne Vorstellung, aber Robert kümmerte es nicht, solange es seine Leute am Leben hielt.

„Und, haben Sie Ihre Gewinner ausgewählt?"

Roberts Gedanken kehrten zurück zu Miss Harrington. „Ich habe sie wie gewünscht notiert."

Sie nahm das Papier entgegen und begann mit gerunzelter Stirn zu lesen. „So können Sie das nicht machen. Man muss auch diplomatisch sein und sichergehen, dass jede Familie im Dorf wenigstens irgendetwas gewinnt."

Er nahm die Liste wieder an sich. „Das wäre doch Betrug, meine Liebste. Als ich meine Entscheidungen traf, hatte ich keine Ahnung, welche Nummer zu welchem Dorfbewohner gehört. Ich habe die besten ausgewählt und ich stehe zu meiner Entscheidung."

„Ich habe keine Zeit, mit Ihnen darüber zu diskutieren, aber machen Sie sich auf einige recht ungehaltene Wettbewerber gefasst."

„Als ob sich jemand um solche Unwichtigkeiten scheren würde."

Sie runzelte die Stirn. „Major, Sie haben ja keine Ahnung ..."

Während draußen unheilverspechender Donner ertönte, drängten sich noch mehr Leute ins Zelt. Der Geruch der vielen ungewaschenen Personen und die feuchte Luft erinnerten Robert nur allzu schmerzlich an seine Tage bei der Kavallerie.

„Können wir die Gewinner jetzt verkünden?"

Miss Harrington schaute sich um, während er sprach. „Da ist mein Vater. Er wird die Gewinner bekannt geben, während wir die Preise aushändigen. Versuchen wir, ihn davon zu überzeugen, umgehend anzufangen."

Lucy begutachtete noch einmal die Liste des Majors, ergänzte die wirklichen Namen der Gewinner und fragte sich insgeheim, ob sie die Gelegenheit hätte, eine eigene Liste zu erstellen. Da sie die aufbrausende Natur ihres Verlobten kannte, hatte sie keinen Zweifel, dass er aufstehen und sie denunzieren würde, wenn sie auch nur versuchte, das Ergebnis zu verändern.

Das Zelt war inzwischen fast voll und ihr Vater winkte sie und den Major auf die provisorische Bühne.

In einer Ecke des Zelts war Penelope Chingford in ein Gespräch mit Dr. Fletcher vertieft. Keiner von ihnen lächelte, was nicht gerade ungewöhnlich war, da die beiden fast wegen allem aneinandergerieten und dies auch ausgesprochen zu genießen schienen. Wenn sie es nicht besser gewusst hätte, hätte sie vermutet, dass sich Penelope zu dem verflixten Mann hingezogen fühlte. Aber ihre ehemalige Rivalin, die sich wider alle Wahrscheinlichkeit zu ihrer Freundin gewandelt hatte, hatte es auf einen Mann mit Reichtum und Land abgesehen. Der Dorfdoktor hatte nichts davon zu bieten.

„Lucy, komm her, meine Liebe", rief ihr Vater mit recht gereizter Stimme. „Ich warte."

Sie raffte ihre Röcke und kletterte auf das provisorische Podium.

„Bitte sehr, Vater. Die Liste der Gewinner von Major Kurland und mir."

„Vielen Dank." Ihr Vater setzte seine Brille auf und räusperte sich lautstark. „Dürfte ich alle Anwesenden um ihre Aufmerksamkeit bitten? Major Sir Robert Kurland und ich möchten Ihnen dafür danken, dass Sie an diesem Fest teilnehmen und die besten Stücke Ihrer Ernte für diesen Wettbewerb zur Verfügung gestellt haben. Ich möchte wetten, dass es schwer war, die Gewinner auszuwählen, nicht wahr, Major?"

Major Kurland verneigte sich. „Das war es in der Tat, Herr Pfarrer."

„Dann werde ich mit der Verkündung des Gewinners der besten Rübe beginnen."

Von ihrem Standpunkt auf der leicht erhobenen Bühne hatte Lucy die Gesichter aller Zuschauer gut im Blick. Während ihr Vater die Gewinner verkündete, wurde ihr bange und das Geflüster und Gemurmel lauter.

„Gute Güte!" Er strahlte über die Menge hinweg. „Ich glaube, dass unser Küster, Mr Ezekiel Thurrock, heute mehr erste Preise gewonnen hat als jeder andere Wettbewerber in den letzten zwanzig Jahren." Er winkte dem Küster zu, der nahe am Ende des Zelts stand. „Kommen Sie hier hoch und nehmen Sie Ihre Preise entgegen, Mr Thurrock, und gut gemacht, Sir!"

Die Menge machte Platz, um dem eingeschüchterten Küster den Weg zum Podium frei zu machen. Auf Lucy wirkte es weniger wie eine einladende Geste als wie eine angriffslustige Meute, die ihr Ziel umzingeln wollte. Mehrere der Dorfbewohner sprachen inzwischen ihren Unmut über die Entscheidung laut aus und bedachten den armen Küster mit gemurmelten Kommentaren, während er nervös durch die Reihen ging.

„Das is' falsch", sagte einer der älteren Bauern so laut, dass es bis zum Podium zu hören war. „Ich hab den Preis fünf Jahre hintereinander gewonnen und meine Rüben waren viel besser als seine." Der alte Mann erhob seine Stimme und wurde von bestätigendem Gemurmel unterstützt. „Merkwürdig, dass der Küster dieses Jahr alles gewonnen hat, wo der Pfarrer derjenige ist, der die Preise vergibt."

Als der Küster endlich das Podium erreichte, sah er recht ängstlich aus und murmelte: „Ich verdiene eine solche Ehre gar nicht. Ich würde nur allzu gern darauf verzichten und auch anderen die Möglichkeit geben zu gewinnen."

„Hört, hört!", rief jemand.

Major Kurland trat vor und seine herrische Stimme übertönte problemlos die Menge. „Mr Thurrock, Sie haben Ihre Preise in einem gerechten Wettbewerb ohne jede Voreingenommenheit gewonnen. Bitte nehmen Sie sie an und dann fahren wir mit den Handwerksprodukten fort."

Das Gemurmel verstummte, die Unzufriedenheit auf vielen der Gesichter blieb allerdings. Der arme Mr Thurrock ging seitlich vom Podium, wo ihm lediglich sein Bruder zum Sieg gratulierte. Lucy wandte sich zum Major und bedachte ihn mit einem vielsagenden Blick. Als Antwort hob er skeptisch eine Augenbraue und nickte ihrem Vater zu, der mit seiner Rede fortfuhr.

„Lassen Sie uns also weitermachen mit den zarteren weiblichen Künsten und hoffen, dass Mr Thurrock sich nicht auch noch an der Nähkunst versucht hat."

Sein Versuch eines Scherzes wurde von der noch immer unruhigen Menge nicht gut aufgenommen. Nachdem Lucy die Preise an die Gewinnerinnen übergeben und damit hoffentlich den zuvor nicht bedachten Familien zumindest ein bisschen Grund für Stolz gegeben hatte, kehrte sie zu Major Kurland zurück, der sich inzwischen mit Mr Stanford unterhielt.

Er blickte mit seinen eindringlichen blauen Augen zu ihr herunter, als sie sich näherte. „Ich werde Mr Thurrock und seinen Bruder zurück zum Pfarrhaus begleiten. Der arme Küster ist besorgt, dass man ihm auflauern könnte."

„Ich habe ja versucht, Ihnen zu sagen, dass Ihre Wahl nicht auf allgemeine Zustimmung stoßen könnte."

„Guter Gott, Miss Harrington, es geht hier um bescheidene Preise für Gemüse! Wer hätte gedacht, dass das gesamte Dorf diesen albernen Wettbewerb so ernst nehmen würde?"

Lucy senkte die Stimme. „Einige dieser Familien kämpfen seit Generationen in diesen *albernen* Wettbewerben, Sir. Für viele ist es eine Frage des Stolzes, dass sie einige davon jedes Jahr gewinnen."

„Was nur passiert ist, weil Sie und die anderen Preisrichter wie eine korrupte Gemeinde die Abstimmung manipuliert haben."

„Zum Besten für alle, Major." Sie erwiderte seinen ungehaltenen Blick. „Viele dieser Leute haben kaum etwas Wertvolles in ihrem Leben und so einen Wettbewerb zu gewinnen – in irgendetwas die Besten zu sein –, stärkt ihre Moral und gibt ihnen ein Gefühl der Sinnhaftigkeit."

„Unfug." Major Kurland schüttelte den Kopf. „Sie sehen diese Sache viel zu emotional, Miss Harrington. Wenn ein Mann glaubt, dass sich sein Wert an der Länge seiner Karotte messen lässt, dann ist es vielleicht an der Zeit für ihn, nach Höherem zu streben."

Lucy sah ihn lediglich an, bevor sie sich kopfschüttelnd abwandte. Manchmal war es schwer zu glauben, dass der Major und sie im gleichen Dorf aufgewachsen waren. Sein Verständnis für sein Umfeld ließ einiges zu wünschen übrig, aber man musste bedenken, dass er mit sieben ins Internat fortgeschickt worden und direkt danach zum Militär gegangen war.

Er hatte nie wirklich unter den Dorfbewohnern gelebt wie sie und die anderen Kinder im Pfarrhaus. Und es war auch eigentlich nicht *vorgesehen*, dass er diejenigen verstand, die für ihren Lebensunterhalt auf ihn angewiesen waren. In seiner Position war er imstande, ihr Leben grundlegend auf den Kopf zu stellen. Damit war er für sie kaum etwas anderes als eine launenhafte Gottheit und wie der Großteil des Landadels weit über jede Kritik oder Widerstand erhaben. Dadurch ging er einfach davon aus, dass man ihm fraglos gehorchte, wenn er einen Befehl gab. Lucy sah sich im Zelt um, wo noch immer einige Gruppen der Dorfbewohner versammelt standen. In diesem Fall hatte sie das Gefühl, dass die endgültige Entscheidung des Majors einige Probleme mit denen, die sich dadurch gekränkt fühlten, verursachen würde. Sie konnte nur hoffen, dass es zu nichts Gefährlicherem als ein paar gemurmelten Beschimpfungen des armen Küsters kommen würde, bevor das Ereignis eine Fußnote der Dorfgeschichte wurde. Es würde zwar nicht vergessen werden – nichts wurde je wirklich vergessen –, aber es würde weit genug in der Vergangenheit liegen.

Kapitel 2

„Ich werde dich heute Morgen begleiten, Lucy. Ich habe mich bereit erklärt, Dr. Fletcher dabei zu helfen, einige Flaschen Holunderblütenhustensaft an die Dorfbewohner in Kurland St. Anne zu verteilen. Wir werden uns bei seinem Haus treffen."

Penelope schnürte wie üblich voller Entschlossenheit bereits die Bänder ihrer Haube zu. Lucy brachte es nicht über sich, mit ihr darüber zu diskutieren. Miss Chingford und ihre Schwester wohnten nun schon seit Monaten im Pfarrhaus, während ihre Verwandtschaft in erbittertem, aber höflichem Streit lag, um zu vermeiden, jegliche Verantwortung für sie zu übernehmen. Offenbar wollte niemand zwei Schwestern mit wenig Geld und einem zweifelhaften Familienruf bei sich aufnehmen.

Sobald Anna von ihrer Saison in London zurückkehrte und die Zwillinge über Weihnachten nach Hause kamen, würde das Haus wieder aus allen Nähten platzen. Lucy klopfte sanft auf ihr Retikül. Immerhin wusste sie, dass ihr Bruder Anthony, der im alten Regiment von Major Kurland diente, bester Gesundheit war Sie hatte am Vortag einen Brief von ihm erhalten, den sie so bald wie möglich an Anna weiterleiten wollte.

Ihre jüngere Schwester erwartete, dass Lucy sie bald schon in London besuchen würde. Allerdings versuchte Lucy die Reise so lange wie möglich hinauszuzögern. Sie hatte den furchtbaren Verdacht, dass sie vor ihrem Hochzeitstag nicht mehr zurückkehren würde, wenn Tante Jane sie erst einmal in ihre Finger bekäme. Und Lucy hatte Besseres zu tun, als in irgendeinem Gesellschaftszimmer in London zu sitzen und sich von ihrer Tante belehren zu lassen.

„Lucy? Kommst du?"

Sie nahm ihren Schirm und folgte Penelope durch die Küche hinaus, wo Betty gerade eine Kanne Tee zubereitete.

„Guten Morgen, Miss Harrington. Gehen Sie den Major besuchen?"

„Vielleicht werde ich im Laufe des Vormittags bei ihm vorbeischauen, aber ich habe noch ein paar Dinge im Dorf zu erledigen. Brauchen wir irgendetwas?"

„Zimt, Miss." Betty runzelte die Stirn. „Zumindest glaube ich, dass Mrs Fielding das gesagt hat."

„Wo ist Mrs Fielding?"

„Ich glaube, sie hat dem Pfarrer gerade sein Frühstück nach oben gebracht, Miss."

Betty vermied es, Lucys Blick zu erwidern. Sie beide wussten genau, wie die Beziehung zwischen dem Pfarrer und der Köchin aussah, aber keine von ihnen führte dazu Näheres aus. Das war auch der Grund, warum der Pfarrer die Köchin in seinem Haushalt überhaupt tolerierte und es ihr gestattete, Lucys Anweisungen mit Füßen zu treten. Nach dem Einzug in Kurland Hall würde Lucy Mrs Fieldings Unverschämtheit nicht vermissen.

„Betty, da mein Vater Maisey eingestellt hat, um Ihre Aufgaben zu übernehmen, werden Sie doch mit mir nach Kurland Hall kommen, sobald ich verheiratet bin, nicht wahr?"

„Aber ja, Miss! Ich freue mich schon ungemein darauf."

„Sie werden meine persönliche Zofe sein und ich werde dafür sorgen, dass Ihr Gehalt entsprechend steigt."

„Vielen Dank, Miss." Betty machte einen Knicks und ihre Wangen erröteten. „Ich kann es kaum erwarten, meinen Eltern davon zu erzählen."

„Sie haben heute frei, oder?"

Betty nickte und wischte die Hände an der Schürze ab.

„Sie sollten etwas von dem Chutney, das wir gemacht haben, für Ihre Eltern mitnehmen."

„Das wäre wunderbar, Miss, allerdings hat Mrs Fielding ausdrücklich gesagt, dass davon nichts abgegeben werden darf."

„Und ich sage, Sie dürfen mindestens zwei Gläser mitnehmen."

Betty grinste. „Wie Sie wünschen, Miss Harrington. Sie ist ganz niedergeschlagen, weil sie beim Dorffest keinen einzigen ersten Platz belegt hat. Ich habe gehört, wie sie Mrs Pethridge erzählt hat, dass es offensichtlich sei, dass der Pfarrer seine Bediensteten nicht bevorzugt behandelt habe. Sonst hätte sie gewonnen. Sie meinte, Major Kurland sei daran schuld, dass Mr Thurrock alle Preise gewonnen hat."

„Major Kurland hat nur seine Pflicht getan."

„Und ich glaube, er hatte recht damit, Miss. Einige dieser Leute sind langsam etwas überheblich wegen ihrer Lauchstangen und Kohlköpfe geworden. Ich habe sogar gehört, dass einige im Pub gewettet haben, wer gewinnt, und dabei auf sich selbst gesetzt haben."

Lucy verzog die Miene. „Das überrascht mich ganz und gar nicht. Ich denke, Major Kurland hatte keine Ahnung, wie ernst unsere Dorfbewohner diese Wettbewerbe nehmen. Ich hoffe, dass niemand all seinen Lohn für solche Albernheiten verspielt hat."

Penelope streckte ihren Kopf erneut zur Tür herein. „Lucy! Ich komme zu spät."

Mit einem resignierten Seufzen verabschiedete Lucy sich von Betty und folgte Penelope nach draußen. Die Bäume hatten bereits die Hälfte ihrer Blätter abgeworfen, die übrigen strahlten in Goldgelb. Unter ihren stabilen Stiefeln raschelte das trockene Laub, die feuchten und rutschigen Blattreste darunter erschwerten das Gehen allerdings sehr. Den Weg die Auffahrt hinunter hielt sie den Rock gerafft, da der Saum sonst in kürzester Zeit mit Matsch verdreckt gewesen wäre.

Penelope ging strammen Schrittes voran und redete ohne Unterlass entweder darüber, wie furchtbar ihre Verwandten seien oder welche Albernheiten Dr. Fletcher zu ihr gesagt habe. Lucy war nicht ganz klar, was davon für Penelope das größere Übel war, denn es war sowohl mental als auch physisch viel zu schwierig, mit ihrer Begleiterin Schritt zu halten. Sie gingen an der Kirche vorbei weiter zum Dorfzentrum. Die Festzelte auf der Dorfwiese waren abgebaut worden, aber im Gras waren noch immer platt gedrückte Stellen, die zeigten, wo sie gestanden hatten und die Besucher über den schlammigen Untergrund getrampelt waren.

Nach der desaströsen Preisverleihung hatten sich einige der Dorfbewohner geweigert, ihr Obst und Gemüse für das Erntedankfest in der Kirche Ende der Woche bereitzustellen. Das bedeutete, dass Lucy diesmal noch einfallsreicher bei der Dekoration werden müsste als sonst, was nicht gerade zu ihren Stärken gehörte. Wäre doch nur Anna zu Hause. Sie hatte ein gutes Auge für derartige Angelegenheiten.

„Also habe ich ihm gesagt, dass er ein völliger Narr sei. Und was glaubst du, hat er darauf geantwortet?"

Lucy sah Penelope an. „Ich habe keine Ahnung."

„Er sagte, er sei wirklich ein Narr, weil er sich in mich verliebt habe."

„Dr. Fletcher hat das gesagt?" Lucy blieb stehen, um Penelopes hochrotes Gesicht besser studieren zu können.

„Wieso überrascht dich das so?" Penelope hob das Kinn. „Ich bin sehr attraktiv, musst du wissen. Männer verfallen mir recht häufig."

„Dessen bin ich mir durchaus bewusst. Ich nehme an, du hast ihn ausgelacht?"

„Das ... habe ich nicht."

„Wieso nicht? Er verkörpert alles, von dem du mir gesagt hast, dass du es dir von einem Ehemann nicht wünschen würdest." Sie hob die Hand und zählte an den Fingern die einzelnen Punkte ab. „Er hat kein Geld, keinen Titel, er ist Ire, vermutlich römisch-katholisch, und er arbeitet für seinen Lebensunterhalt."

„Das weiß ich doch alles."

„Aber?"

„Ach, ich weiß auch nicht", platzte Penelope auf recht ungewohnte Art hervor. „Ich kann einfach an niemand anderen als ihn denken."

„Dann erwiderst du vielleicht seine Gefühle?"

„Wie könnte ich? Es stimmt alles, was du über ihn gesagt hast, und ich bin mit dem Adel verwandt."

„Ich nehme an, das hast du ihm auch gesagt."

„Natürlich habe ich das. Es gibt keinerlei Geheimnisse zwischen uns. Er weiß genau, was ich von ihm halte. Er behauptet, mich nur zu gut verstehen zu können."

„Und stimmt das?"

„Er sagt, er müsste mich über sein Knie legen, mir den Hintern versohlen und mich dann ausgiebig küssen."

Lucy blinzelte. „Er klingt perfekt für dich."

„Oh Lucy, ich schätze, ich kann dir den Scherz nicht verübeln. Immerhin heiratest du Major Kurland, den Mann, den ich abgewiesen habe."

„Ich meine mich daran zu erinnern, dass Major Kurland derjenige war, der *dich* zurückwies. Und versuche nicht, das Thema zu wechseln. Was willst du bezüglich Dr. Fletcher unternehmen?"

Penelope ging weiter. „Was ich unternehmen werde? Ich werde gar nichts tun. Ich denke, dass er nicht glücklich damit ist, in mich verliebt zu sein. Ich schätze, dieser Umstand verärgert ihn ebenso sehr wie mich. Er würde mich nie dazu zwingen, ihn zu heiraten. Er besitzt Moralvorstellungen, Lucy, und er glaubt, dass jeder Mann und jede Frau in diesem Land das Wahlrecht besitzen und frei ihren Glauben ausleben dürfen sollten."

„Vielleicht sollte er dann nach Amerika auswandern. Ich habe gehört, da drüben zerstören sie nur zu gern das antiquierte soziale Gefüge. Auch Major Kurland hegt Sympathien dafür."

„Major Kurland ist ein Baronet! Sicherlich besitzt er Vertrauen in die Monarchie, der er diesen Titel verdankt."

Lucy blieb vor dem Dorfladen kurz stehen. „Ganz und gar nicht. Während seiner Zeit in der Armee auf dem Kontinent hat er sich einige ungewöhnliche Ansichten zu eigen gemacht."

„Ausländer." Penelope erschauderte. „Von ihnen kann man nicht viel mehr erwarten, aber Major Kurland ist ein gebürtiger Engländer."

„Und dein Dr. Fletcher ist in Irland geboren worden, einer Nation, deren Einwohner von unserer Regierung gerade so als zivilisiert angesehen werden."

„Er hat seine Ausbildung in England durchlaufen und war zusammen mit Major Kurland in der Armee. Seine Mutter ist Engländerin und ist mit seinem Vater gegen den Wunsch ihrer Familie durchgebrannt."

„Dann ist er ja immerhin halb zivilisiert und ein ausgezeichneter Arzt. Ihm gehört außerdem ein recht ansehnliches Haus im Dorf."

„Es gehört ihm nicht. Er mietet es für einen symbolischen Betrag von Major Kurland." Penelope seufzte schwer. „Ich wünschte, er wäre nie hierhergekommen."

„Weil er deine Pläne durchkreuzt, für Geld und Ansehen zu heiraten?"

„Für dich ist es leicht, dich lustig zu machen, Lucy – schließlich hast du es geschafft, dir beides zu sichern."

„Wie es das Schicksal so will, empfinde ich auch eine sehr tiefe Zuneigung zu Major Kurland", gab Lucy zögernd zu. „Er mag vielleicht manchmal unausstehlich sein, aber er hat ein gutes Herz. Wenn du wirklich Gefühle für Dr. Fletcher hast, dann solltest du ihn das wissen lassen."

„Ich soll es ihm sagen? Und was dann? Soll ich dann erwarten, dass er auf die Knie geht und um meine Hand anhält?"

„Wieso nicht? Ich bin mir recht sicher, dass er nicht so dumm wäre, dich nur als Geliebte zu nehmen. Major Kurland würde das definitiv nicht gutheißen!"

„Er ... hat mir noch keinen Antrag gemacht."

Lucy studierte Penelopes entschlossene Miene. „Vermutlich, weil er denkt, dass du zu weit über ihm stehst."

„Was ja auch stimmt. Ich bin ihm in jeder Hinsicht überlegen."

„Aber wenn du etwas für ihn empfindest ..."

„Ich muss mich auf den Weg machen, Lucy. Dr. Fletcher erwartet mich. Ich werde dich dann später im Pfarrhaus sehen."

Penelope ging weiter am Rand der Dorfwiese entlang, vorbei am Ententeich in Richtung des ansehnlichen Steinhauses am anderen Ende des Platzes. Darin befand sich die Praxis von Dr. Fletcher. Langsam, aber sicher kamen neue Patienten zu ihm, da sich der alte Arzt nur noch dann um die Dorfbewohner kümmerte, wenn es ihm gerade passte.

Der Gedanke, Penelope aus dem Pfarrhaus auszuquartieren, war erstaunlich motivierend. Vielleicht könnte Major Kurland seinen ehemaligen Kameraden fragen, was für Absichten er verfolgte, oder ihm sogar einen Anreiz dafür bieten, um Penelopes Hand anzuhalten. Aber würde der Major wollen, dass sich seine ehemalige Verlobte direkt vor seiner Tür niederließ?

Lucy nahm ihre Einkaufsliste. Wenn sie wählen musste zwischen Penelope als neuer Herrin im Pfarrhaus und Major Kurlands Seelenfrieden, würde Lucy die Entscheidung nicht schwerfallen. Die Frage war nur, wie dies einzurichten wäre.

***

„Dieser Küster hätte mit seinen Karotten nicht gewinnen dürfen, Sir. Ich muss zugeben, dass sein Lauch meinem weit überlegen war, aber seine Karotten? Schauen Sie sich die doch an, Sir. Ich bitte Sie eindringlich."

Robert seufzte innerlich, während Mr Pethridge, der dem Gehöft von Kurland Hall vorstand und mit dessen Erträgen das Anwesen versorgte, unaufhörlich weitersprach.

Wer hätte damit rechnen können, dass sich die Geister so sehr an ein paar Karotten scheiden könnten? Jeder Einzelne, mit dem er seit dem Dorffest gesprochen hatte, hatte dazu eine Meinung loswerden wollen. Und jetzt stand er auf einem matschigen Feld bei beißendem Wind und starrte auf ein leeres Stück Land, von dem Mr Pethridge gerade erst die letzten seiner angeblich überlegenen Karotten geerntet hatte.

„Das ist sehr interessant, Mr Pethridge, aber –"

„Und ich weiß, dass der Küster behauptet, dass er nur gewonnen hat, weil der Boden beim Pfarrhaus ganz neu aufgetragen wurde, aber ich dünge meinen Acker jedes Jahr mit Kompost und dem besten Pferdemist aus den Kurland-Ställen, daher glaube ich, dass mein Boden viel reichhaltiger ist." Er bückte sich, nahm eine

Handvoll davon hoch und hielt sie Robert unter die Nase. „Was meinen Sie, Sir? Wahre Prachterde, oder?"

„In der Tat. Könnten wir jetzt vielleicht unsere Pläne für das nächste Jahr besprechen?" Robert verlagerte das Gewicht von seinem kaputten Bein auf das andere. „Und wir sollten einen etwas weniger windigen Ort aufsuchen."

Mr Pethridge ließ die Erde fallen und wischte sich die Hand an der Hose ab. „Es ist ein wenig böig heute, nicht wahr, Sir? Lassen Sie uns reingehen und ein schönes Glas Cider trinken."

Während Mr Pethridge etwas davon murmelte, dass er noch Unterlagen holen wollte, und kurz darauf durch eine der Türen im Haus verschwand, hängte Robert seinen Hut und seine Handschuhe an die Garderobe neben dem steinernen Eingangsbogen des Bauernhauses. Aus den Aufzeichnungen des Anwesens wusste er, dass das Gebäude einst zum Kloster von Kurland St. Anne gehört hatte und während der Auflösung der englischen Klöster durch König Heinrich VIII. geräumt worden war. Zurück blieb ein robust gemauertes Haus mit dicken Wänden, tiefen Fundamenten und großen Kellern, die sich perfekt zur Vorratshaltung eigneten.

Es war außerdem dankenswerterweise im Inneren recht warm. Mrs Pethridge begrüßte ihn mit einem Knicks und einem Lächeln.

„Guten Morgen, Sir. Kann ich Ihnen etwas warmen Gewürz-Cider anbieten?"

„Darüber würde ich mich sehr freuen, Mrs Pethridge."

Sie nickte und führte ihn in den besten Salon des Hauses, wo bereits ein Feuer im gewaltigen Kamin brannte.

„Wie geht es Ihrer Familie?"

„Sehr gut, Sir. Danke der Nachfrage." Sie deutete auf einen Sessel in der Nähe des Feuers. „Ich bin mir sicher, Gareth wird jeden Moment zurück sein. Bitte setzen Sie sich doch und wärmen Sie sich auf. Ich weiß nicht, was er sich dabei gedacht hat, Sie bei diesem Wetter aufs Feld zu führen."

Robert setzte sich und streckte unauffällig sein verletztes Bein in Richtung des Kamins. „Ich glaube, es ging um die Überlegenheit seiner Karotten."

Sie seufzte. „Das dachte ich mir schon. Dieses Dorffest hat nichts außer Tratsch und Böswilligkeit gebracht. Ich habe ihm gesagt, dass das nicht das Ende der Welt sei und er nächstes Jahr besser abschneiden würde, aber hat er auf mich gehört?"

Robert konnte Mrs Pethridge nur zustimmen. Wenn es nach ihm ginge, würde er den Rest seines Lebens keine Karotte mehr sehen müssen. Selbst Foley hatte am Abend zuvor beim Servieren von Roberts Essen die Befürchtung geäußert, dass der Gutshof ihnen in Zukunft schlechteres Gemüse liefern könnte, da der Major die von seinen eigenen Angestellten eingereichten Erzeugnisse nicht als die besten des Dorfes gewürdigt hatte.

Mrs Pethridge verließ den Raum, um den Cider zu holen. Robert lehnte sich in dem sehr gemütlichen Sessel zurück und gestattete sich einen Moment, die Wärme einfach nur zu genießen. Er war zu Fuß vom Herrenhaus gekommen und würde den ungemütlichen Weg den Hügel hinauf noch bestreiten müssen, wenn er nicht um eine Mitfahrgelegenheit betteln wollte. Er erinnerte sich daran, dass das Wetter nichts war im Vergleich zu den Wintern in Spanien und Portugal, die er im Kampf mit den Truppen Napoleons erlebt hatte. Doch aus irgendeinem Grund ging es ihm dadurch nicht besser.

Ein Ackerwagen fuhr an der Vorderseite des Hauses vorbei und verschwand irgendwo hinter dem Seitenflügel. Mrs Pethridge kehrte mit dem warmen Cider zurück, den er dankend annahm und sofort probierte. Das Getränk war mit Honig und Gewürzen verfeinert und ausgesprochen wohlschmeckend. Gerade als er seiner Gastgeberin ein Kompliment aussprechen wollte, vernahm er näher kommende Stimmen. Er erhob sich schwerfällig.

Ein recht erschöpft wirkender Mr Pethridge trat in Begleitung eines weiteren bekannten Gesichts ein.

„Major Kurland, Sir! Wie geht es Ihnen?"

Robert nahm die ihm angebotene Hand und schüttelte sie. „Mallard. Wie stehen die Dinge in Kurland St. Anne?"

„Gut genug, wenn man bedenkt, was für einen schlechten Sommer wir gerade hinter uns haben." Jim Mallard verzog die Miene. „Sie wissen ja selbst, wie es war, Sir."

„In der Tat. Wir können nur hoffen, dass uns die Schicksalsgötter nächstes Jahr gewogen sind und uns einen denkwürdigen Sommer bescheren."

„Dank Ihrer Verbesserungen am Land und an dem Gutshof müssten wir den Winter in jedem Fall überstehen."

„Das braucht allerdings seine Zeit. Ich hoffe, dass ich meine Pläne für das Landgut und die umliegenden Gehöfte so schnell wie möglich umsetzen kann, jetzt, wo ich Mr Fletcher als meinen Landverwalter eingestellt habe. Brauchen Sie in St. Anne irgendetwas, um Sie gut durch den Winter zu bringen?"

Jim setzte zu sprechen an, schloss den Mund nach einem Blick zu Mr Pethridge aber wieder.

„Das Thema sollten wir vielleicht zu einem anderen Zeitpunkt besprechen, Sir. Ich bin nur hier, um ein paar Eier abzuliefern, und muss bald schon weiter."

„Ich werde Dermot Fletcher darum bitten, ein Treffen auf Ihrem Hof zu arrangieren, dann kann ich direkt selbst sehen, was es zu tun gibt."

Jim schüttelte erneut seine Hand. „Das wäre am besten, Sir. Jetzt muss ich mich allerdings verabschieden." Er wandte sich zum Gehen, hielt aber noch einmal inne. „Stimmt es, dass Sie die Gewinner auf dem Dorffest gestern ausgewählt haben, Sir, oder hat der Pfarrer seine Angestellten bedacht?"

Robert richtete sich zu seiner vollen Größe auf. „Ich habe die Gewinner ausgewählt."

Jim verzog die Miene. „Ihre Auswahl hat für einige Diskussionen gesorgt, Sir."

„Dessen bin ich mir durchaus bewusst."

„Einige behaupten, dass Ezekiel Thurrock betrogen hat."

„Ist das so?"

Roberts herausfordernder Blick schien Jim nicht zu beeindrucken.

„Gibt es für diese Anschuldigung denn irgendwelche Beweise?"

Jim kratzte sich am Kopf. „Ich bin mir nicht sicher, Sir, schließlich bin ich nicht derjenige, der sich beschwert hat. Ich weiß, dass ich mit meinen Rüben hätte gewinnen müssen, aber in diesem Dorf gibt es einfach kein Ankommen gegen einen Thurrock, nicht wahr? Es ist doch immer das Gleiche."

Der feindselige Tonfall des Mannes ließ Robert eine Augenbraue nach oben ziehen, und Jim trat hastig einen Schritt zurück.

„Auf Wiedersehen, Sir."

Robert setzte sich wieder, während Mr Pethridge seinen Gast zu dessen Kutsche begleitete. Nach einer Weile kehrte er zurück.

„Ich muss mich entschuldigen, Major. Jim Mallard ist ein sehr direkter Mann, genau wie sein Vater."

„Ich weiß und ich nehme es ihm nicht übel. Ich komme viel besser mit ihm zurecht als mit jemandem, der hinter vorgehaltener Hand tratscht." Robert nahm einen weiteren Schluck Cider. „Ich kann kaum glauben, wie aufgebracht die Leute wegen der Sache sind. Ich wurde darum gebeten, die Qualität von Gemüse rein nach dessen Aussehen zu beurteilen. Hätte ich jedes verdammte Stück probiert, wäre ich vielleicht zu einem anderen Schluss gekommen. Ich weiß zum Beispiel, dass das Gemüse, das Sie dem Anwesen liefern, immer exzellent ist."

„Vielen Dank, Sir." Mr Pethridge neigte den Kopf. Robert hoffte, dass er genug gesagt hatte, um sicherzustellen, dass die Qualität der Lieferungen ans Herrenhaus gleich blieb. Miss Harrington würde es nicht gefallen, wenn sie als seine Braut einzog und eine Zumutung von einer Küche vorfand.

Für einen Sekundenbruchteil wünschte er, er hätte sich bei der Auswahl der Gewinner doch von ihr umstimmen lassen, aber ein Mann kurz vor der Hochzeit sollte keinen solch bedenklichen Präzedenzfall schaffen. Seine Sorgen verschwanden nach einem weiteren Schluck Cider und einer vielversprechenden Diskussion über seine Hoffnungen für das nächste Erntejahr. Er war sich recht sicher, dass die Angelegenheit wie die meisten Vorfälle im Dorf bis zum nächsten kleinen Skandal schon wieder vergessen sein würde.

Viel später, nachdem sie ihre restlichen Aufgaben abgearbeitet hatte, durchquerte Lucy erneut das Dorf und ging in Richtung der Kirche, wo sie sich um die Vorbereitungen für das Erntedankfest kümmern musste. Inzwischen regnete es ohne absehbares Ende und die Blätter auf dem Weg waren entsprechend rutschig. Sie hatte weder Penelope noch Dr. Fletcher gesehen und konnte nur hoffen, dass die beiden entweder in Kurland St. Anne vor dem Sturm untergekommen waren oder einen Weg gefunden hatten, trockenen Fußes zurückzukehren.

Vielleicht hätte sie Penelope ihren Schirm anbieten sollen, aber Lucy war recht froh, ihn selbst bei sich zu haben. Um Lucys Nerven noch weiter zu strapazieren, hatte der Regen beschlossen, nicht in gerader Linie vom Himmel zu fallen, sondern mit jeder Böe aus einer anderen Richtung unter ihren Schirm zu wehen, sodass es trotz aller Bemühungen fast unmöglich war, trocken zu bleiben.

Sie freute sich, den dunklen Umriss der Kirche vor ihr durch den Regen ausmachen zu können, und eilte zum nächsten Eingang, der in den Glockenturm führte. Die alte Eichentür ließ sich nur widerwillig mit einem Knarzen aufziehen. Ein dabei eindringender Windstoß blies sofort die Kerzen im Inneren aus. Ein weiterer Luftzug warf die Tür hinter Lucy krachend ins Schloss. In der Dunkelheit des Glockenturms war der Sturm draußen nur noch als Pfeifen durch die Spalten und Ritzen des alten Baus zu hören.

Lucy murmelte etwas für diesen heiligen Ort ausgesprochen Unangemessenes und trat mit ausgestreckter Hand vorsichtig einen Schritt tiefer ins Innere. Sie versuchte, sich langsam auf die andere Seite des Turms vorzuarbeiten, wo eine weitere Tür in den Hauptteil der Kirche führte. Sie kannte jeden Winkel des Gebäudes und hatte keinen Zweifel, dass sie auch im Dunkeln den Weg finden würde. Doch dann stieß sie mit der Fußspitze gegen ein unerwartetes Hindernis. Glücklicherweise fand ihre Hand an der rauen Mauer Halt, sodass sie einen Sturz nach vorn gerade noch verhindern konnte.

Vorsichtig tastete sie mit der Spitze ihres Stiefels in der Dunkelheit umher. Da war ein schweres, unbewegliches Etwas. Mit einem leisen Stöhnen ging sie langsam auf dem kalten Steinboden in die Knie und berührte etwas, das sich wie Stoff anfühlte.

„Oh, guter Gott."

Sie warf jegliche Würde über Bord und kroch um das Hindernis herum. Sie erreichte die Tür am anderen Ende des Turms und fand dort auch eine Zunderbüchse. Mit zitternden Händen versuchte sie einen Funken hervorzubringen. Nach einigen Anläufen gelang es ihr schließlich, eine der Kerzen zu entzünden, mit der sie wiederum eine kleine Laterne zum Leuchten brachte.

Sie wandte sich um und streckte die neue Lichtquelle in Richtung der dunklen Form am Boden. Unwillkürlich keuchte sie auf.

„Mr Thurrock?"

Ihre Stimme hallte von den steinernen Wänden des Glockenturms wider. Weit über ihr ertönte dumpf die Glocke, die von einer Windböe in Schwung versetzt worden sein musste. Nach Lucys viel zu nahen Begegnungen mit dem Tod in der Vergangenheit war sie nicht überrascht, dass keine Antwort von Mr Thurrock kam. Sie ließ den Lichtstrahl über den reglosen Körper wandern, bis er auf das zerzauste silberne Haar traf. Sie rang nach Luft.

Sein Kopf ...

Lucy presste die Hand auf den Mund und ging langsam rückwärts durch die Tür ins Hauptschiff der Kirche und rannte dann durch die Sakristei hinaus.

Ihr Vater blickte verärgert auf, als sie in sein Arbeitszimmer platzte, wo er gerade zeitunglesend seinen Brandy genoss.

„Was ist denn jetzt wieder, Kind? Siehst du nicht, dass ich beschäftigt bin?"

Sie legte sich eine Hand auf den Brustkorb, um wieder zu Atem zu kommen. „Mr Thurrock ..."

„Was soll mit ihm sein?"

„Ich glaube, er ist tot!"

Kapitel 3

Robert betrat die Kirche und wurde dort vom Pfarrer in Empfang genommen, der unruhig mit hinter dem Rücken verschränkten Händen zwischen den Bänken auf und ab schritt. „Ah, Major Kurland. Was für eine üble Sache – wirklich furchtbar!"

„Was genau ist vorgefallen, Mr Harrington? In Ihrer Nachricht haben Sie sich recht kurzgefasst."

„Kommen Sie und sehen Sie selbst. Ich habe mir erlaubt, auch Dr. Fletcher holen zu lassen. Er sollte jeden Augenblick zu uns stoßen."

Robert folgte dem Pfarrer am Altar vorbei in den Glockenturm, der etwas älter war als der Rest der Kirche und vielleicht sogar einmal als Wehrturm genutzt worden war. Überall im hoch aufragenden Rund des Turms waren Kerzen entzündet worden. Robert blieb kurz hinter der Türschwelle stehen und begutachtete den Körper, der auf den Steinkacheln lag.

„Guter Gott", murmelte er.

Ezekiel Thurrock lag mit dem Gesicht nach unten auf dem Boden. Über seiner Küsterrobe trug er einen langen, schwarzen Umhang. Die Kapuze war heruntergerutscht und gab damit die Sicht auf das silberne Haar und den stark eingedrückten Hinterkopf des Mannes preis ...

Robert schluckte gegen einen plötzlichen Anflug von Übelkeit an. Er stützte sich auf den Gehstock und ging dann vorsichtig mit einem Knie auf den Boden.

Der Pfarrer sprach hinter ihm. „Er scheint einen Schlag auf den Kopf erlitten zu haben."

„Das sehe ich." Robert musste nicht lange suchen, um herauszufinden, von was der Mann erschlagen worden war. „Ich nehme an, dieser Stein mit der grotesken Fratze hat ihn getroffen?"

„Wahrscheinlich, ja. Der Wind hat sich heute Nachmittag zu einem ausgewachsenen Sturm entwickelt."

Robert sah in die luftigen Höhen des Turms hinauf. „Ich denke, wir müssen uns glücklich schätzen, dass keine der Glocken nach unten gestürzt ist."

Die Erbauer hatten eine Wendeltreppe in die dicken Mauern geschlagen. Soweit Robert sich erinnern konnte, führte sie zu einer einzelnen Plattform an der Spitze des Turms, wo die Glöckner zum Gottesdienst läuteten. Im Glockenstuhl befanden sich fünf Glocken und selbst die kleinste davon hätte weit mehr zerschmettert als nur Ezekiel Thurrocks Kopf.

„Herr Pfarrer?" Dr. Fletchers Stimme hallte aus dem Hauptteil der Kirche herein. „Sind Sie hier?"

Mr Harrington wandte sich zur Tür. „Ich führe ihn her, Major. Bitte kommen Sie ins Pfarrhaus, nachdem Sie den Doktor über diesen tragischen Vorfall unterrichtet haben. Ich habe Mr Nathaniel Thurrock noch nicht über den Tod seines Bruders informiert. Ich würde Ihre Unterstützung dabei sehr zu schätzen wissen."

„Ich werde Sie dort aufsuchen, Herr Pfarrer." Robert blickte auf. „Haben Sie den Leichnam gefunden?"

„Nein, das war Lucy. Sie ist noch sehr aufgewühlt."

„Dann werde ich auch nach ihr sehen, wenn ich vorbeikomme", sagte Robert. „Ich hoffe doch, dass es ihr gut geht."

„Sie spielt nicht gern die Dame in Not, Major. Gott sei Dank fehlt ihr dafür die Fantasie."

Der Pfarrer entfernte sich und Robert richtete sich schwerfällig auf.

„Noch ein Toter, Major Kurland?"

Er wandte sich zum Doktor, der gerade durch die Tür zum Hauptteil der Kirche getreten war.

„Unglücklicherweise ja – auch wenn ich diesen hier nicht selbst gefunden habe. Ich bin in meiner Funktion als Gutsherr und örtlicher Magistrat hier."

„Ah." Dr. Fletcher ging neben Ezekiels Kopf in die Hocke. „Es muss ein recht schneller Tod gewesen sein nach dem Schlag auf den Kopf."

„Ein tragischer Unfall?"

„Das könnte schon sein. Nur was hat bewirkt, dass die steinerne Fratze so plötzlich in die Tiefe stürzte? Dem Aussehen nach stammt der Brocken noch aus Zeiten vor der Reformation." Dr. Fletcher sah hinauf und erschauderte. „Ich komme nicht oft hierher, schließlich bin ich ein heidnischer Katholik."

„Das ist in der Tat ein wenig merkwürdig, allerdings war es heute auch besonders windig. Vielleicht ist eine der Glocken unkontrolliert in Schwingung geraten und hat ihn abgebrochen." Robert runzelte die Stirn. „Wer ist im Moment für das Läuten der Glocken verantwortlich?"

„Ich habe keine Ahnung, Major, aber ich würde meinen, dass der Pfarrer das wissen dürfte." Dr. Fletcher setzte seine Untersuchung fort. „Wenn Sie vorhaben, rüber zum Pfarrhaus zu gehen, könnten Sie mir dann Hilfe vorbeischicken, um den Leichnam zu meinem Haus bringen zu lassen?"

„Das werde ich. Brauchen Sie sonst noch etwas?"

„Nur etwas, in das ich den Körper einwickeln kann. Sein Kopf ist in einem ziemlich furchtbaren Zustand." Er runzelte die Stirn. „Ich kann in diesem Licht kaum etwas sehen, aber ich glaube, es gibt ansonsten keine Verletzungen."

„Vielleicht haben wir es dann ausnahmsweise tatsächlich mal mit einem Unfall zu tun." Robert nickte seinem alten Armeekameraden zu. „Ich gehe dann besser los. Bitte lassen Sie es mich wissen, wenn Sie Anlass sehen, zu glauben, dass hier etwas nicht mit rechten Dingen zugegangen sein könnte."

Er ging hinaus in den immer dunkler werdenden Abend und ließ sich von den Lichtern des weit moderneren Pfarrhauses, das gegenüber der uralten Kirche stand, leiten. Er mochte sich beizeiten zwar über die charakterlose, symmetrische Sandsteinfassade im Adams-Stil beschweren, aber er konnte nicht leugnen, dass es eines der wärmsten und gemütlichsten Häuser war, die er je besucht hatte.

Es gelang ihm nur dank seines Gehstocks, auf den glitschigen Schichten aus nassem Laub unter dem anhaltenden Druck des Windes nicht auszurutschen. Robert ging die mit Kies ausgelegte Auffahrt zur Vordertür hinauf, die ihm sofort von Miss Harrington geöffnet wurde.

„Major Kurland."

Er blickte sie ungehalten an. „Sie sollten im Bett liegen."

Sie wartete, bis er seinen Hut und seine Handschuhe abgelegt hatte, bevor sie ihm antwortete.

„Es geht mir recht gut, Sir."

„Sie haben gerade eine Leiche gefunden." Er studierte ihr ausdrucksloses Gesicht und bemerkte dabei, dass sie ein wenig blass wirkte. „Ich bezweifle, dass das eine angenehme Erfahrung gewesen ist."

Sie berührte seinen Arm. „Das war es nicht, aber ich bin nicht in Ohnmacht gefallen oder hysterisch geworden, daher glaube ich nicht, dass ich mich hinlegen muss, oder was meinen Sie?"

Einen Moment lang sah er sie an und sein Beschützerinstinkt lag im Konflikt mit seiner üblichen Bewunderung für ihren Mut. Er senkte die Stimme und umschloss ihr Kinn mit seinen Fingern.

„Sie sind ganz sicher, dass es Ihnen gut geht?"

Die Farbe kehrte in ihre Wangen zurück. „Das bin ich, Sir, aber danke der Nachfrage. Mein Vater hat sich beschwert, weil ich ihn unterbrochen habe, und mir dann gesagt, dass ich nicht in Ohnmacht fallen solle, weil er viel zu schwach sei, um meinen kräftigen Körper tragen zu können."

„Ihr Vater ist ein Narr."

Sie sah ihm in die Augen und schenkte ihm ein Lächeln. „Ja, manchmal ist er wirklich unausstehlich. Sollen wir in den Salon gehen?"

Er folgte ihr ins Zimmer, wo die Chingford-Schwestern und der junge Vikar George Culpepper dicht gedrängt vor dem Kamin versammelt standen.

„Guten Abend, Miss Chingford, Miss Dorothea und Mr Culpepper."

„Major Kurland." Miss Chingford nahm seine Anwesenheit mit einem kurzen Blick zur Kenntnis. „Ist Dr. Fletcher bei Ihnen?"

„Er ist noch in der Kirche. Ich glaube, er hat vor, zum Pfarrhaus zu kommen, sobald er sich um den Leichnam gekümmert hat."

„Der arme Mr Thurrock." Dorothea seufzte. „Er war so ein netter Mann."

„Das war er in der Tat", pflichtete Robert ihr bei. „Er hat mir beim Lateinlernen geholfen, als ich mich auf die Schule vorbereitete. Er war damals schon genau so geduldig und bescheiden wie heute."

„Immerhin war es ein schneller Tod", murmelte der Vikar. „Und als sehr gläubiger Mann wird er voller Liebe ins Königreich unseres Herrn aufgenommen werden."

„Und er war schon sehr alt", fügte Dorothea mit der unbeschwert nonchalanten Art einer Person, die den Großteil ihres Lebens noch vor sich hat, hinzu.

Robert nahm von Miss Harrington eine Tasse Tee entgegen und setzte sich auf den Platz am Fenster, wo er den Gehstock an die Wand lehnte.

„Ist Mr Nathaniel Thurrock hier?

Miss Harrington reichte ihm das Milchkännchen. „Nein, er ist noch nicht von seinem Abendspaziergang zurückgekehrt."

Robert runzelte die Stirn. „Bei diesem Wetter?"

„Ich gehe davon aus, dass er irgendwo untergekommen ist. Und es ist noch nicht besonders spät."

„Es wird immer dunkler und der Sturm ist noch lange nicht vorbei."

Miss Harrington erwiderte seinen Blick. „Denken Sie, ich sollte jemanden losschicken, um nach ihm zu suchen?"

„Das wäre vielleicht schlau. Er ist hier zu Besuch und ist sich vielleicht der Gefahr von Überschwemmungen in den niedrig gelegenen Bereichen nicht bewusst."

„Dann werde ich gehen und mich darum kümmern." Sie erhob sich und strich die Röcke ihres Musselin-Gewands glatt. „Ich werde auch meinen Vater daran erinnern, dass Sie hier sind und wir jeden Moment mit der Ankunft von Dr. Fletcher rechnen."

„Ah, das hätte ich fast vergessen: Dr. Fletcher bat mich zu fragen, ob jemand dabei helfen könnte, die Leiche – ich meine, den Verstorbenen – zu seinem Haus zu tragen."

Sie nickte. „Darum werde ich mich kümmern, wenn ich zu den Stallungen gehe."

Robert erhob sich halb. „Das kann ich auch erledigen."

Sie lächelte ihn warm an. „Bitte machen Sie sich nicht die Mühe aufzustehen. Es wird alles nicht lange dauern. Vielleicht könnten Sie Ausschau nach dem Doktor und Mr Thurrock halten?"

Sie war verschwunden, bevor er ihr widersprechen konnte, und er ließ sich wieder nieder. Der lange, kalte Spaziergang vom Landgut, direkt gefolgt von dem unerwarteten Ausflug zurück ins Dorf, und das Knien auf dem unebenen Boden im Glockenturm hatten ihm teuflische Schmerzen in seinem kaputten Bein beschert. Da sie ihn gut kannte, hatte Miss Harrington seinen unsicheren Gang wahrscheinlich bemerkt und beschlossen, ihm den Luxus von etwas Ruhe zu gönnen.

Er ließ sich zwar heimlich Reitstunden von seinem Stallvorsteher geben, aber die Angst vor seinen eigenen Pferden zusammen mit seiner Einschränkung machten die Aufgabe ausgesprochen schwer. Er hatte beinahe vergessen, wie es sich anfühlte, auf dem Rücken eines trainierten Kavalleriepferdes mutig in die Schlacht zu reiten. Manchmal wollte er kaum glauben, dass er noch derselbe Mann war.

„Major Kurland."

Aus den Gedanken gerissen, blickte er vom Feuer auf und bemerkte Dr. Fletcher, der soeben das Zimmer betreten hatte. Zu Roberts Überraschung erhob sich Miss Chingford und empfing den Doktor.

„Kommen Sie und setzen Sie sich sofort hin. Sie müssen ja fast erfrieren."

Sie gab dem Doktor eine Tasse Tee und schwirrte um ihn herum wie ein lästiger Schmetterling – allerdings schien es Patrick Fletcher ganz und gar nichts auszumachen.

„Lucy hat erzählt, der arme Küster sei von einem heruntergefallenen Brocken aus dem Mauerwerk am Kopf getroffen worden. Stimmt das, Sir?"

„In der Tat." Dr. Fletcher sah gefesselt Miss Chingford an und schenkte ihr ein Lächeln, das man nur als allzu vertraut beschreiben konnte. „Er ist von einem recht großen Steinbrocken getroffen worden. Das zusammen mit dem nachfolgenden Sturz hat ihn auf der Stelle getötet."

Miss Harrington kehrte zurück, setzte sich nahe neben Robert, lehnte sich zu ihm und sprach mit gesenkter Stimme.

„Es ist alles erledigt, Sir. Unser Stalljunge ist losgegangen, um Mr Nathaniel Thurrock zu suchen, und ich habe James und Matthew zur Kirche geschickt."

„Vielen Dank, Miss Harrington. Ich habe sie noch gesehen, bevor ich losgegangen bin." Dr. Fletcher begann zu reden, bevor Robert antworten konnte. „Ich habe ihnen den Schlüssel zur Hintertür meines Hauses und Anweisungen, wo der Körper abgelegt werden soll, mitgegeben. Ich nehme an, Mr Nathaniel Thurrock wird sich um die Trauerfeier und Beerdigung seines Bruders kümmern?"

„Das nehme ich auch an", erwiderte Miss Harrington. „Der arme Mann. Er hat sich so über den Besuch in unserem Dorf gefreut und dann passiert so etwas."

„Ich bin mir nicht sicher, ob er sich heute Morgen wirklich so sehr gefreut hat, Lucy", mischte Dorothea sich ein. „Er hatte einen furchtbaren Streit mit seinem Bruder."

„Sie haben sich gestritten?" Robert wechselte einen schnellen Blick mit Miss Harrington. „Worum ging es dabei?"

„Ich bin mir nicht sicher. Es hatte irgendetwas damit zu tun, dass jemand das Dorf in Aufruhr gebracht habe. Vermutlich ging es dabei darum, dass Mr Ezekiel Thurrock all die Preise auf dem Dorffest gewonnen hat." Miss Dorothea seufzte theatralisch. „Jeder hat ja darüber geredet."

Robert wurde unruhig. „Nun, was die Verteilung der Preise angeht –"

„Major Kurland? Dr. Fletcher? Wären Sie so gut und würden mich in meine Bibliothek begleiten?"

Der Pfarrer war in der Tür erschienen. Das erste Mal im Leben war Robert dankbar, seinen künftigen Schwiegervater zu sehen, und leistete seiner Bitte nur zu gern Folge. Er schnappte sich den Gehstock und richtete sich langsam auf.

„Selbstverständlich, Sir. Wir haben viel zu besprechen."

„Mrs Fielding, wir werden zwei weitere Gäste zum Abendessen hier haben", informierte Lucy die Köchin, die sich allerdings nicht einmal den Umstand machte, sich vom Herd umzudrehen.

„Ein wenig spät, mir das mitzuteilen, Miss."

„Ich entschuldige mich dafür, aber mein Vater hat die Gentlemen doch länger in seinem Arbeitszimmer in Beschlag genommen als erwartet. Und da es noch immer regnet, hat er entschieden, dass sie beide bleiben und in den Genuss Ihrer Kochkünste kommen sollen."

Schließlich wandte sich Mrs Fielding doch Lucy zu. „Das hat also der Pfarrer gesagt, ja?"

Sie war eine hochgewachsene, kräftige Frau mit schwarzem Haar, makelloser Haut und blauen Augen. Sie war im Jahr vor dem Tod von Lucys Mutter ins Pfarrhaus gekommen und hatte dem Pfarrer nur zu gern Trost gespendet, indem sie nur Monate später in dessen Bett gelandet war, wenn man den Gerüchten im Dorf glauben durfte. Trotz Lucys starker Einwände stand der Pfarrer der Idee, sie zu entlassen, nur wenig aufgeschlossen gegenüber, was vermutlich an vereinzelten kulinarischen Meisterleistungen und ihren besonderen zusätzlichen Dienstleistungen lag.

„Ja, Mrs Fielding."

„Dann machen wir es so, wie er angeordnet hat." Die Köchin widmete sich wieder ihrem Herd und rührte in ihrem Topf herum. „Stimmt es, dass Mr Thurrock tot ist?"

„Ja. Er ist von einem herabfallenden Stein im Kirchturm getötet worden."

„Also ein heiliger Todesort für einen Mann seines Glaubens."

„So scheint es zu sein."

„Allerdings hätte man bei einem Mann im Dienste Gottes damit rechnen können, dass er auf wundersame Weise errettet würde."

„Dazu müssten Sie meinen Vater fragen", sagte Lucy mit Nachdruck. „Sein Verständnis der Grundlagen unseres Glaubens geht viel tiefer, als es meins je werden wird."

„Das stimmt, er ist ein sehr schlauer Mann. Werden Sie die Chingford-Schwestern eigentlich mit nach Kurland Hall nehmen, wenn Sie heiraten, Miss?"

Lucy blieb an der Tür stehen. „Das hatte ich nicht vor."

„Dann werden sie also hierbleiben?"

„Das muss mein Vater entscheiden und geht Sie wohl kaum etwas an, oder, Mrs Fielding?"

Sie wollte gerade die Tür öffnen, als sie schwungvoll nach innen aufgestoßen wurde und Maisey Mallard, die neue Küchenhilfe, rückwärts in den Raum gestürzt kam.

„Oh, es tut mir leid, Miss Harrington, ich wusste nicht, dass Sie da stehen!" Sie ließ das Teetablett auf den

Küchentisch krachen, sodass das filigrane Porzellan klirrte und Lucy nervös werden ließ. „Ich mache mich sofort an die Kartoffeln, Mrs Fielding."

„Nicht, bis du die Tassen gespült und mir den Tisch wieder sauber gemacht hast."

Maisey seufzte und verdrehte die Augen. Sie war sechzehn und hatte ein hübsches Gesicht, das von schwarzen Naturlocken eingerahmt war und um das Lucy sie ausgesprochen beneidete. Allerdings war die Küchenhilfe auch eine sehr laute Natur und noch nicht daran gewöhnt, unter den strengen Bedingungen des Pfarrhauses zu arbeiten. Wäre Lucy nicht in London gewesen, als ihr Vater Maisey eine Stelle angeboten hatte, wären die Dinge vielleicht anders gelaufen. Aber Betty hatte gesagt, dass das Mädchen stark und bemüht war und sich schon einleben würde, wenn Mrs Fielding sie nur ließe.

„Jawohl, Mrs Fielding. Sofern ich für Sie nichts tun kann, Miss Harrington?"

„Ich brauche ansonsten nichts, Maisey. Aber danke der Nachfrage." Sie blieb noch ein wenig länger, da sie sich daran erinnerte, dass die Köchin zwei der neuen Dienstmädchen dazu getrieben hatte, zu kündigen. „Lebst du dich hier gut ein?"

„Ja, Miss, das tue ich. Es macht mir Spaß, Mrs Fielding dabei zuzusehen, wie sie all die prächtigen Mahlzeiten zubereitet. Ich möchte eines Tages selbst mal eine Küche leiten."

„Ein exzellentes Ziel, Maisey", kommentierte Lucy zufrieden. „Ich bin mir sicher, dass Mrs Fielding dir nur zu gern Einblick in ihre Kompetenzen gewähren wird."

„Ihre was, Miss?

„Ihre Kochkünste."

Maisey begann damit, das Tablett zu säubern, und stapelte dabei die zerbrechlichen Tassen zu instabilen Türmen. „Ja, Miss."

Als sich einer der Stapel gefährlich zur Seite neigte, griff Lucy schnell nach der obersten Tasse und stellte sie auf dem Tisch ab. „Sei bitte vorsichtig mit diesem Geschirr. Es hat meiner Mutter gehört."

„Ja, Miss."

„Vielleicht könnte Betty Maisey irgendwann zeigen, wie man so zartes Geschirr richtig spült, Mrs Fielding?"

„Wenn Sie das wünschen, Miss. Ich werde es Betty wissen lassen."

„Vielen Dank."

Gedankenversunken ging Lucy die Treppe hinauf. Es war ihr nicht in den Sinn gekommen, dass man damit rechnen würde, dass die Chingford-Schwestern mit ihr nach Kurland Hall ziehen würden. Es war außerdem extrem unwahrscheinlich, dass Major Kurland dem zustimmen würde. War Mrs Fielding lediglich darauf bedacht, den Pfarrer ganz für sich zu vereinnahmen, oder war es die allgemein geltende Meinung im Dorf, dass sie die Schwestern mitnehmen würde? Ihr Vater hatte ihnen vorübergehend Unterkunft angeboten. Lucy beschloss, Sophia nach ihrer Meinung zu befragen, bevor ihre Freundin mit Mr Stanford nach London zurückkehrte.

Gerade als sie die Haupttreppe erklommen hatte, wurde die Eingangstür geöffnet und Mr Nathaniel Thurrock trat ein. Für einen Mann, der gerade erst von einem Gewitter überrascht worden war, war er noch erstaunlich trocken. Er trug etwas in einen Schal gewickelt, das er vorsichtig auf der Kommode ablegte, bevor er sich Hut und Handschuhe auszog.

Lucy lehnte sich vor, um das Etwas besser sehen zu können. Offenbar hatte sie damit seine Aufmerksamkeit erregt, denn er zuckte sichtbar zusammen.

„Guter Gott, Miss Harrington! Ich dachte schon, Sie wären ein Geist!"

„Entschuldigen Sie bitte, Mr Thurrock. Hat der Stalljunge Sie gefunden?" Sie ging die Stufen wieder hinunter.

„Nein, habe ich das Abendessen verpasst? Haben Sie sich etwa Sorgen um mich gemacht? Ich muss mich entschuldigen, meine Liebe. Ich habe den alten Friedhof von Kurland St. Anne aufgesucht und beim Abzeichnen der Grabsteine meiner Familie völlig die Zeit vergessen."

Lucy konnte keine Spur seiner Zeichnungen finden, aber das war, während ihr Gast sich in der Halle umsah, nicht ihre Hauptsorge.

„Ist Ezekiel hier irgendwo? Er wird so begeistert darüber sein, was ich über die Verbindung zur Familie De Lacey herausgefunden habe, die wir gestern Abend besprochen haben."

Lucy atmete tief durch und legte eine Hand auf seinen Arm. „Mr Thurrock, es gab einen schrecklichen Unfall. Ich glaube, Sie sollten mit meinem Vater reden."

„Ihrem Vater?"

Sie bedeutete ihm mitzukommen, klopfte an die Tür zum Arbeitszimmer ihres Vaters und trat ein, bevor er antwortete.

„Vater, Mr Thurrock ist zurückgekehrt. Ich habe ihm bereits mitgeteilt, dass du traurige Nachrichten für ihn hast."

„Ah, ja." Ihr Vater erhob sich und deutete auf den Stuhl vor seinem Schreibtisch. „Bitte setzen Sie sich doch, Mr Thurrock. Vielleicht könnte Lucy so freundlich sein und uns eine schöne Tasse Tee bringen."

Kapitel 4

„Guten Morgen, Miss Harrington." Robert verneigte sich vor seiner Verlobten, trat einen Schritt zur Seite und öffnete die Tür, die in Dr. Fletchers Praxis führte. „Ich habe dem Pfarrhaus einen Besuch abgestattet, um zu sehen, ob Sie mich vielleicht begleiten möchten. Dort wurde mir gesagt, Sie seien bereits im Dorf unterwegs."

Miss Harrington machte vom Stiefelkratzer am Eingang Gebrauch und trat in den schmalen Flur. „Mr Nathaniel Thurrock hatte noch ein paar dringliche Briefe, die nach Cambridge geschickt werden mussten, daher habe ich dafür gesorgt, dass ein Bote aus dem *Queen's Head* sie überbringt."

„Wie hat er die Nachricht vom Tod seines Bruders aufgenommen?"

Sie hielt kurz inne. „Er wirkt verwirrt, fast schon beleidigt – als ob er noch nicht ganz glauben kann, was passiert ist."

Robert nickte. „Das passiert oft bei einem unerwarteten Todesfall. Ich habe gesehen –" Er entschied sich dagegen, den Satz zu beenden, als ihm einfiel, welch sensibler Natur seine Zuhörerin war. „Sagen wir, dass selbst Männer, die in die Schlacht ziehen und angeblich bereit sind, für ihr Heimatland zu sterben, doch recht überrascht wirken, wenn es dann tatsächlich passiert."

Miss Harrington erschauderte, während sie ihre Handschuhe auszog und in ihren großen Weidenkorb legte. „Sollen wir nachsehen, ob der gute Doktor zu Hause ist?"

Robert ging an ihr vorbei und öffnete die Tür am Ende des schmalen Gangs. „Er hat mir in seiner Nachricht mitgeteilt, dass wir, auch wenn er nicht da sein sollte, den Leichnam in Augenschein nehmen sollen."

„Was stand sonst noch in der Nachricht?" Miss Harrington hielt sich ihr nach Lavendel duftendes Taschentuch vor die Nase, als ihnen der widerliche Geruch des Todes entgegenschlug. Der verhüllte Leichnam lag auf einem marmornen Tisch in der Mitte des kleinen Zimmers.

„Dass außer dem Schlag auf den Kopf keine weiteren Verletzungen vorlagen und dass er alle Gegenstände, die er am Körper gefunden hat, in eine Kiste auf dem Tresen unter dem Fenster gelegt hat." Robert zwängte sich am Tisch vorbei und widmete seine Aufmerksamkeit der Kiste. „Ah, ich sehe, was er gemeint hat."

„Was?" Miss Harrington trat an seine Seite.

„Das hier." Er hielt einen kleinen Beutel hoch, der mit geschwärzten Zugbändern aus Hanf verschlossen war. „Soweit wir wissen, war Ezekiel Thurrock ein sehr gläubiger Mann."

„Das ist richtig."

„Wieso hatte er dann eine Art Talisman oder Zaubersäckchen bei sich?" Er legte die Finger an das verknotete Garn.

„Machen Sie das nicht auf!", rief Miss Harrington.

Robert runzelte die Stirn. „Wenn ich es nicht aufmache, wie sollen wir dann wissen, was darin ist? Vielleicht ist es irgendein heiliges Artefakt oder ein Erinnerungsstück aus der Kindheit."

„Aber was, wenn nicht?" Sie packte seinen Arm.

„Miss Harrington, was um alles in der Welt ist in Sie gefahren? Sicherlich glauben Sie nicht, dass ein Bündel von Stöckchen und Kräutern wirkliche Macht besitzen kann?"

„Ich ... weiß nicht."

Er legte das Säckchen ab, wandte sich ihr zu und studierte ihr Gesicht. „Ich kann nicht fassen, dass Sie albernen Ammenmärchen Glauben schenken."

„Das geht mir genauso, aber –" Sie seufzte. „Wenn es wirklich ein Zaubersäckchen ist, dann habe ich die Macht dieser ... Zauber und ihre Auswirkungen bereits an einigen Mitgliedern der Gemeinde gesehen. Ich kann nicht guten Gewissens sagen, dass sie nicht einen merkwürdigen Einfluss besitzen."

„Unfug."

„Ich wünschte, ich könnte Ihnen da zustimmen."

„Das ist nur weibischer Humbug, der zustande kommt, weil Sie nichts Besseres haben, mit dem Sie Ihren Geist beschäftigen können."

Ihr Kopf schnellte zu ihm hoch. „Wie bitte?"

„Diese Zauber sind für die Leichtgläubigen, die Narren und Einfaltspinsel, die nicht die geistigen Fähigkeiten haben, um die Welt der Wissenschaften und ihre Ideen zu verstehen."

„Leute wie ich, möchten Sie sagen?"

„Natürlich nicht – weshalb ich überrascht bin, dass wir überhaupt diese Diskussion führen."

„Aber was, wenn die Person glaubt, dass Flüche wirken? Kann dieser Glaube dafür sorgen, dass ein bestimmtes Ereignis eintritt?"

Robert runzelte die Stirn. „Miss Harrington, geht es Ihnen wirklich gut? So leichtgläubig zu sein, sieht Ihnen gar nicht ähnlich."

„Ich versuche Sie nur verstehen zu lassen, dass einige Menschen tatsächlich an solchen Unfug glauben. Vielleicht hatte er unter all seiner sichtbaren Hingabe zum Glauben ... Zweifel."

„Das halte ich für sehr unwahrscheinlich."

„Ich doch auch, aber was gibt es sonst für eine Erklärung?"

„Wenn wir den Beutel aufmachen, finden wir es vielleicht heraus?"

Sie biss sich besorgt auf die Unterlippe. „Sind Sie sicher, dass Sie das wünschen?"

„Ja. Und Sie können sich dort drüben hinstellen, wenn Sie fürchten, dass irgendein magischer Dämon hervorspringt und Sie mit einem Fluch belegt."

Zu seiner Überraschung trat sie tatsächlich einen Schritt zurück. „Ganz so naiv bin ich nicht, Major, aber ich bitte Sie darum, vorsichtig zu sein."

Er holte sein Taschenmesser aus dem Mantel hervor, legte den Stoffbeutel auf den Tisch, durchtrennte langsam das geschwärzte Hanfgarn und breitete das dunkle Material mit der Klinge aus, um den Inhalt zu enthüllen.

Er rümpfte die Nase. „Es riecht nach Urin."

„Und?"

Vorsichtig bewegte er den Inhalt mit der Messerspitze. „Ich sehe einen rostigen Nagel, einige getrocknete Kräuter und den Stummel einer schwarzen Kerze, bei der etwas ins Wachs geritzt zu sein scheint." Er beugte sich näher heran. „Ich habe keine Ahnung, was das darstellen soll."

Er richtete sich auf und blickte zu Miss Harrington. „Alles in allem wirkt es nicht wie etwas, das unser sanftmütiger Küster bei sich tragen würde."

„Vielleicht können wir Mr Nathaniel Thurrock fragen, ob sein Bruder ein derartiges Zaubersäckchen üblicherweise bei sich trug?"

„Ich schätze, das könnten wir tun", sagte Robert zögerlich. „Ich habe vor, dem Mann Ezekiels Habseligkeiten zu übergeben, sobald ich meine Untersuchung als örtlicher Magistrat abgeschlossen habe."

„Vielleicht könnten Sie ihm die Gegenstände zeigen und sehen, ob er selbst eine Bemerkung über das Säckchen macht?"

„Und wenn er fragt, was zum Teufel das ist, was tun wir dann?"

„Wir finden heraus, wie es in den Besitz des Verstorbenen kam."

„Und wie sollen wir das Ihrer Meinung nach bewerkstelligen?"

Miss Harrington zupfte an ihren Handschuhen. „Da lassen sich Wege finden."

Robert ging hinüber zum tiefen Keramik-Waschbecken und wusch sich die Hände. Er hatte zwar nicht vor, seiner Verlobten davon zu erzählen, aber die Nähe zu dem Bündel harmloser Objekte war recht ... beunruhigend gewesen. Ihm hatten die Nackenhärchen zu Berge gestanden, als ob er von einem kalten Hauch erfasst worden wäre. Er hatte ein solches Gefühl nur einmal verspürt, vor der Schlacht von Waterloo, die für ihn geendet hatte, als er schwer verletzt und dem Tode nahe unter seinem Pferd begraben worden war.

Aber er weigerte sich, sein überlegenes Weltverständnis von Miss Harringtons albernen Ansichten anstecken zu lassen. Ezekiel Thurrock wäre nicht der erste Mann, der zu mehr als einem Gott gebetet hatte. Während des Krieges waren besonders die Ränge der einfachen Fußsoldaten der königlichen Armee von Aberglauben durchsetzt gewesen. Viele seiner Männer hatten Glücksbringer mit sich getragen, die von einfachen Objekten bis zum Makabren reichten. Und alle waren der Überzeugung gewesen, dass der ihre ihr Leben retten würde. Er hatte gelernt, sich nicht in solche Dinge einzumischen, denn alles, was einem Mann dabei half, mit Zuversicht zu kämpfen, war besser als nichts.

Miss Harrington nahm die Kiste an sich, in der sich die restlichen Besitztümer von Ezekiel befanden. „Wenn Sie das Zaubersäckchen in Ihr Taschentuch wickeln, werde ich alles in meinen Korb legen und wir können zurück zum Pfarrhaus gehen und direkt mit Mr Thurrock sprechen."

Robert zog seine Uhr hervor. „Ja, ich habe noch genug Zeit, Sie nach Hause zu begleiten."

„Vielen Dank." Ihr Lächeln wirkte diesmal natürlicher. „Wie macht sich Mr Fletchers Bruder als Landverwalter?"

„Er ist erstaunlich auffassungsschnell und es bereitet Freude, mit ihm zu arbeiten." Robert hielt Miss Harrington die Tür auf. „Ich bin zuversichtlich, dass die Ländereien nächstes Jahr – sofern das Wetter es zulässt – wieder Gewinne abwerfen."

„Das sind großartige Neuigkeiten für Sie und Ihre Pächter, Sir."

Er schloss die Tür hinter ihnen und folgte ihr durch den Flur nach draußen, wo endlich mit einiger Verspätung die Sonne hinter den Wolken hervorgekommen war. Dr. Fletcher hatte keine Diener, nur eine Haushaltshilfe, die täglich für ihn kochte und bei ihm putzte.

„Und auch für Sie, Madam. Ich gehe davon aus, dass mir durch Sie als meine Ehefrau einige zusätzliche Kosten entstehen werden."

„Zum Glück für Sie bin ich eine exzellente und sparsame Hausfrau, die keinerlei Bedürfnis hat, Ihr Vermögen zu verspielen oder sich in London einzurichten."

„Ich bin froh, das zu hören, auch wenn ich vermute, dass ich häufiger nach London reisen muss, als es mir lieb ist."

„Wieso das?"

Sie nahm seinen Arm, ließ den Korb vom anderen Ellbogen hängen und passte sich seinem langsamen Schritt an.

„Diese verdammte Regierung."

„Sie haben vor, in die Politik zu gehen?" Miss Harrington blieb stehen und starrte ihn ungläubig an.

„Wie könnte ich das nicht? Die Soldaten, die hierher zurückkehren, werden wie Aussätzige behandelt und einem elenden Tod auf der Straße überlassen. Und die Industriegemeinden im Norden sind kaum in der Regierung dieses Landes repräsentiert."

Sie zog die Augenbrauen hoch. „Wie es scheint, bin ich mit einem Radikalen verlobt."

Er erwiderte ihren Blick. „Haben Sie etwas dagegen?"

„Ganz und gar nicht. Ich bin die Tochter eines Mannes der Kirche."

„Eine Kirche, die predigt, dass jeder Mann einen Platz im Leben hat, für den er dankbar sein sollte."

„Was der Grund ist, warum ich auf Ihrer Seite stehe." Sie gingen zusammen weiter. „Wollen Sie sich ins Parlament wählen lassen?"

„Ich habe darüber nachgedacht", gab Robert zu.

Sie klopfte sanft auf seinen Arm. „Wie schön für Sie. Ich werde an Ihrer Seite stehen, meine beste Haube tragen und brav zu jeder Ihrer klugen Bemerkungen nicken."

Robert gluckste.

„Finden Sie die Vorstellung amüsant, Sir?"

„Die Vorstellung, dass Sie mir zustimmen könnten? Selbstverständlich. Wir sind nicht gerade dafür bekannt, dass unsere Ansichten besonders harmonisch miteinander verschmelzen."

„Aber wenn Sie mir gestatten, all Ihre Reden zu schreiben, werden wir vereint dastehen."

Er sah zu ihr hinunter, als sie den leichten Anstieg zur Kirche und dem Pfarrhaus begannen. „Ich meine, mich daran zu erinnern, dass Sie mir als meine zeitweilige Sekretärin einigen Ärger eingebracht haben."

„Ich habe Ihnen versehentlich den Titel eines Baronets beschert", prustete sie hervor. „Man könnte meinen, dass Sie dafür etwas dankbar sein könnten."

„Oh, das bin ich. Das bringt mich in eine exzellente Position, um für einen Parlamentssitz zu kandidieren, allerdings bezweifle ich, dass der Prinz meine Wahl politischer Verbündeter gutheißen wird."

„Vielleicht sollten Sie dann wirklich in Erwägung ziehen, mich all Ihre Reden schreiben zu lassen."

Robert lächelte, als sie durch die Hintertür das Pfarrhaus betraten. Mrs Fielding war nirgends zu sehen, aber Betty und die neue Küchenhilfe saßen am Tisch und schälten Gemüse.

„Guten Tag, Miss Harrington, Major." Betty erhob sich, machte einen Knicks und wischte sich die Hände an der Schürze ab. „Möchten Sie etwas Tee?"

Robert nickte ihr zur Begrüßung zu. Das jüngere Mädchen, dessen Name ihm entfallen war, starrte ihn so ehrfürchtig an, als wäre er ein Mitglied der Königsfamilie. Sie schien noch recht jung zu sein. Ihr widerspenstiges dunkles Haar war ihrer Kopfbedeckung entkommen.

„Das würden wir sehr begrüßen, Betty." Miss Harrington löste die Bänder ihrer Haube. „Ist Mr Thurrock im Salon?"

„Ich glaube ja, Miss. Soll ich gehen und nachschauen?"

„Nein, ich werde ihn schon finden." Miss Harrington schenkte Betty ein Lächeln. „Bringen Sie einfach den Tee, wenn er fertig ist."

„Ja, Miss."

Robert folgte Miss Harrington aus der Küche hinaus in den kleinen, sonnigen Salon am hinteren Ende des Hauses, den die Familie jeden Tag nutzte. Zu seiner Erleichterung war keine Spur von Miss Penelope Chingford und ihrer Schwester zu sehen. Er wollte schon seit einiger Zeit taktvoll erfragen, wie lange die beiden noch bleiben würden, aber bisher hatte sich der richtige Moment nicht ergeben. Die aufkeimende Freundschaft zwischen seiner Verlobten und seiner ehemaligen Verlobten war ebenso rätselhaft.

Mr Thurrock saß am Schreibtisch mit dem Rücken zur Tür, und das Kratzen von Feder auf Papier war zu hören.

Miss Harrington räusperte sich leise. „Guten Tag, Mr Thurrock. Major Kurland ist mit mir hergekommen, um mit Ihnen zu sprechen, Sir."

„Sir Robert!"

Der Bruder des Küsters legte hastig ein Löschpapier auf die gerade geschriebene Seite und versuchte, sich auf dem Stuhl sitzend umzudrehen, was aufgrund seiner Leibesfülle und der Enge seines Korsetts jedoch fast unmöglich war.

Robert verneigte sich. „Mr Thurrock. Ich bin hier, um Ihnen mein Beileid für Ihren Verlust auszusprechen. Ich möchte Sie, so gut ich kann, bei allen nötigen Vorkehrungen unterstützen."

„Das ist ausgesprochen großzügig von Ihnen, Sir, wirklich sehr großzügig." Mr Thurrock seufzte und neigte den Kopf. „Mein armer, lieber Bruder. Was für ein schrecklicher Verlust, sowohl für unsere Familie als auch für die Gemeinde von Kurland St. Mary."

Robert setzte sich. „Wir werden ihn mit Sicherheit vermissen."

Miss Harrington trat vor und stellte die Kiste, in der sich die Besitztümer von Ezekiel befanden, an der Kante des Schreibtischs ab. „Wir haben das hier von Dr. Fletcher mitgebracht." Sie warf Robert einen vielsagenden Blick zu. „Ich werde gehen und nachsehen, ob Betty schon den Tee gemacht hat, Major. Ich bin gleich wieder zurück."

Er sah ihr einen Moment hinterher, bevor er seine Aufmerksamkeit wieder auf Mr Thurrock lenkte, der die Gegenstände einzeln herausnahm, begutachtete und seufzte. Es war nicht besonders viel in der Kiste. Eine alte Uhr, ein viel genutztes Gebetsbuch und ein mitgenommenes Taschenmesser ähnlich wie die, von denen Robert seit seiner Kindheit immer eins bei sich trug.

„Was ist dieses Bündel aus Zweigen?" Mr Thurrock hob den Kopf und warf Robert stirnrunzelnd einen fragenden Blick zu. „Das sieht ja aus wie etwas, das man auf einem Jahrmarkt bei einer Roma-Wahrsagerin kaufen kann."

Robert zuckte mit den Schultern. Vielleicht hatte der Küster es tatsächlich beim Dorffest gekauft. Der Gedanke war ihm bisher noch nicht in den Sinn gekommen. „Ein Glücksbringer vielleicht? Möglicherweise trug Ihr Bruder das schon jahrelang bei sich?"

„Das bezweifle ich. Mein Bruder hatte nichts für Ketzerei oder Hexenzauber übrig, Sir Robert. Er war ein wahrer Gläubiger."

„Dann hat er es vielleicht gefunden, in die Tasche gesteckt und dann darin vergessen?"

„Das erscheint mir schlüssiger." Mr Thurrock steckte die Uhr, das Messer und das Gebetsbuch ein und ließ den Talisman in der Kiste zurück. „Vielen Dank, dass Sie mir diese Gegenstände gebracht haben, Sir Robert. Ich werde sie in Ehren halten."

Robert lehnte sich zurück. „Gern geschehen. Haben Sie vor, den Leichnam Ihres Bruders für das Begräbnis mit zurück nach Cambridge zu nehmen? Falls dem so sein sollte, kann ich Ihnen dabei helfen, das zu arrangieren."

„Ich denke, er würde es bevorzugen, hier zur Ruhe gelegt zu werden, wo er einen Großteil seines Lebens verbracht hat."

Robert nickte. „Ich bin mir sicher, dass der Pfarrer daran nichts auszusetzen haben wird."

„Tatsächlich kommen die Vorfahren unserer Familie aus Kurland St. Mary. Wir haben ein Familiengrab auf dem Kirchhof von Kurland St. Anne."

„Das war mir nicht bewusst."

Mr Thurrock lächelte. „Das ist einer der Gründe, warum mein Bruder und ich unsere gemeinsame Zeit hier so genossen haben. Unsere Familie ist vor einigen Jahren nach Cambridge umgezogen und schließlich auch dort geblieben. Nachdem er sich der Kirche verschrieben hatte, war Ezekiel hocherfreut, einen Posten in dieser Gemeinde gewinnen zu können."

„Ich glaube, mein Vater hat bei der Auswahl eine Rolle gespielt."

„Das stimmt. Ein wahrhaft ehrenvoller Gentleman."

Erneut musste Robert sich wegen seines mangelnden Wissens ärgern. Er war so erpicht darauf gewesen, zum Militär zu gehen, um seinen Pflichten zu entkommen, dass er es versäumt hatte, viel über die Familien in Erfahrung zu bringen, die einst auf seinen Ländereien gelebt hatten und hier gestorben waren. Er hatte zwar damit angefangen, dies nachzuholen, das Ergebnis war bisher allerdings ernüchternd. Er konnte es sich nicht zur Angewohnheit machen, sich auf Miss Harrington zu verlassen, um seine Fehler zu korrigieren.

Eine Bewegung an der Tür zog seine Aufmerksamkeit auf sich und er erhob sich, damit Miss Harrington genug Platz hatte, um das Teetablett hereinzubringen. Sie schenkte ihnen allen ein und beteiligte sich freundlich an der Unterhaltung. Er hatte keinerlei Zweifel, dass sie eine perfekte Politikerfrau abgeben würde, falls er sich tatsächlich zur Wahl stellen und auch gewinnen sollte.

„Ist Ihr Vater zu Hause, Miss Harrington?", fragte Robert.

„Laut Betty ist er mit Miss Chingford und ihrer Schwester in Kurland St. Anne, um ein krankes Gemeindemitglied zu besuchen, aber ich erwarte, dass sie recht bald zurückkehren. Wünschen Sie ihn zu sprechen?"

Robert erhob sich. „Das kann auch warten. Entschuldigen Sie, Mr Thurrock, ich muss zurück nach Kurland Hall und mich mit meinem Landverwalter treffen."

„Dafür müssen Sie sich doch nicht entschuldigen, Sir Robert. Es ist mehr als liebenswürdig, dass sich ein so vielbeschäftigter Mann wie Sie überhaupt die Zeit genommen hat, mit einer bescheidenen Persönlichkeit wie mir zu sprechen." Mr Thurrock lächelte Miss Harrington breit an. „Es ist recht offensichtlich, wie der Major Sie dazu gebracht hat, ihn zu heiraten, Madam."

Bewundernswerterweise antwortete Miss Harrington mit einem vornehmen Lächeln und machte einen Knicks. „Er ist in der Tat ein Abbild der Tugend, Mr Thurrock."

Robert folgte ihr hinaus in die stille Eingangshalle, wo er Hut und Handschuhe wieder an sich nahm.

„Während Sie sich mit Mr Thurrock unterhielten, ist mir etwas eingefallen", sagte Miss Harrington. „Wo genau am Körper trug Ezekiel das Zaubersäckchen?"

„Dr. Fletcher hat dazu nichts gesagt, aber ich kann ihn danach fragen. Wieso spielt das eine Rolle?"

„Weil er es vielleicht nur irgendwo gefunden und eingesteckt hat, um es später wegzuwerfen."

„Was bedeuten würde, dass es gar nichts mit ihm zu tun hatte."

„Exakt." Miss Harrington nickte.

„Wenn er es aber verdeckt am Körper trug ..."

„Dann ist es wahrscheinlicher, dass es ihm gehörte", beendete sie den Satz für ihn. „Ich schätze, es könnte auch etwas mit der allgemeinen Abneigung gegen ihn seit dem Erntefest zu tun haben."

„Wie meinen Sie das?"

„Vielleicht hat ihm jemand Böses gewünscht und das Säckchen an eine Stelle gelegt, wo er es finden würde."

Robert zog die Handschuhe an. „Das ist durchaus möglich."

„Dann wäre der Fluch also erfolgreich gewesen?"

„Weil er dafür gesorgt haben soll, dass der Steinkopf während eines Sturms auf seinen Kopf stürzte? Guter Gott, Miss Harrington, Ihre Fantasie ist grenzenlos."

„Es ist allerdings doch wirklich ein recht großer Zufall, oder? Er gewinnt alle Preise, jemand verflucht ihn und dann stirbt er tatsächlich." Sie zog eine Augenbraue hoch. „Und sagen Sie nicht, ich sei fantasievoll. Jemand im Dorf könnte gerade sehr zufrieden sein, falls die Person denkt, dass ihr Fluch funktioniert hat."

Sie erschauderte und er tätschelte ihr die Schulter.

„Ich bezweifle, dass jemand sich wegen einer solch trivialen Sache über einen Todesfall freuen würde, oder was denken Sie?"

„Dem muss ich zustimmen. Vielleicht habe ich doch nur zu viel Fantasie." Sie trat einen Schritt zurück und öffnete die Tür. „Guten Abend, Major Kurland."

Er verbeugte sich. „Miss Harrington."

Major Kurland bog von der Auffahrt des Pfarrhauses auf die Straße in Richtung Kurland Hall ab. Lucy stellte zufrieden fest, dass er kaum humpelte. Sie rieb die Hände über ihre Oberarme, um sie ein wenig aufzuwärmen. Obwohl sie dem Major zugestimmt hatte, fühlte sie sich dennoch unwohl bei dem Gedanken, dass jemand im Dorf bewusst versucht haben könnte, den Küster zu verfluchen. Im Gegensatz zu seinem stets unterwürfig wirkenden Bruder war er ein guter und frommer Mann gewesen, der sein Leben der Kirche und den Interessen ihres Vaters gewidmet hatte.

Hatte er das Zaubersäckchen gefunden und war abgelenkt gewesen, als er die Kirche während des Sturms besucht hatte? Wieso war er im alten Turm nicht vorsichtiger gewesen? Ihr Blick wanderte unwillkürlich in Richtung der Kirche gegenüber dem Pfarrhaus, zu der dunklen Silhouette des klobigen Glockenturms. Es hatten nicht immer mehrere Glocken darin gehangen. Das war erst durch den vorherigen Pfarrer umgesetzt worden. Laut Nathaniel Thurrock war der Turm einst befestigt gewesen und hatte als letzte Zufluchtsstätte für die Dorfbewohner gedient.

Lucy runzelte die Stirn und ging zurück in den Salon, wo Mr Thurrock offenbar seinen Tee ausgetrunken und sich wieder seiner Schreibarbeit gewidmet hatte.

„Mr Thurrock ..."

„Ja, meine liebe Miss Harrington?"

„Sagten Sie nicht, dass Sie einige Zeichnungen angefertigt hätten, die die Kirche und deren Umbauten im Laufe mehrerer Hundert Jahre zeigen."

„So ist es." Er stellte die Feder ins Tintenfass. „Soll ich mein Skizzenbuch holen?"

„Wenn Sie Ihre anderen Pflichten erledigt haben, Sir. Ich möchte Sie nicht stören."

Er erhob sich. „Ich habe kein Problem damit, das Schreiben von immer derselben traurigen Nachricht an meine Freunde und Familie kurz ruhen zu lassen. Nach einer Weile wird so etwas recht lästig. Es wäre mir eine Freude, Ihnen behilflich sein zu können."

„Vielen Dank." Lucy schenkte ihm ein Lächeln. Sie hatte keine Ahnung, was sie sagen sollte, warum sie sich so plötzlich für eine Kirche interessierte, in der sie schon ihr ganzes Leben gebetet hatte. Es war sehr wahrscheinlich, dass er nicht fragen würde, da er weit mehr Interesse für seine eigenen Angelegenheiten hatte als die von anderen.

Lucy hatte sich inzwischen hingesetzt, als er mit seinem schweren Skizzenbuch zurückkehrte und begann, darin herumzublättern. Lucy fielen mehrere Zeichnungen von Grabsteinen und Gebäuden auf. Eine weitere sah aus wie eine Seitenansicht des Mallard-Hauses in Kurland St. Anne.

„Ah, hier haben wir sie, Miss Harrington. Ich habe versucht, die verschiedenen Bauzustände der letzten neunhundert Jahre darzustellen. Viele der Informationen stammen aus den Gemeindearchiven, die Ihr Vater pflegt. Den Rest habe ich aus Nachforschungen zu Bautechniken, die beim Bau von Kirchenmauern zur Anwendung kamen."

Lucy studierte die Außen- und Innenansichten des Turms, der, wie sie erwartet hatte, der älteste Teil des Bauwerks war. Mr Thurrock sprach noch immer.

„Selbstverständlich sind die Mauern des Turms sehr dick, und das runde Fenster an dessen Fuße ist erst viel später eingesetzt worden. Ich glaube – und Ihr Vater stimmt mir darin zu –, dass bis dahin nur Schießscharten und die Tür nach draußen Licht ins Innere gelassen haben."

„War die Plattform für die Glöckner schon immer Teil des Turms?", fragte Lucy.

„Nun, die Treppen müssen ja irgendwo hingeführt haben, aber der ursprüngliche Zwischenboden aus Holz wurde durch eine stabilere Konstruktion ersetzt, als man die erste Glocke aufgehängt hatte, um die Dorfbewohner zum Gebet rufen zu können."

„Als der Turm Teil der Kirche wurde."

„In der Tat."

Lucy lehnte sich zurück. „Vielen Dank, dass Sie mir Ihre Zeichnungen gezeigt haben, Mr Thurrock."

„Sehr gern, Miss Harrington." Er seufzte schwer. „Und jetzt muss ich mich wieder meiner Aufgabe widmen, meinen Freunden und der Familie vom vorzeitigen Tod meines Bruders zu berichten. Wir werden ihn schmerzlich vermissen."

„Ich weiß. Er war ein sehr warmherziger Mann." Lucy stand auf und sammelte das Teegeschirr auf dem

Tablett ein. Sie nahm außerdem die Kiste, in der die Reste des Zaubersäckchens lagen, wieder an sich. „Ich lasse Sie dann in Frieden, Sir."

Sie brachte das Tablett zurück in die Küche. Auf dem Weg überschlugen sich ihre Gedanken bei dem Versuch, sich das Innere der Kirche vorzustellen.

„Ich werde mich darum kümmern, Miss Harrington." Betty nahm ihr das Tablett aus den widerstandslosen Händen. „Die Köchin wird bald zurück sein, um das Abendessen zuzubereiten, und Sie wissen ja, wie sehr sie eine saubere Küche schätzt."

„Vielen Dank, Betty." Lucy nahm das Taschentuch des Majors an sich und steckte es in ihre Tasche. „Wenn mein Vater nach mir fragt, sagen Sie ihm bitte, dass ich in der Kirche bin und mich um die Vorbereitungen für das Erntedankfest kümmere."

„Das werde ich, Miss."

Lucy zog ihre stablisten Stiefel an und borgte sich eine gute Laterne von Harris aus den Ställen, bevor sie über die Straße zur Kirche eilte. Zu dieser Jahreszeit waren die Tage kurz und sie schätzte, dass ihr nur noch ein oder zwei Stunden Tageslicht blieben. Sie betrat die Kirche, blieb einen Moment still stehen und ließ sich vom vertrauten Geruch nach Bienenwachs, feuchtem Holz und altem Stein umschließen. Am vorderen Ende waren einige geschlossene Kirchenbänke, darunter auch die der Familie Kurland, auf der an der Seite ein stark verziertes *K* eingraviert war. Am hinteren Ende der Kirche war das uralte steinerne Taufbecken und dahinter die Tür zum Turm und Glockenstuhl.

Sie schritt den Mittelgang hinunter und blieb dabei von Zeit zu Zeit stehen, um die geschwungenen Bögen der Decke und die alten, verzogenen Eichenbalken unter den weißen Stuckarbeiten in Augenschein zu nehmen. Sie zählte die Steinbildnisse ab, die jeden Säulenfries am Übergang zur Gewölbedecke zierten. Es waren noch alle vorhanden und unbeschädigt.

Die Tür zum Turm war geschlossen und Lucy zündete die mitgebrachte Laterne an, bevor sie die steinerne Schwelle in die dahinterliegende Dunkelheit übertrat. Durch die dicken Mauern war es hier deutlich kälter als im Rest der Kirche. Sie stellte die Laterne auf dem Boden ab und versuchte, sich daran zu erinnern, wo genau Ezekiel Thurrock gelegen hatte. Der Raum war nicht besonders groß. Sie kniete sich knapp hinter der Tür auf den Boden und sah nach oben zur Unterseite der hölzernen Plattform, auf der die Glöckner jeden Sonn- und Feiertag zum Gottesdienst riefen.

An der Wand entlang führte eine Wendeltreppe bis in die Dunkelheit der oberen Etage. Was hatte den Küster am Tag seines Todes hierher verschlagen? War er hergekommen, um zu überprüfen, ob die Glocken für den tobenden Sturm ausreichend gesichert waren? Das hätte ihm ähnlichgesehen. Oder wollte er lediglich durch den Turm ins Kirchenschiff gehen?

Lucy kniff die Augen zusammen. Zwischen der Plattform und der Außenmauer des Turms gab es nur eine kleine Lücke am Treppenaufgang. Wenn sich die steinerne Fratze hier von der Wand gelöst hatte, wäre sie fast sicher auf die Plattform gefallen.

„Ist der Stein in die Öffnung gerollt?", fragte Lucy in die Dunkelheit hinein. „Oder ist der unwahrscheinliche Fall eingetreten, dass er direkt von der Wand abgebrochen und in das Loch nach hier unten gefallen ist?"

Je mehr sie darüber nachdachte, desto unglaubwürdiger schien ihr das Szenario. Sie stand auf und raffte ihre Röcke. Es führte kein Weg daran vorbei. Sie würde hinaufsteigen und selbst nachsehen müssen ...

Kapitel 5

„Wie ich bereits gesagt habe, Dermot, ist der Plan, tiefere Entwässerungskanäle zu graben –"

„Major Kurland!"

Robert unterbrach die Diskussion mit seinem Landverwalter, als Miss Harrington durch die Tür seines Arbeitszimmers trat. Ihr Gesicht war gerötet, die Haube saß schief und sie hielt eine Hand an den Brustkorb gedrückt, als ob sie die gesamte Strecke vom Pfarrhaus hierher gerannt war.

Instinktiv sprang er auf. „Was ist passiert?"

Hinter ihr erschien Foley mit schuldbewusstem Blick. „Tut mir leid, Sir. Sie ist einfach an mir vorbeigelaufen, und so wie es meinen Beinen geht, konnte ich nicht mit ihr mithalten."

„Das ist völlig in Ordnung, Foley. Sie ist meine Verlobte und hier jederzeit willkommen. Können Sie uns bitte etwas Belebendes zu trinken bringen?" Robert wandte sich Mr Fletcher zu, der ebenso verwirrt über den Anblick der erschöpften Miss Harrington schien. „Ich muss mich entschuldigen, Dermot. Vielleicht können wir die Unterhaltung später fortsetzen?"

„Selbstverständlich, Sir Robert." Mr Fletcher verbeugte sich und verließ dann zügig das Arbeitszimmer. Er war wirklich ein ausgesprochen diskreter Mann.

Nachdem sein Landverwalter die Tür hinter sich geschlossen hatte, trat Robert hinter seinem Schreibtisch hervor und nahm Miss Harringtons Hand in die seine.

„Meine Liebe, beruhigen Sie sich. Was ist denn los?"

„Der Steinkopf."

„Was ist damit?"

„Der, der Mr Thurrock angeblich am Kopf getroffen haben soll!" Sie ließ sich zu einem Stuhl am Feuer führen, weigerte sich aber, sich hinzusetzen. „Da oben sind gar keine."

Robert runzelte die Stirn. „Ich verstehe nicht, was Sie mir mitteilen möchten."

Sie atmete tief durch, um sich zu sammeln, bedachte ihn mit ihrem eindringlichsten Blick und sprach langsam wie mit einem Dreijährigen. „Ich bin die Treppe im Turm zur Plattform hochgegangen, um nachzusehen, wo der Steinkopf heruntergefallen sein könnte."

Er runzelte die Stirn. „Diese Treppen sind alles andere als sicher."

„Ich weiß, ich bin auch nicht besonders begeistert von solchen Höhen." Sie erschauderte. „Aber ich musste doch sicher sein."

„Wieso?" Diesmal setzte sie sich hin, und er nahm den Platz ihr gegenüber ein, ohne dabei ihre Hand loszulassen. „Was hat Sie dazu bewegt, nachzuschauen?"

„Mr Nathaniel Thurrock hatte mir etwas über den Bau der Kirche erzählt. Laut seiner Aussage wurde der Rundturm vermutlich zur Verteidigung genutzt, bevor er zu einem Teil der Kirche wurde."

„Und?"

„Das bedeutet, dass keine religiösen Steinornamente daran angebracht wurden."

„Überhaupt keine?"

„Ich habe zumindest keine gesehen. Und selbst wenn es welche geben würde: Wenn sich etwas während des Sturms gelöst hätte, wäre es mit allergrößter Wahrscheinlichkeit auf die Plattform und nicht bis unten auf den Boden gefallen."

Robert stellte sich den Turm vor. „Ich verstehe, was Sie meinen." Er überlegte sich gut, was er als Nächstes sagte. „Wollen Sie andeuten, dass jemand absichtlich den Steinkopf auf Ezekiels Kopf fallen ließ?"

„Ich glaube, das möchte ich in der Tat."

Robert stöhnte und fuhr sich mit der Hand durch sein kurzes Haar. „Wieso müssen Sie so neugierig sein, Miss Harrington? Und wieso ziehen Sie mich immer wieder in Ihre Fantasiereisen hinein?"

Sie hob herausfordernd ihr Kinn, wie er es von ihr nur zu sehr gewohnt war. „Ich ziehe Sie in gar nichts mit hinein. Ich dachte nur, dass Sie als örtlicher Magistrat wissen sollten, was ich entdeckt habe."

„Oder was Sie glauben, entdeckt zu haben." Er blickte aus dem Rautenfenster hinaus auf die sich zusammenbrauende Wolkendecke. „Es ist zu spät, um heute noch einmal zur Kirche zurückzukehren. In der Dunkelheit würden wir ohnehin nichts sehen."

Sie lehnte sich mit gefalteten Händen vor. „Aber morgen werden Sie kommen und die Beweise selbst in Augenschein nehmen?"

Foley klopfte an die Tür und trat mit einem großen Silbertablett ein. „Die Getränke, Sir Robert."

„Vielen Dank. Verlassen Sie uns jetzt bitte und stellen Sie sicher, dass die Tür hinter Ihnen zu ist."

Foley stöhnte theatralisch. „Sir, am Schlüsselloch zu horchen liegt mir ausgesprochen fern. Würde ich mich vorbeugen, könnte ich mich danach nicht mehr aufrichten."

„Gut." Robert begleitete seinen ältesten Diener durch die Tür hinaus. „Ich werde läuten, wenn ich noch etwas brauchen sollte."

Er schenkte Miss Harrington ein Glas Ratafia und sich selbst einen Brandy ein, bevor er zu seinem Platz am Feuer zurückkehrte.

„Vielen Dank." Sie nahm das Glas an und nippte daran. „Was werden wir tun, wenn mein Verdacht stimmt?"

„Das kann ich jetzt noch nicht sagen. Ich würde gern zuerst die Beweise mit eigenen Augen sehen." Er schüttelte den Kopf. „Selbst wenn Sie recht haben, kann ich dennoch nicht glauben, dass jemand Ezekiel Thurrock umbringen wollen würde." Er blickte auf zu seiner Verlobten, die nachdenklich ins Feuer starrte. „Können Sie sich das vorstellen?"

„Immerhin hat er alle Preise auf dem Dorffest gewonnen."

„Das ist wohl kaum ein Grund, ihn umbringen zu wollen!"

„Es hat keinen Zweck, wenn Sie Ihre Schuldgefühle darüber, ihm alle Preise zugesprochen zu haben, Ihren gesunden Menschenverstand überschatten lassen."

„Meine Schuldgefühle? Guter Gott, Miss Harrington. Ich hatte das verdammte Fest schon längst vergessen."

„Vielleicht hat das jemand anders aber nicht."

„Das ist doch albern. Jeder, der wegen einer solchen Kleinigkeit zum Mörder wird, ist nicht bei Sinnen."

„Da würde ich Ihnen zustimmen."

„Gott sei Dank."

„Daher frage ich mich, was um alles in der Welt wirklich vor sich geht." Sie leerte ihr Glas. „Und jetzt muss ich nach Hause. Mein Vater erwartet mich."

Der nächste Morgen brachte einen hellen, klaren Tag, als ob der Sturm die letzten Ausläufer schlechten Wetters mit sich gerissen hätte. Nachdem sie sich vergewissert hatte, dass im Pfarrhaus alles so lief, wie es sollte, ging Lucy hinüber zur Kirche. Um sich von ihren Sorgen abzulenken, versuchte sie dort, das Obst und Gemüse für das Erntedankfest ansehnlich zu arrangieren. Das Sonnenlicht fiel durch die einfachen Glasfenster und ließ die vergoldeten Kerzenleuchter und das goldbestickte Altartuch leuchten. Ihr Vater war ein Anhänger der Traditionen der hochanglikanischen Kirche und beharrte darauf, dass eine bescheiden ausgestattete Kirche nur zu Puritanern, Calvinisten und den verdammten Methodisten passte. Lucy fragte sich oft, wie die Kirche wohl ausgesehen hatte, bevor Cromwells Truppen Buntglasfenster zerschmettert, die mittelalterlichen Gräber der Kurland-Familie beschädigt und das Altarsilber gestohlen hatten, um es einzuschmelzen und für Münzen und Waffen einzusetzen. Manchmal kamen Überreste von protzigem Stuck und leuchtenden Farben zum Vorschein, wenn irgendwo an der Decke oder den Mauern Reparaturen durchgeführt werden mussten. Diese Spuren wurden dann in der Regel recht schnell wieder überdeckt.

Lucy trat einen Schritt zurück, um ihr Werk in Augenschein zu nehmen, und seufzte. Ihre Gemüsehaufen sahen noch weniger ansehnlich aus als die Stände beim monatlichen Markt auf dem Dorfplatz. Sie konnte nur hoffen, dass die Chingford-Schwestern mehr künstlerisches Talent besaßen als sie.

„Miss Harrington?"

Sie drehte sich um und erblickte Major Kurland am Eingang der Kirche. Den Hut hielt er in der Hand. Er trug einen dicken Wintermantel über seiner üblichen ländlichen Kleidung bestehend aus einer Hirschlederhose, einer Tweedweste und gut polierten Stiefeln.

Er schritt den Gang hinunter, bis er sie und ihre Erntedankdekoration erreicht hatte. „Ist es schon so weit gekommen, dass wir zum Unterhalt der Kirche Gemüse verkaufen müssen?"

„Nein", sagte Lucy. „Das soll die Dekoration für das Erntedankfest sein, aber ich habe nicht genug Fantasie oder künstlerische Fähigkeit, um das alles ansehnlich wirken zu lassen."

Major Kurland blickte über die Schulter und winkte den rothaarigen Mann herbei, der geduldig an der Tür gewartet hatte.

„Mr Fletcher, gibt es auf dem Anwesen jemanden, der hiermit helfen könnte?"

„Mrs Bloomfield hat ein gutes Händchen für die Blumen, die sie im Haus verteilt, Sir."

„Das stimmt. Könnten Sie sie im Laufe des Tages herbringen und sie darum bitten, Miss Harrington zur Hand zu gehen?"

„Selbstverständlich, Sir Robert."

Lucy hatte sich noch immer nicht an die Herumkommandiererei ihres Verlobten und seine Annahme, dass jedermann nur zu seinen Diensten lebte, gewöhnt.

„Mrs Bloomfield könnte auch anderweitig beschäftigt sein."

„Möchten Sie nun Hilfe oder nicht?" Er blickte zu ihr herunter.

„Nur, wenn sie entbehrt werden kann", sagte Lucy bestimmt. „Wenn sie sich um Kurland Hall kümmern muss, hat sie kaum Zeit für irgendetwas anderes."

„Sie muss sich nur um mich kümmern."

„Genau. Eine Vollzeitbeschäftigung."

Sein Lächeln galt nur ihr. „Und die werden Sie bald selbst übernehmen."

Mr Fletcher räusperte sich. „Soll ich hier bei Ihnen bleiben, Sir, oder nach Kurland Hall zurückkehren, um Mrs Bloomfield zu holen?"

„Ich brauche Sie hier." Major Kurland ging in Richtung des Glockenturms. „Ich glaube, dass ich nicht in der Lage sein werde, die Treppen hier drinnen zu erklimmen, daher werden Sie an meiner Stelle hochgehen müssen."

Lucy folgte ihm und wartete, bis er einen Holzkeil in die Tür gesteckt hatte, um sie offen zu halten, und dann das Gleiche mit der Tür vom Turm ins Freie wiederholte. Dadurch wurde es im Inneren deutlich heller. Mr Fletcher hatte außerdem zwei große Laternen mitgebracht, die er anzündete.

„Nach was genau soll ich oben im Turm Ausschau halten, Sir?"

„Suchen Sie nach Spuren von Steinköpfen oder -statuen an den Mauern oder nach Stellen, an denen es aussieht, als ob das Mauerwerk vor Kurzem beschädigt worden ist."

Mr Fletcher blieb wie angewurzelt stehen. „Die gleiche Art steinerne Fratze, durch die Mr Thurrock getötet wurde?"

Major Kurland sah ihn eindringlich an. „Vielleicht gehen Sie zunächst erst einmal dort hoch und sehen sich die Lage an, Dermot. Über alles andere können wir sprechen, sobald wir herausgefunden haben, was genau hier vor sich geht."

„Sehr wohl, Sir."

Während Mr Fletcher sich vorsichtig der Treppe näherte, nahm Lucy die andere Laterne, stellte sich in die Mitte des Raumes und drehte sich langsam im Kreis.

„Wonach suchen Sie, Miss Harrington?"

„Ich weiß es noch nicht." Lucy stellte die Laterne auf dem Boden ab und ging daneben in die Knie. Ihre Röcke bauschten sich um sie. „Ich habe mich nur gefragt, ob Mr Thurrock vielleicht etwas zurückgelassen haben könnte."

Major Kurland deutete auf die Tür. „Da drüben ist ein kleiner Blutfleck."

Auch wenn sie der Gedanke erschaudern ließ, näherte sich Lucy dem Fleck. „Was bedeutet, dass er vermutlich entweder gerade ankam oder aus der Tür hinausging, als er vom Steinkopf getroffen wurde."

„Er muss hineingegangen sein, denn sein Körper ist in Richtung der Mitte des Turms gefallen."

Lucy inspizierte den Blutfleck eingehend. „Können Sie die Laterne näher hierherbringen?"

„Wieso, was gibt es?"

Über ihnen hallten die Schritte von Mr Fletchers Stiefeln auf der Holzplattform von den Wänden wider. Die Glocken über ihm blieben still.

Das Licht beleuchtete den Türrahmen. „Da ist etwas in den Stein geritzt. Es sind mehrere Symbole."

„Können Sie sie entziffern?"

Sie lehnte sich zurück. „Nein, sie sehen wirklich uralt aus."

„Vielleicht die Markierung eines Steinmetzen?"

„Das könnte sein." Lucy ließ sich von Major Kurland auf die Beine helfen, während Mr Fletcher wieder von der Plattform zurückkehrte.

„Nun?", fragte Major Kurland.

„Ich konnte da oben keine Steinköpfe oder Steinstatuen sehen und auch kein Anzeichen einer kürzlichen Beschädigung am Mauerwerk."

„Teufel noch mal", murmelte Major Kurland. „Bitte behalten Sie diese Information für sich, Dermot."

„Sehr wohl, Sir Robert."

„Wo haben wir den Steinkopf hingebracht, der Mr Thurrock getroffen hat?"

Lucy runzelte die Stirn. „Ich weiß es nicht."

„Wann haben Sie ihn zuletzt gesehen?"

„Gar nicht, ich habe nur Mr Thurrocks Leiche gesehen."

Major Kurland verließ den Glockenturm, während Mr Fletcher zurückblieb, um die Türen zu schließen und die Laternen zu löschen.

Der Major senkte die Stimme, um mit Lucy zu sprechen. „Ich habe den Steinkopf gesehen, als ich den Pfarrer in der Kirche traf. Er lag in der Nähe des Leichnams auf dem Boden."

„Hat mein Vater ihn mitgenommen oder vielleicht Dr. Fletcher?"

„Ich habe ihn zumindest im Haus des Doktors nicht gesehen, Sie etwa?"

„Nein." Lucy ging in Richtung des Pfarrhauses. „Vielleicht sollten wir meinen Vater dazu befragen?"

„Würde er nicht wissen wollen, warum wir danach fragen?"

„Das bezweifle ich. Er ist heute so sehr davon besessen, dafür zu sorgen, dass sich sein neues Jagdpferd in den Ställen einlebt, dass er kaum für etwas anderes Zeit haben wird."

„Dann sollten wir vielleicht in seinem Arbeitszimmer nachsehen, während er anderweitig beschäftigt ist."

Lucy begleitete ihn durch die Vordertür und schloss sie leise hinter sich. Es schien so, als hätte ihr Vater die Hunde mit zu den Stallungen genommen, sodass es ruhig im Haus war. Sie bedeutete dem Major weiterzugehen und klopfte leise an die Tür des Arbeitszimmers. Es kam keine Antwort und so ging sie hinein. Sie hielt nur kurz auf der Türschwelle inne, um sicherzugehen, dass ihr Vater tatsächlich nicht anwesend war.

„Da." Major Kurland deutete auf den Schreibtisch. „Auf diesem Stapel von Briefen."

Lucy ging zum Tisch hinüber und erschauderte, als sie die dunklen Spritzer von getrocknetem Blut bemerkte, die überall auf dem ohnehin nicht sehr ansehnlichen Gesicht des Steinkopfs verteilt waren. Gemeinsam studierten sie einen Moment das steinerne Antlitz.

„Stammt er von der Kirche?", fragte Major Kurland.

„Nein, ich bin gestern einmal durchgelaufen und habe alle offensichtlichen Stellen abgesucht, aber natürlich könnte er in irgendeinem Winkel versteckt gewesen sein. Ich habe gehört, dass derartige Steinbildnisse häufig an unauffälligen Orten angebracht sind. Ich könnte meinen Vater fragen, ob er sie erkennt, aber dann könnte er Verdacht schöpfen." Lucy seufzte. „Sie kommt mir irgendwie bekannt vor, aber ich kann mich nicht daran erinnern, wo ich sie schon einmal gesehen habe. Vielleicht fällt es mir irgendwann wieder ein."

„Ich glaube nicht, dass ich sie schon einmal gesehen habe, aber ich kenne die Kirche weit weniger gut als Sie."

Lucy wandte sich ihm zu. „Unglücklicherweise wurde die Person, die uns diese Frage vermutlich beantworten könnte, getötet. Mr Thurrock war ein Experte für alle Kirchen in unserer Gemeinde." Sie setzte sich an den Tisch und nahm ein Blatt Papier. „Ich werde versuchen, eine Zeichnung der steinernen Fratze anzufertigen."

„Zu welchem Zweck?"

„Zum Vergleich."

Major Kurland zog eine Augenbraue hoch. „Haben Sie vor, durchs Dorf zu wandern und alle Steinbildnisse anzustarren?"

Sie sah ihn ungehalten an und setzte die Feder zum ersten Strich an. „So häufig sind sie nicht, Sir."

„Also werden Sie sich Kirchen ansehen? Allein auf meinen Ländereien gibt es drei."

„Das wären sicherlich gute Orte, um mit der Suche zu beginnen." Sie beendete schließlich die Zeichnung und stellte die Feder zurück ins Tintenfass. Major Kurland ging um den Tisch herum und blickte über ihre Schulter.

„Sie ist sehr gut getroffen, Miss Harrington."

„Vielen Dank." Sie schloss die Augen einen Moment, öffnete sie wieder und fing erneut an zu zeichnen. „Ich versuche auch die Symbole aufzuzeichnen, die ich am Fuß der Tür gefunden habe."

„Ich dachte, wir hätten uns darauf verständigt, dass es das Zeichen eines Steinmetzen war."

„Das ist sehr gut möglich, aber ich möchte sie dennoch aufzeichnen."

Major Kurland betrachtete die Symbole eingehend. „Dieses Zeichen erinnert mich an das, das in den Kerzenstummel im Zaubersäckchen geritzt war."

„Welches meinen Sie?"

„Es sieht fast aus wie eine Waage oder so etwas. Nicht wahr?"

Lucy sah sich ihr eigenes Werk an. „Ja, es könnte eine Waage sein. Ich frage mich, was um alles in der Welt das bedeuten soll."

Die Tür des Arbeitszimmers wurde abrupt geöffnet und ließ sie beide zusammenzucken. Maisey schlug sich die Hand vor den Mund und quietschte erschrocken.

„Oh, Miss Harrington! Sie haben mir einen Schreck eingejagt!"

Lucy lächelte sie beruhigend an. „Suchst du nach dem Pfarrer? Ich glaube, er ist noch draußen bei den Ställen."

Maisey ließ den Blick durch den Raum schweifen. „Ich habe nach etwas gesucht, das Mrs Fielding haben wollte, aber ich kann es hier gar nicht sehen."

„Was genau war es denn?", fragte Lucy geduldig.

„Ich kann mich nicht mehr erinnern." Maisey machte einen Knicks. „Entschuldigen Sie die Störung, Miss, Major Kurland – ich meine Sir Robert, Sir."

Lucy atmete erleichtert aus, als Maisey die Tür hinter sich schloss. „Das Mädchen würde seinen Kopf vergessen, wenn er nicht festgewachsen wäre. Was um alles in der Welt hat sie erwartet, hier zu finden?"

Major Kurland zuckte mit den Schultern. „Ich habe keine Ahnung. Der weibliche Verstand ist mir ein Rätsel."

„So geht es den meisten Männern." Lucy legte ein Löschblatt auf ihre Zeichnung und stellte die Feder zurück.

„Was soll ich tun, während Sie nach den Steinköpfen suchen, Miss Harrington?"

Sie erhob sich und schenkte ihm ein Lächeln. „Nichts."

Er starrte sie verdutzt an. „Das sieht Ihnen gar nicht ähnlich. Normalerweise lassen Sie mich immer irgendetwas hinterherjagen."

Nun war sie an der Reihe, die Überraschte zu spielen. „Ich dachte, Sie wären es leid, von mir in derartige Angelegenheiten gezogen zu werden?"

„Als Ihr Verlobter und der Mann, der sich bald um Sie kümmern muss, kann ich nicht anders, als involviert zu sein."

Sie hob das Kinn. „Sich um mich kümmern müssen? Ich bin kein Kind."

„Aber Sie sind recht anspruchsvoll."

Sie setzte an, ihm zu widersprechen, hörte jedoch das Kratzen von Pfoten an der Hintertür. Sie schnappte sich ihre Zeichnung und eilte zum Eingang. „Sofern Sie nicht mit meinem Vater sprechen wollen, sollten wir vermutlich schnell aus dem Arbeitszimmer verschwinden."

Er folgte ihr hinaus in den Flur und weiter in die Hinterstube, wo sie die Tür hinter ihnen schloss. Augenblicke später ging ihr Vater davor vorbei. Er rief nach seinen Hunden und unterhielt sich mit Harris über die Fortschritte mit seinem neuen Pferd.

Major Kurland ging hinüber zum Feuer und beugte sich vor, um ein weiteres Scheit in die Flammen zu werfen.

„Ich werde mit meinen Pächtern über Mr Thurrocks Tod sprechen."

Lucy lehnte sich gegen die Tür. „Zu welchem Zweck?"

Seine tiefblauen Augen blickten sie über seine Schulter direkt an. „Um herauszufinden, ob jemand eine Theorie haben könnte, warum Ezekiel Thurrock gestorben ist."

Sie verschränkte die Arme vor der Brust. „Jeder denkt, es war ein Unfall."

„Aber wie Sie bereits angedeutet haben, könnte jemand sich vielleicht dazu verleiten lassen zu prahlen, wenn dieser Jemand glauben sollte, etwas mit seinem Tod zu tun gehabt zu haben."

„Ihnen gegenüber?"

„Natürlich nicht. Aber vielleicht fallen mir Andeutungen auf, besonders, wenn ich die Kontroverse wegen des Gemüses anspreche."

Sie studierte ihn eingehend, als er sich endlich vollständig zu ihr umdrehte. Wollte er sich nach seinen früheren Bemerkungen über ihren Charakter versöhnlich zeigen? Die Erkenntnis, dass sie mit der Hochzeit praktisch zu seinem Eigentum wurde und er tatsächlich das Recht haben würde, jeden Moment ihres Lebens zu bestimmen, war erniedrigend.

„Ich schätze, es kann nicht schaden, diese Frage zu stellen, Sir. Ich werde das Gleiche tun."

„Und ich werde Dr. Fletcher fragen, wo am Leichnam er den Talisman gefunden hat. Er kommt heute Abend zum Essen zusammen mit seinem Bruder und Mr Thurrock zum Anwesen."

„Das klingt wie eine ausgezeichnete Idee." Sie schenkte ihm ein zartes Lächeln. „Ich werde versuchen herauszufinden, woher die steinerne Fratze stammt."

„Gut. Dann sollte ich Dermot holen und nach Hause zurückkehren."

Sie musste ihm zugutehalten, dass er sie nicht ermahnte, vorsichtig zu sein.

Nachdem er gegangen war, nahm sie sich noch einmal ihre Zeichnung des Steinkopfs vor und untersuchte sie eingehend. Major Kurland musste nicht wissen, dass ihre Pläne deutlich weiter gingen, als sie ihm gesagt hatte. Wenn es eine Sache im Leben gab, die sie gelernt hatte, wenn es um herrische Männer ging, dann, dass es umso besser war, je weniger man ihnen sagte.

Kapitel 6

„Nun, wie ich bereits sagte, mein lieber Sir Robert, der arme Ezekiel war sehr beunruhigt über den Streit um sein siegreiches Gemüse beim Dorfwettbewerb." Mr Nathaniel Thurrock unterdrückte ein Rülpsen und tupfte sich den Mund mit der Serviette ab. Nach dem Essen waren die Gentlemen noch eine Weile bei Portwein an der Tafel sitzen geblieben. Robert hatte nichts unternommen, um den sehr gesprächigen Nathaniel in seinen langatmigen Ausführungen zu unterbrechen.

„Ich habe ihm gesagt, er solle stolz auf seine Gärtnereikünste sein, aber er sagte, er müsse in Kurland St. Mary leben und dass es bereits genug Abneigung gegen die Thurrocks gab, ohne diese noch weiter befeuern zu müssen."

Robert lehnte sich vor. „Ihr Bruder hat sich Sorgen gemacht? Hat er ernsthaft geglaubt, dass ihm jemand wegen einer solchen Banalität Schaden zufügen wollte?"

„Das hat er in der Tat. Sie haben ja gesehen, wie ängstlich er nach dem Fest war. Tatsächlich haben wir uns deswegen sogar gestritten." Nathaniel schüttelte den Kopf. „Was ich jetzt natürlich zutiefst bereue, da wir vor seinem Tod keine Gelegenheit mehr hatten, uns wieder zu versöhnen." Er hielt nachdenklich inne.

„Man fragt sich natürlich, ob er damit nicht sogar recht hatte, nicht wahr?"

„Was genau meinen Sie?", fragte Robert vorsichtig.

„Nun, er ist recht plötzlich gestorben." Nathaniels Blick schweifte über die Anwesenden. Dr. Fletcher und sein Bruder sahen ihn schockiert an. „Ich habe schon einige impertinente Andeutungen gehört, dass er bekommen habe, was er verdient habe."

„Wo zum Teufel haben Sie das gehört?" Robert versuchte unbeeindruckt zu klingen, aber es fiel ihm schwer.

„Ich war im *Queen's Head*, um einen Boten anzuheuern, der einige Briefe nach Cambridge zustellen sollte. Während ich auf den Inhaber wartete, hörte ich aus dem Schankraum gewisse Kommentare."

„Was genau wurde gesagt?"

„Dass Gottes Gerechtigkeit meinen Bruder getroffen hat."

„Haben Sie erkennen können, wer genau diese unangenehme Bemerkung gemacht hat?"

„Nein, ich habe zwar zur Tür hineingeschaut, aber mit all dem Rauch vom Torffeuer und den Pfeifen der Männer war die Luft kaum atembar. Ich hatte nicht den Mut, hineinzugehen und einen Hustenanfall zu riskieren."

Robert war der Meinung, dass der rundliche Mr Thurrock vermutlich eher nicht dazu geneigt war, wegen seines Bruders in aller Öffentlichkeit in einem Schankraum in eine Prügelei verwickelt zu werden, aber er behielt den Gedanken für sich und ließ seinen Gast weitererzählen.

„Meine Gesundheit ist nicht die beste, Sir Robert. Und nach dem, was ich gehört habe, war es nicht nur ein Rohling, der über meinen Bruder gesprochen hat, sondern es gab mehrere, die der gleichen Meinung zu sein schienen."

Robert schenkte sein Glas nach. „Würden Sie irgendwen davon wiedererkennen?"

Nathaniel lehnte sich zurück und verschränkte die Arme vor seinem fülligen Bauch. „Ich habe zwei von ihnen gehen sehen. Einer war jung, groß und blond, der andere hatte die Statur eines Arbeiters und trug einen grünen Hut und einen altmodischen Mantelrock. Sie sind zusammen in einer alten Kutsche davongefahren."

„Das klingt nach einem der Pethridge-Jungen", schaltete Dermot Fletcher sich ein. „Wenn es der junge Martin war, der macht kaum den Mund auf, außer wenn er bereits einiges getrunken hat. Ich bezweifle, dass er etwas über irgendwen gesagt haben könnte."

„Sie meinen den blonden Kerl?", fragte Nathaniel. „Er war sicherlich der lauteste von ihnen und der andere Schurke musste ihn stützen, als sie die Taverne verließen. Aber wenn er ein Pethridge war, kann ich nicht behaupten, besonders überrascht zu sein."

„Ja", antwortete Robert für seinen Landverwalter. „Der andere Mann kommt mir nicht bekannt vor. Vielleicht arbeitet er diesen Winter auf einem der Bauernhöfe."

„Soll ich diesbezüglich in unseren Unterlagen nachsehen, Sir Robert?" Dermot setzte bereits an, sich zu erheben.

„Gerade nicht. Genießen Sie Ihren Portwein. Vielleicht sollten wir das morgen machen. Ich habe Jim

Mallard ohnehin versprochen, dass ich ihn auf dem Bauernhof besuchen würde. Er wollte irgendeinen Plan zur Verbesserung des Landes mit mir diskutieren."

Dermot setzte sich wieder und nahm sein Glas in die Hand. „Wie Sie wünschen, Sir. Ich kann Sie ab elf Uhr begleiten."

„Vielen Dank." Robert nickte Dermot zu. „Falls Sie einen Moment haben, bevor Sie heute Nacht schlafen gehen, könnten Sie mir vielleicht unseren letzten Bericht über den Hof der Mallards heraussuchen?"

„Natürlich, Sir. Ich werde ihn in Ihr Arbeitszimmer bringen."

Nach einer Weile entschuldigte Nathaniel Thurrock sich, um die Örtlichkeiten aufzusuchen, und Dermot nutzte die Gelegenheit, die von Robert erbetenen Informationen zu beschaffen. Er hatte sich dazu entschieden, mit im Haupthaus zu wohnen, und dafür mehrere Zimmer im Büroflügel des Anwesens zur Verfügung gestellt bekommen. Falls Dermot sich je entscheiden sollte zu heiraten, würde Robert ihm ein eigenes Haus auf den Ländereien anbieten. Robert nutzte den Moment der Stille, um sich Patrick Fletcher zuzuwenden.

„Kann ich Sie etwas im Vertrauen fragen?"

„Selbstverständlich." Dr. Fletcher blickte auf. „Hat es etwas mit dem offenbar mysteriösen Tod unseres Küsters zu tun?"

„Daran gibt es kaum etwas Mysteriöses." Robert zuckte mit den Schultern. „Ich habe mich nur gefragt, wo genau an Ezekiels Leichnam Sie das Stoffsäckchen gefunden haben."

„Er trug es unter dem Hemd in der Nähe des Herzens."
„Wie war es befestigt?"

„Ich bin mir nicht sicher." Dr. Fletcher runzelte die Stirn. „Er trug es nicht um den Hals und es war auch nicht in seiner Hemdstasche."

„Wie ist es dann nicht herausgefallen, wann immer er sich bewegte? Sind Sie sicher, dass es nicht in irgendeiner Form am Hemd befestigt war?"

„Ich habe alles, was er am Körper trug, in die Kiste am Fenster gelegt. Haben Sie darin eine Nadel oder etwas Ähnliches gefunden?"

„Nein." Robert ließ sich die Angelegenheit länger durch den Kopf gehen. „Vielen Dank, Doktor."

„Ich hatte mich tatsächlich gefragt, ob jemand den Beutel ... beim Leichnam zurückgelassen hat." Dr. Fletcher zögerte, bevor er weitersprach. „War es eine Art Zaubersäckchen?"

„So ist es." Robert entschied sich dazu, nichts zu dem genauen Inhalt zu sagen. „Es erschien mir eigenartig, dass ein so frommer Mann wie der Küster so etwas bei sich getragen haben könnte."

„Das sehe ich auch so." Dr. Fletcher erhob sich, als Mr Thurrock zurückkehrte. „Ich muss mich auf den Weg machen. Es wird spät und ich habe noch zwei Patienten im Dorf, die ich aufsuchen muss, bevor ich überhaupt darüber nachdenken kann, ins Bett zu gehen."

„Vielen Dank, dass Sie sich zu uns gesellt haben." Robert schenkte seinem alten Freund ein Lächeln. Es war immer eine willkommene Abwechslung, dass er keinerlei Fragen darüber stellte, warum Robert sich für die Sache so interessierte. „Und vielen Dank noch einmal, dass Sie mir Ihren Bruder als geeigneten Landverwalter vorgeschlagen haben. Er arbeitet erstaunlich effizient."

„Er ist ein guter Junge." Dr. Fletcher verneigte sich vor Mr Thurrock. „Gute Nacht, Sir. Ich habe mich mit Alistair Snape, dem Bestatter des Dorfes, unterhalten, um einen Sarg für Ihren Bruder anfertigen zu lassen. Sobald er morgen alles ausgemessen hat, wird er Sie im Pfarrhaus besuchen und die weiteren Vorkehrungen für die Beerdigung mit Ihnen genauer besprechen."

„Vielen Dank, Dr. Fletcher. Ich bin Ihnen zutiefst dankbar." Mr Thurrock verneigte sich ebenfalls. „Ich habe bereits den Pfarrer gefragt, ob er eine Trauerfeier für meinen Bruder in der alten Kirche von Kurland St. Anne abhalten könnte, damit er dort im Familiengrab beigesetzt werden kann."

„Eine passende Ruhestätte für einen Mann, der seiner Gemeinde so viel gegeben hat." Patrick Fletcher zwinkerte Robert zu, bevor er den Raum verließ. Mr Thurrock setzte sich zurück an den Tisch und seufzte schwer.

Da Robert sich als guter Gastgeber dazu verpflichtet sah, schob er die Karaffe Portwein hinüber zu seinem Gast. „Geht es Ihnen gut, Sir? Soll ich vielleicht eine Kutsche holen lassen, die Sie zurück zum Pfarrhaus bringen kann?"

„Ich bin recht müde, Sir Robert. Mich um die Beerdigung meines Bruders zu kümmern, ist nicht spurlos an mir vorbeigegangen. Und meine Gesundheit ist nicht mehr so gut, wie ich es mir wünschen würde." Er drückte sich die Hand aufs Herz. „Ich kann immer noch nicht recht fassen, dass er tot sein soll. Wir waren gerade an so einem aufregenden Punkt in unseren geschichtlichen Nachforschungen angekommen."

„Mein Beileid. Ihr Bruder war schon hier, als ich noch ein Kind war. Ich kann mir das Dorf kaum ohne ihn vorstellen."

„Ein Dorf, in dem einige über seinen Tod jubeln."

Der bittere Unterton in Mr Thurrocks Stimme ließ Robert von seinem Brandyglas aufblicken. „Ich kann Ihnen versichern, dass die Leute, die so empfinden, nur eine sehr kleine Minderheit sind. Ihr Bruder wurde sehr geschätzt und respektiert."

„Bis er all diese Preise bei dem Wettbewerb gewann."

„Sie glauben nicht ernsthaft, dass jemand deswegen beschlossen haben könnte, ihn umzubringen, oder?"

„Halten Sie das für einen Zufall?" Mr Thurrock schüttelte den Kopf. „Es erscheint mir doch sehr unwahrscheinlich."

„Ich bin der Magistrat im Ort, Mr Thurrock. Wenn Sie wirklich glauben, dass es Beweise dafür geben könnte, dass beim Tod Ihres Bruders nicht alles mit rechten Dingen zugegangen ist, dann bin ich verpflichtet, in dieser Sache zu ermitteln.

„Offiziell?"

„In der Tat."

„Ich werde darüber nachdenken." Mr Thurrock erhob sich zu Roberts Erleichterung langsam und verneigte sich. „Sobald ich mich um Ezekiels Beerdigung gekümmert habe, kann ich mir in Ruhe überlegen, wie ich vorgehen möchte."

„Eine kluge Entscheidung." Robert stand auf und holte mit etwas steifen Schritten die Glocke, um sie zu läuten. Er hatte schon viel zu lange am Tisch gesessen.

Foley erschien so schnell, dass Robert davon ausging, dass er auf dem Flur herumgelungert haben musste.

„Ja, Sir Robert?"

„Können Sie im Stall Bescheid geben, dass jemand kommen soll, um Mr Thurrock zurück zum Pfarrhaus zu fahren?"

„Schon geschehen, Sir Robert." Foley verbeugte sich vor Mr Thurrock. „Wenn Sie mich in die Eingangshalle begleiten würden, werde ich Ihnen beim Einsteigen in die Kutsche helfen."

„Vielen Dank. Gute Nacht, Sir Robert."

Zur Abwechslung war Foleys ungewöhnliche Effizienz sehr begrüßenswert. Robert war nicht gerade als geselliger Mann bekannt und den gesprächigen Mr Thurrock zu unterhalten, hatte auch den letzten Rest seiner Geduld stark auf die Probe gestellt. Der Mann redete stundenlang zu allen Themen, kam dabei aber nur selten zum Punkt. Robert war allerdings über seine Zweifel wegen der Todesumstände seines Bruders überrascht.

Foley kehrte in dem Moment zurück, als Robert gerade die Tür zum Esszimmer erreicht hatte.

„Ihr Gast ist abgefahren, Sir. Es brauchte zwei Leute, ihn in die Kutsche zu bekommen, aber wir haben es geschafft."

„Vielen Dank, Foley." Robert lehnte sich an den Türrahmen und erprobte vorsichtig die Kraft seines schwächeren Beins, das dazu neigte, unter der Last nachzugeben, wenn es am meisten gebraucht wurde. „Haben Sie Gerüchte über den Tod von Ezekiel Thurrock gehört?"

Foley überlegte kurz. „In welcher Hinsicht, Sir?"

„In egal welcher Hinsicht."

„Einige sagen, dass sein Tod eine Warnung von da oben war." Foley nickte mit dem Kopf Richtung Himmel. „Eine Warnung, nicht zu versuchen, über die eigenen Fußstapfen hinauszuwachsen."

„Von da oben?"

„Vom Allmächtigen, Sir."

Robert atmete entnervt aus. „Und was sagt man sonst noch?"

„Andere glauben, dass er getötet wurde, weil er all die Preise gewann."

„Die Leute hier in unserem Dorf glauben das?"

Foley zuckte mit den Schultern. „Ich nehme an, dass die Leute von hier sind, denn – ganz zwischen uns, Sir – wer würde sich sonst für einen Haufen Gemüse interessieren?"

„Aber es gibt Gerüchte über den Todesfall und es wird spekuliert, dass es kein Unfall war?"

„Natürlich. Über was sonst sollte man in einem so kleinen Dorf wie diesem sprechen?"

Robert sammelte seine Gedanken. „Gibt es auch Vermutungen, wer die schreckliche Tat begangen haben könnte?"

„Ich habe jedenfalls keine gehört." Foley glättete das Revers seines Mantels. „Wenn man mich kommen sieht, Sir, sind die Leute meist wenig gesprächig, schließlich bin ich Ihre rechte Hand."

„Sind Sie das?"

Foley ließ die Frage unbeantwortet und konzentrierte sich stattdessen darauf, so vertrauenswürdig wie ein alter Haushund dreinzublicken.

„Gibt es denn eine bestimmte Person, von der Sie denken, dass sie in die Sache verstrickt sein könnte?"

„Das kann ich nicht sagen, Sir, aber Sie könnten sich anschauen, wer im letzten Jahr die Preise gewonnen hat. Es könnte Sie auch überraschen, von wem die ganzen Beschwerden stammen."

Foley verbeugte sich und verließ das Zimmer. Robert humpelte seinerseits hinüber zur Haupttreppe und machte sich an den langsamen und stockenden Aufstieg zu seinem Schlafzimmer. Trotz Foleys Vorliebe für Dramatik war an seinen Aussagen durchaus etwas dran. Er würde Miss Harrington nach den vorherigen Gewinnern des Erntedankwettbewerbs fragen müssen. Mit Sicherheit führte sie dazu eine Liste. Wenn man sie mit einem Wort hätte beschreiben müssen, wäre *gründlich* vermutlich recht passend gewesen.

Robert blieb auf dem Treppenabsatz stehen und hörte, wie die Substanz des alten Hauses um ihn herum arbeitete, wie ein alter Mann, der sich in einen Sessel sinken ließ. Wenn es bereits Gerüchte über den Tod des Küsters gab, dann würden alle auf der Hut sein. Damit schmälerten sich die Chancen, aufzudecken, ob es tatsächlich einen Fall gab, den es aufzudecken galt. Er starrte nachdenklich auf die dicken Vorhänge vor dem großen Bogenfenster, von dem aus die Auffahrt zum Anwesen überblickt werden konnte. Vielleicht wäre es besser, wenn man den Gerüchten einfach ihren Lauf ließe, bis die Sache vergessen war. Er wollte nicht als der Gutsherr in Erinnerung bleiben, der einen Mord provoziert hatte wegen einer Meinungsverschiedenheit über Gemüse. Mit einem kurzen Lachen auf eigene Kosten setzte Robert seinen Weg ins Schlafzimmer fort, wo sein Leibdiener ihm gerade hoffentlich ein Bad vorbereitete.

„Penelope ..."

„Und jetzt will Dr. Fletcher den Namen meines nächsten Verwandten wissen, damit er ihm schreiben und um eine Vermählung mit mir bitten kann!"

Lucy war eigentlich damit beschäftigt, ihre Taschen zu entleeren, blickte aber zu Penelope auf, die in dem kleinen Schlafzimmer auf und ab ging. Zu Lucys Ärger sah Penelope selbst dann noch wunderschön aus, wenn sie in Rage war. Kein Wunder, dass Dr. Fletcher in ihrem Bann stand. Lucy bewunderte den guten Doktor sehr für seine Charakterstärke. Es konnte nicht leicht für ihn sein, diese stürmische Schönheit zu umwerben. Major Kurland hatte ihr verraten, dass der Doktor selbst unter Beschuss bemerkenswert ruhig blieb, vielleicht fühlte er sich also deshalb zur Gefahr hingezogen.

„Sicherlich könnte er einfach meinen Vater fragen, oder?", warf Lucy ein. „Er hat die Rolle deines Vormunds und du lebst in seinem Haus."

„Und was würde Mr Harrington antworten?", fragte sie mit herausfordernder Stimme. „Im Gegensatz zu meinen Verwandten, die sich darum streiten, wie sie mich am besten loswerden, könnte er die Erlaubnis verweigern, und wo würde ich dann bleiben?"

„Aber vielleicht sagt er auch Ja. Ich bin mir recht sicher, dass er hocherfreut sein wird, wenn er dir dein eigenes Zuhause verschaffen kann. Wenn Dr. Fletcher Major Kurland darum bittet, seinen Antrag zu unterstützen, gehe ich davon aus, dass er den Vorschlag sehr gern annehmen wird."

Lucy glättete ihre Zeichnung und legte sie auf ihrer Frisierkommode ab. Ganz unten in ihrer Tasche streiften ihre Finger das Taschentuch von Major Kurland und sie zog es vorsichtig heraus.

„Soll ich Major Kurland um Hilfe bitten?"

Penelope schnaubte verächtlich. „Wenn Patrick Fletcher mich wirklich heiraten will, dann sollte *er* den Major um Hilfe ersuchen."

„Auch wenn es für ihn vielleicht etwas peinlich sein dürfte, weil der Major einst dein Verlobter war?"

„Das ist nur eine Ausrede. Wenn er mich wirklich haben will, sollte er auf alles gefasst sein. So viel sollte ich ihm doch wert sein, nicht wahr?" Sie blieb stehen und blickte Lucy ungehalten an. „Selbst der Major ist zu Sinnen gekommen und hat sich um dich bemüht!"

„Das hat er in der Tat." Lucy erlaubte sich ein selbstzufriedenes Lächeln. „Ich werde mit Major Kurland sprechen, damit du beruhigt sein kannst."

„Wenn du das möchtest." Penelope seufzte. „Dieses Liebeswerben ist ausgesprochen anstrengend."

„Nur weil dich diesmal der Ausgang wirklich interessiert." Lucy klopfte Penelope auf die Schulter und lenkte sie in Richtung der Tür. „Es ist schon spät. Geh zu Bett und wir besprechen alles noch einmal morgen früh."

Zur Abwechslung kam von Penelope kein Widerspruch und sie verließ das Zimmer ohne ein weiteres Wort. Lucy hatte damit endlich wieder Zeit, ihre Sachen zu ordnen.

Einem Impuls folgend breitete sie das Taschentuch des Majors aus und untersuchte den darin eingewickelten Inhalt des Beutels, der an Ezekiels Leichnam gefunden worden war. Obwohl die Gegenstände einzeln recht harmlos waren, konnte sie sich nicht dazu durchringen, etwas davon zu berühren. Sie studierte den Stummel der schwarzen Kerze eingehender und nahm ihre Zeichnung zur Hand, um die zwei Symbole zu vergleichen.

Major Kurland hatte recht gehabt. Das Symbol der Waage sah eindeutig ähnlich aus, die anderen Zeichen allerdings nicht.

„Gerechtigkeit", flüsterte Lucy. Sie war sich nicht sicher, woher ihr der Gedanke gekommen war, aber das war ihre erste Assoziation mit der Waage. „Aber Gerechtigkeit für wen?"

Morgen würde sie nach Kurland St. Anne fahren, um die Steinköpfe in der Kirche dort zu überprüfen und auf dem Friedhof das Familiengrab der Thurrocks für ihren Vater zu finden. Während sie dort war, würde sie auch einige Leute im Dorf besuchen und versuchen herauszufinden, was es mit dem Zaubersäckchen auf sich hatte, das am Körper des Küsters gefunden worden war.

Kapitel 7

„Wir werden hier haltmachen, wo das Pferd grasen und nicht entwischen kann."

Lucy brachte die Kutsche an der Grenzmauer zum Kirchhof von Kurland St. Anne zum Stehen und Betty kletterte vom Bock, um das Tor zum Friedhof zu öffnen. Eine alte Eibe tauchte die moosbedeckten Pflastersteine, die an vielen Stellen von Wurzeln nach oben gedrückt worden waren, in kühlen Schatten. Der Friedhof war größer, als Lucy ihn in Erinnerung hatte.

Den Lokalhistorikern zufolge war das Dorf Kurland St. Anne nach der kleinen Kirche in dessen Mitte benannt worden. Die Kapelle hatte einst zu einer viel größeren mittelalterlichen Priorei gehört, die im Zuge der Enteignung der Klöster jedoch verlassen worden war. Die steinernen Überreste der Priorei waren leicht in den Häusern des Dorfes und den Bauernhäusern zu erkennen. Die Dorfbewohner hatten die feinen Steinarbeiten nur zu gern für weniger religiöse Zwecke wiederverwertet. Es war hier nicht unüblich, in der Mauer eines Kuh- oder Schweinestalls die Reste von reich verzierten Torbögen zu entdecken.

Lucy band die Pferde an und ließ ihren skeptischen Blick über den ungepflegten Friedhof wandern.

„Da mein Vater keine genauen Pläne dieses Ortes hat, schätze ich, dass wir einfach suchen müssen, bis wir irgendwelche Grabsteine mit dem Namen Thurrock finden."

Betty kratzte sich am Kopf. „Mr Nathaniel hat allerdings gesagt, dass das Familiengrab am hinteren Ende des Hofs liegt, wo auch die alten Mönche begraben liegen."

„Das hilft uns schon einmal weiter." Lucy orientierte sich kurz, raffte dann ihre Röcke und stieg den sanften Hügel in Richtung der hinteren linken Ecke der Friedhofsmauer hinauf. Ihre Röcke streiften durch das lange Gras und das hoch gewachsene Unkraut und blieben einige Male an stacheligen Karden hängen. „Fangen Sie an der rechten Ecke an, ich beginne hier."

Tatsächlich war es erstaunlich leicht, die Thurrocks aufzuspüren. Trotz der Erzählungen von Mr Nathaniel Thurrock hatte Lucy keine Ahnung, dass die Familie bereits so lange schon hier gelebt und auch offenbar zahlreiche Abkömmlinge hervorgebracht hatte. Möglicherweise waren sie zeitgleich mit der Familie Kurland hierhergekommen, die das Kirchenland kaufte und den ursprünglichen Ländereien hinzufügte, die sie nach der Landung an der Seite von Wilhelm dem Eroberer zugesprochen bekommen hatte.

„Dieses hier ist sehr alt, Miss Harrington", ertönte Bettys Ruf. „Schauen Sie sich das mal an."

Lucy bahnte sich vorsichtig einen Weg zu ihr hinüber und ging vor dem stark verwitterten Grabstein in die Hocke.

„Ezekiel Thurrock", las sie vor, während sie mit ihren Handschuhen das Moos über der Gravur entfernte.

„Von Gott geliebt. Geboren 1625, verstorben 1661." Sie schüttelte den Kopf. „Überlegen Sie einmal: Er ist vor fast zweihundert Jahren geboren worden."

Sie stand auf und strich den Staub von ihren Röcken. „Ich denke, wir haben herausgefunden, wo *unser* Mr Ezekiel Thurrock zur Ruhe gebettet werden kann, denken Sie nicht?"

„Ja, Miss." Betty erschauderte und sah sich auf dem ruhigen Gelände um. „Können wir jetzt wieder gehen?"

„Ja, natürlich." Lucy zögerte. „Möchten Sie Ihre Eltern besuchen, während ich mich um meine anderen Erledigungen kümmere?"

„Das kommt darauf an, wo Sie gern hingehen möchten, Miss. Ich habe Major Kurland versprochen, dass ich ein Auge auf Sie haben würde."

Lucy erstarrte und blickte das Dienstmädchen entgeistert an. „Wieso um alles in der Welt haben Sie das getan?"

Betty schnürte ihre Haube wieder fest. „Weil er sich um Ihre Sicherheit sorgt, Miss, wie es sich für jemanden gehört, der mit Ihnen verlobt ist. Er möchte nicht, dass Sie noch vor Ihrer Hochzeit zu Schaden kommen."

Bettys unbeugsame Miene erinnerte Lucy nur allzu sehr an Major Kurland. Er hatte seine Wachhündin offenbar gut ausgesucht.

„Wieso teile ich Ihnen nicht einfach mit, wohin ich gedenke zu gehen, und Sie entscheiden dann, ob Sie mich begleiten möchten oder nicht?"

„Und wohin möchten Sie gehen, Miss Harrington?"

„Zu den Damen Turner."

Betty erstarrte. „Zu *denen*?"

„Es ist vermutlich nicht ganz so, wie Sie denken, Betty, ich –"

Ihr Dienstmädchen verschränkte die Arme vor der Brust. „Ich komme mit Ihnen, Miss, und ich akzeptiere keine Widerworte."

Lucy stellte noch einmal sicher, dass das Pferd gut festgebunden war, und ging hinüber zum Schwinggatter, das auf die Hauptstraße führte.

„Sie können mit mir kommen, aber kein Wort davon zu Major Kurland. Ich werde es ihm selbst mitteilen, wenn das nötig sein sollte."

„Wie Sie wünschen, Miss Harrington, aber glauben Sie nicht, dass ich es ihm verschweigen werde, wenn wir uns damit Probleme bescheren."

„Wenn es dazu kommt, ist es für seine Einmischung ohnehin schon zu spät", murmelte Lucy, doch Betty gab ihr keine Antwort.

Sie gingen die kurze Hauptstraße hinunter und passierten dabei einen Gemischtwarenladen, eine Bäckerei und einen Schuster. Mehrere der Läden standen leer. Die letzten zwei Jahre mit kalten Sommern und schlechten Ernten hatten eine erneute Migrationswelle zu den größeren Städten ausgelöst, wo es immerhin noch eine Aussicht auf Arbeit gab. Lucy machte es niemandem zum Vorwurf, wenn sie fortgingen, aber es brachte Dörfer wie Kurland St. Anne fast zum Zusammenbruch.

Major Kurland war es zugutezuhalten, dass er sich sehr bemühte, seine Ländereien zu den ehemaligen Glanzzeiten zurückzuführen, indem er Arbeitsstellen schaffte, Häuser baute und auch bald seinen Pächtern eine Schule bieten wollte.

„Da fällt mir ein, ich muss noch mit Major Kurland darüber sprechen, dass wir eine geeignete Lehrkraft einstellen müssen."

„Wie bitte, Miss?"

„Ich habe nur laut nachgedacht, Betty. Major Kurland hat angeboten, die alte Lagerscheune am Ende von Kurland St. Mary zu einer Schule für die Kinder seiner Pächter umzubauen."

„Könnten Sie sie nicht unterrichten? Sie haben doch einen großen Wissensschatz."

„Ich wünschte, das wäre möglich, aber ich bezweifle, dass es als Ehefrau von Major Kurland als angemessene Beschäftigung für mich gesehen würde. Ich werde jedoch die Mäzenin der Schule sein und habe vor, dafür zu sorgen, dass sie richtig geführt wird, aber ich glaube nicht, dass ich auch unterrichten werde."

„Das wirkt auf mich ein wenig unsinnig, Miss. Sie sind ja da – direkt vor Ort – und überlegen Sie nur, wie viel Geld der Major sparen würde!"

Würde Major Kurland sie an der Schule unterrichten lassen? Sie könnte ihn dazu vermutlich einfach nach seiner Meinung fragen. Auf seine eigene Art war er manchmal ebenso versteift in seinen Ansichten wie ihr Vater. Sie hoffte sehr, dass sie nicht nur einen Käfig gegen einen anderen tauschen würde. Mit Major Kurland war es ihr immerhin erlaubt, Argumente vorzubringen und sich von Zeit zu Zeit sogar durchzusetzen.

Lucy ging weiter und bog dann auf einen schmalen Weg ab, der an einer Seite von einem Graben und auf der anderen von einer hohen Hecke und Wiesenkerbel flankiert war. Eine Viertelmeile die Straße hinunter stand ein einfaches Steinhaus, hinter dem ein uralter

Hain in die Höhe wuchs. Auf der Rückseite befand sich ein großer Garten, der selbst im Winter wohlgepflegt wirkte.

„Da sind wir", sagte Lucy weit lockerer, als sie sich fühlte. „Das Haus der Turners."

Betty wickelte den Schal fester um sich. „Soll ich klopfen?"

Lucy betrachtete die robuste Vordertür und bemerkte die Spinnenweben, die am Türklopfer hingen. „Ich glaube, wir sollten hintenherum gehen. Diese Tür sieht nicht so aus, als ob sie oft genutzt würde."

Das lag vermutlich daran, dass die meisten Leute, die die Turner-Schwestern besuchten, dabei nicht gesehen werden wollten. Eines der Seitentore im Zaun war zwar geschlossen, aber nicht abgesperrt, und ein Weg aus ausgetretenen Pflastersteinen führte um das Haus zur Hintertür. Betty folgte Lucy den Weg hinunter und sie zuckten beide zusammen, als die Tür plötzlich aufflog.

„Guten Morgen, Miss Harrington."

Lucy versuchte sich wieder zu sammeln und hielt nervös ihr Retikül umklammert. Sie rief sich in Erinnerung, dass es hier keinerlei Magie gab. Die Frau hatte sie wahrscheinlich schon die Straße heraufkommen sehen, sie erkannt und beim Quietschen des Seitentores darauf gewartet, sie hereinzulassen.

Sie hatte blondes Haar, das an den Schläfen langsam ergraute. Ihr Gesicht war kaum von Falten gezeichnet, die auf irgendwelche starken Emotionsregungen hätten schließen lassen, und ihre blauen Augen waren warm. Auf dem Kopf trug sie eine Spitzenhaube und über dem gemusterten Musselingewand hatte sie sich eine weite Schürze umgebunden. Tatsächlich sah sie aus wie die Frau eines wohlhabenden Bauern oder eines Geistlichen und wäre bei einer Kirchfeier wohl kaum hervorgestochen. Die Hütte und das dazugehörige Grundstück gehörten schon seit vielen Jahren der Familie Turner und die Schwestern hatten sie von ihrem Vater geerbt.

„Guten Morgen, Miss Abigail. Dürfen wir hereinkommen?"

„Natürlich, meine Liebe." Sie trat zurück ins Haus und sprach dabei weiter. „Wie ich höre, werden Sie bald heiraten, Miss Harrington?"

„So ist es." Lucy folgte ihr in eine geräumige, warme Küche, wo ein schwarzer Topf über dem offenen Feuer hing. Die Luft war erfüllt vom Duft von Blumen und Honig.

Miss Abigail, die ältere der beiden Turner-Schwestern, die noch im Haus wohnten, bedeutete ihnen, sich an den Tisch zu setzen.

„Kann ich Ihnen Tee anbieten?"

„Das wäre sehr freundlich", sagte Lucy bestimmt, auch wenn Betty ihr sanft in die Rippen stieß.

Miss Abigail setzte einen Teekessel auf. „Das Wasser hat gerade erst gekocht, es wird also nicht lange dauern. Ich werfe nur ein paar neue Blätter hinein." Sie stellte ihnen Tassen hin. „Sie sind also nicht auf einen Liebestrank aus, Miss Harrington?"

Lucy lächelte. „Nein, in der Tat nicht."

„Oder soll das für Ihr Dienstmädchen sein?"

Betty wollte gerade protestieren, doch Lucy schnitt ihr das Wort ab. „Auch mein Dienstmädchen will Ihre Dienste nicht in Anspruch nehmen."

„Wie kann ich Ihnen dann helfen?" Miss Abigail stellte das Teetablett auf den Tisch und setzte sich in einen Schaukelstuhl. Eine große, schwarze Katze sprang sofort auf ihren Schoß, was Betty veranlasste, sich zu bekreuzigen und dabei etwas Unverständliches zu murmeln. Lucy sah sie streng an. Das Letzte, was sie wollte, war, die Heilerin und Tränkemischerin zu beleidigen.

„Es geht um eine recht heikle Angelegenheit", setzte Lucy zur Erklärung an.

Miss Abigail kicherte. „Darum geht es meistens, wenn eine Dame wie Sie in meiner Küche auftaucht." Sie warf Betty einen Blick zu. „Würden Sie es bevorzugen, wenn Ihr Dienstmädchen auf dem Flur wartet? Sie kann auch da ihren Tee trinken, während wir uns unterhalten."

Betty sprang sofort auf. „Das mache ich nur zu gern, Miss Harrington."

Sobald der Tee fertig war, zog Betty sich in den Flur zurück und Miss Abigail schloss die Tür hinter ihr mit Nachdruck.

„So, jetzt können wir es uns gemütlich machen."

Lucy versuchte Bettys Verhalten zu entschuldigen. „Sie ist noch recht jung und –"

„Klug, in meiner Gegenwart vorsichtig zu sein?" Miss Abigail lächelte. „Sie ist nicht die erste Frau, die sich in der Küche einer Heilerin und Tränkemischerin unwohl fühlt und später ihre Dienste braucht. Nun, wie kann ich Ihnen helfen?"

„Ich habe etwas gefunden, das ich für eine Art Zauberbeutel halte. Ich hatte gehofft, Sie könnten mir die Bedeutung davon erklären."

„Wo haben Sie diesen Beutel gefunden?"
„Das kann ich leider nicht verraten."
„Wurde er bei Ihnen zurückgelassen?"
„Nein, ich habe ihn gefunden."

Miss Abigail runzelte die Stirn. „Das ist höchst ungewöhnlich. Haben Sie ihn bei sich?"

„Ja."

„Dann legen Sie ihn auf den Tisch."

Lucy holte das verknotete Taschentuch aus ihrem Retikül und legte es auf das geschrubbte Pinienholz.

„Binden Sie es bitte für mich auf."

Lucy leistete der Anweisung Folge und der Stoff gab das schwarze Material und die Hanfschnur der ursprünglichen Hülle preis.

Miss Abigail atmete erschreckt auf. „Guter Gott." Sie setzte eine Brille auf, bevor sie den Inhalt des Taschentuchs näher untersuchte. „Das ist sicher kein Liebestrank oder Glücksbringer."

„So viel hatte ich bereits aus dem unangenehmen Geruch geschlossen, aber können Sie mir mehr darüber verraten?", fragte Lucy. „Dieser Beutel hat ... etwas ausgesprochen Unbehagliches an sich."

Miss Abigail richtete sich wieder auf, starrte ins Nichts und streichelte dabei die Katze. Lucy wartete geduldig.

„Soweit ich sagen kann, sind in dem Beutel getrocknete Brombeerblätter, ein Stück Birkenholz und Salbei. Es könnten auch andere Kräuter dabei sein, aber ich möchte nur ungern etwas davon berühren."

„Und was bedeutet das?"

„Ich bin mir nicht sicher. Wie Sie ja schon wissen, Miss Harrington, biete ich angenehmere Tränke und

Zauber an, die den Nutzern Glück, Ehemänner oder Kinder bescheren sollen, und ..." Sie deutete auf das Bündel auf dem Tisch. „Das hier ist deutlich mächtiger."

„Wie meinen Sie das?"

„Ich würde vermuten, dass es eine Art Warnung sein sollte."

„Aber müsste dazu die Person, der sie galt, nicht wissen, dass es eine Warnung sein sollte, damit es funktioniert?"

„Das ist eine sehr gute Frage, Miss Harrington." Miss Abigail studierte sie eingehend. „Glauben Sie, dass die Person, die diesen Zauber erhalten hat, wusste, was er bedeutete?"

„Das bezweifle ich."

„Dann wird er vielleicht nicht funktionieren." Sie lächelte. „Es gibt keinen Anlass, diese Dinge zu ernst zu nehmen, meine Liebe. Die Leichtgläubigeren im Dorf glauben vielleicht, dass es möglich ist, jemanden zu verfluchen, und zahlen gern einen Farthing, um den Fluch auf ihre Feinde wirken zu können. Normalerweise ist die Sache damit aber auch schon erledigt."

„Normalerweise?" Lucy atmete tief durch. „Könnte Ihre Schwester, Miss Grace Turner, mehr über diesen Zauber wissen?"

„Sie glauben, Grace könnte ihn hergestellt haben?" Miss Abigail fixierte erneut das Taschentuch. „Ich spüre ihre Essenz in diesen Gegenständen nicht."

Zu Lucys Erleichterung schien sie sich über die Frage mehr zu amüsieren, als sich beleidigt zu fühlen. „Wäre es möglich, auch ihre Meinung zu dieser Angelegenheit zu hören?"

„Wenn sie zu Hause wäre, würde ich sie natürlich fragen, aber sie ist heute auf Hausbesuch unterwegs. Wenn Sie den Talisman bei mir lassen, werde ich sie gern fragen."

„Es käme mir sehr gelegen, das Ding bei Ihnen zu lassen – um ehrlich zu sein, bekomme ich davon eine Gänsehaut", sagte Lucy.

„Was durchaus Sinn ergibt, wenn jemand, den Sie kennen und der Ihnen am Herzen liegt, wegen etwas so Albernem wie einem Haufen Gemüse verflucht worden ist."

Lucy erstarrte. „Wieso sagen Sie das?"

Miss Abigail zuckte mit den Schultern. „Weil es der einzige Vorfall diesen Monat hier im Dorf war, der Abneigungen geweckt hat."

„Aber wenn Sie und Ihre Schwester diesen Talisman nicht angefertigt haben, wer dann?"

„Es gibt viele, die die hohe Kunst der Kräuterkunde praktizieren. Einige Familien geben ihr Wissen über Generationen an ihre Kinder weiter."

Lucy ließ die Schultern sinken. „Also könnte es unmöglich sein, genau herauszufinden, wer den Zauberbeutel gemacht hat und warum."

„Nicht unmöglich. Nur schwierig." Miss Abigail hielt kurz inne, bevor sie weitersprach. „Sind Sie sicher, dass Sie die Antwort auf Ihre Frage wissen möchten, Miss Harrington?"

„Natürlich möchte ich das. Was bringt Sie zu dieser Frage?"

„Weil die Dinge, die man aufdeckt, alles manchmal noch schlechter machen."

„Ich weiß nicht, ob die Person, die den Talisman dem Mann gegeben hat, bei dem er gefunden wurde, tatsächlich Schaden anrichten oder nur eine Art Warnung vermitteln wollte."

„Das ist unmöglich zu sagen. Wann genau haben Sie den Beutel gefunden?"

„Letzten Samstag."

„Ah, bei zunehmendem Mond." Miss Abigail nickte. „Einige glauben, dass die Kombination eines zunehmenden Monds am Tage des Saturns die Macht ihrer Zauber verstärkt."

Entgegen besserem Wissen erschauderte Lucy, als sie sich erhob. „Sie haben mir sehr weitergeholfen, Miss Abigail." Sie legte eine silberne Sixpence-Münze in die Hand der älteren Frau. „Wenn Ihre Schwester noch mehr Gedanken zum Ursprung und Zweck dieses Talismans hat, würde ich sie nur zu gern von ihr hören."

„Ich werde sie in jedem Fall nach ihrer Meinung fragen."

„Abigail! Bist du in der Küche?" Die Hintertür knallte zu und das Geräusch ließ Lucy zusammenzucken. „Ich habe ein wunderbares Fleckchen unten am Fluss entdeckt, wo Atropa Belladonna –"

Lucy brachte ein Lächeln hervor. „Guten Morgen, Miss Grace." „Miss Harrington!" Miss Grace Turner sah hinüber zu ihrer Schwester, die noch immer in ihrem Schaukelstuhl saß. Sie hatten die gleichen blauen Augen, aber das Haar der jüngeren Miss Turner war schwarz und sie war größer und schlanker als ihre rundlichere Schwester. „Ich wusste nicht, dass wir Besuch haben."

„Ich hatte noch bei der Kirche zu tun, daher habe ich die Kutsche dort stehen lassen", erklärte Lucy.

Grace Turner antwortete nicht, sondern marschierte direkt zum Tisch hinüber und inspizierte den Inhalt des Taschentuchs. „Gute Güte! Das sieht aus wie ein recht amateurhafter Versuch, jemanden zu verfluchen. Sagen Sie mir nicht, dass Sie das gefunden haben, Miss Harrington."

„Sie hat den Talisman tatsächlich gefunden, meine liebe Grace, aber sie glaubt nicht, dass er ihr galt. Sie ist hier, um herauszufinden, ob wir etwas darüber wissen."

„Ist sie das?" Grace' Blick wanderte zu Lucy zurück, die sich weigerte, woanders hinzuschauen. „Ich frage mich, warum."

Lucy hob das Kinn. „Natürlich weil Sie beide sehr bekannt sind als Heilerinnen und weise Frauen."

„Keine von uns hat ihn hergestellt."

„Das hat auch Ihre Schwester gesagt." Sie räusperte sich. „Haben Sie eine Ahnung, wer es gewesen sein könnte?"

„Es könnte jeder im Dorf gewesen sein." Grace zuckte mit den Schultern. „Wo haben Sie es gefunden?"

Lucy nahm ihr Retikül und lächelte. „Ich habe heute Morgen schon zu viel Ihrer Zeit in Anspruch genommen. Ich bin mir sicher, dass Miss Abigail Ihnen alles mitteilen wird, was Sie in dieser Angelegenheit wissen müssen. Ich muss jetzt wieder los." Sie ging in Richtung der Tür und rief nach Betty.

„Warten Sie."

„Was ist denn, Miss Grace?"

„Was ist mit der Person passiert, die im Besitz dieses Beutels war?"

Lucy zog die Augenbrauen hoch. „Was glauben Sie denn? Wenn es wirklich so amateurhaft ist, wie Sie meinen, ist vielleicht nichts weiter passiert."

„Aber wieso sollten Sie es uns vorbeibringen, wenn Sie es für harmlos hielten?"

Lucy öffnete die Tür und bedeutete Betty, mit ihr zu kommen. „Das habe ich nicht gesagt. Sind Sie bereit aufzubrechen, Betty?" Sie nickte den Schwestern zu und ging zur Hintertür. „Vielen Dank für Ihre Unterstützung. Sie haben mir sehr geholfen."

Sie waren gerade erst wieder um das Haus herumgegangen, als Grace Turner ihnen nachgelaufen kam. Den Rock ihrer Robe hatte sie leicht hochgezogen, sodass ihre langen Reitstiefel zum Vorschein kamen.

„Miss Harrington!"

Lucy drehte sich widerwillig um und stellte sich ihrer Verfolgerin. „Ja, Miss Grace?"

„Hat das etwas mit dem Vorfall auf dem Dorffest zu tun?"

Lucy starrte sie nur an.

„Denn ich habe gehört, dass der Küster alle Preise gewonnen hat und noch in derselben Nacht tot aufgefunden wurde."

„Wo haben Sie das gehört?", fragte Lucy.

Grace machte eine ausladende Geste. „Das hier ist ein kleiner Ort, Miss Harrington. Gerüchte verbreiten sich hier schneller als die Post. Wurde der Fluch beim Küster gefunden?"

„Es steht mir nicht frei, das zu sagen, Miss Grace."

„Ich wette, dass er es war." Sie seufzte. „Und jetzt werden wieder alle über uns klatschen und behaupten, dass wir Böses im Schilde führen."

„Was genau meinen Sie?"

„Sie wissen, wie das ist, Miss Harrington. Meine Schwester und ich leben allein, ohne den Schutz eines Mannes. Damit sind wir für einige in unserer Gemeinde schon viel zu unabhängig. Und darüber hinaus sind wir weise Frauen." Sie hielt kurz inne. „Wenn der Küster tatsächlich verflucht wurde und plötzlich verstarb, wird man schnell mit dem Finger auf uns zeigen. Unser Ruf wird erneut beschmutzt und die Gerüchte werden anfangen."

„Ich werde nicht diejenige sein, die sie in die Welt setzt, Miss Turner, das versichere ich Ihnen."

Grace richtete sich zu ihrer vollen Größe auf. „Ich werde alles tun, um herauszufinden, von wem genau dieser Fluch stammt."

„Das ist sehr freundlich von Ihnen."

Sie lachte. „Ich mache das nicht wirklich für Sie, Miss Harrington, sondern um mich und meine Schwester zu schützen."

„Wenn wir herausfinden können, wer zu so etwas fähig ist, werden wir alle nachts vermutlich ruhiger schlafen." Lucy wägte ihre Worte gut ab, da sie nicht zu viel verraten wollte. „Der Beutel hat sich ... bösartig angefühlt. Deshalb wollte ich ihn nicht behalten."

„Ich verstehe. Auch ich habe das gespürt." Grace atmete tief durch. „Passen Sie auf sich auf, Miss Harrington."

„Sie auch, Miss Grace."

Sie drehte sich wieder zur Straße um und ging zügig weiter. Sie spürte die Blicke von Miss Grace auf sich, bis sie weit in den Schatten der Bäume vorgedrungen waren.

„Geht es Ihnen gut, Miss Harrington?"

„Ja, Betty. Es geht mir ausgezeichnet."

„Lassen Sie uns hoffen, dass wir da nicht noch einmal hinmüssen. Ich weiß, dass diese Frauen Gutes tun und denen, die es brauchen, Hilfe geben, aber ich habe ein ganz schlechtes Gefühl bei diesem Ort."

„Es ist ein sehr gemütliches Haus." Lucy schritt weiter voran, wobei ihre Eile, in die Sicherheit der Kirche zurückzukehren, ein wenig im Widerspruch zu ihren Worten stand. „Die Turner-Schwestern waren sehr freundlich."

„Was war das dann mit dem Küster und einem Fluch?"

Sie erreichten die Kirche und Lucy wandte sich Betty zu. „Bitte erzählen Sie das niemandem weiter. Miss Turner hat nur Spekulationen angestellt."

Bettys Schnauben klang ausgesprochen wenig überzeugt. „Im Dorf erzählt man sich da anderes, Miss. Da heißt es, Mr Thurrock wurde verflucht."

„Von wem?"

„Was glauben Sie, von wem?" Betty verdrehte die Augen und nickte in die Richtung, aus der sie gerade gekommen waren. „Was das angeht, hatte sie recht. Jeder weiß, dass man zu den Turner-Schwestern geht, wenn man jemanden verhexen will."

„Das ist lächerlich, Betty." Lucy entriegelte das Tor und ging auf das Pferd zu. „Lassen Sie uns kein Wort mehr darüber verlieren."

„Ich habe eine Liste der Gewinner des letztjährigen Dorffestes gefunden, Major Kurland."

Robert sah von den Geschäftsbüchern auf und erblickte Dermot Fletcher vor seinem Schreibtisch.

„Vielen Dank."

„Miss Harrington hat sie in die Aufzeichnungen für das Jahr 1816 gelegt."

„Wie außerordentlich gründlich von ihr." Er deutete auf die Ecke seines vollgestellten Tischs. „Sie können die Liste dort hinlegen, während ich mich durch die Aufzeichnungen der Futtermittelbeschaffung kämpfe."

„Soll ich Ihnen das vielleicht abnehmen, Sir?"

„Das ist sehr freundlich von Ihnen, Dermot, aber ich bin entschlossen, herauszufinden, warum die Verpflegung meiner Pferde und Kühe mehr kostet als die meines gesamten Haushalts."

Sein Landverwalter seufzte. „Das liegt an der Getreideknappheit, Sir, und an dem Umstand, dass wir letzten Sommer mehrere Hektar Heu wegen Überflutungen verloren haben und mehr zukaufen mussten."

Robert nahm seine Brille ab. „Ich mache Ihnen daraus keinen Vorwurf. Ich bin nur besorgt darüber, wie unsere Regierung sich vorstellt, wie ein Durchschnittsbürger seine Familie bei derart hohen Kosten für einen Laib Brot ernähren soll. Diese Preise können nicht dauerhaft geduldet werden; es sollte billigerer Mais importiert werden, wenn die Ernte zu knapp ausfällt. Ich bin überrascht, dass noch nicht im ganzen Land Aufruhr ausgebrochen ist."

„Ich glaube, einige Orte sind bereits kurz davor, Sir." Dermot zögerte, bevor er fortfuhr. „Ich bezweifle, dass die Regierung sie wohlwollend behandeln wird, wenn es dazu kommen sollte."

„Dem muss ich zustimmen. Es herrscht die Angst, dass wir das gleiche Schicksal erleiden könnten wie die Franzosen. Manchmal glaube ich, dass das gar keine schlechte Sache wäre."

„Wirklich, Sir Robert?"

„Ich weiß." Robert verzog das Gesicht. „Ich hege viel zu revolutionäre Ideen für einen Baronet, nicht wahr? Die Sache ist die: Die Familie meiner Mutter hat ihre Wurzeln in der Arbeiterklasse und hat sich ihr Geld hart erarbeitet. Ich hege weit größere Sympathien für meine Arbeitskräfte als für meinesgleichen."

„Und Sie tun alles, was ein verantwortungsbewusster Verpächter tun kann, um das Schicksal seiner Pächter und derer Familien zu verbessern, Sir." Dermot verneigte sich. „Haben Sie noch immer vor, heute Morgen nach Kurland St. Anne zu fahren?"

Robert sah hinüber zur Uhr. „Das beabsichtige ich in der Tat. Geben Sie mir zehn Minuten, um das hier fertig zu machen, und erwarten Sie mich am Vordereingang mit der Kutsche."

„Sehr wohl, Sir Robert."

Robert faltete ein Stück Papier und schob es als Lesezeichen zwischen die Seiten, bei denen er stehen geblieben war, bevor er das Buch zuschlug. Er nahm sich einen Moment, um die Liste der Gewinner zu betrachten, die in Miss Harringtons deutlicher Handschrift verfasst war.

„Guter Gott."

Im letzten Jahr hatte der Küster nur einen Preis für seine Stangenbohnen gewonnen. Die restlichen Preise waren vermutlich wegen Miss Harringtons gut gemeinter Einmischung an viele verschiedene Dorfbewohner gegangen, darunter auch der Bauernhof seines Anwesens und der Mann, den er gerade heute in Kurland St. Anne besuchen wollte.

Robert ließ die Liste auf seinem Schreibtisch zurück, um sich später noch einmal damit zu befassen, und zog sich Hut und Wintermantel an. Vielleicht würde die Unterhaltung mit Jim Mallard deutlich weiter reichen, als sein Pächter erwartete.

Kapitel 8

„Miss Harrington ..."

„Ja, Betty?" Lucy konzentrierte sich darauf, das Pferd auf dem schmalen Weg zu halten, sodass die Räder der Kutsche in der Fahrspur blieben und sie nicht wie ein Sack Bohnen durchgeschüttelt würden.

„Ich weiß nicht, ob es angemessen von mir ist, das zu sagen, aber da der Küster verstorben ist ..."

„Was gibt es denn?"

„Er hat sich mit seinem Bruder gestritten, Miss. An seinem letzten Abend."

„Mit Mr Nathaniel Thurrock?"

„Genau, Miss. Ich und Maisey waren gerade mit den Feuern im Nebenzimmer beschäftigt, als wir sie in Mr Nathaniels Schlafzimmer reden hören konnten."

„Und worüber genau haben sie sich gestritten?"

„Mr Ezekiel war besorgt, weil er all die Preise gewonnen hatte, und Mr Nathaniel sagte ihm, dass er ein Narr sei. Mr Ezekiel sagte, dass kein großer Anlass nötig sei, damit die Leute im Dorf ihn wieder zu hassen beginnen würden." Betty zögerte, bevor sie weitersprach. „Ich frage mich, was er damit gemeint haben könnte.

„Ich habe keine Ahnung. Was haben sie sonst noch gesagt?"

„Mr Ezekiel hat seinen Bruder angefleht, nicht noch mehr Geheimnisse zu enthüllen oder Aufsehen zu erregen, sondern damit zu warten, bis er sicher zurück in Cambridge war."

„Welche Art von Geheimnissen? Die seines preisgekrönten Gemüses?"

„Ich weiß nicht, Miss, aber er klang ausgesprochen beunruhigt. Mr Nathaniel war sehr wütend auf ihn. Er bestand darauf, dass alle die Wahrheit kennen müssten und dass die Familie Thurrock ihre Rache haben sollte."

„An wem?"

„Das hat er nicht gesagt." Betty seufzte. „Ich bin zu dem Schluss gekommen, dass Maisey sich viel zu sehr zu vergnügen schien und ich nicht das beste Vorbild abgeben würde, indem ich selbst lausche. Also sagte ich ihr, dass es an der Zeit war zu gehen. Sie war den ganzen Weg die Treppe hinunter und auch beim Abendessen noch eingeschnappt."

„Ihr Streit hat vermutlich nichts mit Mr Ezekiels Tod zu tun, oder?", fragte Lucy vorsichtig.

„Ich schätze nicht", stimmte Betty ihr zu. „Es ist merkwürdig, dass ein so ruhiger Mann, den man normalerweise kaum bemerkte, vor seinem Tod irgendwie fast jeden gegen sich aufgebracht hat."

„Das ist in der Tat ungewöhnlich." Lucy verengte die Augen im Gegenlicht der Sonne, als sich eine Kutsche aus der anderen Richtung näherte. „Wer könnte das sein?"

Betty schirmte mit der Hand ihre Augen ab. „Sieht aus wie Major Kurland und sein Landverwalter. Und sie sind recht schnell unterwegs."

„Nun, ich hoffe, dass sie uns gesehen haben und uns beim Vorbeifahren nicht in den Graben abdrängen werden." Lucy zügelte das Pferd und lenkte die Kutsche auf die rechte Seite des schmalen Weges.

„Wer fährt die Kutsche?"

„Major Kurland."

„Oje. Als ehemaliger Kavallerieoffizier ist Major Kurland ein wenig leichtsinnig." Entgegen ihrer Befürchtung wurde die andere Kutsche langsamer und kam neben ihnen sanft zum Halten. „Guten Morgen, Major, Mr Fletcher."

„Miss Harrington." Major Kurland fasste sich zur Begrüßung an die Hutkrempe. „Ich hatte vor, Sie später im Pfarrhaus zu besuchen. Werde ich Sie dort antreffen?"

„Das werden Sie in der Tat. Ich habe meine heutigen Aufgaben erledigt und bin auf dem Weg zurück nach Hause."

Major Kurlands durchdringende blaue Augen ruhten einen Moment auf Betty, bevor sie sich wieder auf Lucy richteten. „Kommen Sie aus Kurland St. Anne?"

„So ist es, Sir", sagte Betty bestimmt. „Wir haben bei der Kirche nach dem Familiengrab der Thurrocks gesucht."

„Ausgezeichnet. Wir sind auf dem Weg zu Jim Mallard." Er nickte zuerst Betty und dann Lucy zu. „Dann bis später."

Lucy atmete erleichtert aus, als er die Fahrt fortsetzte, und folgte ihrerseits weiter dem Weg. Es war gut, ihn so selbstbewusst in der Kutsche zu sehen, wenn man bedachte, dass er vor einem Jahr noch zu ängstlich gewesen war, um zu seinem eigenen Stall zu gehen. Sie war sich nicht sicher, ob er jemals wieder zum Spaß an einer Jagd zu Pferde teilnehmen würde. Aber es machte für seine Fähigkeit, die Ländereien zu verwalten, eine Menge aus, dass er in der Lage war, sich wieder mit der Kutsche fortzubewegen. Vielleicht hielten ihn die anderen Landbesitzer für etwas merkwürdig, weil er nie eine Jagd leitete oder daran teilnahm, aber immerhin würden sie nie erfahren, welches Ausmaß seine Angst angenommen hatte. Und das bedeutete ihm viel.

Sie trieb das Pferd mit einem Schnalzen der Zunge an. Auch wenn Betty nicht viel von dem Streit zwischen den beiden Brüdern gehört hatte, war es doch genug gewesen, um Lucys Neugier zu wecken. Wieso hatte Ezekiel davon gesprochen, von den Dorfbewohnern gehasst zu werden? Soweit sie wusste, wurde er sehr geschätzt und respektiert. Hatte er vor Kurzem etwas getan, um Kurland St. Mary gegen sich aufzubringen? Ihr fiel nur sein Preisgewinn beim Dorffest ein, aber das schien in keinem Verhältnis zur Reaktion zu stehen. Sicherlich hätte sie entsprechenden Tratsch gehört, wenn er jemanden gegen sich aufgebracht hätte.

Und welche Geheimnisse kannte Nathaniel Thurrock? Immerhin war er noch am Leben und im Pfarrhaus zu Gast, was bedeutete, dass Lucy vielleicht noch mehr herausfinden könnte. Denn wenn eine andere Person absichtlich den Tod von Ezekiel verursacht hatte, dann gebot es die Ehre sicherlich, so viele Nachforschungen wie möglich anzustellen und den Mörder zu finden.

„Major Kurland, kommen Sie herein, Sir."

Jim Mallard sah zu, während Robert vom Kutschbock stieg. Dann pfiff er nach einem Jungen, der auf der Mauer des Hofs saß.

„Heh! Jimmy! Führe das Pferd zum Stall, bis der Major es wieder braucht."

„Ja, Vater!"

Jim wuschelte durch das schwarze Haar des Jungen. Der nahm die Zügel in die Hand und führte die Kutsche davon. „Mein ältester Sohn, Sir. Er ist ein guter Junge und wird sich gewissenhaft um Ihr Pferd kümmern."

„Da bin ich mir sicher." Robert nickte dem kleinen Jungen zu. „Wie alt ist er?"

„Zehn, Sir."

„Hätte er vielleicht Interesse, die Schule zu besuchen, die ich nächstes Jahr in Kurland St. Mary aufbauen will?"

„Schule?" Jim hielt ihm die Tür ins Bauernhaus auf und wartete, bis Robert und Dermot eingetreten waren. „Was sollte mein Junge davon haben?"

„Ein wenig Bildung hat noch niemandem geschadet, Jim. Er würde Schreiben und Rechnen lernen. Das sind in der heutigen Zeit sehr nützliche Fähigkeiten."

„Ich schätze, da haben Sie recht." Jim klang nicht überzeugt. „Mein Vater hat mir alles beigebracht, das ich wissen musste, aber die Zeiten ändern sich tatsächlich."

„Vielleicht könnte er es ausprobieren", schlug Robert vor. „Sobald es hier weniger zu tun gibt."

„In letzter Zeit haben wir immer mehr zu tun, als wir leisten können. Und jetzt, wo unsere Maisey im Pfarrhaus arbeitet, haben wir auch zu wenige Hände, die im Haushalt helfen. Kommen Sie in den Salon, Sir, und

Mrs Mallard wird Ihnen ein Glas ihres besten Pflaumenweins bringen."

Robert ließ sich in einen Raum geleiten, der offenbar nur selten genutzt wurde und vollgepackt war mit Familienschätzen, darunter der Schrank für das beste Porzellan, einige schlecht gemalte Ölgemälde von Nutztieren und eine uralte, mit Gravuren verzierte Eichentruhe. Immerhin war es warm und sein Stuhl war bequem.

Dermot saß ihm gegenüber und ließ den Blick durch den Raum schweifen, während er versuchte, sich auf der Kante des vollgelegten bestickten Sofas bequem hinzusetzen. Auf der Kommode stand eine reizende Zeichnung, die offenbar vier Schwestern zeigte. Auf dem Kaminsims tickte eine Uhr, deren Mechanismus sich gerade in Gang setzte, um zur Viertelstunde zu schlagen.

Robert und Dermot erhoben sich, als die Tür wieder aufging und Mrs Mallard mit einem großen Tablett eintrat, auf dem nicht nur der versprochene Wein stand, sondern auch ein Teller mit großen Stücken Obstkuchen.

„Major Kurland, wie schön, Sie wieder auf den Beinen zu sehen." Mrs Mallard stellte das Tablett mit einem Lächeln auf einer Anrichte ab und verfehlte dabei nur knapp einen verbeulten eisernen Kerzenhalter. „Möchten Sie etwas trinken?"

„Das würde ich sehr begrüßen", erwiderte Robert. „Kennen Sie bereits meinen Landverwalter Mr Dermot Fletcher?"

„Ja." Sie strich ihre Schürze glatt. „Wir sind uns bereits begegnet. Er war schon hier, um mit Jim über den Bauernhof zu sprechen."

Während sie herumwuselte und die Gläser und Teller verteilte, kam Jim herein und setzte sich auf einen Platz gegenüber von Robert.

„Das Pferd ist sicher im Stall, Sir."

„Vielen Dank. Am besten, es macht es sich nicht zu gemütlich, für den Fall, dass wir auf die Felder ausfahren müssen, während wir Ihre neuen Pläne diskutieren, Jim."

Sein Gastgeber gluckste. „Wir können auch meine Kutsche nehmen, wenn Sie das nicht in Ihrer Würde verletzt, Sir. Schließlich sind Sie ja jetzt ein Lord oder so was."

„Ich bin lediglich ein Baronet und der Titel gibt nicht genug Anlass für Hochnäsigkeit, um ihn jemandem auf die Nase zu binden."

Jim klopfte sich auf den Schenkel. „Der war gut, Sir. Oder, Alice?"

„So ist es." Mrs Mallard lächelte. „Wie schmeckt Ihnen der Wein?"

„Er ist ausgezeichnet, Mrs Mallard."

„Hat dieses Jahr den ersten Preis auf dem Dorffest gewonnen, nicht wahr, Liebling?" Jims Miene verdüsterte sich. „Ich schätze, wir sollten dankbar sein, dass der Küster sich nicht entschieden hat, auch in dieser Kategorie anzutreten."

„Jim!" Mrs Mallard legte eine Hand auf ihre errötete Wange. „Kein Grund, schlecht von den Toten zu reden."

Robert nippte an seinem Wein. „Sie wissen, dass Mr Ezekiel Thurrock während des Sturms am Samstagabend gestorben ist?"

„Ja", sagte Jim. „Und gut, dass wir ihn und auch die anderen Thurrocks los sind. Das ist meine Meinung."

„Sie mochten den Küster nicht?"

Jims Tonfall wurde noch ungehaltener. „Er war ein Thurrock, oder? Diese Familie war schon ein Dorn im Auge dieses Dorfes, solange ich mich erinnern kann. Und jetzt haben wir hier auch noch seinen Bruder, der herumschnüffelt und uns ausspioniert. Man kann ihnen offenbar einfach nicht entkommen."

Robert zog die Augenbrauen hoch. „Mr Nathaniel Thurrock hat Sie ausspioniert, Jim? Sind Sie sich da ganz sicher?"

„Ich habe ihn vor ein paar Tagen erwischt, wie er an meiner Mauer herumgeschnüffelt hat. Musste ihm damit drohen, dass ich die Hunde auf ihn loslassen würde, bevor er sich vertreiben ließ."

„Das ist recht bedauernswert." Robert stellte sein Glas ab. „Soll ich mit ihm darüber ein Wörtchen reden, was Landfriedensbruch für Folgen haben kann? Er ist aus Cambridge und ist sich vielleicht nicht über die Regeln auf dem Land bewusst."

„Keine Sorge, Sir. Er wird ohnehin bald nach Cambridge zurückkehren, oder? Damit werden wir glücklicherweise den letzten Thurrock in diesem Dorf los sein." Jim stürzte den Rest seines Weins in einem Zug hinunter und füllte sein Glas sofort wieder nach. „Es wurde auch Zeit. Ich dachte schon, wir wären ihn los, als der Großvater wegzog, aber Ezekiel kehrte zurück."

„Wieso hätte er nicht nach Kurland St. Mary zurückkehren sollen?"

Jim lehnte sich vor. „Weil –"

Mrs Mallard stieß ihrem Mann mit dem Ellbogen in die Seite. „Wolltest du Major Kurland nicht deine Pläne mitteilen, Jim? Du willst ihn doch nicht den ganzen Tag aufhalten." Sie warf Robert einen entschuldigenden Blick zu. „Jimmy ist schon mit dem Pferd und der Kutsche vorgefahren und du willst ihn doch nicht in diesem kalten Wind allein draußen stehen lassen."

Jim lachte peinlich berührt auf. „Es tut mir leid, Major, sie hat recht, das ist alles Geschichte. Über was ich eigentlich mit Ihnen sprechen wollte, ist ein Plan, um die Felder nördlich des Hauses zu entwässern."

***

Am Vordereingang des Pfarrhauses stieg Robert vom Kutschbock ab und sah zurück hinauf zu Dermot, der die Zügel in seine fähigen Hände genommen hatte.

„Ich sehe Sie beim Abendessen. Ich werde nach meinem Gespräch mit Miss Harrington zu Fuß zurück zum Anwesen gehen."

„Ich könnte Ihnen auch die Kutsche hierlassen und gehen, Sir. Es ist ja nicht weit."

„Dazu besteht kein Grund. Die Bewegung tut mir gut." Robert dachte kurz nach. „Könnten Sie mir aufschreiben, was Sie von Jim Mallards Plänen halten? Dann können wir uns morgen darüber unterhalten."

„Das werde ich, Sir. Für mich klang es recht machbar." Dermot nahm die Zügel auf. „Er hielt nicht besonders viel von Mr Ezekiel Thurrock, oder?"

„So scheint es." Robert versuchte seine Stimme neutral zu halten. Sein Landverwalter sah ihn noch einmal fragend an, nickte dann, setzte das Pferd mit einem Zungenschnalzen in Bewegung und fuhr die Auffahrt hinunter. Robert hatte nicht vor, mit Dermot Fletcher über Jim Mallards zügellose Freude über den Tod des Küsters zu sprechen. Er hatte aus Erfahrung gelernt, die Dinge für sich zu behalten und nur Miss Harrington zu vertrauen.

Er klopfte an die Tür, die ihm von der neuen Küchenhilfe geöffnet wurde, die immer aussah, als wäre sie in Eile. Jetzt, wo er um die Zugehörigkeit zur Familie Mallard wusste, erkannte er die Ähnlichkeit mit ihrer Mutter und ihrem Bruder.

„Major Kurland!"

„Ist Miss Harrington zu Hause?"

„Ja, Sir, sie ist im Salon und hat mich angewiesen, Sie direkt zu ihr zu bringen, wenn Sie vorbeikommen sollten."

„Vielen Dank." Er übergab ihr seinen Hut und seine Handschuhe. Sie warf sie unachtsam in Richtung des Tischs in der Eingangshalle und trabte los. Er hob einen seiner Handschuhe vom Boden auf und legte ihn zu dem anderen, bevor er ihr folgte, allerdings ohne sich dabei zu bemühen, mit ihr Schritt zu halten.

„Major Kurland, Miss."

Bis er die Tür, die sie aufgestoßen hatte, erreicht hatte, war das Dienstmädchen schon wieder in Richtung der Küche verschwunden.

Miss Harrington saß zusammen mit Miss Penelope Chingford im Salon und sie beide blickten auf. Er verbeugte sich.

„Guten Abend, Ladys. Ich hoffe, es geht Ihnen beiden gut?"

Miss Chingford verdrehte die Augen. „Lucy geht es großartig. Mein Leben ist ein Scherbenhaufen, wie Sie ja nur zu gut wissen, aber ich werde Sie nicht mit den Details belästigen."

Robert atmete nach dieser Aussage erleichtert aus und

lenkte seine Aufmerksamkeit auf seine Verlobte, die gerade damit beschäftigt gewesen war, einen Strumpf zu stopfen, den sie jedoch beiseitelegte.

„Miss Harrington."

„Wie war Ihr Besuch bei Jim Mallard?" Sie deutete auf den Platz neben sich und Robert ließ sich dort nieder. „Will er immer noch die höhergelegenen Felder entwässern?"

„Ja, das will er, und ich glaube, es spricht einiges für den Plan. Mr Fletcher und ich haben vor, die Idee morgen genauer zu besprechen und eine Schätzung zu erstellen, wie viel die Umsetzung kostet und was der langfristige finanzielle Nutzen ist."

Miss Chingford legte das Buch ab, das sie bis eben noch gelesen hatte. „Mir ist gerade eingefallen, dass ich noch nachsehen muss, ob Dorothea ihre Lektionen bearbeitet und nicht mit dem Vikar im Dorf herumläuft. Bitte entschuldigen Sie mich."

Robert lächelte, während sie eilig den Raum verließ. „Wie freundlich von ihr."

„Das war es nicht. Sie kann es nur nicht ertragen, wenn sie nicht das Zentrum aller Aufmerksamkeit ist. Und Gerede jedweder Art über Landwirtschaft langweilt sie höllisch."

„Dann sollte sie besser bei ihrer Familie in London leben, wo ihr solche Unterhaltungen erspart bleiben werden."

Miss Harrington sah nachdenklich aus. „Ich glaube nicht, dass sie vorhat, nach London zurückzukehren."

Er sah sie einen langen Augenblick an. „Guter Gott. Sie will sich doch nicht im Pfarrhaus häuslich einrichten, wenn Sie hier ausziehen, oder? Würde Ihr Vater das zulassen?" Er schüttelte den Kopf. „Natürlich würde er das – er kommt allein nicht aus und ich bezweifle, dass Ihre Schwester Anna unverheiratet zurückkehren wird."

„Penelope hat nicht vor, *hier* zu bleiben", sagte Miss Harrington vorsichtig.

„Wo dann?"

„Mrs Fielding hat angenommen, dass ich die beiden Chingford-Schwestern mit nach Kurland Hall nehme."

Vor Roberts geistigem Auge spielten sich furchtbare Visionen ab. „Nein."

Miss Harrington blinzelte ihn an. „Wie bitte?"

„Sie werden nicht in mein Haus einziehen", sprudelte Robert hervor. Der bloße Gedanke bescherte ihm bereits Albträume.

„Wenn wir das verhindern wollen, dann –"

„Oh, das werden wir. Wenn sie einziehen, dann kann ich Ihnen versichern, dass ich gehe."

„Würden Sie dann vielleicht darüber nachdenken, Penelope zu unterstützen?"

Er starrte sie an. „Ich werde sie nicht heiraten, wenn Sie darauf anspielen."

Sie klopfte ihm sanft auf den Arm. „Als ob ich das von Ihnen verlangen würde."

Ihr Lächeln war so liebenswürdig, dass er umgehend Verdacht schöpfte. „Was dann?"

„Dr. Fletcher will sie heiraten."

„Mein alter Freund Patrick? In Gottes Namen, wieso?"

„Sie ist sehr schön", bemerkte Miss Harrington.

„Ja, aber –" Robert fiel es schwer, eine Antwort zu finden. „Sind Sie sich dessen sicher? Er hat mir gegenüber nichts erwähnt."

„Vielleicht zögert er, Ihre Zustimmung einzuholen, weil Penelope einmal mit Ihnen verlobt war."

„Unfug."

„Wenn er sich also an Sie wenden würde, würden Sie ihm dabei helfen, sein Ziel zu erreichen?" Sie schenkte ihm ein weiteres hoffnungsvolles Lächeln, bevor sie weitersprach. „Er hat ihr bereits ein Zuhause zu bieten und sein Einkommen steigt, während er mehr von Dr. Bakers Aufgaben übernimmt. Wenn Sie ihn unterstützen würden, wäre er vermutlich eher geneigt, mit meinem Vater über die Angelegenheit zu sprechen."

Robert sah sie nachdenklich an. „Ich dachte, er hätte gesagt, er wolle Miss Chingford heiraten."

„Das will er."

„Wieso fragt er dann nicht einfach?"

„Ich glaube, er hat Penelope bereits gefragt, und sie ist mehr als gewillt, den Antrag anzunehmen."

„Wirklich?"

„Ja, das hat mich auch überrascht. Ich kann natürlich nicht behaupten, Dr. Fletchers Gefühle in dieser

Angelegenheit zu kennen, aber vielleicht macht er sich Sorgen, dass mein Vater gleichgültig oder ... mit Ungläubigkeit reagieren könnte. Dr. Fletcher ist schließlich ein gebürtiger Ire, der für seinen Lebensunterhalt arbeiten muss."

„Und er ist der beste verdammte Doktor, dem ich je begegnet bin", erwiderte Robert.

„So ist es." Miss Harrington biss sich nachdenklich auf die Lippe. „Und wenn Sie nicht möchten, dass die Chingford-Schwestern mich nach unserer Hochzeit nach Kurland Hall begleiten ..."

„Ich werde mit Dr. Fletcher sprechen. Wenn er meine Unterstützung will, werde ich ihn begleiten, wenn er mit Ihrem Vater redet."

Miss Harrington sprang auf und küsste ihn auf die Wange. „Oh, Major Kurland. Sie sind zu gut."

Er akzeptierte das Kompliment und den unerwarteten Kuss, war sich aber völlig darüber im Klaren, dass seine Geliebte ihn mit dem Geschick eines kampferprobten Generals in eine nicht zu verteidigende Position manövriert hatte.

„Kann ich Ihnen Tee anbieten, Sir?" Miss Harrington lächelte ihn noch immer überaus freundlich an, was an sich bereits höchst nervenaufreibend war.

„Ich würde einen Brandy bevorzugen."

„Dann werde ich Ihnen einen holen." Sie ging hinüber zur Anrichte und schenkte ihm ein Glas aus der Kristallkaraffe ein. „Konnten Sie Jim Mallard zu Ezekiel Thurrock befragen?"

Er nahm das Glas dankend an. „Da musste ich nicht besonders viel fragen. Jim hat mir nur zu gern erzählt, wie wenig er die Thurrocks mochte und dass der Tod der Küsters eine gute Sache sei."

„Ist das so?" Miss Harrington runzelte die Stirn. „Ich hatte keine Ahnung, dass er unseren Küster so wenig mochte. Hat er gesagt, warum?"

„Er erwähnte das Dorffest, aber er hat auch angedeutet, dass die Thurrocks seit Jahren im Dorf nicht gern gesehen waren."

„Wie merkwürdig." Sie hielt kurz inne. „Sie kennen Jim am besten. Glauben Sie, dass er jemand ist, der dem Küster in der Kirche aufgelauert und ihn umgebracht haben könnte?"

„Das ist schwer zu sagen", sagte Robert nachdenklich. „Er ist recht aufbrausend – wie alle Männer aus der Mallard-Familie. Ich würde meinen, es wäre wahrscheinlicher, dass er den Küster auf offener Straße konfrontiert und den Kampf so ausgetragen hätte."

„Das erscheint tatsächlich wahrscheinlicher."

Robert spekulierte weiter. „Aber vielleicht ist er dem Küster in einem Anflug von Rage in die Kirche gefolgt, hat das nächste Objekt aufgehoben und ihn damit zu Tode geprügelt."

Miss Harrington erschauderte. „Würde er jemanden in einer Kirche umbringen?"

„Wenn er in Rage war, bezweifle ich, dass er bemerkt hätte, wo er sich gerade aufhielt."

„Dann können wir ihn noch nicht ausschließen."

„Nein." Robert nippte an seinem Brandy. „Aber vergessen Sie nicht, dass der Steinkopf, soweit wir wissen, nicht aus unserer Kirche stammt. Jim hätte ihn also mitbringen müssen." Er zögerte. „Der Mörder, egal wer es war, muss den Stein mitgebracht haben. Haben Sie irgendwelche Hinweise gefunden, woher er stammte?"

„Ich habe keine fehlenden Steinfratzen oder etwas, das auch nur ähnlich aussah, in der Kirche von Kurland St. Anne gefunden." Miss Harrington lehnte sich zurück. „Ich habe allerdings herausgefunden, dass das Symbol, das in die Kerze im Zauberbeutel geritzt war, dem in unserer Kirche ähnelt."

„Und was ist mit dem restlichen Inhalt?"

„Nun, der soll jedenfalls nicht Glück oder Reichtum bringen, so viel kann ich Ihnen sagen." Sie spielte nervös am Saum ihres Schals herum. „Ich habe in Kurland St. Anne mit den Turner-Schwestern gesprochen und-"

„Den Turner-Schwestern?" Robert runzelte die Stirn. „Wer genau ist das?"

Sie zuckte beiläufig mit den Achseln, was Robert umgehend Verdacht schöpfen ließ. „Sie sind Heilerinnen und weise Frauen, die oft bei Geburten im Ort helfen."

„Weise Frauen?"

Sie schüttelte den Kopf. „Ich wusste, dass Sie sich an diesem Detail aufhängen würden. Sie stellen Talismane her und wirken Liebeszauber. Das haben sie schon immer."

„Wieso weiß ich davon nichts? Pachten sie das Grundstück von mir?"

„Nein, es gehört vollständig ihnen. Sie richten keinen Schaden an, Major Kurland. Tatsächlich bewirken sie sogar viel Gutes, also werden Sie bitte nicht wütend."

„Wir haben meine Meinung zu Hexerei und Scharlatanen schon besprochen – und daran hat sich nichts geändert." Er bedachte sie mit einem erzürnten Blick. „Ich hätte wissen müssen, dass Sie sich hinter meinem

Rücken sofort mit solchen Nichtsnutzen beraten würden."

„Sie sind wohl kaum Scharlatane und ich wurde von Betty begleitet. Die Familie Turner lebt hier schon so lange wie die Ihre. Fragen Sie doch Foley. Er weiß noch mehr als Mr Nathaniel Thurrock über die Geschichte unseres Dorfes."

„Ich würde diese Turner-Frauen gern selbst besuchen."

„Zu welchem Zweck?" Sie erwiderte seinen Blick. „Sie haben gesagt, dass sie den Zauberbeutel noch nie zuvor gesehen haben."

„Als ob sie ihre Taten einfach so gestehen würden."

„Ich schätze, damit haben Sie nicht unrecht. Miss Abigail hat mir nicht genau verraten, wofür die Kräuter, die sie identifizieren konnte, waren." Sie verzog das Gesicht. „Vielleicht hätte ich doch nicht dort hingehen sollen."

„Denn jetzt wissen sie, dass wir den Fluch gefunden haben und er mit einer Leiche in Verbindung steht."

„Ich habe ihnen nicht gesagt, wo wir den Beutel gefunden haben."

„Und Sie glauben nicht, dass die beiden sich das auch selbst denken können? Offenbar weiß schon das ganze Dorf vom Tod des Küsters und es gibt unzählige Gerüchte über den Grund. Ich sollte gehen und Ihre Turner-Schwestern selbst befragen."

„Sie werden nicht mit Ihnen reden."

Robert erhob sich. „Meine liebe Miss Harrington, ich bin der Magistrat im Ort und der Friedensrichter. Sie werden in der Sache keine Wahl haben."

Kapitel 9

„Komm schon, Maisey", rief Lucy dem Küchenmädchen zu, das hinter ihr den Pfad entlangtrödelte und die Bäume anstarrte.

„Tut mir leid. Ich komme, Miss. Ich habe die Elstern gezählt. Es bringt Unglück, wenn man nur eine sieht, müssen Sie wissen."

Lucy zog den Schlüssel zum kleinen, von einer Terrasse umsäumten Cottage von Ezekiel Thurrock hervor und schloss die Tür auf. Der Geruch von altem Tabakrauch und Kohlköpfen schlug ihr entgegen und rief ihr schlagartig den Küster in Erinnerung.

„Ganz schön dunkel hier." Maisey warf einen Blick hinein.

„Ja, wir sollten vermutlich die Läden aufmachen und etwas Luft hereinlassen."

Lucy ging weiter ins Innere und musterte die Einrichtung. Für einen alleinstehenden Mann war das Haus ausgesprochen geräumig. Es gab zwei Zimmer im Erdgeschoss und zwei oben, die über eine steile Treppe in der Mitte des Gebäudes verbunden waren. Das untere Geschoss war mit Steinplatten gefliest und es gab einen recht großen Kamin an der äußeren Wand. Dem Pfarrhaus gehörte auch das Cottage nebenan. Es stand derzeit leer und würde erst dann genutzt werden, wenn der Vikar heiraten und Kinder bekommen sollte.

Vor der Feuerstelle stand ein kleiner Tisch mit zwei hohen Stühlen. Auf dem Kaminsims lagen eine Tonpfeife und eine Zunderbüchse zusammen mit einem Kerzenleuchter aus Zinn. Es gab nirgendwo eine Uhr oder irgendwelche Dekorationen, mit Ausnahme eines Rosenkranzes und eines kleinen Kruzifixes, die auf Lucy überraschend katholisch wirkten.

„Maisey – war Mr Nathaniel Thurrock schon hier, um die Besitztümer seines Bruders in Augenschein zu nehmen?", fragte Lucy.

„Ich bin mir nicht sicher, Miss." Maisey begutachtete skeptisch das spartanisch eingerichtete Zimmer. „Hier ist ja nicht gerade viel, oder? Vielleicht hat er schon alles, was er behalten wollte, mitgenommen und den Rest hiergelassen."

„Das kann sein." Sie ging weiter ins nächste Zimmer, in dem es ein Waschbecken, eine Wasserpumpe und eine Feuerstelle gab, über der ein schwarzer Topf an einem Haken hing. Hinter einer weiteren Tür befand sich ein kleiner, mit Stein ausgekleideter Vorratsschrank, in dem ein paar wenige Notwendigkeiten gelagert waren. In der Feuerstelle waren Scheite aufgetürmt, aber noch nicht angezündet worden, und alles lag noch so da, als ob der Küster gerade erst gegangen wäre.

„Immerhin hatte er Wasser, Miss." Maisey deutete auf die Pumpe. „Meine Eltern haben das nicht. Sie müssen immer zum Brunnen gehen. Der Küster hatte auch einen Abtritt draußen im Garten." Sie schüttelte den Kopf. „Und ein Haus ganz für sich allein. Ich träume auch davon, mein eigenes Haus zu besitzen, Miss."

„Nun, lern deinen Beruf weiter von Mrs Fielding und eines Tages verwirklichst du vielleicht deinen Traum, Maisey", sprach Lucy ihr Mut zu. „Sollen wir nach oben gehen?"

Zu ihrer Überraschung war das ganze Haus ausgesprochen ordentlich. Soweit sie wusste, war der Küster nie verheiratet gewesen und hatte es offenbar gelernt, sich um sich selbst zu kümmern. Ihr Vater hatte kürzlich einige Bemerkungen gemacht, wie er denn allein zurechtkommen sollte, wenn sie erst aus dem Pfarrhaus auszog. Sie bezweifelte, dass er das hören wollte, aber sein eigener Küster schien recht gut ohne eine Frau, die alle Arbeit für ihn machte, leben zu können. Und ihr Vater war nicht einmal wirklich allein. Er hatte drei männliche Diener, Maisey und Mrs Fielding, die sich um all seine Belange kümmerten.

Sie musste Anna vorwarnen, dass sie nicht zu früh nach Hause kommen durfte ...

Sie blieb am oberen Ende der Treppe stehen, wandte sich zur ersten Tür und entriegelte sie. Im Zimmer stand ein Bett mit einem einfachen, hölzernen Kopfende, ein Nachttisch, auf dem eine Schüssel und ein Krug abgestellt waren, und eine verzierte Truhe. Unter dem Bett lag eine Bettpfanne, die glücklicherweise leer war. Durch die geöffneten Vorhänge fiel das Licht ein. Draußen stimmte eine Amsel einen wilden Gesang an, um die Konkurrenz davor zu warnen, näher zu kommen.

Das Zimmer wirkte friedlich. Lucy konnte sich den Küster hier gut vorstellen. Sein runzliges Gesicht, das im Schlaf völlig entspannt wirkte, seine Bibel an seiner Seite. Er war ein sehr gläubiger Mann gewesen, der jeden Tag gebetet und sich nicht geschämt hatte, das zuzugeben. Tatsächlich hatte er sowohl ihren Vater als auch den Vikar auf Trab gehalten und angetrieben und viele der Aufgaben ihres Vaters ohne jede Beschwerde erledigt.

„Er hat es nicht verdient, zu sterben", sagte Lucy.

„Wie war das bitte, Miss?" Maisey kam mit lautem Stampfen hinter ihr die Treppe hoch.

„Schon gut, ich habe nur laut nachgedacht."

Lucy öffnete den Schrank, der neben dem Kamin in die Wand eingelassen war. Darin befanden sich zwei Sätze von Roben, zwei gefaltete Hemden, schwarze Strümpfe und Hosen. Die einzige Spur von etwas Farbe und Prunk war eine mit Silberfäden bestickte Weste.

Auf dem Boden lagen ein Paar altmodischer Schnallenschuhe, zwei Hüte und eine Kiste. Lucy zog den Behälter heraus und fand darin eine weiße Perücke vor. Darunter befand sich nichts weiter.

„Maisey? Leere bitte diesen Schrank aus und lege Mr Ezekiels Besitztümer auf das Bett."

Während Maisey mit ihrer Aufgabe begann, widmete Lucy sich der Truhe. Wie sich herausstellte, enthielt diese Ezekiels Nachthemden, Unterwäsche und Wollstrümpfe. Alles war in sehr gutem Zustand, sauber geflickt und gepflegt.

„Hatte der Küster jemanden, der das Haus für ihn sauber gehalten hat?"

„Das kann sein." Maisey faltete eines der Hemden. „Es ist hier sehr ordentlich."

Lucy erinnerte sich nicht, dass er beim Pfarrhaus je um eine Haushaltshilfe gebeten hatte. Tatsächlich hatte sie das Haus in den letzten sieben Jahren kaum betreten. Er hatte zwar meistens mit ihnen zusammen gegessen, aber sie hatte keine Ahnung, mit wem er befreundet gewesen war oder was er in seiner Freizeit zu tun pflegte.

„Hat Mr Ezekiel jemals Ale im *Queen's Head* getrunken?"

„Ich glaube nicht, Miss." Maisey hielt inne. „Er war nicht wirklich einer von uns, wissen Sie?"

„Wieso nicht?"

„Er war der Küster."

„Aber seine Familie lebt hier seit Generationen."

„Das ist vermutlich der Grund, warum er nicht zusammen mit Menschen vom Stand der Mallards und der Pethridges getrunken hat." Maiseys übliches Lächeln war verschwunden. „Vielleicht hielt er sich für etwas Besseres, weil er in Cambridge aufgewachsen und dort zur Universität gegangen ist."

„Vielleicht hat er nur nicht gern getrunken. Ich habe keine Spur von Ale oder auch Spirituosen im Haus gefunden, du etwa?"

„Er war ein Einzelgänger, Miss. Mehr weiß ich auch nicht." Maisey machte mit dem Falten der Kleidungsstücke weiter.

Lucy nahm alles vorsichtig aus der Truhe und sortierte es, bevor sie es auf das Bett legte. „Ich bezweifle, dass Mr Nathaniel davon etwas haben möchte, aber wir sollten es ihm zumindest anbieten. Ich werde Harris darum bitten, ihn hierher zu begleiten, damit er sich aussuchen kann, was er möchte." Sie begutachtete die Truhe. „Ich frage mich, ob die ihm gehört. Sie sieht recht alt aus und passt zu der im Salon unten."

„Sie sieht schön aus, Miss." Maisey studierte die Verzierung auf dem Deckel. „Adam und Eva und der Apfel, nicht wahr?"

„Ich glaube, da hast du recht."

Lucy drehte sich zum Nachttisch und nahm die Bibel an sich. Ein Stück Papier fiel heraus, sie bückte sich, um es wieder aufzuheben, und stieß dabei beinahe mit Maisey die Köpfe zusammen.

„Ich nehme an, Mr Nathaniel wird diese Bibel behalten wollen." Lucy fuhr mit dem Finger über den stark abgenutzten Einband. „Ist sonst noch etwas in dem Schrank, Maisey?"

„Nicht, soweit ich gesehen habe."

Lucy sah zur Sicherheit noch einmal selbst nach und blickte dann auf den Haufen Kleidung auf dem Bett. „Könntest du vielleicht zurück zum Pfarrhaus gehen und nachschauen, ob Harris Mr Nathaniel gleich vorbeibringen kann?"

„In Ordnung, Miss." Maisey raffte ihre Röcke und stampfte wieder die Treppen hinunter. Die Haustür knallte hinter ihr zu.

Lucy sah ihr vom Fenster aus hinterher und betrat dann das kleinere der beiden Zimmer in der oberen Etage. Darin befanden sich ein Schreibtisch und Wände voller kostbarer Bücher, was vielleicht erklärte, warum der Rest des Hauses so karg eingerichtet war. Lucy setzte sich auf den einzigen Stuhl im Zimmer, öffnete die Hand und entfaltete den Zettel, den sie in der Bibel gefunden hatte.

Treffen in der Kirche um sieben.

Lucy las die Wörter laut vor und studierte die unordentlich geschriebenen Buchstaben. Wenn sie richtiglag, hätte der Küster durchaus am Abend seines Todes eine Einladung in die Kirche erhalten haben können. Sie dachte über den Fundort der Notiz nach. War der Zettel vielleicht ursprünglich unter der Tür hindurchgeschoben worden? War Ezekiel zum Beten in sein Schlafzimmer gegangen und hatte dann entschieden, in die Kirche zu gehen, in dem Wissen, dass er vielleicht nicht zurückkehren würde?

Es lag keinerlei Drohung in der Nachricht. Wieso war er also gegangen? Hatte er angenommen, dass er wusste, wen er treffen würde? Sie atmete aus und ihr Blick fiel auf die Schubladen des Schreibtischs. Es würde Maisey gute zehn Minuten kosten, zum Pfarrhaus zu gehen. Dann würde sie Harris und Mr Thurrock finden müssen, warten, bis das Pferd gezäumt war, und den Weg zum Haus des Küsters zurücklegen.

Sie würde schnell sein müssen, aber sie war entschlossen, den Rest von Ezekiels Besitztümern durchzusehen, bevor sein Bruder hier auftauchte.

„Foley, kommen Sie und setzen Sie sich zu mir."

Robert winkte den Butler zu dem Stuhl vor dem Schreibtisch im Arbeitszimmer.

„Was wünschen Sie, Sir?" Foley ließ sich widerwillig auf dem Stuhl nieder. „Ich hoffe, Sie möchten nicht erneut vorschlagen, dass ich mich zur Ruhe setze, bevor wir eine neue Braut in Kurland Hall begrüßen können. Ich bin recht zuversichtlich, dass ich alle Bedürfnisse der Lady zu ihrer Zufriedenheit erfüllen kann."

„Darum geht es nicht."

„Nun, das ist eine Abwechslung, Sir, dass Sie mir nicht vorhalten, zu alt für meine Aufgaben zu sein." Foley wirkte immer noch skeptisch. „Wie kann ich Ihnen dann behilflich sein?"

„Können Sie mir etwas über die Mallards und die Thurrocks erzählen?"

„Was soll mit ihnen sein, Sir?"

Robert versuchte geduldig zu bleiben. „Stimmt es, dass zwischen den Familien seit Jahren eine Fehde besteht?"

„Ich glaube, so ist es. Aus irgendeinem Grund wird die Familie Thurrock in dieser Gegend nur wenig geschätzt." Foley faltete die Hände im Schoß. „Mr Ezekiel war ein guter, ehrlicher und frommer Mann, aber die Dorfbewohner konnten sich dennoch nicht für ihn erwärmen."

„Das ist mir aufgefallen. Aber wieso?"

Foley lehnte sich zurück. „Ich weiß, dass es einmal Ärger zwischen Mr Ezekiels Vater und der Tante von Jim Mallard gegeben hat. Einige Leute sagen, dass sie ineinander verliebt waren und es ihnen natürlich nicht gestattet war zu heiraten, da die Familien sich nicht ausstehen konnten. Manche sagen, dass sie sich in den Fluss gestürzt hat, als er Kurland St. Mary verließ und nach Cambridge zog, aber das kann nicht sein, weil sie noch lebt – nun, ich schätze, sie könnte auch einfach nur ein bisschen nass geworden und herausgeklettert sein."

„Foley."

„Ja, Sir?"

„Können Sie bitte bei den Fakten bleiben und das Gespräch nicht in den Bereich eines Melodramas führen?"

„Ich werde mein Bestes tun, Sir. Da gab es auch noch das Problem mit der Pethridge-Familie."

Robert drückte zwei Finger an die Schläfe und begann, sich mit einer sehr langen und ausufernden Befragung abzufinden. „Welches Problem?"

„Der Großvater des jetzigen Mr Thurrock und der Großvater von Mr Pethridge waren eine Weile lang befreundet. Sie hatten beide darauf bestanden, dass sie nichts auf das gaben, was in der Vergangenheit vorgefallen war, aber dann haben sie sich zerstritten."

„Wegen einer Frau?", fragte Robert argwöhnisch.

„Nein, wegen eines Stücks Land, das beide für sich beanspruchten."

„Den Thurrocks hat Land in der Gegend gehört?"

„Ja, für eine lange Zeit, Sir."

Foley sah ihn an, als ob er nicht ganz glauben konnte, dass Robert davon nichts wusste.

„Wo genau war dieses Land?"

„Ich glaube, es befand sich zwischen dem Gehöft des Anwesens und Kurland St. Anne."

„Aber all dieses Land gehört mir."

„Das liegt daran, dass Mr Thurrock es Ihrem Vater verkauft hat."

„Ah, das ist das Erste, was Sie sagen, das für mich Sinn ergibt."

„Das erklärt auch, warum Mr Nathaniel Thurrock so gern Einblick in die Aufzeichnungen der Kurlands haben wollte", gab Foley zu bedenken. „Er hat die Geschichte der Familie Thurrock erforscht."

„Er hat mir gegenüber so etwas erwähnt. Ich habe ihn Mr Fletcher überlassen, als er zu Besuch auf dem Anwesen war."

Foley räusperte sich. „Ich habe ein wenig der Konversation zwischen Mr Nathaniel und Mr Fletcher aufgeschnappt, während ich meiner Pflicht nachgekommen bin und ihnen Getränke serviert habe."

„Und?"

„Ich möchte nicht, dass man mich für jemanden hält, der andere belauscht, Sir –"

„Sagen Sie mir einfach, was Sie ‚zufällig' aufgeschnappt haben."

„Tatsächlich war ich ein wenig überrascht, dass Mr Nathaniel das Thema nicht Ihnen gegenüber erwähnt hat, als er zum Abendessen hier war."

„Seine Gedanken drehten sich vor allem um den plötzlichen Tod seines Bruders."

„Das stimmt, Sir. Aber er war wütend auf Mr Fletcher – und auch recht unhöflich, muss ich sagen –, aber Mr Fletcher ist sehr freundlich geblieben."

„Unhöflich? Inwiefern?"

„Mr Thurrock schien anzudeuten, dass die Kurland-Familie an etwas die Schuld trage."

„Interessant." Robert lehnte sich zurück und sah auf seine verschränkten Finger. „War sonst noch etwas?"

„Nein, Sir."

„Und Sie wissen nicht, wie lange diese ‚Fehde' zwischen den Thurrocks und dem halben Dorf schon andauert?"

Foley schüttelte den Kopf und blickte Robert verständnisvoll an.

Robert seufzte schwer. „Vielen Dank, Foley. Können Sie Mr Fletcher suchen und ihm sagen, dass er mich umgehend hier aufsuchen soll?"

„Sehr wohl, Sir." Foley zögerte einen Moment mit einer Hand auf der Lehne seines Stuhls. „Zu einem anderen Thema: Haben Sie schon einen Termin für die Hochzeit festgelegt? Wir alle stellen uns diese Frage."

„Das liegt alles in den Händen der großen Familie meiner Braut und im Schoß der Götter. Sobald sie sich dazu herablassen, mir einen Termin mitzuteilen, werde ich Sie und meine anderen Bediensteten das wissen lassen."

Foley verneigte sich. „Vielen Dank, Sir."

Robert blieb an seinem Schreibtisch sitzen und blickte ungehalten auf den Stuhl, den Foley gerade verlassen hatte, bis ein leichtes Klopfen an der Tür ihn aus den Gedanken riss. Das vertraute Gesicht seines Landverwalters erschien.

„Ah, Dermot. Kommen Sie herein."

„Foley sagte mir, dass Sie mich sprechen wollen, Sir Robert. Stimmt etwas nicht?"

„Erinnern Sie sich an den Tag, als Mr Nathaniel Thurrock Kurland Hall besucht hat, um unsere Aufzeichnungen einzusehen?"

Dermot wirkte überrascht. „Oh. Hat er mit Ihnen darüber gesprochen, Sir? Ich habe versucht, ihm zu sagen, dass er Sie damit nicht behelligen solle, bis ich ein paar Nachforschungen angestellt habe."

„Er hat mit mir über nichts weiter geredet als über den Tod seines Bruders. Was sonst kann ich erwarten, von ihm zu hören?"

Dermot zögerte, eine Hand lag auf der Lehne des Stuhls. „Ich bin mir nicht ganz sicher, wie ich das formulieren soll –"

„Setzen Sie sich einfach und spucken Sie es aus." Nach dem Gespräch mit Foley war seine Geduld erschöpft. Der Geschwindigkeit nach zu urteilen, mit der Dermot sich hinsetzte, hatte er barscher geklungen als beabsichtigt.

„Mr Thurrock war der Ansicht, dass die Ländereien seiner Familie ... von den Kurlands gestohlen wurden. Er teilte mir mit, dass er Sie so früh wie möglich auf diesen Umstand aufmerksam machen wolle – zusammen mit mehreren anderen Dingen, die mit dem Dorf und seinen Einwohnern zu tun haben."

„Was zum Teufel?"

Dermot verzog das Gesicht. „Ich weiß. Ich habe keine Ahnung, woher er eine so unsinnige Idee haben könnte, Sir. Er ist davon überzeugt, dass das Land entweder unter Zwang, durch Erpressung oder aus einem anderen unfreiwilligen Grund aufseiten seines Vaters übereignet worden sei."

„Und hatte er irgendwelche Fakten, um diese idiotische Annahme zu stützen?"

„Er war überzeugt, dass sie zutage treten würden, wenn er nur die Erlaubnis bekäme, vollen Einblick in die Aufzeichnungen zu erhalten. Ich sagte ihm, dass ich Ihnen diese Bitte nach der Beerdigung seines Bruders zutragen würde."

Robert schlug mit der Hand auf den Tisch. „Der Mann ist doch wahnhaft. Mein Vater hätte niemals etwas angenommen, das ihm nicht aus freien Stücken angeboten worden wäre."

„Ich habe damit angefangen, unsere Aufzeichnungen einzusehen, Sir. Ich hatte gehofft, die notwendigen Beweise zu finden, um Mr Thurrock zu überzeugen, dass er falschliegt, bevor ich Sie auf die Sache aufmerksam mache."

„Dann suchen Sie weiter." Robert betrachtete seinen Landverwalter. „Ich habe den Verdacht, dass Nathaniel Thurrock die Sache früher oder später erneut ansprechen wird, denken Sie nicht?" Er fuhr sich mit der Hand durch die Haare. „Haben Sie eine Ahnung, wo genau das Stück Land ist, von dem er redet?"

„Oh, ja, Sir. Ich kann es Ihnen auf der Karte der Ländereien zeigen, die wir gestern angeschaut haben." Dermot ging zum großen Tisch beim Fenster, breitete die Karte darauf aus und wartete, bis Robert an seiner Seite erschien.

„Hier ist die alte Grenze unseres Gehöfts." Er zeigte auf eine gestrichelte Linie. „Und hier ist die neue, die diese drei Felder und den Fluss umschließt. Dazu gehören auch die Ruine der Priorei und dahinter die Kirche von Kurland St. Anne und die Grenze des Mallard-Hofs."

„Aber soweit ich mich erinnere, war dieses Land schon immer Teil des Kurland-Anwesens."

„Vielleicht hatte Ihre Familie das Land von den Thurrocks gepachtet, bevor sie es von ihnen kaufte?"

„Das hoffe ich zumindest." Robert beugte sich über die Karte, um die undeutlichen Linien näher zu untersuchen. „Die äußere Linie scheint das Land der Mallards zu durchschneiden."

„Das könnte erklären, warum Jim Mallard Mr Thurrock dabei erwischt hat, wie er um seine Mauern herumspazierte."

Robert richtete sich auf. „Das hatte ich schon wieder vergessen. Wann ist die Beerdigung?"

„Ich glaube, die ist für nächsten Freitag angesetzt. Es reisen ein paar Mitglieder der Familie aus Cambridge an, um ihr beizuwohnen."

„Ich werde davor schon mit Mr Thurrock sprechen müssen. Falls Sie irgendwelche Informationen finden können, die den Anspruch der Kurlands auf das Land untermauern, würde ich sie gern sehen."

„Ich werde mein Bestes geben, Sir."

„Vielen Dank." Robert kehrte an seinen Schreibtisch zurück und schrieb schnell eine Nachricht an Miss Harrington. Vielleicht hatten die Thurrocks sich doch wegen wichtigerer Dinge gestritten als wegen preisgekrönten Gemüses ...

Kapitel 10

Lucy ließ Mr Nathaniel Thurrock in Begleitung von Harris und Maisey beim Haus seines Bruders zurück und eilte zum Pfarrhaus. Penelope und ihre Schwester waren zu Besuch bei Dr. Fletcher und ihr Vater war in Saffron Walden, was bedeutete, dass das Haus erstaunlich ruhig war. Für einen Moment stand sie in der Halle und genoss die friedliche Atmosphäre. Bald schon würden die Zwillinge für die Ferien aus der Schule und Anna aus London zurückkehren.

Wenn ihre Hochzeit wirklich schon so bald stattfinden sollte, wie Major Kurland es wollte, würde Lucy nicht hier sein, um sie zu Hause willkommen zu heißen … Wie würden sie wohl ohne sie zurechtkommen? Falls Anna bis dahin keinen geeigneten Ehemann finden würde, würde sie dann in die Rolle gezwungen werden, die Lucy so freudig aufgab – die einer Mutter, Beschützerin und Verwalterin des Haushalts?

Plötzlich war sie von Zweifel ergriffen. Eigentlich würde sie nur eine halbe Meile entfernt in Kurland Hall wohnen, aber faktisch wäre sie nicht länger die Tochter im Hause. Ihr Gehorsam und ihre Welt wären auf ihren Ehemann fokussiert. Würde in ihrer Abwesenheit Mrs Fieldings Einfluss auf ihren Vater noch größer werden? Würde sie sich offener als seine Geliebte geben und weniger als Köchin? Das könnte ihre derzeitige Unverschämtheit erklären. Es war zwecklos, in der Sache mit ihrem Vater zu reden, da es ihn lediglich wütend machen würde. Sie musste Anna schreiben und ihre Bedenken offen mit ihr teilen, in der Hoffnung, dass ihre Schwester selbst Meinungen und Lösungen zum Thema anbieten können würde.

Krach aus der Küche erinnerte sie daran, dass sie nicht viel Zeit hatte. Sie ging nach oben und blieb zwischendurch nur stehen, um sicherzugehen, dass Betty nicht zugegen war, um zu sehen, wohin sie wollte. Die Tür zum Zimmer von Nathaniel Thurrock war unverschlossen und Lucy öffnete sie vorsichtig. Er war nicht so ordentlich wie sein Bruder. Seine Besitztümer lagen über mehrere Stühle und die Frisierkommode verstreut. Sie stieg über ein Paar aufgerollte Strümpfe und matschverschmierte Stiefel. Sie hatte das große, in Leder gebundene Buch ins Auge gefasst, das er für seine Notizen und Zeichnungen nutzte.

Sie versuchte, so wenig wie möglich auf dem vollgestellten Schreibtisch durcheinanderzubringen, während sie das Buch aufschlug und durch die Seiten blätterte. Von Zeit zu Zeit hielt sie inne, wenn sie einen Ort oder ein Gebäude erkannte. Er hatte offenbar recht weite Strecken zurückgelegt, denn unter seinen Zeichnungen befanden sich Skizzen der Kirchen von Lower Kurland und Kurland St. Anne. Es fanden sich auch Landschaftsbilder sowie Zeichnungen von Hecken, Steinmauern und landwirtschaftlichen Gebäuden.

Lucy kramte ihre Brille aus der Tasche hervor und setzte sie sich auf die Nase. Es gab keinen Zweifel, dass Mr Thurrock ein exzellenter Zeichner war. Seine

Handschrift war hingegen alles andere als gut. Er hatte die Inschriften der Grabsteine von einigen Thurrock-Gräbern auf dem Friedhof von St. Anne kopiert und neben seinen Skizzen in kleinen, fast unmöglich zu lesenden Lettern reichlich Notizen gemacht.

Im Buch fanden sich keine Porträts oder Bilder der Flora und Fauna, was ihr ungewöhnlich erschien. Aber Nathaniel hatte ihr gesagt, dass sein Interesse der Architektur und Geschichte des Ortes galt. Im Gegensatz zum Skizzenbuch einer Lady sollte hier keinen möglichen Partnern die Kunstfertigkeit unter Beweis gestellt werden.

Aber was hatte ihn dazu gebracht, so viele Gebäude zu zeichnen? Und warum hatte er ausgerechnet diese gewählt, aber andere, die ähnlich alt oder bedeutend waren, nicht? Sie konnte keine Zeichnungen von Kurland Hall entdecken, und das war das größte und beeindruckendste Bauwerk in der Gegend.

Sie blätterte weiter zu einem Bild der Kirche von Kurland St. Anne aus einem anderen Blickwinkel. An der rechten Grenzmauer hatte Nathaniel ein großes X aufgemalt und daruntergeschrieben: „Mögliche Lage des Klosters? Abstand zum Fluss stimmt und …" Lucy konnte die restliche Schrift nicht entziffern.

Wonach genau suchte der Bruder des Küsters?

„Miss Harrington?"

Bettys Stimme hallte aus der Eingangshalle unten durch die geschlossene Tür. Lucy schlug widerwillig das Buch zu und gab sich Mühe, es zurück an den richtigen Ort zu legen, bevor sie das Zimmer verließ. Mr Thurrock sprach gern. Vielleicht musste sie ihn nur dazu bringen, über seine Leidenschaft zu reden, und sie würde besser verstehen, was genau er vorhatte und warum dies seinen Bruder so sehr gestört hatte.

„Miss Harrington?"

Sie raffte ihre Röcke, bahnte sich ihren Weg durch die Unordnung zur Tür und stieß sich beinahe sofort den Zeh an etwas Hartem. Sie hüpfte kurz auf einem Bein und bemerkte dann an der Stelle einen Wollschal, in den etwas gewickelt war. Sie wagte kaum zu atmen, während sie das Objekt auswickelte. Sie konnte gerade so einen überraschten Ausruf unterdrücken, als ein uraltes steinernes Gesicht zum Vorschein kam, das ihr entgegengrinste.

Mit zitternden Händen bedeckte sie den Stein wieder, humpelte zurück auf den Flur und schloss die Tür hinter sich. Betty kam bereits mit festen Schritten die Treppen hinauf. Lucy ging so weit wie möglich vom Gästezimmer weg und versuchte so auszusehen, als ob sie gerade in Gedanken gewesen war.

„Da sind Sie ja, Miss. Major Kurland hat eine Nachricht geschickt, um zu fragen, ob Sie Zeit haben, ihn in einer Viertelstunde zu empfangen. Er fährt hier vorbei und möchte auf dem Weg beim Pfarrhaus Halt machen."

„Vielen Dank, Betty." Lucy sammelte sich. „Harris wird Mr Thurrock und Maisey bald zurückbringen. Könnten Sie ihnen mit den Besitztümern des Küsters zur Hand gehen?"

„Natürlich, Miss Harrington." Betty wandte sich ab, um die Treppe herunterzugehen.

„Betty, wer ist für die Reinigung von Mr Thurrocks Zimmer verantwortlich?"

„Maisey, Miss, wieso?"

„Mir ist gestern aufgefallen, dass es recht unordentlich zu sein scheint. Vielleicht könnten Sie Maisey fragen, ob sie Schwierigkeiten damit hat, all ihre Aufgaben zu bewältigen."

„Das werde ich, Miss." Betty schüttelte den Kopf. „Sie ist so zerstreut. Sie würde lieber in der Küche sitzen und Mrs Fielding beim Kochen zusehen, als ihre eigene Arbeit zu erledigen."

Lucy näherte sich ihr und senkte die Stimme. „Glauben Sie, dass sie zurechtkommen wird, wenn Sie nicht mehr hier sind?"

„Nicht allein, Miss. Mrs Fielding scheint nicht zu interessieren, was sie tut, aber das überrascht kaum. Maisey braucht jemanden wie mich, um ihr zu sagen, was zu tun ist."

„Dann werde ich mit meinem Vater darüber sprechen müssen, mehr Bedienstete einzustellen." Lucy brachte ein Lächeln hervor. „Wenn Major Kurland eintrifft, während ich noch hier oben bin, sagen Sie ihm bitte, dass ich gleich kommen werde."

„Vielen Dank."

Robert übergab dem Stalljungen die Zügel der Kutsche und klopfte schnell an die Vordertür des Pfarrhauses.

„Kommen Sie herein, Major Kurland." Betty machte einen Knicks und öffnete ihm die Tür. „Miss Harrington ist in der Hinterstube."

Robert ließ seinen Hut und die Handschuhe auf dem Tisch in der Halle zurück und folgte ihr den Flur entlang. Als er in den Salon eintrat, stand Miss Harrington gerade am Fenster und blickte hinaus.

„Ich bin so froh, dass Sie hier sind." Sie sah über seine Schulter, wo Betty soeben verschwunden war, und nahm seine Hand. „Sie müssen sofort mit mir nach oben kommen."

Robert erstarrte. „Beruhigen Sie sich, Miss Harrington. Man darf mich nicht mit Ihnen da oben sehen. Denken Sie an Ihren guten Ruf!"

Sie schaute ihn mit strengem Blick an. „Wir sind verlobt. Was kann uns schon passieren?"

„Nun, zum einen ist Ihr Vater ein recht guter Schütze und ich möchte ihm nicht bei Sonnenaufgang auf der Dorfwiese in einem Duell entgegentreten müssen."

„Ich bezweifle, dass er Sie töten würde, Sir. Er will selbst, dass die Hochzeit stattfindet."

„Das ist nicht wirklich ermutigend." Er weigerte sich, sich zu bewegen. „Was ist so unglaublich wichtig, dass Sie mich nach oben zerren wollen, um es mir zu zeigen?"

Sie sah ihn nicht an, sondern blickte nach draußen, wo Kutschräder auf dem Kies der Auffahrt zu hören waren. „Verdammt. Es ist ohnehin zu spät. Sie sind zurück."

„Wer ist zurück?"

„Harris, Maisey und Mr Thurrock."

Er zog sie an der Hand näher zu sich. „Was geht hier vor sich?"

„Ich bin versehentlich über einen Steinkopf im Zimmer von Mr Thurrock gestolpert."

„Ein Steinkopf?" Robert blinzelte sie verdutzt an. „Sie machen Scherze."

„Nein, er war in einen Schal eingewickelt. Ich habe mir auf dem Weg nach draußen den Fuß daran gestoßen."

„Ist es der aus dem Arbeitszimmer Ihres Vaters?"

„Ich bin mir nicht sicher. Der Stil schien ähnlich zu sein."

„Haben wir noch Zeit, uns diesen anzuschauen, bevor Mr Thurrock es aus den Ställen hierherschafft?", fragte Robert.

„Ich denke schon. Vater ist nicht zu Hause."

Sie legten den kurzen Weg ins Arbeitszimmer des Pfarrers zurück, ohne jemandem zu begegnen, und schlossen die Tür hinter sich.

„Wo ist er denn?" Robert suchte den mit Büchern vollgestellten Raum ab.

Miss Harrington runzelte die Stirn. „Ich ... weiß nicht. Zuletzt lag er gleich hier auf dem Schreibtisch."

„Ja, daran erinnere ich mich auch. Vielleicht hat Ihr Vater ihn an einen sicheren Ort gebracht."

„Wenn dem so ist, werden wir ihn nie finden." Lucy stöhnte. „Was geht hier vor sich?" Sie drehte sich zu Robert um. „Erinnern Sie sich an die Nacht, in der Ezekiel starb und Mr Thurrock spät nach Hause kam? Ich habe ihn in der Halle beobachtet, wie er etwas trug, das in einen Schal gewickelt war."

„Wenn Sie recht haben, heißt das vermutlich, dass es nicht der Steinkopf war, der seinen Bruder umgebracht hat."

„Das stimmt." Ihre Miene hellte sich auf. „Aber warum hat er ihn hierher zum Pfarrhaus gebracht und welche Verbindung besteht mit dem anderen, der jetzt verschwunden ist?"

„Ich habe keine Ahnung, Miss Harrington, aber ich weiß, dass ich vorhabe, Sie, die Chingfords, die Fletchers und Mr Thurrock heute zum Abendessen nach Kurland Hall einzuladen. Wenn wir Glück haben, können wir mehrere Fliegen mit einer Klappe schlagen."

Lucy ließ ihren Blick über die in Kurland Hall versammelten Gäste schweifen und fragte sich, was die Belegschaft in der Küche wohl gedacht hatte, als ihr Arbeitgeber plötzlich entschieden hatte, sechs zusätzliche Gäste weniger als eine Stunde vor dem Abendessen anzukündigen. Mrs Fielding wäre vermutlich empört davongestürmt. Foley sah recht aufgeregt aus. Sie vermutete, dass es am Ende ihm oblegen hatte, den Bediensteten die schlechten Nachrichten mitzuteilen. Unter ihr als Herrin von Kurland Hall würden die Dinge deutlich glatter ablaufen.

Sie hatte beinahe vergessen, dass sie heute Morgen sowohl von Anna als auch von Tante Jane Briefe erhalten hatte. Weil sie wusste, dass sie vermutlich voller Fragen über ihre verzögerte Reise nach London waren, hatte sie die Schreiben einfach in die Tasche gesteckt und vergessen, was ihr eigentlich gar nicht ähnlichsah. Ihr Blick wanderte zum Kamin, wo sich Major Kurland mit Dr. Fletcher unterhielt.

Vielleicht hatte ihr Verlobter mit Durchbrennen gar nicht so unrecht gehabt. Die Machenschaften ihrer adligen Familie frustrierten sie immer mehr. Alles, was sie wollte, war eine einfache Hochzeit in der Kirche von Kurland St. Mary. Vielleicht war es an der Zeit für eine offene Diskussion mit ihrem Vater – der vermutlich wegen der geringeren Kosten sehr erleichtert wäre –, um ihn davon zu überzeugen, die große Hochzeit in London für Anna aufzusparen, die sicherlich ebenfalls bald heiraten würde.

„Miss Harrington, haben Sie einen Moment, um mir die Bildergalerie zu zeigen?"

Sie wandte sich um und erblickte Mr Thurrock, der sich unterwürfig verbeugte.

„Major Kurland wäre dafür wahrscheinlich der beste Ansprechpartner, Sir. Er weiß weit mehr darüber als ich."

„Aber er ist gerade beschäftigt und da Sie ja bald ein Teil der Kurland-Familie sein werden, bin ich sicher, dass Ihre Informationen für meine Zwecke völlig ausreichen werden."

Er bot ihr den Arm und sie hatte keine Wahl, als ihre Hand auf seinen Ärmel zu legen und mit ihm zur Tür zu gehen, die zur langen Galerie am hinteren Ende des Hauses führte. Sie fragte sich, warum er nicht auf Major Kurland wartete, um sich herumführen zu lassen. Foley verneigte sich, als er mit einem Tablett voller Getränke an ihr vorbeiging.

„Wir servieren gleich das Abendessen, Miss Harrington, also bleiben Sie in der Nähe."

„Das werde ich, Foley. Ich zeige Mr Thurrock nur nebenan die Familiengemälde."

Sie lächelte und ging mit Mr Thurrock an ihrer Seite weiter.

„Ich nehme an, Sie werden sich dieses tatterigen alten Narren entledigen, wenn Sie hier die Herrin des Hauses sind, nicht wahr?"

„Foley?" Lucy sah ihren Begleiter an und hob die Augenbrauen. „Natürlich nicht. Er ist schon immer hier gewesen. Ich glaube, Major Kurland würde sich wünschen, dass er sich zur Ruhe setzt, aber solange er glücklich ist und seine Pflichten bereitwillig ausübt, sehe ich keinen Grund, ihn zu ersetzen."

„Sein Verhalten scheint mir ein wenig zu familiär zu sein."

Lucy lächelte. „Er kennt mich schon seit meiner Geburt. Er ist ein sehr warmherziger Mann."

Mr Thurrock schnaubte abschätzig. „Vielleicht muss man auf dem Land groß geworden sein, um solche Ansichten zu teilen, Miss Harrington."

„Sie sind in Cambridge geboren, Sir?"

„In der Tat, ebenso wie mein Bruder."

„Und doch entschied er, hierher zurückzukehren." Sie blieb vor dem ersten Porträt stehen, das ein ernst dreinblickendes Mitglied der Kurland-Familie in Militäruniform mit dem Schwert in der Hand zeigte. „Die Kurlands haben eine lange Tradition, ihrem Vaterland zu dienen. Der erste Kurland kam mit Wilhelm dem Eroberer hier an und hat sich niedergelassen."

„Das ist mir bekannt, Miss Harrington. Wie Sie sich sicherlich erinnern, bin ich ein Amateurhistoriker."

Lucy löste ihre Hand von seinem Arm. „Dann sollten vielleicht Sie mir die Porträts zeigen, Mr Thurrock."

Er gluckste. „Ich bin mir sehr sicher, dass Sie mehr über sie wissen als ich." Er deutete auf das nächste Bild. „Dieser Gentleman hat die gleichen blauen Augen wie der jetzige Sir Robert Kurland."

Lucy sah sich das Porträt genauer an. „Die hat er in der Tat. Und dem Haus im Hintergrund nach zu urteilen, war er außerdem für den Bau der ursprünglichen

Kurland Hall im sechzehnten Jahrhundert verantwortlich."

Sie schritten die Galerie hinunter, wobei Mr Thurrock leicht vor Lucy blieb und Fragen über die verschiedenen Familienmitglieder der Kurlands, die Pferde und die Kinder auf den Gemälden stellte. Die Antworten fielen ihr leicht, da sie in ihrer Kindheit Stunden damit verbracht hatte, Foley die gleichen Fragen zu stellen.

Schließlich blieb Mr Thurrock stehen und sah sich zwei kleinere Porträts am Ende der Reihe an. Lucy stellte sich an seine Seite. Sie berührte den Rahmen des linken Bildes.

„Das ist William, der Kurland-Bruder, der für Cromwell gekämpft hat." Das Gemälde zeigte einen finster dreinblickenden Mann mit strengem Haarschnitt, der die Uniform der Parlamentsarmee trug. Sie deutete auf das nächste Porträt. „Und das ist sein Zwillingsbruder Thomas, der aufseiten des Königs gekämpft hat. Sie waren schon immer eine bemerkenswert pragmatische Familie."

„In der Tat." Mr Thurrock beugte sich vor, um die beiden Brüder näher in Augenschein zu nehmen. „Ich habe von diesem Captain William Kurland gehört. Er war angeblich ein frommer Mann, der während des Krieges die Dörfer für das Parlament hielt und in der Zeit des Commonwealth auf Kurland Hall lebte."

„So ist es." Lucy rückte den vergoldeten Rahmen des anderen Bildes gerade. „Ich habe mich immer mehr für seinen Bruder interessiert, der mit dem jungen Prinz Charles floh und erst zur Wiederherstellung der Monarchie nach England zurückkehrte."

Mr Thurrock sah abschätzig das zweite Porträt des langhaarigen Ritters in seinem Gewand aus Spitze und Satin an. „Er war fast so ungläubig wie der König, den er unterstützte. Er hat seine Rückkehr nach Kurland nicht sehr lange genießen können."

„In der Tat. Seine Gesundheit hat sich nie von den Entbehrungen des Exillebens erholt. Der Sohn seines Bruders hat am Ende doch das Anwesen geerbt, aber immerhin blieb es damit in der Familie." Lucy zeigte zur gegenüberliegenden Wand. „Sein Bild ist hier drüben."

Mr Thurrock ignorierte sie und zog seine Brille hervor, um den Hintergrund des ersten Porträts eingehend zu untersuchen. „Ist das die Kirche von Kurland St. Anne hinter ihm?"

Lucy sah sich die Stelle ebenfalls an. „Das könnte sein. Man erzählt sich im Dorf, dass William sich in den Ruinen der Priorei versteckt hielt, während die Truppen des Königs im Dorf nach ihm suchten."

„Und soll er dabei nicht über den Schatz der vergessenen Priorei gestolpert sein und damit den Wohlstand der Kurlands wiederhergestellt haben?"

„Das ist eine der Geschichten, die man sich über ihn erzählt. Wenn Sie allerdings die Kurland-Familie dazu befragen, werden sie es abstreiten."

Mr Thurrock räusperte sich missbilligend. „So ist der Adel, Miss Harrington. Sie kümmern sich nicht um die Leute unter ihnen und haben keine Probleme zu lügen, zu betrügen und zu stehlen, um zu bekommen, was sie wollen."

„Die Kurlands gehören nicht wirklich dem Adel an und vielleicht war das noch vor zweihundert Jahren so,

Mr Thurrock, aber der derzeitige Major Kurland ist ein ausgezeichneter Gutsherr, dem das Wohlergehen seiner Pächter sehr am Herzen liegt."

„Man sollte hoffen, dass das stimmt." Er wandte sich ihr zu und musterte sie mit kalkulierendem Blick. „Tatsächlich könnte es sein, dass ich seine Güte schon bald auf die Probe stellen muss."

„Was meinen Sie damit?", fragte Lucy.

Er lächelte sofort und küsste ihre Hand. „Nichts, worüber Sie sich Ihren hübschen kleinen Kopf zerbrechen müssten, meine Liebe. Meine Angelegenheit mit Ihrem Verlobten wird zwischen uns Männern bleiben, wie es von Gottes Gnaden vorgesehen ist."

Lucy zwang sich zu einem Lächeln, wünschte sich aber insgeheim, ihm direkt ins Gesicht zu schlagen. „Vielleicht sollten wir zurückgehen. Ich glaube, ich habe Foley verkünden hören, dass das Abendessen serviert wird."

Robert sah sich um, als Miss Harrington in Begleitung von Mr Thurrock zurück ins Zimmer kam. Das Gewand, das sie trug, war in seinem liebsten Blauton gehalten und ihre Haare fielen in sanften Locken von einem Knoten am Hinterkopf. Das Gesicht seiner Verlobten hatte deutlich Farbe angenommen und ihre Augen blitzten feurig. Da ihr Begleiter noch immer milde lächelte, war Robert sich recht sicher, dass sie es geschafft hatte, ihr Temperament im Zaum zu halten. Was um alles in der Welt hatte Mr Thurrock nur gesagt, um Miss Harrington so gegen sich aufzubringen? Er bezweifelte, dass sich der ältere Mann ihr gegenüber respektlos verhalten hatte.

Er hatte einige Zeit für die Sitzordnung beim Abendessen aufgewendet. Tatsächlich sogar weit mehr, als er jemals zuvor für so etwas aufgebracht hatte. Am Ende hatte er alle dort, wo er sie haben wollte. Er hätte vielleicht eine Anstandsdame für die Damen einladen sollen, aber er hatte seine Haushälterin Mrs Bloomfield gebeten, nach dem Abendessen mit ihnen im Gesellschaftszimmer zu sitzen, um darauf zu achten, dass alles sittlich geordnet zuging. Mr Thurrock saß zu seiner Linken, Miss Harrington zur Rechten. Daneben folgte Dermot gegenüber von der jüngeren Chingford-Schwester. Dr. Fletcher und Miss Penelope konnten damit nach Herzenslust miteinander reden oder streiten – so weit wie möglich von ihm entfernt.

Als er sich auf seinem Platz vor Kopf niederließ, sah er zu dem bemerkenswert streitsüchtigen Pärchen hinüber. Trotz der Häufigkeit ihrer Auseinandersetzungen schienen die beiden wirklich voneinander angetan zu sein. Robert hatte sich bereits vorgenommen, Patrick in einem ruhigen Moment zu fragen, was er für Absichten hegte, und ihm falls nötig Unterstützung anzubieten. So viel war er seinem alten Freund schuldig – auch wenn er seine Wahl einer Braut mehr als fragwürdig fand.

Seine einzige Sorge war, dass der Pfarrer vielleicht in Panik geraten könnte, wenn die Chingford-Schwestern schon allzu bald aus dem Pfarrhaus auszogen, und er sich dann umso mehr an Miss Harrington klammern würde, bis ihre Schwester zurückkehren würde. Der Mann schien unfähig, sein Leben ohne die Hilfe einer Frau zu bestreiten, und Robert wollte ihm keinen weiteren Anlass bieten, der seine eigene Hochzeit verzögern könnte.

Mit einem resignierten Seufzer lehnte er sich zurück, damit der Diener James die Wildsuppe und den Rest der Vorspeise vor ihm auf dem Tisch abstellen konnte. Neben Foley waren nur zwei weitere Diener in Kurland Hall im Einsatz. Robert hatte nicht die Geduld, während des Essens bedient zu werden, sondern bevorzugte es, die gesamte Mahlzeit auf den Tisch zu stellen, sodass sich die Gäste selbst bedienen konnten. Er hoffte sehr, dass Miss Harrington nicht vorhatte, allzu viele Änderungen an seiner simplen Routine vorzunehmen – allerdings wusste er aus Erfahrung durch die Zeit, in der seine Tante Rose und seine Mutter im Haus gewohnt hatten, dass durch die bloße Anwesenheit einer Frau mehr als genug Unruhe entstand.

Er wandte sich an seinen Gast. „Wir essen hier gern recht informell zu Abend, Mr Thurrock. Bitte bedienen Sie sich an der Suppe. Sie ist wirklich ausgezeichnet."

„Vielen Dank, Sir Robert. Und vielen Dank für diese unerwartete Einladung zum Abendessen. Das ist sehr freundlich von Ihnen."

„Ich fürchte, ich bin meiner Verpflichtung Ihnen gegenüber nicht ausreichend nachgekommen, Sir. Haben Sie vor, nach der Beerdigung Ihres Bruders nach Cambridge zurückzukehren?"

„Ich habe noch ein paar geschäftliche Angelegenheiten in Kurland St. Mary abzuarbeiten, dann werde ich nach Hause zurückkehren."

„Es ist eine Schande, dass Ihr Besuch ein so tragisches Ende gefunden hat, Sir."

„In der Tat." Mr Thurrock seufzte schwer. „Ich wünschte, ich hätte den lieben Ezekiel öfter besucht, aber man kann leider nie wissen, was die Zukunft bringt. Sie liegt allein in Gottes Händen."

Robert wollte darüber kein weiteres Wort verlieren. Er selbst hatte einen Krieg durchlebt, in dem er bemerkenswert wenig von Gottes Werk gesehen hatte.

„Hatten Sie die Gelegenheit, mit der Familie Pethridge zu sprechen? Wenn ich mich nicht irre, leben sie schon fast so lange hier im Dorf wie Ihre Familie, Sir."

Mr Thurrock runzelte die Stirn. „Bei allem gebührenden Respekt, Sir Robert, ich habe keinerlei Absicht, mit Mr Pethridge zu reden. Seine Familie und die meine haben sich schon vor vielen Jahren zerstritten."

„Dessen war ich mir nicht bewusst."

Miss Harrington blickte auf. „Ich hätte erwartet, dass Ihre Leidenschaft für alte Architektur Sie zu ihrem Hof geführt hätte, Mr Thurrock. Die Gebäude dort sind ausgesprochen alt." Sie machte eine Pause. „Einige sagen, dass sie, wie auch das Haus der Mallards, zu den Überresten der alten Priorei gehören."

„Ich glaube, da könnten Sie recht haben, Miss Harrington, aber ich bezweifle, dass ich in einem der Häuser willkommen wäre." Er wandte sich wieder Robert zu. „Mr Mallard hat gedroht, seine Hunde auf mich zu hetzen, während ich damit beschäftigt war, die Landschaft zu zeichnen."

„Tut mir leid, das zu hören", sagte Robert höflich. „Vielleicht hätten Sie um Erlaubnis bitten sollen, sein Land betreten zu dürfen."

„*Sein* Land?" Mr Thurrock schloss hastig den Mund, bevor er mehr sagte. Er nahm sein Weinglas und trank es in einem Zug leer.

Robert ließ einige Zeit verstreichen, bevor er die Konversation fortsetzte.

„Mr Thurrock, ich habe ganz vergessen, Sie danach zu fragen, ob Sie in den Archiven der Kurlands gefunden haben, wonach Sie gesucht hatten."

Miss Harrington sah ihn streng an – vermutlich weil er zu direkt gefragt hatte, aber er war nie ein Mann gewesen, der es beherrschte, sich mit blumigen Phrasen zu erschleichen, was er wollte. Derlei List überließ er seinem Cousin Paul. Gerade Miss Harrington sollte das wissen.

„Mr Fletcher war sehr hilfreich, Sir Robert."

Robert wartete, aber Mr Thurrock war zu sehr damit beschäftigt, die Suppe zu schlürfen, um weiterzusprechen. Er wandte sich Dermot zu und es gelang ihm, dessen Blick auf sich zu ziehen.

„Es freut mich zu hören, dass es Ihnen möglich war, unserem Gast zu helfen."

Dermot tupfte hastig den Mund mit der Serviette ab. „Ich fürchte, unsere gemeinsame Zeit war nicht ausreichend, um alle Informationen zu finden, die Mr Thurrock haben wollte, aber ich habe die relevanten Dokumente weiter durchsucht und habe ihm mehr mitzuteilen."

„Ausgezeichnet. Vielleicht könnten wir uns nach dem Abendessen mit einem Glas Portwein in meinem Arbeitszimmer zusammensetzen und uns ansehen, was Sie gefunden haben." Robert neigte den Kopf in Miss

Harringtons Richtung. „Wenn Sie keine Einwände haben, meine liebe Miss Harrington?"

„Ganz und gar nicht, Sir. Ich bin mir sicher, dass wir Damen uns auch ohne Sie gut amüsieren können." Sie nahm vorsichtig einen Löffel von der Suppe. „Mr Thurrock hat sich sehr für die Porträts der Kurland-Zwillinge in der Galerie interessiert."

„Ach wirklich?" Robert wandte sich wieder seinem Gast zu. „Und welche Seite bevorzugen Sie, Sir? Den Puritaner oder den Ritter?"

„Die Seite der Rechtschaffenheit natürlich."

„Und welche ist das Ihrer bescheidenen Meinung nach?"

Mr Thurrock hob das Kinn. „Der Mann des Glaubens und der Tugend, der das Parlament gegen den korrupten katholischen König unterstützte."

Dr. Fletcher tauschte einen schiefen Blick mit seinem Bruder aus.

„Sie halten nichts vom Katholizismus, Mr Thurrock?"

„Absolut nichts, Sir Robert. Mein Bruder und ich und alle anderen Thurrocks vor uns haben immer fest auf der Seite Gottes gestanden."

„Während die Kurlands immer das getan haben, was notwendig war, um zu überleben. Die Zwillinge entschieden sich, unterschiedliche Seiten zu unterstützen, um sicherzustellen, dass das Anwesen in Familienbesitz blieb."

Mr Thurrock legte seinen Löffel ab. „Sie wollen sagen, es war eine pragmatische Entscheidung und keine religiöse Überzeugung?"

„Ich weiß, dass es so war. Wir haben Briefe aus der Zeit, in denen die Zwillinge ihre Entscheidung diskutieren." Robert dachte kurz nach. „Ich glaube, es fiel ihnen nicht leicht, auf diese Art voneinander getrennt zu werden und immer in der Gefahr zu leben, eines Tages zum Kampf gegen den eigenen Bruder gerufen zu werden. Aber sie waren sicherlich nicht die Einzigen mit solchen Gefühlen. Ein Bürgerkrieg entzweit jede Familie."

„Aber ... Captain William Kurland wird in der Kirche von St. Anne als Mann verehrt, der für seinen Glauben kämpfte und starb."

Robert zuckte mit den Schultern. „Ich weiß, dass ihm ein Denkmal gesetzt wurde. Aber ich muss gestehen, dass ich mir nie die Mühe gemacht habe, die Inschrift zu lesen."

Mr Thurrock starrte ihn an, als hätte er eine fürchterliche Sünde begangen, schüttelte den Kopf und trank hastig einen großen Schluck Wein.

Miss Harrington räusperte sich. „Vielleicht könnten wir uns bei der Beerdigung von Mr Ezekiel Thurrock in der Kirche einen Moment Zeit nehmen und das Denkmal anschauen? Es ist ausgesprochen schön."

„Das ist eine ausgezeichnete Idee, Miss Harrington."

Mr Thurrock lehnte sich zurück, damit seine Suppenschüssel abgeräumt und der zweite Gang aufgetischt werden konnte.

„Sie sagten, Sie hätten Familienbriefe aus der Zeit, Sir Robert?"

„Ich glaube schon." Robert blickte zu Dermot. „Haben Sie bei Ihrer Suche etwas Derartiges gefunden?"

„Das habe ich, Sir. Ich habe sie herausgesucht, um sie Mr Thurrock nach dem Abendessen zu zeigen."

„Wird in irgendeinem davon der legendäre Schatz der Priorei erwähnt?", fragte Miss Harrington.

Robert stöhnte. „Sagen Sie mir nicht, dass man sich dieses Ammenmärchen immer noch erzählt."

„Mr Thurrock hat es mir gegenüber erwähnt, während wir uns die Ahnengalerie anschauten. Stimmt es nicht, dass William Kurland sich in den Ruinen versteckt hielt, um einer Bande Ritter zu entkommen, die auf seinen Kopf aus waren?"

„Er hat sich versteckt, weil er Gerüchte gehört hatte, dass das Regiment von Thomas auf dem Weg war, und er seinem Zwillingsbruder lieber nicht begegnen wollte." Robert nickte Mr Thurrock zu. „Wie ich schon sagte, er war ein Pragmatiker und nicht im Geringsten heldenmütig."

„Dem würde ich nicht zustimmen", sagte Mr Thurrock. „Er hat die Kurland-Ländereien während dieser unruhigen Zeiten regiert, damit viele Leben gerettet und verhindert, dass sich das Böse ausbreiten konnte."

Robert brauchte den Tritt von Miss Harrington unter dem Tisch nicht, um an seine Manieren erinnert zu werden. Mr Thurrock war noch immer Gast an seinem Tisch und Robert war auf die Einhaltung der Höflichkeitsregeln bedacht. Aber warum interessierte Mr Thurrock sich so sehr für seine lange verstorbenen Kurland-Ahnen? Sicher glaubte er nicht die Gerüchte über den versteckten Schatz der Priorei. Falls doch, könnte es erklären, warum er wirklich nach dem Dorffest mit seinem Bruder gestritten hatte. Hatte Ezekiel gegen Nathaniels Pläne protestiert, Robert wegen des angeblich gestohlenen Thurrock-Landes zu konfrontieren? Die Ruinen der alten Priorei lagen innerhalb des umstrittenen Gebiets ...

Robert aß weiter und betrieb Konversation, wo es notwendig war, während seine Gedanken um die neuen Informationen kreisten. Miss Harrington leistete gute Arbeit, indem sie Dermot und die jüngere Miss Chingford dazu ermunterte, ebenfalls mehr zu sagen, und bald schon unterhielten sie sich wie alte Freunde. Er sah das lächelnde Gesicht seines Landverwalters nachdenklich an. Wenn Miss Harrington mit ihren Verkupplungsplänen nicht aufpasste, würde er irgendwann von Chingfords umzingelt sein.

Am Ende der Mahlzeit erschien Mrs Bloomfield in der Tür. Foley verkündete, dass im Gesellschaftszimmer für die Damen Tee serviert worden war und die Gentlemen für ein Glas Brandy oder Portwein in Roberts Arbeitszimmer gehen konnten.

Robert begleitete seine Verlobte und die anderen Damen zunächst ins Gesellschaftszimmer. Miss Harrington hatte kaum seinen Arm berührt, als sie mit dringlichem Unterton zu sprechen begann.

„Was, wenn Mr Thurrock glaubt, dass in der Priorei ein Schatz liegt? Würde das erklären, warum er mit seinem Bruder gestritten hat?"

Seine Verlobte war wie gewohnt schon zur selben Schlussfolgerung gekommen.

„Er glaubt außerdem, dass das Land, auf dem sich die Priorei befindet, der Familie Thurrock gehört und ihnen unter Zwang von meinem Vater genommen worden ist."

„Was?" Sie blieb stehen und sah ihn verdutzt an. „Das ist doch lächerlich."

„Es hat ihnen einst gehört", gab Robert zu. „Aber ich bin ziemlich sicher, dass mein Vater es rechtmäßig erworben hat."

„Das denke ich auch. Aber wenn Mr Thurrock die Legenden um Captain William Kurland glaubt, hat er vielleicht einen Grund, es zurückhaben zu wollen."

„Und vielleicht auch einen Grund, seinen Bruder zu ermorden?" Er hielt ihren Blick. „Was, wenn der Steinkopf, den wir in der Kirche gefunden haben, auch Nathaniel gehörte? Was, wenn er schon mit dem ersten Schlag erfolgreich war?"

„Er war nicht da, als die Leiche des Küsters gefunden wurde", flüsterte Lucy. „Niemand weiß, wo er sich aufhielt. Als ich ihn bei seiner Rückkehr ins Pfarrhaus beobachtete, wirkte er recht trocken für einen Mann, der gerade draußen in einem Sturm gewesen war. Vielleicht hatte er sich die ganze Zeit in der Kirche versteckt." Sie atmete unruhig. „Gute Güte. Was sollen wir nur tun?"

Robert tätschelte ihre Wange. „Sie werden die Damen im Gesellschaftszimmer bei Laune halten, während ich gehe und mir anhöre, was Mr Thurrock über das angeblich gestohlene Land zu sagen hat."

„Ich wünschte, ich könnte mit Ihnen kommen."

„Und damit unseren Gast beleidigen? Er würde vor einer Dame niemals offen sprechen."

„Das stimmt unglücklicherweise." Miss Harrington blickte finster drein. „Er hält mich für zu sanftmütig, um eine eigene Meinung zu besitzen."

„Ah, deshalb sahen Sie so wütend aus, als Sie zum Abendessen erschienen?" Er führte ihre Hand an seine Lippen und platzierte einen Kuss auf dem Handschuh.

„Machen Sie sich keine Sorgen. Ich verspreche, dass ich Ihnen später alles erzählen werde."

Kapitel 11

Als Robert sein Arbeitszimmer erreichte, hatte Foley bereits die Getränke auf einem Tablett bereitgestellt, das Feuer geschürt und Dr. Fletcher, der bald schon aufbrechen musste, um bei einer Geburt zu helfen, eine Kanne Kaffee gebracht. Dermot war losgegangen, um die Papiere für Mr Thurrock aus dem Büro zu holen. Nachdem Robert sich ein Glas Portwein eingeschenkt hatte, ging er hinüber zu seinem alten Freund.

„Sie machen sich schon auf den Weg?"

Patrick zuckte mit den Achseln. „Ich bin Landarzt. Mein Leben ist nie selbstbestimmt."

„Was eine Ehe vermutlich recht schwierig macht."

„Sie haben davon gehört?" Patrick lächelte reumütig. „Dann muss es ja ausgesprochen offensichtlich sein. Sie sind nicht gerade der aufmerksamste Mensch der Welt, Major."

„Ich muss gestehen, dass Miss Harrington eine Rolle dabei gespielt hat, mich in Kenntnis zu setzen." Robert überlegte kurz. „Möchten Sie Miss Chingford heiraten?"

„Ja." In der Antwort des Doktors lag keinerlei Unsicherheit.

„Brauchen Sie beim Erreichen dieses Ziels meine Unterstützung? Ich könnte gegenüber dem Pfarrer Ihren makellosen Charakter und Ihre vielversprechenden Zukunftsaussichten hervorheben, wenn das helfen würde."

„Das würden Sie für mich tun?"

Robert zog eine Augenbraue hoch. „Wieso sollte ich das nicht?"

„Weil ... Miss Chingford –"

„Patrick, Sie haben mir das Leben gerettet. Ich stehe für immer in Ihrer Schuld."

„Und Sie würden selbst für den Mann sprechen, der Ihre frühere Verlobte zu heiraten wünscht?"

Robert grinste. „Lieber Sie als ich, alter Junge."

„Ich hatte nicht erwartet, dass Sie in der Sache so aufgeschlossen sein würden." Patrick spielte an der Schnalle seines Arztkoffers herum. „Penelope ist besorgt, dass ihre Familie und der Pfarrer nicht gutheißen könnten, dass sie einen Iren heiratet. Ich habe mich gefragt, ob Sie ebenfalls der Meinung sein würden, dass sich unser gesellschaftlicher Stand zu sehr unterscheidet."

„Sie sollten mich eigentlich besser kennen, mein Freund. Bei allem gebührenden Respekt vor Ihrer Geliebten: Ich vermute, dass ihre Familie und der Pfarrer hocherfreut sein dürften, wenn sich eine Lösung für das vertrackte Problem fände, wer für sie und ihre Schwester aufkommen muss. Immerhin sind Sie dazu in der Lage."

„Ich verdiene in der Tat einen guten Lebensunterhalt. Damit ist zwar kaum der für Miss Chingford gewohnte Luxus möglich, aber sie wird nicht verhungern und ein warmes und schönes Zuhause haben."

„Dann teilen Sie mir mit, wann Sie mit dem Pfarrer reden möchten, und ich werde als Ihr Freund an Ihrer Seite stehen."

Foley erschien in der Tür. „Dr. Fletcher? Ihre Kutsche wartet vor dem Haupteingang."

„Vielen Dank." Patrick schüttelte Roberts Hand. „Vielen Dank für alles."

Robert sah ihm nach, bis er das Zimmer verlassen hatte, und wandte sich dann Mr Thurrock zu, der in der Nähe des Feuers Platz genommen hatte. Er schien zu dösen, wobei sein Doppelkinn beinahe in den Falten seiner Krawatte verwand.

Dermot kam mit einer Kiste voller aufgerollter Pergamentrollen und altmodischer Siegelbriefe herein.

„Ist Patrick schon gegangen?"

„Ja." Robert räumte auf dem Tisch Platz für die Kiste frei. „Er muss sich um eine Geburt kümmern."

Dermot verzog das Gesicht. „Ich bin froh, nicht an seiner Stelle zu sein, Sir."

„Das sehe ich auch so." Das Gespräch erinnerte ihn an die Turner-Schwestern, die offenbar ebenfalls bei Geburten aushalfen. Er wollte sie so bald wie möglich aufsuchen. Selbst wenn Nathaniel in den Tod seines Bruders verwickelt war, beschäftigte ihn immer noch der Fluch.

Er konnte sich nicht vorstellen, dass Nathaniel etwas Derartiges bei der Leiche seines Bruders hinterlassen würde – es sei denn, er wollte damit den Verdacht auf jemand anderen lenken ... Miss Harrington hatte davon gesprochen, dass Frauen wie die Turners anfällig für solche Anschuldigungen waren. Hatte sie dies damit gemeint?

Dermot begann, die Schriften aus der Kiste auszubreiten, und Robert schaffte weitere Kerzen herbei, sodass der Tisch hell erleuchtet war.

Sein Landverwalter räusperte sich. „Es gibt da eine Sache, die Sie vielleicht im Privaten mit mir besprechen möchten, bevor Mr Thurrock diese Dokumente sieht."

„Es gibt keinen Anlass, etwas zu verbergen."

„Aber –"

„Mr Thurrock?" Er war ungeduldig und wollte die Sache so bald wie möglich hinter sich bringen. „Möchten Sie noch mehr Portwein oder würden Sie gern sehen, was Mr Fletcher in den Kurland-Archiven gefunden hat?"

„Vielen Dank, Sir Robert." Mr Thurrock erhob sich mühevoll vom Stuhl. Er kam langsam herüber. Selbst nach der kurzen Distanz war er außer Atem und hatte einen hochroten Kopf. Robert musterte ihn ausgiebig. Wäre er stark genug, um einen Stein auf den Kopf seines Bruders fallen zu lassen? Hätte er es überhaupt die schmale Treppe den Turm hinauf geschafft?

Er zog einen Stuhl zurück und bot Mr Thurrock den Platz an. Selbst wenn er dazu in der Lage gewesen wäre, hätte er den Streit mit seinem Bruder überhaupt bis zu einer so gewalttätigen Handlung eskalieren lassen?

„Haben Sie die Briefe, die von den Kurland-Zwillingen geschrieben wurden?", fragte Robert an Dermot gerichtet.

„Die habe ich, Sir. Sie sind recht alt und schwer zu lesen, aber ein fleißiges Mitglied Ihrer Familie hat irgendwann versucht, sie zu entziffern, und besser lesbare Kopien angefertigt." Dermot zeigte auf etwa ein

Dutzend der Originalbriefe und schlug dann ein Buch auf, in das die Schreiben übertragen worden waren. „Sie sind interessant zu lesen."

Mr Thurrock streckte die Hand nach dem Buch aus. „Dürfte ich mir das ausleihen, Sir Robert? Ich verspreche, dass ich sehr umsichtig damit umgehen werde."

Robert legte die Hand fest auf den ledernen Einband. „Was genau hoffen Sie in den Briefen zu finden, Mr Thurrock?"

Sein Gast winkte betont beiläufig ab. „Nur Erwähnungen meiner Familie oder Hinweise darauf, wann die Thurrocks zu Landbesitzern wurden oder was sie wo anbauten. All das ist für mich von Interesse."

„Mr Fletcher hat mir gesagt, dass die ehemaligen Ländereien Ihrer Familie früher an das Land meines Anwesens und an das der Mallards in Kurland St. Anne grenzten."

„So ist es, Sir Robert. Das Land war seit dem siebzehnten Jahrhundert im Besitz meiner Familie. Ich habe die Originalurkunde."

Dermot schob Robert eine Pergamentrolle zu. „Und ich habe eine Kopie dieser Urkunde in unseren Archiven gefunden, Sir."

„Beeindruckend."

„Ich freue mich zu hören, dass Sie dazu Aufzeichnungen haben." Mr Thurrock nickte. „Es würde Sie überraschen, wie oft solche Dinge einfach ... verschwinden."

„Zum Glück für uns sind die Archive der Kurlands recht umfassend und vollständig, da seit dem elften Jahrhundert dieselbe Familie über das Land geherrscht hat." Dermot rollte ein weiteres Dokument aus. „Ich habe auch das Abkommen gefunden, in dem Ihre

Ahnen das Land der Familie Kurland im Jahr 1723 verpachtet haben."

„Das erklärt, warum ich nicht wusste, dass das Land nicht immer den Kurlands gehörte", sagte Robert. „Es wurde uns vor fast einhundert Jahren verpachtet."

„Verpachtet, Sir Robert, aber nicht Ihr Eigentum."

Dermot räusperte sich. „Was das angeht –"

Doch Robert unterbrach ihn. „Was genau möchten Sie damit sagen, Mr Thurrock? Irgendwann in den letzten fünfzig Jahren wurde der Pachtvertrag beendet und ein Kaufvertrag geschlossen. Nicht wahr, Mr Fletcher?"

„Äh –"

Mr Thurrock erhob sich. „Es gibt keinen derartigen Vertrag! Ich kann Ihnen versichern, dass ich äußerst gründlich danach gesucht habe, aber es gibt keinen Beweis dafür, dass das Land an Ihren Vater verkauft wurde."

Robert sah ihn ungehalten an. „Möchten Sie sagen, dass mein Vater ein Lügner war?"

„Ich möchte sagen, dass das Land nie tatsächlich verkauft wurde. Ihr Vater hat vielleicht ein solches Angebot gemacht, aber sein Verwalter hat die Transaktion vor dem Ableben meines Vaters nie vollendet."

Robert blickte zu Dermot. „Haben Sie eine Kaufurkunde?"

Dermot atmete tief durch. „Das ist es ja gerade, Sir Robert. Ich wollte es Ihnen vorhin sagen. Ich kann keine Urkunde finden."

Er brauchte lange, um den Impuls zu unterdrücken, Befehle zu rufen und Forderungen zu stellen, die alle vermutlich nicht erfüllt werden konnten.

„Was genau bedeutet das?"

„Das bedeutet, dass ich recht habe", warf Mr Thurrock ein.

Robert ignorierte ihn und fokussierte stattdessen seinen unglücklich dreinblickenden Landverwalter, der einige Briefe in der Hand hielt.

„Ich habe Schreiben zwischen der Familie Thurrock und Mr Kurland, in denen der Verkauf des Landes besprochen wird. Darin wird ein Kaufpreis vereinbart und ein Termin festgelegt, zu dem die Dokumente von den Kurland-Anwälten nach Cambridge geschickt werden sollten."

„Nun, das klingt danach, dass Ihr Vater das Land tatsächlich verkauft hat, Mr Thurrock –"

„Aber die eigentliche Transaktion ist nicht dokumentiert", unterbrach ihn Mr Thurrock. „Die Familie Kurland ging einfach davon aus, dass alles abgewickelt worden war, und verhielt sich so, als würde ihnen das Land gehören."

Robert runzelte die Stirn, während er die Briefe las. „Die Übertragungsurkunde muss irgendwo sein."

„Möglicherweise wurde sie falsch archiviert, Sir Robert", sagte Dermot. „Ich werde weiter danach suchen. Dann wäre da noch die Frage nach dem Geld, das der Familie Thurrock für das Land bezahlt wurde."

„Gibt es Aufzeichnungen über diese Transaktion?" Robert gelang es nicht, die Spur Sarkasmus aus seiner Stimme zu verbannen.

„Ja, Sir, die gibt es. Sowohl in den Geschäftsbüchern des Anwesens als auch in den Aufzeichnungen der Landverwaltung."

Robert blickte auf Mr Thurrock hinab. „Dann hat jemand das Geld genommen und man könnte annehmen, dass das Ihr Vater war. Haben Sie davon irgendwelche Aufzeichnungen?"

Mr Thurrocks Wangen färbten sich in einem Anflug von Wut rot. „Mein Vater hat nicht erwähnt, irgendwelches Geld erhalten zu haben."

„Dann scheinen wir eine Pattsituation erreicht zu haben." Robert dachte kurz nach. „Mein Landverwalter wird weiter nach der Verkaufsurkunde suchen und nach Informationen darüber, wer tatsächlich das Geld erhalten hat."

„Also geben Sie zu, dass das Land noch immer Eigentum der Familie Thurrock ist?"

„Ich gebe nichts dergleichen zu", blaffte Robert ihn an.

„Dann haben wir einander nichts mehr zu sagen." Mr Thurrock verbeugte sich steif. „Um einen letzten Rest Würde zu wahren, werde ich bis nach der Beerdigung meines Bruders warten, bevor ich mit unserem Familienanwalt in Cambridge rede!"

„Eine ausgezeichnete Idee, Mr Thurrock." Robert ging zur Tür und stieß sie weit auf. „Foley! Sorgen Sie dafür, dass Mr Thurrock umgehend zum Pfarrhaus zurückgebracht wird."

Lucy schritt den Flur zum Arbeitszimmer des Majors hinunter. Sie erstarrte, als plötzlich die Tür geöffnet wurde und ihr Verlobter nach dem Butler rief. Es überraschte sie noch mehr, als sie beobachtete, wie Mr Thurrock hinausgeleitet wurde. Sie schlich sich näher heran und atmete so leise sie konnte. Die Tür zum Arbeitszimmer stand noch offen und Major Kurland schritt mit zorniger Miene vor dem Feuer auf und ab.

„Es tut mir leid, Sir Robert. Ich habe versucht, Sie zu warnen." Das war die Stimme von Dermot Fletcher.

„Ich weiß. Es war tölpelhaft, nicht auf Sie zu hören." Der Major lachte kurz auf. „Damit hatte ich nun wirklich nicht gerechnet."

„Die Sache ist die …" Mr Fletcher sprach zögerlich. „Es wirkt fast so, als ob er bereits wusste, dass wir keine Verkaufsurkunde finden würden."

„Er ist ein Amateurhistoriker. Er hat vermutlich die Unregelmäßigkeiten in den Unterlagen seines Vaters bemerkt und beschlossen, sein Glück beim Kurland-Anwesen zu probieren."

Lucy trat ein. „Oder er hat seinen Bruder überzeugt, in den Archiven der Kurlands nachzusehen, und er wusste tatsächlich bereits im Vorfeld, dass es keine Urkunde gibt." Sie nickte Mr Fletcher zu. „Mr Ezekiel Thurrock hatte doch Zugang zu den Kurland-Archiven, oder?"

„Ja, aber –"

„Vielen Dank, Dermot." Major Kurland wandte sich ihm zu. „Würden Sie vielleicht die Suche nach der verschollenen Verkaufsurkunde fortsetzen?"

„Sofort, Sir." Mr Fletcher verbeugte sich, nahm die Kiste mit Papieren mit und ging an Lucy vorbei zur Tür hinaus. „Guten Abend, Miss Harrington."

Major Kurland ließ sich auf einem der Stühle am Feuer nieder und seufzte schwer, als sich Lucy zu ihm gesellte.

„Gehen Sie schon wieder Ihrer Anstandsdame aus dem Weg, Miss Harrington?"

Lucy ignorierte die Frage und stellte ihre eigene. „Verstehe ich richtig, dass der Verkauf des umstrittenen Landes nicht belegbar ist?"

„So ist es. Wir haben Korrespondenz, in der die Vereinbarung getroffen wird, wir haben Beweise, dass dafür Geld an jemanden ausgezahlt wurde, aber kein rechtlich bindendes Dokument, das den Verkauf beurkundet."

„Und Mr Thurrock wusste das?"

„Er schien jedenfalls nicht sehr überrascht, dass wir es nicht finden konnten, aber das könnte daran liegen, dass er in der Sache bereits ausgiebig nachgeforscht hat."

„Oder jemand hatte das Dokument schon für ihn gestohlen."

Major Kurland zog eine Augenbraue hoch. „Unser Küster? Wieso um alles in der Welt sollte er so etwas tun?"

„Ich vermute, dass er alles getan hätte, um seinen Bruder zufriedenzustellen. Vielleicht haben sie sich deshalb gestritten. Ezekiel hatte möglicherweise angenommen, dass Nathaniel die Urkunde nur für seine geschichtlichen Aufzeichnungen ausleihen wollte, und war schockiert, als er herausfand, dass sein Bruder sie nutzen wollte, um die Familie Kurland dazu zu zwingen, ihm das Land wieder zu übereignen."

„Das ist recht weit hergeholt, Miss Harrington."

„Aber Sie müssen zustimmen, dass es im Bereich des Möglichen liegt."

„Aber wieso?"

Nun war Lucy an der Reihe, eine Augenbraue hochzuziehen. „Weil Mr Thurrock das Land wieder in seinem

Besitz haben will, damit er nach dem verlorenen Schatz der Priorei suchen kann."

„Und schon bewegen wir uns im Bereich der Schauerliteratur." Major Kurland schüttelte den Kopf. „Die Urkunde muss hier irgendwo sein. Dermot wird sie schon aufspüren."

„Und wenn nicht?"

„Dann müssen wir nur nachweisen, dass die Thurrocks das Geld angenommen haben und jetzt vorgeben, es nie erhalten und dem Kauf nie zugestimmt zu haben."

Lucy wickelte das Tuch enger um ihre Schultern. „Aber es erklärt, warum Nathaniel Thurrock vielleicht seinen Bruder umgebracht haben könnte, nicht wahr?"

Major Kurland warf ein Scheit ins Feuer und setzte sich wieder hin. „Darüber habe ich auch schon nachgedacht. Glauben wir wirklich, dass er seinen eigenen Bruder umgebracht hat? Er war der Erste, der angesprochen hat, dass der Todesfall verdächtig wirkt. Das hätte er doch sicherlich nicht getan, wenn er sich damit selbst belasten würde."

„Wer könnte es sonst gewesen sein?"

„Suchen Sie sich jemanden aus. Wenn man Foley Glauben schenkt, lagen die Thurrocks mit dem halben Dorf im Streit."

„Aber soweit ich weiß, gehörten all diese Auseinandersetzungen der Vergangenheit an."

Major Kurland lächelte amüsiert. „Waren Sie es nicht, die mir erklärt hat, dass unsere Dorfbewohner ein ausgesprochen gutes Gedächtnis haben, was solche Dinge angeht? Foley sagte mir, dass der Streit zwischen den

Thurrocks, den Mallards und den Pethridges schon mehrere Generationen zurückreicht."

„Dann sollten wir sie in jedem Fall nicht ausschließen."

„Und können Sie sich wirklich vorstellen, dass der rundliche Nathaniel Thurrock die unsicheren Stufen im Glockenturm erklimmen konnte, ohne selbst hinunterzustürzen, und dann auch noch seinem Bruder einen schweren Steinkopf auf den Kopf fallen lassen?"

Sie blickte zu ihm auf. „Das kann ich in der Tat. Wir wissen beide, dass manche Menschen bereit sind, unaussprechliche Dinge zu tun, um zu bekommen, was sie wollen."

„Dem muss ich zustimmen." Er erhob sich und richtete sich zur vollen Größe auf. „Jetzt sollte ich Sie erst mal zurück ins sichere Gesellschaftszimmer begleiten und dafür sorgen, dass Sie alle nach Hause zurückkehren können."

„Bevor Sie das tun, gibt es noch eine Sache, die ich Ihnen mitteilen wollte", sagte Lucy. „Ich habe Harris gefragt, wohin er Mr Thurrock am Todestag seines Bruders gefahren hat. Er sagte mir, dass er ihn an der Hauptstraße von Kurland St. Anne abgesetzt habe. Er habe das Dorf aber wieder verlassen, entweder in Richtung des Mallard-Hofs oder des Hauses der Turners."

„Interessant. Jim Mallard erwähnte, dass er ihn auf seinem Land erwischt habe. Er hat vermutlich versucht, herauszufinden, wo die ursprüngliche Grenze der Thurrock-Ländereien verlief."

„Weiß Jim Mallard vom Land der Thurrocks?"

„Vielleicht ja. Wieso?" Major Kurland bot ihr den Arm und sie legte ihre Hand darauf.

„Weil ihm das vielleicht ein Motiv geben würde, sich der beiden Brüder zu entledigen."

„Sie sind sehr misstrauisch, Miss Harrington."

„Das liegt an meinen kürzlichen Erfahrungen, Major Kurland."

„Hoffentlich keine Erfahrungen, die mit mir zu tun haben?"

„Nicht direkt."

Er tätschelte ihre Hand. „Ich habe vor, morgen die Turners zu besuchen."

„Dann werde ich Sie begleiten."

„Dafür besteht keine Notwendigkeit –"

Sie blieb stehen. „Selbstverständlich gibt es die. Sie sind der Herr über die Ländereien hier und die Turner-Schwestern sind ohnehin wegen des vorzeitigen Todes des Küsters besorgt. Wenn Sie darauf bestehen, sie zu befragen, fühlen sie sich möglicherweise unter Druck gesetzt."

„Und was, wenn sie verdienen, sich unter Druck gesetzt zu fühlen, weil sie einem Unschuldigen einen Fluch haben zukommen lassen, der zu dessen Tod beigetragen hat?"

„Wir wissen nicht, ob das stimmt."

„Wieso sind Sie so entschlossen, die beiden zu beschützen?"

„Weil sie schutzlos sind." Sie schüttelte den Kopf. „Ich möchte nur nicht, dass Sie zu voreiligen Schlüssen kommen. Nur weil sie weise Frauen sind, heißt das nicht, dass sie auch Hexen sind."

„Das habe ich nie behauptet. Ich will nur die Wahrheit wissen."

Major Kurland ging zurück zum Tisch unter dem Fenster und blies einige der Kerzen aus. „Verdammt."
„Was ist denn?", fragte Lucy.
„Mr Thurrock hat das Buch mit den abgeschriebenen Briefen mitgenommen!"

Kapitel 12

Nachdem sie Major Kurland mit einiger Mühe davon überzeugen konnte, nicht die Treppen des Pfarrhauses nach oben zu stampfen, um die Herausgabe seines Buchs vom schlafenden Mr Thurrock zu verlangen, setzte Lucy sich neben ihren Verlobten in die Kutsche und band die Schnüre ihrer Haube fester. Es war ein grauer Tag und die dunklen Wolken am Himmel drohten beständig mit Regen. Sie hoffte nur, dass es keinen Niederschlag gab, bis sie ihre Angelegenheiten in Kurland St. Anne erledigt hatten und nach Hause zurückkehren konnten.

Reg fuhr die Kutsche, sodass Major Kurland und sie sich auf der Fahrt ungestört unterhalten konnten. Da Reg auf einem Ohr taub war und kaum mit jemandem ein Wort sprach, hatten sie dadurch ausreichend Privatsphäre.

„Penelope war heute Morgen ausgesprochen gut gelaunt", sagte Lucy. „Sie hat eine Nachricht von Dr. Fletcher erhalten, in der er ihr mitgeteilt hat, dass Sie ihm Ihre volle Unterstützung zugesagt hätten."

„Das war das Mindeste, was ich tun konnte."

Major Kurland hatte keine ganz so finstere Miene mehr aufgesetzt, aber es lag eine Spur Ungeduld in seinen zusammengepressten Lippen und seinem beständigen Tippen auf den Knauf seines Gehstocks. Sie meinte zu erkennen, dass er keine Schmerzen hatte, auch wenn er ihr einmal gestanden hatte, dass eine derart feuchte Witterung seine Knochen schmerzen ließ, wogegen sich kaum etwas tun ließ.

„Wir könnten die St.-Anne-Kirche besuchen und das Denkmal für Ihren puritanischen Ahnen ansehen."

Er blickte zur bleiernen Wolkendecke hinauf. „Wenn das Wetter nicht umschlägt, können wir das gern tun. Haben Sie den Zauberbeutel dabei?"

„Ich ... habe ihn bei meinem letzten Besuch bei den Turner-Schwestern gelassen."

„War das klug?"

„Es missfiel mir, ihn zu behalten."

„Dann hätten Sie ihn mir geben sollen."

„Ich konnte allerdings ein paar Eigenschaften der Kräuter, die Miss Turner mir genannt hat, in Erfahrung bringen. Dazu stand einiges in der Ausgabe meines Vaters von Elizabeth Blackwells Herbarium Blackwellianum."

„Und?"

„Sie wirkten alle recht harmlos auf mich." Lucy zögerte. „Ich schätze, dass ein normales Kräuterlexikon alternative Anwendungsarten der Kräuter nicht erwähnt."

Ihr Verlobter hob nur eine skeptische Augenbraue als Antwort auf ihre Worte und blickte mit dem geschärften Auge eines Landbesitzers auf die Felder. Die meisten davon gehörten ihm. Als sie den äußeren Rand von Kurland St. Anne erreichten, rief er Reg zu: „Halten Sie bitte an! Ich möchte Miss Harrington etwas zeigen."

Reg brachte die Kutsche neben einem Tor zum Stehen und Major Kurland half Lucy beim Aussteigen. Er deutete auf die brachliegenden Felder.

„Sehen Sie die Steinmauer dort drüben links? Dort verläuft die Grenze zum Land der Mallards. In der Mitte, auf diesem Hügel dort, liegen die Ruinen der Priorei und ganz rechts sind die weißen Zäune des Bauernhofs des Anwesens zu erkennen."

„Also befindet sich in der Mitte das alte Land der Thurrocks?"

„Exakt."

„Und die Ruinen der Priorei liegen ebenfalls genau in der Mitte." Sie wandte sich zum Dorf. „Und der Kirchhof hat offensichtlich irgendwann einmal dazugehört. Man kann noch die Spuren der verbindenden Mauern und Wege sehen, wenn der Boden trocken ist."

„Ich wünschte, der Boden *wäre* trocken", grummelte Major Kurland. „Wir hatten in den letzten zwei Jahren genug Regen fürs nächste Jahrzehnt."

Sie stiegen wieder in die Kutsche und Reg fuhr sie durch das Dorf den Pfad zum Grundstück der Turners hinunter. Lucy führte den Major um das Haus herum, klopfte an die Tür und wartete.

Miss Abigail Turner schien nicht überrascht, den Major vor ihrer Tür zu sehen, sie wirkte allerdings auch nicht gerade begeistert von seiner Anwesenheit. Sie machte einen Knicks und trat wortlos einen Schritt zurück, um sie eintreten zu lassen. Im Gegensatz zu Lucys letztem Besuch ging Miss Abigail direkt durch die gemütliche Küche hindurch in den formeller eingerichteten Salon an der Vorderseite des Hauses.

„Kann ich Ihnen etwas Tee anbieten, Miss Harrington, Major Kurland?"

„Das wäre sehr freundlich", antwortete Lucy für sie beide.

„Dann fühlen Sie sich bitte wie zu Hause, während ich einen Kessel aufsetze und meine Schwester hole."

Lucy setzte sich auf das Sofa, während Major Kurland weiter durch das kleine Zimmer ging und sich eingehend die Bilder und Dekorationen ansah. Er wirkte zu groß und zu aktiv für ein so vollgestelltes Zimmer.

Nach einer Weile kehrte Miss Abigail mit dem Teetablett zurück. „Meine Schwester kommt gleich nach unten. Trinken Sie Ihren Tee mit Milch, Major?"

„Nein, danke."

Er nahm die zerbrechlich wirkende Tasse entgegen, setzte sich hin und stellte sie auf dem Tisch neben sich ab. Miss Abigail nahm neben Lucy Platz und legte die Hände gefaltet in den Schoß.

„Welchem Umstand habe ich die Ehre Ihres Besuchs zu verdanken, Major Kurland?"

„Wie ich hörte, kam Miss Harrington mit einem ‚Zauberbeutel' zu Ihnen, den sie gefunden hatte, und bat Sie um Hilfe dabei, herauszufinden, was für eine Bedeutung er haben und von wem er stammen könnte."

„So ist es."

„Und konnten Sie für sie noch mehr über diesen Beutel herausfinden?"

„Wie ich ihr bereits sagte, ist es eher ein Fluch. Ich habe die getrockneten Kräuter eingehender untersucht und Schierling gemischt mit Salbei, Birke und Brombeerblättern identifiziert."

„Und was hat das für eine Bedeutung zusammen mit dem restlichen Inhalt?"

„Es wird eingesetzt, um Gerechtigkeit oder Rache zu erwirken oder um zu zeigen, dass die verfluchte Person bekommen hat, was sie verdiente."

„Und Sie sind mit der Verwendung dieser Kräuter vertraut, weil Sie meinen Dorfbewohnern derartige Dienste anbieten?"

Miss Abigail zuckte mit den Schultern. „Major, Sie sind ein gebildeter Mann. Die Kräuter sind harmlos. Selbst wenn man sie in diesen Mengen zu sich nehmen würde, würden sie kaum Schaden anrichten."

„Sie möchten also andeuten, dass das, was Sie herstellen, niemandem Leid zufügt?"

„Meine Schwester und ich müssen von irgendetwas leben, Major. Wie, meinen Sie, sollten wir das sonst bewerkstelligen, ohne unser Zuhause aufgeben zu müssen wie zwei unserer anderen Schwestern, die entweder geheiratet haben oder Dienstmädchen wurden? Keine von uns wünscht zu heiraten. Wir bevorzugen es, in unserem eigenen Haus auf unserem eigenen Grund und Boden zu leben, den uns niemand wegnehmen kann."

„Das ist alles schön und gut, Miss Turner, aber was, wenn einer Ihrer Tränke oder eine ihrer Zubereitungen am Ende beim Tod eines Mannes eine Rolle spielten?"

Lucy warf ihrer Gastgeberin einen schnellen Blick zu, konnte aber kein Anzeichen von Schrecken in ihrer Miene feststellen.

„Ich nehme an, Sie beziehen sich auf den Tod von Ezekiel Thurrock?"

„So ist es."

Miss Abigail wandte sich an Lucy. „Sie hatten den Fundort des Beutels nicht erwähnt."

„Ich wollte nicht beeinflussen, was Sie mir sagen würden."

„Und vielleicht wollten Sie mich auch überlisten, zuzugeben, sie angefertigt zu haben?"

Bevor Lucy die unangenehme Frage beantworten konnte, öffnete sich die Tür zum Salon und Miss Grace Turner trat ein. Sie trug eine weite Schürze über einem einfachen braunen Kleid. An ihren Händen klebten Reste von blauer Farbe.

Sie machte einen Knicks vor Major Kurland, der sich zur Begrüßung erhoben hatte, und zu Lucy. „Ich muss mich für mein Aussehen entschuldigen. Ich habe gerade Brombeeren abgefüllt, aber Abigail hat darauf bestanden, dass ich komme und Sie beide begrüße."

Sie klang ungeduldig und ein wenig argwöhnisch, strich mit den Händen über ihre Schürze und setzte sich widerwillig hin.

„Ich danke Ihnen für Ihre Hilfe, Miss Grace. Ich versuche mehr über die Verwünschung herauszufinden, die Miss Harrington bei ihrem letzten Besuch hierließ."

„So viel hatte Abigail mir bereits gesagt." Grace verschränkte die Arme vor der Brust. „Ich nehme an, Sie sind zu dem Schluss gekommen, dass wir sie hergestellt haben, und sind nun hier, um uns zu drohen?"

„Wohl kaum, Miss Grace, aber Sie sollten sich daran erinnern, dass ich der Magistrat im Ort bin. Wenn Mr Nathaniel Thurrock beschließt, eine Untersuchung der Todesumstände seines Bruders einzuleiten, bin ich gesetzlich dazu verpflichtet, Ermittlungen anzustellen."

„Natürlich sind Sie das." Grace schnaubte verächtlich. „Ich wusste, dass man meine Schwester und mich verdächtigen würde, egal was passiert ist. So ist es immer. Zwei Frauen, die allein leben und magische Tränke brauen? Es dauert nie lange, bis die Gerüchte über uns anfangen. Und plötzlich sind alle unsere guten Taten vergessen – all die Kinder, die dank unserer Fürsorge gesund zur Welt gekommen sind, alle Verletzungen, die wir geheilt haben, all die Fieber, die wir mit unserem Wissen senken konnten."

„Ich möchte noch keinerlei Anschuldigungen machen", sagte Major Kurland mit beeindruckend geduldiger Stimme. „Ich möchte lediglich die Fakten in diesem Fall aufdecken. Der Küster meiner Kirche ist plötzlich gestorben und der Beutel wurde an seinem Körper gefunden. Jemand hat ihn verflucht und damit hat dieser Jemand vielleicht genau das bekommen, was er wollte."

„Der Beutel wurde beim Küster gefunden?", fragte Grace.

„Wo sonst?" Major Kurland runzelte die Stirn. „Was hatten Sie gedacht, wo Miss Harrington ihn gefunden hat?"

„Ich ... weiß es nicht. Ich muss da etwas missverstanden haben." Grace richtete ihre Aufmerksamkeit auf ihre Fingernägel. „Aber es ändert nichts daran, dass ich die Verwünschung nicht hergestellt habe."

„Wer war es dann?" Major Kurland ließ den Blick von einer Schwester zur anderen wandern. „Sie müssen doch eine Ahnung haben."

„Es sieht … amateurhaft aus", stieß Grace hervor. „Als ob jemand wollte, dass wir beschuldigt werden, weil jedermann weiß, dass wir solche Dinge anfertigen."

„Dem muss ich zustimmen." Miss Abigail nickte. „Aber ich muss auch sagen, Major Kurland, dass jemand, der eine Verwünschung anfertigt, nicht immer auf einen Mord aus ist."

„Ich glaube nicht, dass ich erwähnt habe, dass der Küster ermordet wurde."

„Er war ein Thurrock", erwiderte Grace. „Die sind im Dorf nicht gerade willkommen. Vielleicht sind Sie es ja, der zwei Dinge in Verbindung bringen möchte, die gar nicht zusammengehören."

„Oder vielleicht war derjenige, der die Verwünschung gewirkt hat, wütend, weil der Fluch nichts ausgerichtet hatte, und entschied sich, aktiver dafür zu sorgen, dass der Küster für seine Sünden zahlte", schlug Major Kurland vor. „Die Möglichkeit kann ebenfalls nicht ausgeschlossen werden."

Es wurde still im Zimmer und Lucy zog den Blick des Majors auf sich. „Vielleicht ist es Zeit für uns zu gehen, Major Kurland."

„In der Tat." Major Kurland nickte. „Miss Grace, Miss Abigail, gibt es noch etwas zu dieser Angelegenheit, das Sie mir mitteilen möchten?"

Miss Abigail blickte hinunter auf ihre gefalteten Hände. „Tut mir leid, Major. Ich wünschte, wir könnten Ihnen eine größere Hilfe sein."

Major Kurland erhob sich und nahm seinen Gehstock zur Hand. „Tatsächlich haben Sie mir gar nichts gesagt."

„Was haben Sie denn erwartet?" Grace sprang auf und stellte sich ihm entgegen, die Hände hielt sie zu Fäusten geballt an ihrer Seite. „Sie sind nur hergekommen, um uns einzuschüchtern."

„Ich bin hergekommen, weil es meine Pflicht ist, Sie davor zu warnen, dass Mr Nathaniel Thurrock darauf bestehen könnte, dass ich in dieser Sache ermittle. Sollte das der Fall sein, werde ich Sie erneut aufsuchen oder Ihnen eine Vorladung zum vierteljährlichen Gerichtstag zukommen lassen."

„Eine Vorladung? Sie meinen, Sie wollen uns zwingen?"

„Grace, meine Liebe –", murmelte Miss Abigail.

„Ich vertrete hier die Gesetze des Landes. Ich kann nicht gestatten, dass meine eigenen Vorurteile oder Bedenken über dem Recht stehen. Wenn ich den Gesetzen gehorchen muss, gilt das ebenso für Sie." Er nickte den beiden Schwestern zu. „Vielen Dank, dass Sie sich Zeit für uns genommen haben. Miss Harrington? Sind Sie bereit aufzubrechen?"

Sie nahm seinen Arm und sie gingen zusammen durch die Küche in den großen Garten und weiter durch das Tor hinaus zur Kutsche, wo Reg geduldig auf sie wartete.

Lucy schwieg taktvoll, während der Major ihr in die Kutsche half, bevor er selbst einstieg. Reg setzte das Pferd mit einem Zungenschnalzen in Bewegung.

„Ich nehme an, Sie glauben, dass ich das nicht gut gehandhabt habe", sagte Major Kurland.

„Ich weiß nicht, was Sie sonst hätten tun können. Sie waren erstaunlich geduldig und rücksichtsvoll." Sie hielt kurz inne. „Hatten Sie ebenfalls den Eindruck, dass Miss Grace Turner aufgebrachter wirkte wegen der Angelegenheit als Miss Abigail?"

„Den Eindruck? Sie hat mir fast die Nase abgebissen, als ich andeutete, dass sie möglicherweise vor Gericht aussagen müsste."

„Und warum war sie so überrascht, dass der Küster die Verwünschung am Körper trug?"

„Man könnte meinen, dass sie davon ausgegangen war, dass der Beutel für jemand anders bestimmt war. Und das könnte sie nur dann wissen, wenn sie ihn selbst hergestellt hat."

„Oder sie hat ihn tatsächlich angefertigt, aber der Auftraggeber entschied sich dazu, den Küster zu verwünschen anstatt der Person, die sie für das eigentliche Ziel hielt."

Major Kurland seufzte. „Sie haben die unangenehme Angewohnheit, alles immer so furchtbar kompliziert zu machen, Miss Harrington."

„Ich sorge nur dafür, dass wir alle Möglichkeiten in Betracht ziehen, Sir." Sie blickte nach vorn zur Kirche. „Möchten Sie noch einen Halt machen und das Denkmal für Captain William Kurland ansehen?"

„Wieso nicht? Mein Tag kann ja wohl kaum noch schlimmer werden."

Sie antwortete nicht und wartete, bis er Reg angewiesen hatte, am Tor zur Kirche haltzumachen. Der Haupteingang der Kirche war nicht abgeschlossen, da sich im Innern kaum etwas von großem Wert befand. Die Zeremonienschale wurde in einem sicheren Zimmer in Kurland St. Mary aufbewahrt.

Das Innere war nur von ein paar flackernden Kerzen erleuchtet. Major Kurland zündete noch einige weitere an und ließ sich von Lucy in die rechte hintere Ecke der Kirche führen, die insgesamt eher die Größe einer Kapelle hatte. An der Wand war ein großes und prunkvolles Denkmal für den mutigen Puritaner angebracht.

Major Kurland räusperte sich und las laut vor, wobei seine Stimme durch das leere Gewölbe hallte.

„Hier ruht der tugendhafte und mutige Soldat Gottes und des Commonwealth, Captain William Reginald Kurland, geboren 1611, verstorben 1653, friedlich im Schoße des Herrn. Psalm 18:39 Du kannst mich rüsten mit Stärke zum Streit. Du kannst unter mich werfen die sich wider mich setzen."

Daneben befand sich ein eingemeißeltes Bild im griechischen Stil, das einen Krieger mit erhobenem Schwert zeigte, der seine Truppen sammelte. Sie schienen den Glockenturm von Kurland St. Mary zu verteidigen.

Major Kurland beugte sich näher heran und untersuchte das Wandbildnis. „Ist das der Ort, von dem gesagt wird, dass er dort den letzten Widerstand geleistet haben soll? In den Briefen liest sich die Geschichte völlig anders. Er hat gegen niemanden gekämpft. Er hat sich in einem alten Keller versteckt, um zu vermeiden, seinem Zwillingsbruder zu begegnen. Und er ist mehrere Jahre später erst in seinem Bett im Gutshaus gestorben."

Lucy musterte ebenfalls die Inschrift und den eingemeißelten Fries. „Mr Thurrock war wirklich sehr darauf bedacht, die Briefe der Zwillinge zu sehen, nicht wahr?"

„Ja, so sehr, dass er mein Buch gestohlen hat", grummelte Major Kurland.

„Hatte er nicht gesagt, dass das Land den Thurrocks irgendwann im siebzehnten Jahrhundert in die Hände fiel?"

„Ja, ich glaube schon. Wieso?"

„Dann will er vielleicht die Briefe lesen, weil er hofft, darin eine Erwähnung der Familie Thurrock zu finden." Sie dachte einen Moment nach. „Könnte es sein, dass Captain William etwas mit dem Ausstellen der Originalbesitzurkunde des Landes zu tun hatte, während sein Bruder zusammen mit dem König im Exil war?"

„Ich schätze, das könnte sein. Es könnte erklären, warum das Land zwischen zwei Grundstücken des Kurland-Anwesens liegt, aber ich sehe nicht, warum das von Bedeutung sein sollte."

„Nun, zum einen wäre das ein weiterer Beweis für Mr Thurrock, dass das Land wirklich seiner Familie gehört."

„Und weiter?"

„Wenn Captain William Kurland sich tatsächlich bei der Priorei versteckt hielt und den Schatz entdeckte, dann hat er es vielleicht in den Briefen an seinen Zwillingsbruder erwähnt."

Major Kurland wandte sich ihr zu und sah sie erstaunt an. „Miss Harrington, manchmal überraschen Sie mich mit Ihrer Logik."

Sie schenkte ihm ein Lächeln. „Vielen Dank."

„Nun, vielleicht sollten wir zum Pfarrhaus zurückkehren und mein Buch holen."

Sie legte die Hand auf seinen Arm. „Glauben Sie, Sie könnten diese Sache mir überlassen? Ich kann überprüfen, ob Mr Thurrock das Buch tatsächlich in seinem

Besitz hat, und es Ihnen heimlich beschaffen. Ich bezweifle, dass er den Mut haben wird, von mir über dessen Verbleib eine Erklärung zu fordern."

Er sah sie mit deutlich sichtbarer Frustration an. „Nun gut. Ich werde Sie die Angelegenheit regeln lassen, wie es Ihnen beliebt."

„Vielen Dank. Mr Thurrock wird schon bald aus dem Dorf abreisen. Ich bezweifle, dass er zurückkehren wird, während er sich mit Ihnen im Streit befindet, bis die Sache beigelegt ist."

„Ich habe Dermot darauf angesetzt, mehr über die Besitzurkunde und die Zahlung an die Thurrocks in Erfahrung zu bringen. Wenn wir beweisen können, dass die Kurland-Familie alle rechtlich notwendigen Schritte befolgt hat und alle Dokumente korrekt eingereicht wurden, dann wird es Mr Thurrock obliegen, zu beweisen, dass wir im Unrecht sind."

Major Kurland hielt ihr die Tür auf und sie ging vor ihm hinaus auf den Kirchhof. Auf dem Friedhof waren zwei Männer hinter einer Reihe Ulmen damit beschäftigt, bei den alten Thurrock-Gräbern ein Loch als Vorbereitung für Ezekiels Beerdigung auszuheben. In ein paar Tagen würde der Küster begraben und schon bald danach vergessen werden. Würden sie je herausfinden, wer ihn getötet hatte, oder würde die Sache ein Mysterium bleiben?"

„Kommen Sie, Miss Harrington? Ich würde Sie gern zurück nach Hause bringen, bevor es anfängt zu regnen."

Major Kurland stand bereits an der Kutsche und wartete darauf, ihr hochhelfen zu können. Lucy blickte hoffnungsvoll zum grauen Himmel hinauf und eilte dann hinüber.

Der Regen begann genau in dem Moment, als sie vor dem Pfarrhaus haltmachten. Lucy sprang daher selbst hinab und bedeutete Major Kurland mit einem Winken, zum Herrenhaus weiterzufahren. Hätte er sich dazu entschieden, sie zu begleiten, und Mr Thurrock im Salon angetroffen, wäre es zwischen den beiden Männern vielleicht ungemütlich geworden, und das war nie hilfreich.

Penelope kam gerade die Treppe herunter und hielt inne, als sie Lucy erblickte.

„Wo bist du gewesen?"

„Ich hatte noch etwas in Kurland St. Anne zu erledigen." Lucy löste die Bänder ihrer Haube, nahm sie ab und versuchte sie so gut wie möglich trocken zu schütteln.

„Mit Major Kurland? Um Gottes willen, Lucy, man könnte fast meinen, dass du mit dem Mann schon verheiratet bist, so viel wie ihr ohne Anstandsdame auf dem Land herumspaziert."

„Genauso verhält es sich mit deiner ‚Hilfe' für Dr. Fletcher."

„In diesem Dorf kümmert es niemanden, was ich tue – über dich verbreiten sie hingegen Gerüchte und dein Vater ist nicht besonders glücklich darüber."

Lucy knöpfte ihre Pelisse auf und machte sich daran, die Treppe zu erklimmen. „Gehst du runter oder willst du hoch? Ich fürchte, ich werde mein Kleid wechseln müssen."

Penelope ging zur Seite und ließ sichtlich verärgert ihre ausladenden Röcke aus dem Weg schnellen. „Sag nicht, ich hätte dich nicht gewarnt."

Lucy lächelte sie mit aufgesetzter Freundlichkeit an und ging an ihr vorbei, wobei ihre Gedanken ganz darum kreisten, wie sie mit Mr Thurrock umgehen sollte. Sie hatte sich jahrelang mit ihrem Vater herumschlagen müssen und wusste genau, wie sie *ihn* davon abhalten konnte, sich Sorgen zu machen, was sie vorhaben könnte.

Die Tür zu Mr Thurrocks Zimmer stand offen, was Lucy dazu veranlasste, einen Blick hinein zu riskieren. Es war noch immer sehr unordentlich. Sie entdeckte ein Buch, das wie das vermisste aussah, oben auf Mr Thurrocks Papierstapel. Sie ging weiter zu ihrem eigenen Schlafzimmer, wo sie nach Betty läutete.

Nachdem das Hausmädchen ihr dabei geholfen hatte, sich umzuziehen, und ihr heißes Wasser gebracht hatte, um den Matsch abzuwaschen und die Kälte des Regens zu vertreiben, fragte sie: „Ist Mr Thurrock hier?"

„Ja, Miss. Er liest die Zeitung im Arbeitszimmer des Pfarrers."

„Dann werde ich nach unten gehen und sehen, wie es ihm geht. Vielen Dank."

„Sehr wohl, Miss. Ich bringe das hier runter in die Waschküche und versuche, den Matsch abzukriegen." Betty drapierte das feuchte Kleid über ihrem Arm, hielt jedoch noch einen Moment inne. „Miss Harrington ..."

„Was gibt es, Betty?"

„Es geht um Maisey. Sie macht ihre Arbeit nicht mehr, und als ich mich deswegen bei Mrs Fielding beschwert habe, sagte die mir, dass ich mich um meine eigenen Angelegenheiten kümmern solle."

„Das hat Mrs Fielding gesagt?" Lucy runzelte die Stirn. „Sie ist doch sonst die Erste, die es den Bediensteten im Pfarrhaus vorhält, wenn deren Arbeit nicht dem Soll entspricht."

„Ich weiß, Miss, aber sie lässt Maisey einfach alles durchgehen."

Lucy ging zur Tür. „Liegt das daran, dass Maisey gern Köchin wäre?"

„Das könnte etwas damit zu tun haben. Sie sieht jedenfalls verdächtig stark zu Mrs Fielding auf." Betty erwiderte Lucys Blick. „Ich weiß, dass wir bald ins Herrenhaus ziehen, aber ich will den Pfarrer nicht ohne jemanden, der sich um ihn kümmert, dastehen lassen."

„Dann werde ich ein Wörtchen mit Mrs Fielding reden."

„Vielen Dank, Miss."

Lucy ging die Treppe wieder hinunter. Sie konnte im Vorbeigehen hören, dass Penelope sich in der Hinterstube mit ihrer Schwester unterhielt, und ging weiter in die Küche. Dort fand sie Mrs Fielding vor, die eine Tasse Tee trank. Maisey saß ihr mit einer eigenen Tasse gegenüber und hing an den Lippen der Köchin, die ihr gerade etwas erklärte.

„Guten Abend, Mrs Fielding. Maisey?"

„Ja, Miss?"

„Hättest du nicht schon längst Mr Thurrocks Schlafzimmer aufräumen sollen? Ich bin eben dort vorbeigekommen und konnte die Unordnung vom Flur aus sehen."

Maisey sah unsicher zur Köchin. „Ist das nicht Bettys Aufgabe?"

„Ich bin mir recht sicher, dass das deine ist, Maisey", antwortete Lucy.

Mrs Fielding schenkte Tee nach. „Sie ist damit beschäftigt, mir in der Küche zu helfen. Betty glaubt heutzutage, dass sie ganz darüber erhaben ist, noch irgendetwas hier im Haus zu machen. Sie sollten mit ihr reden."

Lucy ignorierte die Köchin und sprach weiter mit der Küchenhilfe. „Da ich nicht sehen kann, dass hier gerade eine Kochstunde abgehalten wird, und Betty sich um mein Kleid kümmert, kann Maisey jetzt sofort nach oben gehen und Mr Thurrocks Zimmer aufräumen."

„Aber –"

Lucy verengte die Augen. „Maisey, wenn du weiter hier im Pfarrhaus als Angestellte meiner Familie bleiben willst, schlage ich vor, dass du tust, was dir gesagt wurde."

Maisey seufzte, schob den Stuhl mit einem furchtbaren Kratzen auf dem Boden zurück und stampfte aus der Küche, wobei sie etwas Unverständliches vor sich hinmurmelte.

Da sie sich zu ihrer Zufriedenheit um dieses kleine Problem gekümmert hatte, wandte sich Lucy an die Köchin.

„Es sieht Ihnen nicht ähnlich, die Dienstmädchen dazu zu ermutigen, mit Ihnen in der Küche Zeit zu vergeuden, Mrs Fielding."

„Sie ist ein gutes Mädchen." Mrs Fielding zuckte mit den Schultern.

„Sie wird hier wenig erfolgreich sein, wenn sie glaubt, dass sie die Wünsche ihres Arbeitgebers missachten kann."

„Sie können sie nicht entlassen."

Lucy zog die Augenbrauen hoch. „Wie bitte?"

Mrs Fielding sah Lucy direkt in die Augen. „Maisey bleibt hier bei mir. Sie sind diejenige, die geht, Miss Harrington."

„Bis es so weit ist, habe ich noch immer die Autorität, um nach Belieben meine eigenen Bediensteten einzustellen oder zu entlassen."

Die Köchin lachte. „Das haben Sie nicht, Miss. Mich sind Sie nie losgeworden. Der Pfarrer hat seine Annehmlichkeiten gern in der Nähe."

„Die Entscheidungen meines Vaters zu Ihrer Person waren mir schon immer schleierhaft und eine persönliche Enttäuschung für mich, Mrs Fielding. Man kann nur hoffen, dass er es sich irgendwann anders überlegen wird." Lucy ging einen Schritt auf sie zu. „Aber vertrauen Sie nicht darauf, dass er einschreiten wird, um eine einfache Küchenmagd zu retten. Wenn Sie ihn so gut kennen, wie Sie behaupten, dann wissen Sie auch, dass er nicht mit jeder kleinen Krise im Haushalt belästigt werden will. Wenn Sie ihn Maiseys wegen behelligen, kann ich Ihnen versichern, dass er die Sache mir überlassen wird, also überlegen Sie es sich gut, bevor Sie riskieren, ihm auf die Nerven zu fallen."

Mrs Fielding sprang mit funkelnden blauen Augen auf. „Ich kann es kaum erwarten, bis Sie von hier verschwunden sind, Miss Harrington."

„Dann seien Sie beruhigt, das Gefühl beruht ganz auf Gegenseitigkeit." Lucy nickte scharf. „Guten Tag, Mrs

Fielding." Sie stürmte aus der Küche, die Hände an den Seiten zu Fäusten geballt. Sie ging auf direktem Weg zum Arbeitszimmer ihres Vaters, wo sie hoffte, Mr Thurrock anzutreffen.

Tatsächlich konnte sie nichts wegen der Köchin unternehmen, außer zu hoffen, dass ihr Vater irgendwann wieder heiraten würde und die neue Ehefrau seine alte Geliebte loswerden wollen würde. Die Situation hatte sie jahrelang frustriert und sie hatte nie eine Lösung dafür gefunden. Sie war froh, das Pfarrhaus bald hinter sich zu lassen, aber sie war doch überrascht, wie offen feindselig Mrs Fielding sich gezeigt hatte. Fühlte sie sich sicherer, weil Lucy demnächst gehen würde? Rechnete sie damit, dann die Rolle einer Ehefrau einzunehmen?

Lucy erschauderte bei dem Gedanken. Was sie wusste, war, dass ihr Vater besessen von sozialem Rang war und daher niemals eine Geliebte von so niederer Abstammung heiraten würde. Das war das Einzige, dessen sie sich absolut sicher war.

Sie atmete tief durch und betrat das Arbeitszimmer. Dort fand sie Mr Thurrock vor, der am Schreibtisch ihres Vaters saß und eine Nachricht verfasste.

„Guten Tag, Mr Thurrock."

„Guten Tag, Miss Harrington. Ich habe mich gefragt, ob Sie einen Ihrer Bediensteten entbehren könnten, um diesen Brief für mich zustellen zu lassen."

„Selbstverständlich, Sir. Ist er für einen Ihrer Freunde in Cambridge bestimmt?"

„Nein, das ist eher eine lokale Angelegenheit." Er legte ein Löschpapier auf den Brief, wartete einen Moment und faltete das Schreiben dann dreimal. „Er ist für eine Miss Turner in Kurland St. Anne bestimmt."

Lucy hoffte, dass sie ihre Überraschung gut unterdrückt hatte. „Mir war nicht klar, dass Sie die Turner-Schwestern kennen."

„Ich habe sie auf einem Ausflug nach Kurland St. Anne getroffen. Sie waren bei meinen Nachforschungen sehr hilfreich und ausgesprochen gastfreundlich."

„In der Tat." Lucy näherte sich dem Schreibtisch. „Brauchen Sie Siegelwachs, Sir? Ich glaube, mein Vater bewahrt es in der rechten Schublade des Schreibtischs auf."

Er öffnete die Schublade und runzelte die Stirn. „Die hier scheint leer zu sein."

„Dann werde ich den Brief für Sie versiegeln, bevor ich ihn verschicke. Ich habe noch etwas Wachs im Salon." Sie streckte die Hand aus und er legte den gefalteten Brief hinein. Sie wollte ihm nicht die Gelegenheit geben, noch in der linken Schublade nachzusehen, wo das Wachs tatsächlich aufbewahrt wurde. „Es wird nur einen Moment dauern. Möchten Sie noch etwas Tee?"

„Ich würde einen Brandy zu schätzen wissen."

„Dann werde ich ihn auf dem Rückweg mitbringen." Sie versuchte, ihre Stimme so ruhig wie möglich zu halten, verließ dann das Arbeitszimmer und rannte, so schnell sie konnte, die Treppen hoch in ihr Zimmer, wo sie die Tür schloss und hinter sich verriegelte. Sie entfaltete vorsichtig die Nachricht.

Meine liebe Miss Turner,
vielen Dank für Ihren Rat bezüglich des Verbleibs der Originalkarte der alten Priorei, die all die verlockenden

Möglichkeiten eröffnet. Ich werde versuchen, Major Kurland davon zu überzeugen, mir das Land schnellstmöglich zu übereignen. Allerdings ist er selbst an guten Tagen nicht der umgänglichste Mensch und erweist sich bei der Rückgabe der Ländereien meiner Familie als ausgesprochen dickköpfig. Ich werde aber die Karte, die Sie für mich aufgezeichnet haben, nutzen, um den versteckten Keller zu finden.
Ich hatte gehofft, Sie später heute Abend zu besuchen, sobald die anderen Bewohner des Pfarrhauses im Bett sind, aber wie ich höre, werden Ihre Dienste an anderer Stelle gebraucht.
Ihr ergebenster Diener
Nathaniel Thurrock, Esquire

Lucy atmete schwer aus und las den Brief noch einmal. Mr Thurrock kannte die Turner-Schwestern. War es möglich, dass er den Fluch von ihnen erhalten und ihn tatsächlich beim Leichnam seines Bruders zurückgelassen hatte? Es war nicht schwer zu erraten, wofür er die Karte der Priorei haben wollte.

Sie versiegelte den Brief und ging zu den Ställen hinter dem Haus.

„Kann ich Ihnen helfen, Miss Harrington?", rief Harris ihr aus der Sattelkammer zu, als er sie näher kommen sah.

„Ja. Ist der junge Bran hier, um eine Nachricht nach Kurland St. Anne überbringen zu können?"

„Ich werde ihn für Sie aufspüren."

Innerhalb einer Minute tauchte Bran auf. Lucy wartete, bis Harris sich wieder seiner Arbeit zugewandt hatte, bevor sie den Jungen mit gesenkter Stimme instruierte.

„Ich möchte, dass du diese Nachricht zum Cottage der Turners bringst."

Er rümpfte die Nase. „In Ordnung, Miss, allerdings möchte ich nicht von ihnen verhext werden oder so was."

„Das wird nicht passieren. Gib ihnen einfach die Nachricht und frage, ob sie eine Antwort senden möchten. Wenn sie das wünschen, bringe sie direkt zu mir, nicht zu Mr Thurrock." Lucy zögerte. „Und noch etwas: Kannst du herausfinden, ob die Turners vorhaben, heute Abend noch auszugehen, und wohin sie gehen?"

Bran kratzte sich am Ohr. „Wozu das?"

„Du sollst keine Fragen stellen oder anderweitig Verdacht erwecken. Beobachte nur, was vor sich geht, und berichte mir davon."

„Wie ein Spion?" Seine Augen weiteten sich.

„Ganz genau", sagte Lucy mit ermutigender Stimme. „Und wenn du deine Aufgabe erfolgreich erledigst, werde ich dich bei deiner Rückkehr belohnen." Sie tippte ihm auf die Nase. „Aber du darfst niemandem davon etwas verraten. Komm zur Küchentür und bitte Betty darum, mir Bescheid zu geben."

„Verstanden, Miss." Er verbeugte sich. „Ich werde nicht lange brauchen."

Sie sah zu, wie er geübt eines der Pferde bestieg, sich die Kappe aufsetzte und davonritt.

Sie raffte ihren Rock und kehrte zum Haus und ins Arbeitszimmer ihres Vaters zurück.

„Die Nachricht befindet sich auf dem Weg zu den Turners, Mr Thurrock." Sie schenkte ihm Brandy aus dem

Vorrat ihres Vaters ein und brachte ihm das Glas an den Schreibtisch.

„Vielen Dank, meine Liebe." Er nippte zunächst am Glas und nahm dann einen größeren Schluck. „Lassen Sie es mich bitte wissen, wenn eine Antwort eintrifft."

„Selbstverständlich." Sie machte einen Knicks. „Kann ich Ihnen sonst noch mit etwas helfen?"

„Da gibt es eine Sache, Miss Harrington. Ich habe mir von Sir Robert ein Buch ausgeliehen. Da ich derzeit vermutlich nicht in seinem Haus willkommen sein dürfte, habe ich mich gefragt, ob Sie es für mich zurückbringen könnten."

„Natürlich werde ich das." Lucy hielt einen Moment inne. „Haben Sie es gerade bei sich?"

„Es liegt in meinem Schlafzimmer. Ich werde es Ihnen nach dem Abendessen geben."

„War es ... hilfreich bei Ihren Nachforschungen zu Ihrer Familie?"

„Das war es in der Tat." Mr Thurrock lächelte selbstgefällig. „Da Sie die Verlobte von Sir Robert sind, werde ich mit Ihnen nicht über meine Meinungsverschiedenheit mit der Familie Kurland sprechen, aber so viel sei gesagt: Sir Robert wird in diesem Fall nicht seinen Willen durchsetzen können."

„Sie glauben, weitere Beweise gefunden zu haben, um Ihren Anspruch zu untermauern, Sir?"

Er hob einen tadelnden Finger. „Bei allem gebührenden Respekt, Miss Harrington, aber Frauen sind furchtbar gesprächig und ich würde nicht wollen, dass irgendetwas, das ich sage, Sir Robert zu Ohren kommt."

Lucy versuchte, ihr freundliches Lächeln aufrechtzuerhalten. „Ich bin durchaus dazu in der Lage,

Vertrauliches für mich zu behalten, Sir, das können Sie mir glauben."

„Da bin ich mir sicher, mein liebes Mädchen, aber ich würde es nicht riskieren wollen." Er erhob sich. „Und zerbrechen Sie sich nicht den kleinen Kopf über das Schicksal der Familie, in die Sie einheiraten. Nach allem, was man hört, würde der Verlust eines kleinen Grundstücks das Vermögen der Kurlands kaum schmälern – schließlich wurde es in der *Industrie* verdient."

Von ihm ausgesprochen klang das Wort wie eine Beleidigung.

„Ich mache mir keine Sorgen über Sir Robert und das Kurland-Vermögen, Mr Thurrock. Würden Sie es bevorzugen, das Buch jetzt zu holen, oder möchten Sie damit bis nach dem Abendessen warten?"

„Tatsächlich bin ich mir nicht sicher, ob ich dem Abendessen beiwohnen werde, Miss Harrington. Ich dachte, dass ein ruhiger Spaziergang auf dem Land vielleicht meine Gedanken etwas zur Ruhe bringen könnte, so kurz vor den letzten Vorbereitungen für die Beerdigung meines Bruders."

„Ein Spaziergang im Dunkeln? Bitte vergessen Sie nicht, Sir, dass es auf dem Land keine Straßenlaternen gibt, die Ihnen den Weg weisen könnten. Hier gibt es nur den Mond und die Sterne."

„Und heute Nacht ist Vollmond – das hat Miss Turner mir gegenüber erwähnt."

Lucy machte ihm den Weg frei und ging zur Tür. „Bitte entschuldigen Sie mich, Mr Thurrock. Ich habe noch einiges zu erledigen, bevor mein Vater zurückkehrt."

Sie ging in die Hinterstube, setzte sich an ihren Schreibtisch und begann eine Nachricht an Major Kurland zu verfassen. Mit der Feder in der Hand überlegte sie gründlich, wie sie die Informationen vermitteln könnte, ohne ihn von seinem Beschützerinstinkt getrieben in Rage zu versetzen. Sie war sich sehr sicher, dass, was immer auch mit Mr Thurrock und seiner nächtlichen Wanderung passierte, sie nicht die Einzige sein würde, die ihm folgte.

Kapitel 13

„Also ist noch nicht alles verloren, selbst wenn wir die Originaldokumente hier in Kurland Hall nicht finden können", sagte Dermot.

„Wieso das?" Robert setzte sich auf seinen Stuhl und musterte seinen Landverwalter, der deutlich fröhlicher wirkte als zuvor.

„Wegen der despotischen Anwandlungen von Königen werden Landübertragungen in England sehr ernst genommen. Daher wird es offizielle Dokumente zu dieser Transaktion geben, die höchstwahrscheinlich von der Grafschaftsverwaltung von Hertfordshire bestätigt, abgestempelt und vermutlich sogar im Steuerregister vermerkt worden sind."

„Und wo werden solche Dokumente üblicherweise aufbewahrt?"

„In Hertford, dem Verwaltungssitz der Grafschaft, Sir Robert. Das gesamte Archiv befindet sich dort in Shire Hall." Dermot reichte Robert einen Brief. „Ich habe ein Schreiben aufgesetzt, das wir in dieser Angelegenheit absenden können."

Robert las es gründlich durch. „Das sieht sehr gut aus. Soll ich den Brief ebenfalls unterzeichnen?"

„Wenn Sie dazu bereit sind, Sir. Wenn das Schreiben neben meiner auch Ihre Unterschrift trägt, dürfte das die Antwort beschleunigen."

Robert kritzelte seinen Namen und den neuen Titel unten auf die Seite. „Gibt es sonst noch etwas?"

„Ja, ich habe die Kurland-Anwälte in Bishop's Stortford angeschrieben, um zu erfahren, ob bei ihnen Informationen zu der Landübertragung und zum Empfänger der Bezahlung in Cambridge vorliegen."

„Sie waren sehr gründlich."

Dermot verzog das Gesicht. „Ich habe Sie gestern in eine peinliche Situation gebracht, was ausgesprochen unprofessionell von mir war."

„Ich bin ja nicht bloßgestellt worden." Robert streute Löschsand auf seine Unterschrift. „Mr Thurrock hätte sicherlich keine Anschuldigungen gegen meine Familie erhoben, wenn er sich nicht sehr sicher gewesen wäre, dass er damit durchkommen würde."

„Wenn Sie die Sache als eilig betrachten, Sir, könnte ich nach Bishop's Stortford und Hertford reisen, um selbst mit den Verantwortlichen zu sprechen."

Robert gab Dermot den Brief zurück. „Dafür besteht keine Notwendigkeit. Mr Thurrock wird ganz einfach auf seine Antwort warten müssen."

„Und was, wenn seine Behauptung stimmt?" Dermot blickte auf. „Ich hoffe, Sie nehmen es mir nicht übel, Sir, wenn ich frage, ob auch nur die geringste Möglichkeit besteht, dass die Übereignungsurkunde nicht unterzeichnet oder die Bezahlung nicht abgewickelt wurde."

„Die Möglichkeit besteht immer, aber mein Vater war ein vorbildlicher Geschäftsmann und ich bezweifle, dass ihm so etwas entgangen sein könnte." Robert zuckte mit den Schultern. „Aber ich könnte mich irren. Wenn das Land auf illegale Weise in meinen Besitz kam, werden wir die Angelegenheit vor Gericht regeln oder wie immer Mr Thurrock es sonst wünschen könnte."

„Würde er Geld für das Grundstück akzeptieren? Das Anwesen könnte es sich leisten."

Robert seufzte. „Er wirkt auf mich wie eine wenig kooperationsfreudige Person, die die Sache vor Gericht austragen und dabei so viel Aufsehen wie möglich erregen möchte. Wenn er glaubt, mir auch nur einen Penny mehr als den Wert des Landes oder was ich bereit bin zu zahlen abpressen zu können, wird er ein übles Erwachen haben."

„Ich bezweifle, dass er Sie als leichtes Opfer sieht, Sir Robert", murmelte Dermot. „Er ist Ihnen schließlich begegnet." Er erhob sich. „Ich werde den Brief sofort verschicken lassen."

„Vielen Dank."

„Oh, und Sir?" Dermot warf einen Blick über die Schulter. „Ich habe die Originalbriefe der Kurland-Zwillinge auf Ihrem Schreibtisch liegen lassen, falls Sie sie lesen möchten."

Robert stöhnte. „Ich bezweifle, dass ich in der Lage sein werde, sie zu entziffern, aber ich werde sie mir bestimmt ansehen."

Sein Landverwalter verließ das Zimmer und er öffnete vorsichtig den ersten der Briefe. Nur um ihm die Sache noch schwieriger zu machen, hatte sein Urahn sich dazu entschieden, das Pergament wiederzuverwenden und dabei zu allem Überfluss quer zu schreiben. Immerhin stammte der Brief aus Kriegszeiten, sodass vielleicht kein leichter Zugang zu derartigen Annehmlichkeiten bestanden hatte. Er seufzte und versuchte die unglaublich kleine und krakelige Handschrift zu entziffern.

„Major Kurland?"

Er sah auf und erblickte Foley, der sich ihm mit besorgter Miene näherte.

„Was gibt es denn?"

„Ich bitte um Entschuldigung für die Störung, Sir, aber ich hatte geklopft."

Robert lehnte sich zurück und legte die Lesebrille auf dem Schreibtisch ab. Wie lange hatte er den Brief schon angestarrt? Er konnte bereits den Anflug von Kopfschmerzen hinter den Augen spüren, und die Informationen, die er erlangt hatte, waren die Zeit kaum wert gewesen.

„Miss Harrington hat Ihnen eine Nachricht zukommen lassen, Sir." Foley legte sie vorsichtig am Rand des Schreibtischs ab. „Soll ich warten, falls Sie zu antworten wünschen?"

„Nein, ich werde Sie aufsuchen, falls ich etwas brauche, vielen Dank."

„Sehr gern, Sir." Foley blieb an der Tür stehen. „Gibt es Neuigkeiten zur Hoch-"

„Nein", unterbrach ihn Robert.

Das war ein weiteres Problem. Bei all dem Drama um Ezekiels Tod und Nathaniels Versuch, die Thurrock-Ländereien wiederzuerlangen, war die Planung der Hochzeit erneut in den Hintergrund gerückt. Er war recht überrascht, dass er wegen der Verzögerung noch nichts vom Pfarrer und dessen zur Einmischung neigenden adligen Verwandten gehört hatte. Allerdings war auch seine Verlobte diesbezüglich bemerkenswert still.

Er setzte die Lesebrille wieder auf und entfaltete die versiegelte Nachricht. Das Lesen ließ ihn so laut und ausgiebig fluchen, dass Foley umgehend wieder ins Zimmer geeilt kam.

„Geht es Miss Harrington gut, Sir?"

„Es geht ihr hervorragend, bis ich ihr den Hals umdrehe!"

Foley schluckte nervös. „Das meinen Sie nicht wirklich ernst, Major, oder?"

„Das kommt darauf an." Robert sah seinen unglücklich aussehenden Butler finster an. „Ich werde im Pfarrhaus zu Abend essen. Bitte teilen Sie das Mrs Bloomfield und den Bediensteten in der Küche mit."

„Umgehend, Sir."

Foley verneigte sich und verließ das Zimmer. Robert las noch einmal den umsichtig formulierten Brief seiner Verlobten durch. Immerhin hatte sie diesmal die Einsicht gehabt, seine Meinung zu ihrem lächerlichen Plan einzuholen, und sie schien anzunehmen, dass er sich anschließen würde. Er musste widerwillig lächeln. Und er würde ihr folgen, weil er verdammt noch mal nur zu gut wusste, dass sie mutig genug war, ihren Plan auch allein zu verfolgen, wenn er sich weigerte.

Bis Betty zum Abendessen rief, hatte Lucy bereits das gestohlene Buch wieder an sich genommen und beim Lesen der Briefe einige Fortschritte gemacht, dabei allerdings nichts Bedeutendes gefunden. Es war recht überraschend, dass sich die Zwillinge selbst inmitten eines Bürgerkriegs hauptsächlich über das Einbringen der Ernte, ihr Vieh und das Zahlen der Steuern gesorgt hatten. Alles alltägliche Dinge, die irgendwann durch den Krieg aus den Fugen gerieten, wenn die Truppen durch das Land zogen und Rationen für die Soldaten einforderten. Diese wurden entweder freiwillig oder unfreiwillig gegeben, je nachdem, welche Seite ein Dorf unterstützte.

Keiner der Zwillingsbrüder wirkte auf Lucy wie ein eifriger Anhänger ihrer jeweiligen Seite. Sie hatten in ihrer direkten Kurland-Art entschieden, die Chancen, dass ihre Familie überleben würde, zu verdoppeln. Als sich der Konflikt verschärft hatte – und es war in Hertfordshire besonders schlimm gewesen –, hatten sich ihre Loyalitäten und Bündnisse vermutlich recht grundlegend gewandelt.

„Lucy? Kommst du herunter?"

Sie sah auf, als Penelope das Schlafzimmer betrat. Penelope trug ein altes, blaues Musselingewand, in dem Lucy recht trostlos ausgesehen hatte. An ihrer Freundin wirkte es jedoch plötzlich wie ein sehr ausgefallenes Kleidungsstück.

„Du siehst heute aber sehr gut aus."

„Vielen Dank." Penelope berührte ihre zurückgekämmten blonden Locken. „Dr. Fletcher kommt zum Abendessen her. Ich bin ganz aufgeregt."

„Hat er vor, mit meinem Vater zu sprechen?"

„Das glaube ich nicht. Damit wollen wir dem Pfarrer eher zeigen, dass es nicht außergewöhnlich wäre, wenn ich Dr. Fletcher heiraten würde."

„Dann müssen wir dafür sorgen, dass mein Vater ihn auch bemerkt und er über Themen sprechen kann, die ihm gefallen."

„Genau. Dabei kann ich mich doch auf dich verlassen, oder?"

„Ja." Lucy schenkte ihrer einstigen Feindin ein Lächeln und hakte sich bei ihr ein. Unter Penelopes zarter Schönheit lag eine deutliche Spur Nervosität. „Sollen wir nach unten gehen?"

Sie trafen Dorothea, den Vikar und ihren Vater in ein geselliges Gespräch verwickelt im Salon an und schlossen sich ihnen an.

„Wird Mr Thurrock heute mit uns zu Abend essen, Vater?"

„Ich glaube, er hat gesagt, dass er noch ausgehen wolle."

Lucy zog die Vorhänge zu. „Ich habe versucht, ihn darauf aufmerksam zu machen, dass ein Spaziergang im Dunkeln auf dem Land nicht empfehlenswert ist, aber er schien entschlossen, meinem Rat nicht zu folgen."

„Ich habe ihm das Gleiche gesagt, meine Liebe." Ihr Vater reichte ihr ein Glas Ratafia. „Er hat sich bei mir bedankt und sich trotzdem auf den Weg gemacht. Einfältiger Narr."

Betty erschien in der Tür und räusperte sich. „Major Sir Robert Kurland und Dr. Fletcher sind hier, Sir. Soll ich ihnen mitteilen, dass Sie verhindert sind, da hier gleich zu Abend gegessen wird?"

„Oh nein, Betty, Dr. Fletcher haben wir erwartet. Bereiten Sie ein weiteres Gedeck vor und bitten Sie beide herein!" Er blickte auf Lucy herab. „Ich wollte mit dem guten Major ohnehin über eure bevorstehende

Hochzeit sprechen. Ich habe heute einen ausgesprochen interessanten Brief von deiner Tante erhalten. Sie sagt, dass du ihre Schreiben ignorierst."

„Ich –"

Glücklicherweise blieb ihr die Antwort erspart, da ihr Vater energisch vortrat, um die eintreffenden Gäste zu begrüßen. Er bot ihnen Getränke an, während Betty sich auf den Weg machte, Mrs Fielding darüber zu informieren, dass ein weiterer Gast zum Essen kam. Lucy versuchte, an das bevorstehende Abendessen zu denken, und hoffte, dass das Lammkarree und der Rinderbraten ausreichen würden, um die beiden Männer satt zu machen.

Major Kurland kam mit dem Gehstock in der Hand zu ihr herüber und verbeugte sich.

„Miss Harrington."

„Major. Ich habe nicht erwartet, Sie zu sehen."

„Das dachte ich mir." Er näherte sich ihr und senkte die Stimme. „Wenn Sie darauf bestehen, heute Nacht hinauszugehen, werde ich Sie begleiten."

„Das dachte *ich* mir", sagte sie mit höflichem Lächeln. „Ich vermute, dass Mr Thurrock heute Nacht versuchen wird, den vergrabenen Schatz in der alten Priorei zu finden. Er hat mir anvertraut, dass er von den Turner-Schwestern Informationen zur genauen Lage des Schatzes in Form einer groben Karte der Priorei erhalten habe."

„Ist das so?" Major Kurlands Miene wurde zornig. „Dann bewegt er sich widerrechtlich auf meinem Land und es steht mir gesetzlich zu, das zu unterbinden." Er verbeugte sich. „Tatsächlich, Miss Harrington, brauche ich dafür Ihre Unterstützung gar nicht. Ich kann

Pethridge vom Gutshof mitnehmen und mich selbst um die Sache kümmern."

Da Lucy genau so eine Antwort erwartet hatte, sprach sie eilig wieder. „Das ist nicht das Einzige, was heute Nacht in Kurland St. Anne vor sich geht. Ich habe erfahren, dass die Turner-Schwestern ebenfalls vorhaben, heute nach Einbruch der Nacht auszugehen."

„Zusammen mit Mr Thurrock?"

„Ich bin mir nicht sicher. Er schien der Ansicht zu sein, dass sie mit etwas anderem beschäftigt sein würden, aber ich habe den Verdacht, dass sie seine Handlungen recht genau verfolgen dürften, meinen Sie nicht?"

„Das Abendessen ist serviert", verkündete Betty, die gerade ins Zimmer zurückgekehrt war, mit lauter Stimme.

Lucy nahm den Arm, den der Major ihr bot, und ging an seiner Seite in das formellere Esszimmer, wo ihr Vater bereits den Stuhl für Dorothea Chingford zurechtrückte. Dr. Fletcher trat zusammen mit Penelope ein und setzte sich zu ihrer Rechten hin, sodass die beiden Lucy und Major Kurland gegenüber platziert waren.

Lucy drückte den Arm ihres Begleiters. „Penelope möchte, dass Dr. Fletcher bei meinem Vater heute Abend einen guten Eindruck hinterlässt. Vielleicht könnten Sie sie dabei unterstützen?"

„Nur allzu gern." Major Kurland entfaltete ihre Serviette, legte sie ihr in den Schoß und lächelte auf sie herab. „Je schneller wir die dringenden Probleme von allen anderen lösen, desto schneller können wir heiraten."

„Ah, ja, was das angeht …" Lucy strich mit den Fingern über die glatte Leinenserviette.

„Guter Gott, sagen Sie mir bitte nicht, dass Sie sich erneut umentschieden haben", murmelte Major Kurland.

„Ganz und gar nicht. Ich muss nur mit meinem Vater über die … Vorbereitungen sprechen."

„Welche Vorbereitungen? Soweit ich weiß, steht doch gerade alles völlig still."

„Das liegt daran, dass ich die letzten beiden Briefe meiner Tante Jane, in denen sie mich darum bat, sie in London zu besuchen, nicht beantwortet habe."

„Nun, Sie können ja auch kaum zu diesem schwierigen Zeitpunkt das Dorf verlassen – auch wenn ich dann immerhin wüsste, dass Sie in Sicherheit wären."

„Ich möchte nicht gehen", gestand Lucy.

„Dann bleiben Sie."

„So einfach ist das nicht."

„Doch, das ist es. Sie müssen sich nur durchsetzen."

Lucy sah ihn finster an. „Sie haben keine Ahnung, wie es ist, eine Frau zu sein, oder?"

„Nein, Gott sei Dank." Er füllte zuerst ihr Weinglas und dann das seine. „Wollen Sie dieses ausgezeichnete Stück Lamm nicht probieren?"

Sie nahm ein kleines Stück vom Servierteller, den er ihr reichte, und dann eine ebenso kleine Portion Kartoffeln.

Er blickte auf ihren Teller. „Sie müssen mehr essen. Kein Wunder, dass Sie neben sich stehen."

„Es geht mir ausgezeichnet, Sir", zischte sie zurück.

Er hob eine Augenbraue und belud seinen Teller weiter mit Essen.

„Ich versuche lediglich sicherzustellen, dass genug Essen für unsere unerwarteten Gäste da ist!"

„Ich nehme an, damit meinen Sie mich, schließlich wurde Dr. Fletcher ja erwartet."

„Ich wäre nie so unhöflich, etwas Derartiges anzudeuten." Lucy sah auf die andere Seite des Tischs und bemerkte Dr. Fletchers amüsierten Gesichtsausdruck. „Halten Ihre Patienten Sie derzeit auf Trab, Doktor?"

„Ich bin immer beschäftigt, Miss Harrington, aber ich muss zugeben, dass mir die Arbeit Freude bereitet."

Lucy hob die Stimme. „Vater, wusstest du, dass Dr. Fletcher fast alle Aufgaben von Dr. Baker übernommen hat?"

„Freut mich zu hören. Jede Gemeinde braucht einen guten und zuverlässigen Arzt." Er richtete den Blick auf Dr. Fletcher. „Und welche Universität haben Sie besucht, junger Mann?"

„Edinburgh, Sir, und dann trat ich in die Armee ein, wo ich Major Kurland kennenlernte."

„Und mir das Leben rettete", schaltete sich Major Kurland in das Gespräch ein. „Wenn Patrick nicht in der Nähe gewesen wäre, als mein Pferd auf mich fiel, hätte ich sicher das Bein verloren und die Amputation vermutlich nicht überlebt."

„Dann schulden wir Ihnen einiges, Dr. Fletcher."

Lucy lächelte Major Kurland anerkennend zu und begann zu essen.

„Also, Major, wie ich höre, weigert sich meine Tochter, nach London zu ihrer Tante zu gehen, um sich den Vorbereitungen für die Hochzeit zu widmen. Wissen Sie etwas über ihren Sinneswandel?"

Ein wenig überrascht über die direkte Frage des Pfarrers blickte Robert, der nachdenklich ins Feuer im Kamin gestarrt hatte, auf. Die drei Männer hatten sich in das Arbeitszimmer zurückgezogen, um Portwein zu trinken, während sich die Damen im Gesellschaftszimmer aufhielten.

„Wie bitte?"

„Ich habe Sie gefragt, ob Sie eine Ahnung haben, warum Lucy zögert, nach London zu gehen."

„Soweit ich weiß, möchte sie bis zur Beerdigung von Ezekiel Thurrock noch hierbleiben", sagte Robert mit Bedacht. „Danach, nehme ich an, wird sie planen, nach London zu fahren.".

„Sie glauben also nicht, dass sie Zweifel hegt, oder?"

„Ich hoffe nicht, Sir. Sie hat mir gegenüber jedenfalls nichts dergleichen angedeutet."

Der Pfarrer beugte sich auf seinem Stuhl vor. „Ich bin froh, das zu hören, denn mir wurde von mehreren Seiten zugetragen, dass Sie und meine Tochter ohne Begleitung einer Anstandsdame Ausflüge aufs Land gemacht haben."

Robert schluckte schwer. „Wir waren nicht wirklich ohne Begleitung, Sir. Mein Stallknecht oder die Magd von Miss Harrington waren in der Regel anwesend und wir haben uns nur auf den Kurland-Ländereien bewegt."

„Hmpf."

Der Pfarrer wirkte nicht überzeugt, widmete seine Aufmerksamkeit jedoch Dr. Fletcher. „Und was ist mit Ihnen, Sir? Es ist davon auszugehen, dass Ihr plötzliches Interesse daran, meine Bekanntschaft zu machen, etwas mit einer Frau zu tun hat, die unter meinem

Dach lebt. Und da meine älteste Tochter vergeben ist und sich meine jüngere in London aufhält ..."

Patrick warf Robert einen Blick zu und erhob sich dann. „Ich muss gestehen, dass ich vorhabe, Sie um Erlaubnis zu bitten, Miss Penelope Chingford umwerben zu dürfen."

„Penelope also? Eine gut aussehende Frau." Der Blick des Pfarrers wanderte zu Robert. „Und was haben Sie dazu zu sagen, Major?"

„Dr. Fletcher genießt meine volle Unterstützung, Sir. Er würde einen ausgezeichneten Ehemann abgeben."

Der Pfarrer nippte am Portwein. „Sie hat nur sehr wenig Geld, Dr. Fletcher."

„Dessen bin ich mir bewusst, Sir."

„Und eine Schwester, für die gesorgt werden muss."

„Ich bin mehr als gewillt, beide Chingford-Schwestern in meinem Haus aufzunehmen und bestmöglich für sie zu sorgen."

Robert räusperte sich. „Vielleicht sollte ich Sie beide allein lassen, um diese Angelegenheit im Privaten auszudiskutieren? Ich werde ins Gesellschaftszimmer zurückkehren und die Damen unterhalten."

Zufrieden, wie sich die Dinge für seinen Freund entwickelten, trank Robert seinen Portwein aus, verneigte sich und kehrte durch den Flur zu Miss Harrington und ihrer Gesellschaft zurück.

Es war manchmal leicht zu vergessen, dass der Pfarrer unter dem selbstsüchtigen Äußeren ein bemerkenswert intelligenter und auffassungsschneller Mann war, dem nur wenig entging, was um ihn herum passierte. Er war nur in der Regel zu träge, um deswegen etwas zu unternehmen. Robert musste Miss Harrington warnen, dass man Gerüchte über sie verbreitete, und in Zukunft vermeiden, Anlass dazu zu geben. Sonst könnte der Pfarrer auf einer Sondererlaubnis für eine sofortige Eheschließung bestehen.

Robert blieb stehen. Oder vielleicht sollte er Miss Harrington nichts davon sagen und dem Schicksal seinen natürlichen Lauf lassen.

Miss Chingford sprang auf, als er das Zimmer betrat. Von Dorothea fehlte jede Spur.

„Wo ist Dr. Fletcher?"

Robert verneigte sich. „Er unterhält sich unter vier Augen mit dem Pfarrer, Miss Chingford. Ich vermute, dass er bald zu uns stoßen wird."

Er fing Miss Harringtons Blick ein, ließ sich auf dem Platz neben ihr nieder und murmelte dabei: „Es ist alles in Ordnung. Ich glaube, dass Dr. Fletcher seine Argumente gut darlegt."

Miss Harrington atmete erleichtert auf. „Gott sei Dank. Ich muss gestehen, dass das Zusammenleben mit Penelope in den letzten Wochen ausgesprochen schwierig war."

„Was ein weiterer Grund ist, warum ich inständig dankbar dafür bin, sie nicht geheiratet zu haben."

Sie verdrehte die Augen. „Haben Sie sich schon überlegt, wie wir die Angelegenheit heute Nacht bewerkstelligen wollen?"

„Ich werde die Kutsche nehmen müssen. Ich kann nicht mehr als etwa eine Meile zu Fuß zurücklegen. Wir könnten hinunter zur St.-Anne-Kirche fahren und von dort die Felder überqueren."

„Ich werde die Auffahrt hinuntergehen und Sie am Eingang des Kurland-Anwesens treffen. Zu welcher Uhrzeit?"

„Mitternacht?"

„Wenn dann alle zu Bett gegangen sind."

Robert runzelte die Stirn. „Sind Sie sich sicher? Ich möchte kein Unheil heraufbeschwören."

„Ich glaube, das haben Sie bereits getan, als Sie erklärten, mich heiraten zu wollen." Sie überlegte kurz. „Ich werde vermutlich nicht gerade eine traditionelle Ehefrau abgeben."

„Ich bin allerdings auch nicht das Idealbild eines Baronets, oder? Meine politischen Ansichten würden die meisten meines Standes schockieren." Er nahm ihre Hand. „Wir passen perfekt zusammen."

Hinter ihnen schnaubte Miss Chingford recht laut auf. „In der Tat."

Miss Harrington hob das Kinn. „Wenn du auf Streit aus bist, Penelope, fang bitte nicht mit mir oder Major Kurland an. Wir sind verlobt. Es steht ihm völlig frei, meine Hand zu halten."

Miss Chingford setzte zum Widerspruch an, überlegte es sich zur Abwechslung jedoch anders und verließ stattdessen das Zimmer. Robert musterte seine Verlobte.

„Sie wissen jedenfalls, wie man mit ihr umgehen muss."

„Dr. Fletcher ebenfalls. Er zeigt sich von ihren Wutanfällen völlig unbeeindruckt. Sie wird mit ihm sehr glücklich sein."

„Das sagt er auch. Gute Nacht, meine Liebe." Er führte ihre Hand an die Lippen und platzierte einen Kuss darauf. „Ich werde jetzt besser nach Hause gehen und sicherstellen, dass ich gut vorbereitet und ausgeruht bin für unser Abenteuer heute Nacht."

Kapitel 14

Lucy warf einen Blick auf die Küchenuhr, als sie daran vorbeischlich. Ihr Vater war noch wach geblieben, um in seinem Arbeitszimmer zu lesen, aber der Rest des Hauses war beruhigend still. Sie zog ihre guten Stiefel, ihr ältestes Kleid und einen dunklen Mantel an. Statt ihrer Haube entschied sie sich für einen dicken Schal, den sie um Kopf und Hals legte. Bis sie die Auffahrt hinunter und zum Eingang des Kurland-Anwesens gegangen war, würde es genau Mitternacht sein.

Der Himmel war klar und der Mond hing als perfekter blasser Kreis über dem Horizont. Erste Anzeichen von Frost ließen den Weg vor ihr glitzern. Sie verlangsamte ihre Schritte, nachdem sie beinahe ausgerutscht war. Sie schlang den Schal fester um sich, als die erste Kälte durch ihre Kleidung drang. Gegenüber dem Pfarrhaus erhob sich die Kurland-Kirche wie ein dunkler Wächter, der das Dorf beschützte und den Mond verdeckte.

Lucy vernahm ein Kratzen von Hufen auf Pflastersteinen, und als sie um die Ecke bog, konnte sie bereits die Kutsche und Major Kurland erkennen, der auf sie wartete. Der Major trug einen schweren Mantel und den Hut eines Arbeiters. Sie vermutete, dass er glaubte, damit ausreichend verkleidet zu sein. Er hatte dabei nur leider vergessen, dass die gesamte Nachbarschaft seine Kutsche und seine prachtvollen Pferde kannte. Daran ließ sich jetzt allerdings nichts mehr ändern. Der Major machte Anstalten, vom Bock hinunterzuklettern, um ihr beim Aufsteigen zu helfen, doch sie winkte ab und sprang selbst auf.

Er wartete, bis sie das Dorf hinter sich gelassen hatten, bevor er das erste Mal sprach.

„Etwa fünfzehn Minuten vor Ihrer Ankunft ist mir erst in den Sinn gekommen, dass ich besser ein Pferd und eine Kutsche vom Landgut ausgeliehen hätte."

„Aber dann hätten Sie erklären müssen, was Sie vorhaben."

„Nein, hätte ich nicht."

Manchmal vergaß sie, dass er völlig daran gewöhnt war, Befehle zu geben. So kam es ihm gar nicht in den Sinn, dass jemand seine Autorität infrage stellen könnte – abgesehen von ihr natürlich.

Sie lehnte sich näher an seine Seite und tat für einen Augenblick so, als seien sie nur ein Bauernpaar, das nach einem langen Tag auf dem Markt nach Hause zurückkehrte. Sie vergrub das Gesicht an seiner Schulter.

„Was ist so amüsant?", fragte Major Kurland.

„Ich habe nur gerade versucht, Sie mir als einfachen Bauern vorzustellen. Aber dann fiel mir auf, dass es eine völlig unmögliche Vorstellung ist."

„Ich *bin* ein einfacher Bauer." Er klang beinahe beleidigt.

„Allerdings vielleicht mit etwas mehr Prunk?"

„Vielleicht, aber im Grunde ist jeder Landbesitzer im Herzen ein Bauer – selbst der Prinzregent."

Sie schwiegen die restliche Meile bis Kurland St. Anne. In nur wenigen Häusern, an denen sie vorbeikamen, brannte noch Licht. Der Tag eines Arbeiters begann bei Sonnenaufgang und endete oft bei Sonnenuntergang.

Schließlich wurde die Kutsche langsamer und Lucy machte sich bereit, abzuspringen und das Kirchtor aufzusperren, sodass der Major hindurchfahren konnte. Doch dieser hielt sie zurück.

„Schauen Sie!", flüsterte er und deutete auf die Felder hinaus. In der Dunkelheit war ein schwaches Licht zu erkennen, das mal stehen blieb, kurz verschwand und dann in einiger Entfernung wieder auftauchte.

„Ich frage mich, ob das Mr Thurrock sein könnte", sagte Lucy.

„Wenn er es ist, dann begeht er ohne Zweifel Landfriedensbruch. Lassen Sie uns das Pferd hier anbinden und dann in Richtung der Ruinen der Priorei gehen." Major Kurland stieg langsam von der Kutsche ab und nahm seinen Gehstock an sich. Dann bot er Lucy die freie Hand als Hilfe beim Absteigen an.

„Warten Sie einen Moment."

„Was gibt es denn?"

Als sie sich schon entfernen wollte, hielt er sie am Arm zurück. Sie sah hinauf in sein Gesicht, das selbst im Schatten der Nacht ausgesprochen entschlossen aussah.

„Wenn ich mich dazu entscheide, Mr Thurrock offen zu konfrontieren, müssen Sie versprechen, dass Sie sich nicht blicken lassen. Ich möchte nicht, dass er Sie in diese Sache mit hineinzieht."

„Wie Sie wünschen, aber wenn er Sie verletzen will, *werde* ich eingreifen."

„Dann nehmen Sie die hier." Er reichte ihr eine seiner Pistolen. „Wenn er bewaffnet sein sollte, zielen Sie mit der Pistole auf ihn."

Lucy begutachtete die schwere Waffe. „Aber ich weiß nicht, wie man die verwendet."

„Das kann er aber nicht wissen. Alles, was Sie tun müssen, ist, die Waffe auf seinen Kopf zu richten und zu drohen, dass Sie schießen werden. Wie ich Mr Thurrock kenne, wird der bloße Gedanke, dass ausgerechnet eine Frau eine Waffe haben könnte, ihn überraschen und mir genug Zeit geben, ihn zu überwältigen."

Sie nickte. „In Ordnung."

„Dann los."

Zunächst war der Weg nicht zu schwer. Das Hauptfeld war als Vorbereitung für den Winter gepflügt worden und es war leicht, den geraden Furchen zu folgen, die alle in dieselbe Richtung führten, in die sie ohnehin wollten. Nachdem er Miss Harrington über einen Zaun auf das offenere Land vor der Priorei geholfen hatte, bemerkte Robert einen leichten Anstieg, der es ihm schwer machte, die Balance zu bewahren.

Das Licht, das sie vorhin gesehen hatten, tauchte auf und verschwand wieder in frustrierend unregelmäßigen Abständen und schien mal näher, mal meilenweit entfernt zu sein. Er fluchte leise, als sein Gehstock im Matsch einsank und ihn dazu zwang, das Gewicht auf sein kaputtes Bein zu verlagern.

„Geht es Ihnen gut, Major?"

„Es geht schon."
Er kämpfte sich weiter vorwärts, inzwischen halb überzeugt, dass das herumtänzelnde Licht nur in seiner Vorstellung existierte oder aus einem der dunklen Märchen stammte, mit denen sein Kindermädchen ihm Angst einzujagen pflegte.

„Lassen Sie uns einen Moment haltmachen", sagte Miss Harrington. „Ich muss mich orientieren."

Die Pause war willkommen, auch wenn er das nicht zugeben wollte. Er sah sich um und bemerkte überall kleine Erhebungen und Erdhaufen am Boden, die die ehemaligen Außenmauern und Wirtschaftsgebäude der alten Priorei markierten. Der Vollmond tauchte den Hügel in einen geisterhaften Schein.

„Dieses Licht ist ausgesprochen frustrierend." Miss Harrington klang ebenfalls außer Atem, was merkwürdigerweise tröstlich wirkte. „Ich frage mich inzwischen, ob das wirklich Mr Thurrock ist."

„Ist er vielleicht zum Pfarrhaus zurückgekehrt?"

„Sicher nicht."

„Dann muss er irgendwo hier draußen sein, außer er hat sich dazu entschieden, zu Fuß nach Cambridge zu marschieren."

„Ich rieche Rauch."

Robert sog vorsichtig die Luft ein. „Riecht süßlich wie Gras."

„Wovon es zu dieser Jahreszeit sehr wenig gibt. Wo, glauben Sie, kommt es her?"

Er versuchte die Windrichtung zu bestimmen und zeigte in die Dunkelheit. „Ich würde sagen, von da oben."

„Aber auf dieser Anhöhe gibt es keine Häuser."

„Dann hat Mr Thurrock vielleicht ein Feuer entfacht, um sich warm zu halten, während er nach dem Schatz gräbt."

„Dort befanden sich die Hauptgebäude der Priorei." Sie deutete auf halbe Höhe des Hügels. „Und dort habe ich zuletzt das Licht gesehen."

„Was sollen wir dann zuerst tun? Den Hügel erklimmen und von oben kommen und dabei möglicherweise riskieren, Mr Thurrock entkommen zu lassen, falls er in der Zeit findet, wonach er sucht? Oder sollen wir den Rauch ignorieren und uns auf die Ruine der Priorei konzentrieren?"

Sie sah ihn zweifelnd an. „Um ganz ehrlich zu sein, Major Kurland, ich glaube nicht, dass Sie den Hügel schaffen werden."

„Dann sollten wir uns vielleicht aufteilen. Sie finden heraus, was dort oben vor sich geht, und ich gehe zur Priorei. Wir treffen uns dann in den Ruinen."

Sie blinzelte ihn erstaunt an. „Sie gestatten mir, das ganz allein zu tun?"

„Gestatten? Meine Liebe, wie genau sollte ich Sie davon abhalten?"

Ihr Lächeln war atemberaubend. „Ich werde so schnell sein, wie ich nur kann. Und ich verspreche, dass ich versteckt bleibe, egal was ich finde."

Er sah ihr hinterher, wie sie mit den Rockzipfeln in einer Hand davoneilte. Er wandte sich dem geisterhaften Licht zu, das in der alten Priorei herumtanzte. Bei ihrer Geschwindigkeit würde sie vermutlich schon oben sein, bevor er auch nur die Hälfte des Weges geschafft hatte.

Lucy blinzelte, als der Rauch sie umwaberte. Die Spitze des Hügels wirkte dadurch verschwommen und in weiter Entfernung. Was immer dort in dem kleinen Feuer verbrannt wurde, roch nach Blumen und sonnigen Tagen und ...

Sie schloss den Mund und kletterte weiter hoch. Sie kniff angestrengt die Augen zusammen. Gerade so konnte sie etwas erkennen, das wie mehrere Gestalten aussah, die ... um das Feuer zu tanzen schienen.

„Du meine Güte!", flüsterte Lucy und ging hastig zwischen dem hohen Gras in die Knie. Sie konnte nicht erkennen, ob es sich bei den Tänzern um Männer oder Frauen handelte, denn sie schienen lange, weiße Roben zu tragen und über dem Boden zu schweben.

Sie rieb sich die Augen und presste sie dann fest zu. Sie drückte die Hände in den Boden, um irgendwie den Sinn für sich selbst zu behalten, um festzustellen, ob sie wirklich wach war und nicht träumend in ihrem Bett lag.

Als sie die Augen wieder öffnete, war das Feuer verschwunden und sie war allein in der Dunkelheit. Wie lange hatte sie hier in dieser Traumstarre gehockt? Um ihren Kopf waberten noch immer Rauchfetzen, die träge hinunter auf die Felder am Fuß des Hügels sanken.

Sie machte sich wieder an den Abstieg. Ihr einziger Gedanke war es, Major Kurland zu erreichen. Es war ihr inzwischen egal, ob sie dabei leise war. Wer immer dort oben gewesen war, war vermutlich längst fort, und Major Kurland befand sich vielleicht in Gefahr. Aus irgendeinem Grund hatte sie ihr normaler gesunder Menschenverstand verlassen. Sie schnappte nach der klaren Luft, stolperte und stürzte in ihrer Eile, die Priorei zu erreichen. Dann noch einmal.

Das Licht in den Ruinen war jetzt unbeweglich und sie hielt es fest im Blick, in der Hoffnung, dass der Major irgendwo in der Nähe sein würde.

„Miss Harrington? Wo zum Teufel waren Sie?"

Sie blieb stehen, eine Hand auf den Brustkorb gepresst, als sie die vertraute Stimme hörte, die durch die Dunkelheit und ihre aufsteigende Panik schnitt.

„Wo sind Sie?"

„Hier zu Ihrer Linken."

Sie stolperte erneut, bewegte sich aber weiter. Die feuchten Röcke klebten an ihren Beinen und behinderten jeden Schritt.

„Ich kann Sie sehen, Miss Harrington. Gehen Sie langsam weiter. Der Boden ist sehr uneben."

Sie folgte dem Rat, allerdings schlug ihr Herz unangenehm stark in ihrer Brust. Erst als sie den Lichtkreis betrat, bemerkte sie die grasenden Schafe.

„Major Kurland?"

Er trat einen Schritt nach vorn. Er hielt eine Laterne über den Kopf, sodass seine grimmige Miene gut zu erkennen war. „Die hier habe ich von einem der Schafe. Sie hing um dessen Hals. Ich fühle mich wie ein Narr." Er humpelte zu ihr herüber und griff fest nach ihrer Hand. „Und dann habe ich Mr Thurrock gefunden."

Er schwenkte die Laterne hinüber zur Mauer. Kerzengerade sitzend lehnte daran Mr Nathaniel Thurrock mit vor Schock geweiteten Augen und offenem Mund.

Lucy keuchte auf. „Ist er ... tot?"

„Ja."

„Oh, guter Gott." Sie sank auf die Knie und starrte den toten Mann an. „Was sollen wir jetzt nur tun?"

Er seufzte. „Wir werden Hilfe holen müssen."

„Woher?"

„Entweder von den Mallards oder den Pethridges."

„Was liegt näher?"

„Wahrscheinlich das Mallard-Gut, aber da Pethridge mein Angestellter ist, dürfte er die Sache mit größerer Diskretion behandeln." Er hielt nachdenklich inne. „Die Sache ist die ... Ich habe mir den Knöchel verdreht, als ich die verdammten Ruinen betreten habe."

Lucy stählte sich innerlich. „Ich kann über die Felder zum Haus der Pethridges gehen."

Er verzog das Gesicht. „Damit würden wir genau die Art Skandal verursachen, die Ihr Vater hasst."

„Ich weiß nicht, was ich sonst tun soll. Ich kann die Kutsche nicht hier hochfahren und es wird auch nichts bringen, wenn ich die Pferde abspanne und hierher reite."

„Wir könnten die Leiche auch einfach hierlassen und sie am Morgen von jemand anderem entdecken lassen."

„Ich würde mich nicht wohl damit fühlen, ihn so hier draußen liegen zu lassen. Sie etwa?"

Sie tauschten einen langen Blick aus. Sie bemerkte deutlich die Anzeichen von Schmerz in seiner Miene. Sie hätte gewettet, dass seinem Bein etwas weit Ernsteres widerfahren war als nur ein verstauchter Knöchel. Der tote Mr Thurrock war nicht der Einzige, der eine Bergungsmission brauchte.

„Ich werde Mr Pethridge holen und er kann Sie und Mr Thurrock zurück nach Kurland St. Mary bringen."

Bevor der Major erneut widersprechen konnte, hatte Lucy sich schon abgewandt und sich auf den Weg gemacht. Sie hielt den Blick auf den weißen Zaun des Gehöfts von Kurland Hall fixiert.

Sie ging recht lange am Fuß des Hügels entlang, bis sie ein niedriges Tor fand, über das sie klettern konnte. Dann setzte sie den Weg auf einem Pfad in Richtung der dunklen Silhouetten des Bauernhauses und der Wirtschaftsgebäude fort. Inzwischen war der Himmel nicht mehr tiefschwarz, denn es waren erste Spuren des nahenden Morgengrauens am Horizont zu erkennen.

Im Kuhstall brannte ein Licht, daher ging sie als Erstes dorthin. Ihre Knie zitterten so stark, dass sie es kaum schaffte, auf den Beinen zu bleiben.

„Ist da jemand?", rief sie.

Sie hüpfte vor Schreck fast in die Höhe, als eine hochgewachsene, blonde Gestalt im Eingang erschien.

„Miss Harrington?"

„Bist du das, Martin? Ist dein Vater hier?"

„Er ist noch auf dem Viehmarkt in Stortford." Er musterte ihre zerzauste Erscheinung. „Kann ich Ihnen mit etwas helfen, Miss?"

Lucy lehnte sich erschöpft gegen den Türrahmen. „Major Kurland hat mich geschickt. Er ist draußen bei den Ruinen der Priorei und lässt fragen, ob du den Wagen dort hinausfahren kannst."

„Hat er sich verletzt, Miss?"

„Ja, das hat er, aber das ist noch nicht das Schlimmste, Martin. Wir – ich meine, *er* hat dort draußen eine Leiche gefunden."

Martins Kinnlade klappte nach unten. „Einen Toten?" Er warf einen Blick zurück zum Haus. „Lassen Sie mich das Pferd vor den Karren spannen und meiner Mutter eine Nachricht hinterlassen, dann können wir uns auf den Weg machen."

„Nein, ich werde mit reinkommen", sagte Robert bestimmt. „Das ist nicht verhandelbar.".

Sie hatten den Leichnam bei Dr. Fletcher zurückgelassen, der auch Roberts Knöchel bandagiert hatte. Er hatte Robert unmissverständlich angewiesen, nach Hause zu gehen und das Bein auszuruhen, aber er hatte noch nicht vor, das auch zu tun. Der Karren von Martin Pethridge stand vor dem Pfarrhaus. Hinter ihnen schlug die Uhr der Kurland-Kirche viermal in die Stille hinein.

„Aber Sie werden die Sache nur noch schlimmer machen, Major. Ich kann Ihnen versichern, dass niemand wach sein wird und ich ungesehen in mein Schlafzimmer schleichen kann."

Miss Harringtons braunes Haar hatte sich aus dem Zopf gelöst und sie hatte Kratzer im Gesicht. Ihr Kleid war schlammverschmiert, sie hatte irgendwann während ihres Abenteuers ihren Schal verloren und sie zitterte am ganzen Körper. Er wollte nichts mehr, als sie hochzuheben, sie nach Kurland Hall zu bringen, in sein Bett zu legen und über ihren Schlaf zu wachen.

Während er sie musterte, öffnete sich die Hintertür des Pfarrhauses und Maisey und der Pfarrer traten heraus. Er trug einen sehr schicken bestickten Banyan und eine Nachtmütze.

„Lucy."

Die Miene des Pfarrers war eisig, als er hinter seiner Tochter Robert und die Karre der Pethridges erblickte.

„Maisey hat sich Sorgen gemacht, wo du stecken könntest, und mich geholt."

„Papa, ich –" Lucy verstummte sofort, als ihr Vater die Hand erhob.

„Genug. Wir werden unsere Privatangelegenheiten nicht auf offener Straße ausdiskutieren." Er hielt ihnen die Tür weit auf. „Vielleicht möchtest du dich frisch machen, während ich ein Wörtchen mit Major Sir Robert Kurland rede."

Robert humpelte zu Martin hinüber. „Du kannst heimfahren. Vielen Dank für deine Hilfe heute Nacht. Ich hoffe, ich kann mich auf deine Diskretion und dein Schweigen verlassen?"

„Ja, Sir."

Martins vor Aufregung geweitete Augen ließen Robert stark an den Worten zweifeln. Er konnte nur hoffen, dass der ältere Pethridge, sobald er die Geschichte hörte, dafür sorgen würde, dass sein Sohn sie für sich behielt.

„Gute Nacht, Martin."

„Gute Nacht, Sir."

Er wandte sich erschöpft wieder dem Pfarrhaus zu. Lucy und das Dienstmädchen waren verschwunden und nur der offensichtlich wütende Pfarrer wartete noch auf ihn. Robert bezweifelte, dass er in viel besserer Verfassung als Miss Harrington war, da auch er im Schlamm auf die Knie gefallen war.

Mithilfe seines Gehstocks erklomm er mühevoll die Treppe zum Hintereingang und humpelte dem Pfarrer hinterher in dessen Arbeitszimmer. Es war typisch, dass er ausgerechnet auf sein kaputtes Bein gestürzt war und sich den Knöchel verletzt hatte. Patrick hatte vermutet, dass er gebrochen sein könnte, doch Robert hatte sich geweigert, die Diagnose zu akzeptieren.

Ihm wurde kein Stuhl angeboten, aber das hatte er auch nicht erwartet. Er blieb stramm vor dem Schreibtisch des Pfarrers stehen. Der Pfarrer nahm sich viel Zeit, es sich auf dem Stuhl gemütlich zu machen, bevor er zu Robert aufblickte.

„Können Sie mir irgendeinen Grund nennen, der rechtfertigen könnte, warum Sie meine Tochter mitten in der Nacht nach draußen zerren und ohne Begleitung einer Anstandsdame um vier Uhr morgens mit ihr zurückkehren?"

Robert dachte kurz über seine Optionen nach. „Nein, Sir."

„Haben Sie überhaupt bedacht, was das mit ihrem Ruf machen könnte?"

„Da sie meine Verlobte ist, dachte ich natürlich, dass sie in meiner Obhut sicher wäre."

„Sicher?" Der Pfarrer hob drohend den Finger. „Ihre ungeheuerliche Gleichgültigkeit gegenüber ihrer Sicherheit zeigt sich offensichtlich in Ihrem tollkühnen Vorgehen, Sir! Ich schätze, als Nächstes möchten Sie mir mitteilen, dass Sie sie doch nicht heiraten möchten!"

„Das würde ich niemals tun, Mr Harrington", sagte Robert bestimmt. „Sie trägt keinerlei Schuld an dem, was heute Nacht passiert ist. Ich übernehme die volle Verantwortung für mein Handeln und akzeptiere die Konsequenzen."

Mr Harrington lehnte sich zurück. „Ich wünschte fast, ich könnte Ihnen sagen, dass damit die Verlobung aufgehoben ist, aber da Sie so umfassend ihren guten Ruf ruiniert haben, würde sie kein anderer Mann auch nur anschauen, geschweige denn heiraten wollen."

Robert biss die Zähne zusammen. Er konnte nur vermuten, wie Miss Harrington sich fühlen musste und was sie über den Umstand zu sagen hätte, dass gerade ihre gesamte Zukunft von zwei Männern entschieden wurde. „Ich kann nur wiederholen, Sir, dass Miss Harringtons Tugend bei mir sicher ist. Ich respektiere sie und wünsche, sie zu heiraten."

Einen Moment lang starrten sie einander schweigend in die Augen, bis der Pfarrer die Stille durchbrach.

„Wenn man bedenkt, wie die Dinge in der kleinen Gemeinde, in der wir leben, ablaufen, ist es nicht länger eine Option, Monate auf eine Hochzeit in London zu warten." Der Pfarrer hielt inne. „Ich werde Sie vor eine Wahl stellen, Major. Entweder Sie reisen umgehend nach London, um eine Sondergenehmigung einzuholen, oder Sie akzeptieren, dass ich in der Kirche von Kurland St. Mary am Sonntag und den zwei darauffolgenden Sonntagen das Aufgebot verkünde und Sie am nächsten Tag heiraten!"

Robert atmete langsam aus und versuchte, angemessen reumütig zu wirken. „Ich bedaure, dass ich in meinem jetzigen Zustand nicht nach London reisen kann, aber ich bin mehr als einverstanden, dass das Aufgebot am Sonntag verkündet wird."

Der Pfarrer nickte. „Und in der Zwischenzeit muss Ihr Verhalten gegenüber meiner Tochter über jeden Zweifel erhaben sein!"

„Ja, Sir." Robert versuchte seinen Knöchel zu entlasten, indem er das Gewicht auf den Gehstock verlagerte.

Der Pfarrer bedeutete ihm mit einem Winken, sich zu setzen. „Und jetzt setzen Sie sich und verraten Sie mir, was zum Teufel Sie überhaupt mitten in der Nacht da draußen getrieben haben."

Robert atmete tief durch. „Nun, Mr Harrington, das war so ..."

„Soll ich Ihnen ein Bad einlassen, Miss?"

Lucy strich sich die vom Wind zerzausten Haare aus den Augen. „So spät nicht mehr, aber wenn du mir heißes Wasser hochbringen könntest, wäre ich sehr dankbar."

„Ja, Miss." Maisey sammelte Lucys nasse Kleidung und die schlammverschmierten Stiefel ein. „Ich bringe das hier in die Wäsche und komme dann mit heißem Wasser zurück."

„Vielen Dank."

Lucy wickelte sich in eine Decke und wartete auf ihrem Platz am Feuer, bis die Tür geschlossen wurde, bevor sie das Gesicht in den Händen vergrub. So viel Unglück auf einmal! Wieso um alles in der Welt hatte Maisey ihren Vater aufgeweckt?

Sie hob langsam den Kopf. Und warum war Maisey zu dieser Stunde überhaupt noch wach und vollständig bekleidet?

Innerhalb weniger Minuten kehrte Maisey mit einem Krug Wasser zurück, den sie in die Schüssel auf Lucys Frisierkommode entleerte.

„Ich hatte, während wir warteten, dem Pfarrer bereits eine Tasse Tee gekocht, das Wasser war daher noch schön heiß."

„Maisey ... Was hat dich dazu veranlasst, den Pfarrer zu wecken?"

Das Dienstmädchen blickte zu Boden. „Ähm, ich hatte nach Mrs Fielding gesucht, Miss."

„Ah." Lucy atmete tief ein und musterte ihr verdrecktes Gesicht im Spiegel. „Ich sehe wirklich aus, als wäre ich rückwärts durch eine Hecke gezogen worden."

„In der Tat, Miss." Maisey reichte ihr einen Waschlappen. „Soll ich mich an Ihr Haar machen? Das sieht aus wie ein Vogelnest."

„Wieso nicht? Hat mein Vater darum gebeten, dass ich in sein Arbeitszimmer kommen soll?"

„Nein, Miss. Er sagte, ich soll Ihnen ins Bett helfen. Er unterhält sich noch mit dem Major." Maisey machte sich daran, die verbliebenen Haarnadeln zu entfernen. „Nun, dass er ihn anschreit, drückt es wohl besser aus, immerhin konnte ich ihn in der Küche noch hören."

„Guter Gott", hauchte Lucy. „Ich sollte wirklich dabei sein. Es ist ungerecht, dass Major Kurland alle Schuld treffen soll."

„Nein, das ist nicht ungerecht, Miss. Er ist derjenige, der Ihren Ruf ruiniert hat."

„Ich bin ohnehin schon mit ihm verlobt, das ruiniert wohl kaum meinen Ruf."

Maisey griff zur Haarbürste. „Das kommt darauf an, nicht wahr? Ist er einer der Männer, die sich davonmachen, wenn sie bekommen haben, was sie wollten?"

Lucy runzelte die Stirn. „Was?"

„Sie wissen, was ich meine, Miss. Es ist so, als hätte er die Milch probiert, bevor er die Kuh gekauft hat."

„Er hat nicht –" Lucy sah Maisey über die Schulter an. „Major Kurland ist ein Gentleman!"

Maisey zuckte mit den Achseln. „Ich spreche ja nur das aus, was alle im Dorf sagen werden, während sie auf Ihren Bauch schielen, um zu erahnen, ob Sie ein Kind erwarten."

„Wenn wir alle nichts davon erzählen, wird auch niemand davon wissen."

„Viel Glück damit, Miss. Die Leute hier lieben es, zu tratschen."

Lucy wusch sich den letzten Schmutz aus dem Gesicht und machte sich an die Hände. „Ich muss nach unten gehen und mit meinem Vater sprechen."

„Das hat doch gerade sowieso keinen Zweck, oder? Es ist besser, zu warten, bis er sich beruhigt hat. Sie wissen ja, wie Männer sind." Maisey kämmte weiter die Knoten aus Lucys Haar. „Der Major ist wahrscheinlich nach Hause gegangen und der Pfarrer wird bald zu Bett gehen."

„Major Kurland ist schon gegangen?"

Maisey legte die Bürste ab. „Ich gehe nach unten und sehe nach." Es verging weniger als eine Minute, bevor sie zurückkehrte.

„Ich habe ihn gerade gehen sehen, Miss. Er sah aus, als hätte er sehr viel zu bedenken."

Lucy sank auf ihrem Stuhl zusammen. Offenbar würde sie als Letzte erfahren, was zwischen ihrem Vater und ihrem Verlobten besprochen worden war. Sie hatte in dieser Nacht so viele wunderliche Dinge gesehen, dass sie begann, an sich zu zweifeln. Sie sehnte sich nach Major Kurlands ruhiger Einschätzung dessen, was sie gesehen hatte. Und jetzt war sie wegen unsinniger Konventionen nicht länger dazu in der Lage, überhaupt mit ihm zu sprechen, und wusste nicht, wie die Dinge zwischen ihm und ihrem Vater standen.

„Miss Harrington?"

„Ja, Maisey?"

„Wenn Sie und der Major nicht *deswegen* zusammen waren, warum sind Sie dann mitten in der Nacht draußen gewesen?"

Lucy gähnte so stark, dass ihr Kiefer knackte. „Das ist eine ausgezeichnete Frage. Ich wünschte nur, ich hätte eine Antwort darauf."

„Was soll das heißen, Miss?" Maisey flocht Lucys Haar und band die Enden zu einem Zopf zusammen.

Lucy stand auf und holte ihr Nachthemd, das vor dem Feuer zum Auslüften hing. „Vielen Dank für deine Hilfe, Maisey. Gehst du wieder ins Bett oder bist du gerade erst aufgestanden?"

Maisey sah herab auf ihr Kleid und die Schürze. „Ich habe mich angezogen, als ich nach Mrs Fielding gesucht habe. Ich wollte nicht, dass der Pfarrer mich in meinem Nachthemd sieht. Das wäre unanständig."

Lucy zog sich das vorgewärmte Leinennachthemd über den Kopf. „Und woher wusstest du, dass ich nicht in meinem Zimmer war?"

„Weil ich Sie gesehen habe, als Sie das Haus verließen, und ich mir Sorgen gemacht habe, als Sie nicht zurückkehrten."

„Ich weiß deine Sorge um mich zu schätzen, Maisey", sagte Lucy.

Die Magd zuckte mit den Schultern und wandte sich zur Tür. „Gute Nacht, Miss Harrington."

„Gute Nacht."

Lucy rieb sich die Augen. In ihrem Kopf schwirrten zu viele unbeantwortete Fragen umher, aber sie war zu müde, um sich irgendwelchen davon zuzuwenden. Sie konnte nur hoffen, dass ein paar Stunden Schlaf sie wieder ins Gleichgewicht bringen und es ihr erlauben würden, die Wahrheit von den Lügen zu trennen.

Kapitel 15

„Ich glaube, es war Herzversagen."

„Und?" Robert bedeutete dem Doktor mit einer Geste fortzufahren. Sie saßen in der Küche von Patricks gemütlichem Haus, tranken zusammen Kaffee und teilten sich eines der ausgezeichneten Brote aus der Dorfbäckerei. Robert hatte nur vier Stunden geschlafen, bevor er sich auf den Weg zu seinem Freund gemacht hatte, um ihn vor dessen erstem Hausbesuch zu sprechen.

„Und was?"

„Da muss doch mehr dahinterstecken."

„Wieso? Er war übergewichtig, ein Choleriker und eindeutig nicht bei bester Gesundheit. Bei Nacht auf so unebenem Boden auf dem Land herumzuspazieren, war für einen Mann seines Alters mehr als töricht."

„Aber er sah ... panisch aus, als wir ihn fanden."

„Wären Sie nicht auch panisch, wenn Sie plötzlich höllische Schmerzen fühlen würden?" Patrick trank seine Tasse Kaffee aus. „Halten Sie jetzt jeden Todesfall für Mord, Major?"

„Nein, ich habe nur angenommen –"

„Dann lassen Sie das. Sie verstehen nichts von Medizin. Er ist unter merkwürdigen Umständen, aber eines natürlichen Todes gestorben."

„Haben Sie ihn gründlich untersucht?"

„Wie ich sehe, sind Sie heute in einer Ihrer diktatorischen Launen." Patrick erhob sich und zog seinen Mantel an. „Kommen Sie doch mit und sehen Sie ihn sich selbst an."

Robert schluckte den Rest des Kaffees und folgte Patrick in den hinteren Teil des Hauses, wo der Leichnam verhüllt auf einem großen, marmornen Tisch lag, den der Doktor von einer alten Metzgerei erworben hatte. Er zog das Laken herunter, um den Blick auf den regungslosen Körper freizugeben.

„An der Leiche finden sich keine Spuren – abgesehen von dem einen oder anderen blauen Fleck, aber ich nehme an, das rührt daher, dass er im Dunkeln umhergestolpert ist."

„Es gibt keine Anzeichen dafür, dass jemand ihn gepackt haben könnte?" Robert begutachtete Mr Thurrocks dicke Handgelenke und Oberarme. „Keine Schnittwunden im Nacken oder im Gesicht?"

„Überhaupt keine."

Robert trat zurück. „Vielleicht haben Sie recht. Er war stundenlang dort draußen. Er hat sich vermutlich verlaufen und ist in Panik verfallen, was zum Herzversagen führte."

„Vermutlich." Patrick deckte den Körper wieder zu. „Seine persönlichen Gegenstände liegen dort drüben. Ich habe sie mir noch nicht näher angesehen."

Robert ging zum Stuhl hinüber, nahm Mr Thurrocks zerknitterte Krawatte und legte sie beiseite, damit er die Taschen der schlammverschmierten Hose durchsuchen konnte. Er faltete sie zusammen, nachdem er fertig war, und widmete sich dem Leinenhemd und danach dem mit Messingknöpfen besetzten dunkelbraunen Mantel.

Er runzelte die Stirn, als er eine Taschenuhr, ein kleines Messer und ein Taschentuch hervorzog.

„Was ist los?"

„Nichts." Er hatte nicht vor, mit dem guten Doktor zu diskutieren, was die Dinge, die er *nicht* fand, zu bedeuten hatten.

Er griff in die zweite Tasche, ertastete Stoff und eine Schnur und zog das Objekt hervor. Während er das Bündel in der Hand abwog, breitete sich ein flaues Gefühl in seiner Magengegend aus.

„Guter Gott." Patrick kam näher. „Wo haben Sie das gefunden?"

„In seiner Manteltasche."

„Das sieht genau so aus wie der Beutel, den wir bei seinem Bruder gefunden haben."

Robert musterte das unscheinbare, nach Urin stinkende Bündel in seiner Hand. „In der Tat. Man könnte meinen, dass die Thurrocks weniger Glück haben als jede andere Familie in England."

Tief in Gedanken versunken stieg Robert in seine Kutsche und wies Reg an, ihn zu den Pethridges zu fahren. Er hoffte, dass Mr Pethridge daheim war, damit er sichergehen konnte, dass Martin über seinen nächtlichen Einsatz Stillschweigen bewahrte. Sein Knöchel schmerzte, aber verglichen mit den Qualen, die ihm seine Hüfte und sein Oberschenkel beschert hatten, war es gut auszuhalten. Als sie auf dem Weg aus dem Dorf am Pfarrhaus vorbeifuhren, sah er hinauf zum Fenster von Miss Harringtons Schlafzimmer.

Hoffentlich war sie so schlau, zu Hause zu bleiben und den Tag zur Erholung zu nutzen.

Wenn es nach dem Pfarrer ginge, wäre es fast unmöglich, sie in den nächsten drei Wochen allein zu sehen. Hatte er seiner Tochter gesagt, dass sie in Kurland St. Mary heiraten würden? Und wenn ja, wie hatte sie darauf reagiert?

Seine eigene Freude über den Gedanken, endlich zu heiraten, verpuffte, als er sich vorstellte, wie Miss Harrington es aufnehmen würde. Sicherlich wäre sie zumindest zufrieden darüber, nicht nach London reisen zu müssen. So viel hatte sie ihn bereits wissen lassen, aber man wusste bei Frauen ja nie. Sie besaßen die frustrierende Fähigkeit, ihre Meinung im Handumdrehen zu ändern.

Die Kutsche kam im Hof des Gehöfts der Pethridges zum Stehen und Robert stieg ab. Er verzog das Gesicht, als sein linker Fuß das Pflaster berührte. Hennen stolzierten im Hof umher und pickten nach den am Boden verstreuten Körnern. Im Garten ließ die wehende Brise einige weiße Laken, die an einer Wäscheleine hingen, herumflattern. Rauch stieg aus dem Schornstein des Haupthauses auf, was die Erinnerung an das Feuer weckte, das Miss Harrington untersucht hatte und über das sie nicht mehr hatten sprechen können.

Er musste sie einfach sehen ...

„Major Kurland! Kommen Sie herein, Sir." Mr Pethridge kam aus der Scheune und näherte sich ihm mit besorgter Miene. „Ich wollte gerade zu Ihrem Haus kommen und mit Ihnen sprechen."

„Vielen Dank."

Sie betraten das Haus durch den steinernen Türbogen des Haupteingangs. Robert legte Hut und Handschuhe ab und freute sich sehr über die Wärme des Hauses.

Mr Pethridge führte ihn in den Salon und kniete sich vor den Kamin, um die Flammen zu schüren. „Es wird bald schon warm hier werden, Sir. Die Mauern sind so dick, dass sie die Hitze die ganze Nacht speichern."

Robert setzte sich und lehnte den Gehstock an die Seite seines Stuhls. Er streckte vorsichtig den linken Fuß in Richtung des Kamins aus.

„Kann ich Ihnen Tee anbieten, Sir?"

„Darüber würde ich mich sehr freuen."

„Ich hole Mrs Pethridge und sorge dafür, dass Reg sich ebenfalls ein wenig in der Küche aufwärmt."

Als Mr Pethridge zurückkehrte, setzte er sich gegenüber von Robert hin und stützte sich mit den Armen auf den weit gespreizten Knien ab.

„Tut mir leid, dass ich letzte Nacht nicht hier war, um Ihnen zu helfen, Sir."

„Martin war sehr hilfreich." Robert zögerte. „Hat er Ihnen von Mr Thurrock erzählt?"

„Dass er tot ist? Ja." Mr Pethridge schüttelte den Kopf. „Ich kann nicht behaupten, den Mann gemocht zu haben. Da waren all seine störenden Fragen und – nun ja, er war ein Thurrock –, aber auf diese Weise in der Dunkelheit zu sterben? So würde ich nicht enden wollen."

„War Mr Nathaniel Thurrock je hier und hat Sie wegen der alten Ländereien seiner Familie gefragt?"

„Einmal. Er hat meine Frau in Aufregung versetzt, daher habe ich ihn abblitzen lassen. Verzeihen Sie mir die Bemerkung, jetzt, wo er tot ist, aber er führte nichts

Gutes damit im Schilde, all diese vergangenen Sachen wieder auszugraben."

Robert versuchte, den langen Gesprächsfaden im Kopf zu entwirren. „Ich weiß, dass er auch Jim Mallard belästigt hat."

„Natürlich hat er das, Sir. Die Thurrocks haben nie im Einklang mit ihren Nachbarn gelebt. Jim war richtig wütend auf ihn, als –" Er blickte auf, als die Tür aufschwang. „Da ist ja auch schon Mrs Pethridge mit dem Tee."

„Guten Morgen, Major Kurland." Sie deutete auf seinen Fuß. „Stehen Sie nicht auf, Sir, ich kann sehen, dass Sie verletzt sind."

„Es ist nur mein Knöchel." Er zwang sich zu einem Lächeln. „Das wird mich lehren, im Dunkeln auf der Suche nach verschollenen Gästen herumzustolpern."

„Das war es, was Miss Harrington und Sie da draußen gemacht haben?", fragte sie, während sie ihm die Tasse Tee überreichte. „Martin sagte, dass Miss Harrington ziemlich verstört aussah, als sie heute Morgen in aller Herrgottsfrühe hier am Gehöft auftauchte."

Robert erwiderte ihren Blick. „Ich würde es zu schätzen wissen, wenn Sie Miss Harringtons Namen aus dieser Angelegenheit heraushalten könnten. Sie hat nur versucht, Mr Thurrock zu finden, und musste am Ende *mich* retten und eine Möglichkeit suchen, eine Leiche aus einem steinigen Feld abtransportieren zu lassen."

Mrs Pethridge presste die Lippen zusammen. „Wie Sie wünschen, Major."

Er hatte das Gefühl, dass sie es kaum unterdrücken konnte, noch hundert weitere Fragen zu stellen. Er hoffte nur, dass sie sie dennoch für sich behalten würde. Er nippte am Tee.

„Wünschen Sie Martin zu sprechen, Major?", fragte Mr Pethridge.

„Nein, ich habe mich bei ihm letzte Nacht bereits bedankt und ihn darum gebeten, die Sache für sich zu behalten. Ich wollte Ihnen beiden nur noch einmal danken und um Ihre Diskretion bitten. Nicht um meinetwillen, sondern für Mr Thurrock und Miss Harrington."

Mr Pethridge runzelte die Stirn. „Martin ist nur ein junger Bursche, aber er kann sowohl vergesslich als auch angeberisch sein, wenn er im *Queen's Head* einen Humpen Ale zu viel trinkt. Er wird einen Thurrock nicht vermissen. Aber ich werde ihm in Erinnerung rufen, dass seine Loyalität bei Ihnen und Ihrer Familie liegt."

„Das würde ich zu schätzen wissen." Robert trank seinen Tee aus. „Vielen Dank für Ihre Gastfreundschaft. Und wenn es ansonsten nichts zu besprechen gibt, würde ich mich auf den Weg machen." Er erhob sich langsam, wobei er sein Gewicht so gut wie möglich auf den Gehstock verlagerte.

Mrs Pethridge berührte ihn am Ärmel. „Ich hätte eine wohltuende Salbe, die Sie auf Ihren Knöchel auftragen könnten, Major Kurland. Lassen Sie mich schnell etwas davon holen."

Sie ging hinaus und Mr Pethridge lächelte Robert zu. „Mit ihren Kräutern wirkt sie wahre Wunder. Das ist wenig überraschend, schließlich kommt sie aus einer Familie von Heilern."

„Ich möchte wetten, dass das für eine Mutter und Bauersgemahlin sehr nützlich ist." Robert ging zurück zur Eingangstür. „Noch einmal vielen Dank."

Als er sich der Kutsche näherte, kam Reg mit einem Tontiegel in der Hand aus der Küche. „Mrs Pethridge sagt, dass Sie das hier auf dem Knöchel verteilen sollen, bevor Sie die neue Bandage anlegen."

Robert nahm den kleinen Tiegel entgegen und verstaute ihn in seiner geräumigen Manteltasche. Reg half ihm dabei, die Stufe in die Kutsche zu erklimmen, und setzte sich dann auf den Kutschbock.

Kurz darauf fuhren sie schon den Weg hinunter in Richtung der Hauptstraße, die nach Kurland St. Anne führte. Als sie sich der Kirche näherten, tippte Robert dem Kutscher auf die Schulter.

„Machen Sie bei dem Tor zum Feld dort drüben halt."

„Ja, Sir."

Robert stieg aus und überblickte das brachliegende Feld vor sich. Er hatte nicht gerade große Lust, die halbe Meile bis zur alten Priorei zu laufen, aber er hatte das Gefühl, dass etwas verloren gehen könnte, wenn er die Gegend nicht vor dem nächsten Regen untersuchte.

„Ich werde so schnell wie möglich zurück sein." Er entriegelte das Tor und vergewisserte sich, dass es hinter ihm wieder fest verschlossen war.

„In Ordnung, Sir." Reg kaute auf einem Strohhalm herum und machte es sich auf dem Kutschbock bequem.

Jeder andere hätte Robert geraten, sich wieder hinzusetzen und seine Kräfte zu sparen. Während er weiterging, unterdrückte er ein Lächeln, als er sich überlegte, wie viele Stunden wohl vergehen mussten, bevor Reg sich genug Sorgen machen würde, ob sich sein Arbeitgeber vielleicht verlaufen haben könnte.

Bei Tag war es deutlich leichter, einen geraderen Weg zu verfolgen. Schließlich erreichte er die Ruinen, wo er Mr Thurrock in der vorigen Nacht aufgefunden hatte. Er ging kurz den Bereich ab, um zu sehen, was sich dort fand. Das Umfeld war überraschend sauber. Robert runzelte die Stirn. War es Mr Thurrock gewesen, der die Laterne mitgebracht hatte? Und wenn dem so war, wie war sie dann an den Hals des Schafs gekommen? Er hatte nicht einmal gewusst, dass seine Schafe auf diesem umstrittenen Stück Land grasen sollten, allerdings war die Fläche tatsächlich ideal für sie.

In Mr Thurrocks Taschen hatte er keine Zunderbüchse oder auch nur einen Kerzenstummel gefunden. Hatte der in der Stadt aufgewachsene Mann unterschätzt, wie dunkel eine Nacht auf dem Land sein konnte? Aber wenn er nichts bei sich geführt hatte, um eine Laterne zu entzünden, konnte er nicht für das Licht verantwortlich sein. Robert schritt erneut langsam einen Kreis ab, um nach Spuren von Kerzenwachs oder irgendeinem aufgewühlten Stück Erde zu suchen.

Ein kalter Windhauch blies zwischen den Mauerresten hindurch, fast als würde Robert für seine Bemühungen ausgepfiffen. Als er sich zum Gehen wandte, fiel sein Blick noch einmal auf die Stelle, an der Mr Thurrock gesessen hatte. Er hielt inne und kniete sich unter einigen Schwierigkeiten auf den unebenen, steinigen Untergrund.

Da war etwas.

In die Mauer geritzt erkannte er mehrere Symbole. Eines davon war eindeutig die gleiche Waage, von der

Miss Harrington angenommen hatte, dass sie etwas mit Gerechtigkeit zu tun hatte. Robert betrachtete die groben Symbole. Wenn irgendjemand die Thurrocks wegen des umstrittenen Stückes Land hätte tot sehen wollen, dann wäre Robert selbst der erste Verdächtige gewesen. Würden die Leute das ebenfalls annehmen, wenn er mit den Thurrock-Anwälten vor Gericht ziehen musste, um den Fall der verlorenen Verkaufsurkunde beizulegen?

Nach den Erfahrungen im Krieg hatte er keinerlei Bedürfnis, je wieder einen anderen Menschen umzubringen. Außerdem war er fest davon überzeugt, dass sein Landverwalter am Ende alle rechtlichen Unklarheiten regeln und damit seinen Vater entlasten würde. Aber wollte vielleicht jemand, dass man Robert verdächtigte, die Thurrocks aus dem Weg geräumt zu haben?

Er richtete sich langsam auf und blickte hinaus über das Feld zum Gehöft der Mallards. Jim mochte die Thurrocks nicht besonders, aber würde er wegen einer solch alten Fehde jemanden umbringen?

„Ich beginne, mir Dinge einzubilden", murmelte Robert zu sich selbst, während er sich auf den Weg zur Kutsche machte. „Ich habe zu viel Zeit mit Miss Harrington verbracht. Wie Patrick gesagt hat: Beide Thurrocks sind die Opfer von bedauernswerten Unfällen geworden. Ezekiel, weil sich im Sturm ein Stein gelöst hatte und auf ihn gefallen war, und Nathaniel, weil sein Herz versagt hatte, nachdem er sich verirrt und die Orientierung verloren hatte."

Er stieg den Hügel hinab, ging über das brachliegende Feld und spürte mit jedem Schritt mehr den Schmerz in seinem Knöchel.

Zum Teufel mit logischen Erklärungen.

Zur Abwechslung war er auf Miss Harringtons Seite.

Nichts davon ergab Sinn und das machte ihn wütend.

„Ah, Lucy. Komm herein."

Lucy trat in das Arbeitszimmer ihres Vaters und setzte sich vor seinen Schreibtisch. „Ich nehme an, du möchtest, dass ich erkläre, was wir bei Nacht draußen auf den Feldern zu suchen hatten, Vater?"

Er sah sie teilnahmslos an. „Ich gehe davon aus, dass du nach Mr Thurrock gesucht hast, der nicht nach Hause gekommen war."

Sie atmete erleichtert aus. „Genau das habe ich getan. Ich bin so froh, dass du das verstehst. Ich habe mir Sorgen gemacht, dass –" Er unterbrach sie. „Das sage ich jedem, der es wagt, mich danach zu fragen. Ich bin sehr enttäuscht von dir, Lucy. Wirklich sehr enttäuscht."

„Ich hatte nie die Absicht, dich zu beunruhigen, Vater."

„Ich habe dich davor gewarnt, ohne Anstandsdame Zeit mit Major Kurland zu verbringen, aber du hast dich dazu entschieden, mich zu ignorieren. Wenn du dir wegen Mr Thurrock Sorgen gemacht hast, warum hast du mir das nicht gesagt?"

„Du hast recht, das hätte ich tun sollen, Vater."

„Stattdessen werde ich vom Küchenmädchen geweckt und zum Aufstehen gezwungen, um stundenlang darauf zu warten, dass meine Tochter mit ihrem Liebhaber zurückkehrt."

„Liebhaber? Meinst du nicht Verlobter?"

Er sah sie mit finsterem Blick an. „Die meisten würden nach dieser Sache an deiner Tugend zweifeln."

Sie ballte die Hände so fest in ihrem Schoß, dass sich die Fingernägel in ihre Handflächen bohrten. „Die meisten Menschen spielen keine Rolle. Du kennst Major Kurland besser. Du kennst *mich*."

„Du hast mich in eine sehr schwierige Lage gebracht, Lucy. Ich bin der Pfarrer! Ich soll der geistige Führer dieser Gemeinde sein, und mein Verhalten und das meiner Familie sollte über jeden Zweifel erhaben sein!"

Sie hob das Kinn. „Nun, da ich nichts falsch gemacht habe und du nichts zu verbergen hast, gibt es nichts, worüber man sich sorgen müsste."

„Ich werde deiner Tante schreiben. Sie wird eine Erklärung fordern, warum ich die Hochzeit in London absage. Was, denkst du, soll ich ihr sagen?"

„Dass ich meine Meinung geändert habe und doch in der Kirche von Kurland St. Mary heiraten möchte? Das entspricht der Wahrheit. Ich wollte darüber schon seit Wochen mit dir sprechen."

Er seufzte. „Das wird als Entschuldigung ausreichen, schätze ich. Du musst ihr das selbst schreiben. Sie ist sehr bestürzt über dein Schweigen."

„Das werde ich." Sie zögerte. „Wirst *du* uns hier verheiraten?"

Er blickte sie über den Rand seiner Brille an. „Du glaubst, dass Major Kurland nach deinem entsetzlichen Benehmen noch wünscht, dich zu heiraten?"

Sie atmete tief durch und bemühte sich, ruhig zu bleiben. „Das will ich hoffen, wenn man bedenkt, dass er teilweise die Verantwortung dafür trägt, dass ich überhaupt in diese Lage gekommen bin."

„Du hättest nachts nicht draußen sein sollen, Lucy. Du trägst die volle Schuld. Es ist dein Glück, dass Major

Kurland bereit ist, dein dreistes und ungebührliches Benehmen zu verzeihen, und noch immer wünscht, dich zu heiraten."

Klugerweise hielt Lucy zurück, was sie nach dieser Bemerkung gern gesagt hätte, und schaffte es sogar, ein Lächeln aufzusetzen. „Ich bin froh, das zu hören."

„Ich werde das Aufgebot am Sonntag verkünden. Du und Major Kurland werdet beim Gottesdienst anwesend sein."

„Ja, Vater."

„Du wirst außerdem keinen Fuß vor die Tür setzen, wenn du nicht durch mich, Miss Chingford oder dein Dienstmädchen begleitet wirst. Es wird keine weiteren Unschicklichkeiten geben. Hast du mich verstanden?"

Sie machte einen Knicks. „Ja, Vater."

„Und du wirst mir in keiner Weise in den nächsten drei Wochen Schande bringen, bis du sicher aus meiner Verantwortung entlassen und die von Major Kurland bist."

„Ich werde versuchen, mich zu benehmen. Darf ich jetzt gehen?"

Er winkte ab. „Ja, geh und such dir im Haus eine nützliche Beschäftigung, die zur Abwechslung nichts mit Major Kurland zu tun hat."

„Ich werde mit der Wäsche anfangen. Das wird mich den ganzen Tag beschäftigt halten."

Sie verließ lächelnd das Arbeitszimmer und schloss die Tür hinter sich. Trotz der Verärgerung ihres Vaters und des angeblichen „Schadens" an ihrem Ruf hatte sie immerhin ihr Ziel, eine Hochzeit in London zu verhindern, erreicht. Sie hüpfte vor Freude fast in die Hinterstube, um pflichtbewusst das

Entschuldigungsschreiben an ihre Tante zu verfassen. Sie konnte nur hoffen, dass ihr Vater Major Kurland bereits die Nachricht von der baldigen Hochzeit hatte zukommen lassen. Da er sich schon seit Wochen nach einer schnellen Vermählung sehnte, ging sie davon aus, dass er sich freuen würde – außer er stieß sich daran, sich von ihrem Vater die Entscheidung vorgeben zu lassen.

Sie schob den Gedanken beiseite, setzte sich hin und zog ein Blatt Papier hervor. Sie würde Tante Jane und Anna schreiben und sich dann überlegen, wie um alles in der Welt sie Penelope davon überzeugen sollte, mit ihr nach Kurland Hall zu gehen. Trotz allem, was ihr Vater gesagt hatte, musste sie immer noch so bald wie möglich mit Major Kurland sprechen.

Wie üblich sah das Haus der Turners verlassen aus. Robert wies Reg an, auf ihn zu warten, stieg aus der Kutsche und ging langsamen Schrittes zur Rückseite des Gebäudes. Im kalten Wind flatterte die aufgehängte Wäsche, aber es gab nur wenig Sonnenlicht, um den schweren Leinenstoff zu trocknen. Hatten die Turner-Schwestern überhaupt ein Dienstmädchen? Er konnte sich nicht erinnern, je eins gesehen zu haben. Er klopfte mit dem Knauf des Gehstocks gegen die Tür. Die Zeit, bis ihm jemand öffnete, erschien ihm sehr lang.

Schließlich machte ihm Miss Grace auf. Sie sah aus, als wäre sie gerade erst aus einem langen Schlaf erwacht, und verbarg ein Gähnen hinter der Hand, als sie ihren Besucher begrüßte.

„Major Kurland. Normalerweise empfangen wir zu dieser Zeit keine Besucher? Meine Schwester schläft noch."

„Ich möchte mit Ihnen über den Tod von Mr Thurrock sprechen."

Sie richtete sich die Frisur. „Wir haben Ihnen doch schon alles gesagt, was wir wussten. Wenn Sie nicht hier sind, um uns zu einer Aussage vor Gericht zu zwingen, gibt es nichts, über das wir reden müssten."

Robert blieb standhaft. „Ich meine nicht Mr Ezekiel Thurrock. Ich bin wegen seines Bruders hier."

„Was soll mit ihm sein?" Sie schien aufrichtig verwirrt.

„Er ist tot."

Ihre Hand fuhr zum Mund und ihre Augen weiteten sich. „Tot?", flüsterte sie. „Wann?"

„Dürfte ich hereinkommen, um das zu besprechen? Es ist bemerkenswert kalt hier draußen."

Sie sah über die Schulter, bevor sie einen Schritt zurücktrat. „Ja, bitte ... kommen Sie herein."

Er folgte ihr in die Küche, und als sie sich auf einem der Stühle am Tisch niederließ, tat er es ihr gleich. Eine große Katze sprang vom Ofen und kam auf ihn zu. Sie rieb sich an seinen Beinen und begann zu schnurren.

„Merkwürdig, Angus scheint Sie zu mögen", bemerkte Miss Grace. „Man könnte meinen, dass er besseren Geschmack hätte."

Robert streckte die Hand aus, um die Katze zu streicheln. „Ich mag alle Tiere, Miss Grace. Und ich kann Ihnen versichern, dass ich keine bösen Absichten Ihnen gegenüber hege."

Sie schnaubte verächtlich. „Das glaube ich nicht auch nur für eine Sekunde. Sie wären nicht hergekommen, wenn Sie keine Fragen zu Mr Nathaniel Thurrocks ‚angeblichem' Tod hätten."

„Ich kann Ihnen versichern, dass er ausgesprochen tot ist. Sein Leichnam liegt im Haus von Dr. Fletcher in Kurland St. Mary."

„Ich nehme an, Sie denken, dass ich ihn betrauern sollte, aber das tue ich nicht."

„Ich hatte mehr Bestürzung von Ihnen erwartet. Schließlich haben Sie ihm ja angeblich dabei geholfen, den verlorenen Schatz der Priorei von Kurland St. Anne zu finden."

„Welchen verlorenen Schatz?", fragte Miss Grace, wobei sie ihre Aufmerksamkeit auf die Katze gerichtet hielt.

„Kommen Sie schon, Miss Grace. Ich bin kein Narr, und das sind Sie auch nicht. Mr Thurrock war davon besessen, zu beweisen, dass ihm das Land zwischen dem Gehöft meines Anwesens und dem Grundstück von Mr Mallard gehörte – genau das Gebiet, in dem sich die Ruinen der Priorei befinden. Sie und Ihre Schwester haben ihm eine Karte des Ortes gegeben."

„Oh, das." Miss Grace biss sich auf die Lippe. „Er war so überzeugt davon, dass es dort draußen einen Schatz gibt, dass ich ihm eine Karte der ursprünglichen Gebäude zeichnete und ihm mehrere Orte zeigte, wo man vielleicht einen solchen Schatz hätte verstecken können."

„Möchten Sie andeuten, dass die Karte nicht echt war?"

„Sie war insofern echt, als sie zeigte, wo sich die Gebäude einst befanden, aber da es keinen Schatz gibt, wie hätte ich diesen dann überhaupt markieren sollen?" Sie blickte von der Katze, die sich inzwischen von ihr streicheln ließ, auf. „Es war ein Streich, Major Kurland. Vielleicht ein gemeiner. Wie alle Thurrocks hat er sich geweigert, unserem Rat zu folgen, und darauf bestanden, dass er recht hätte. Was war schon dabei, ihn einfach suchen zu lassen?"

Robert überlegte sich, wie er ihr antworten sollte. Dabei fiel ihm auf, dass sie blass geworden war, steif auf ihrem Stuhl saß und insgesamt unruhig wirkte. Sie sagte in irgendeinem Punkt nicht die Wahrheit, aber er war sich noch nicht ganz sicher, in welchem.

„Ich verstehe. Vielleicht könnten Sie mir noch mit einer weiteren Sache helfen, Miss Turner." Er griff in seine Tasche, zog das Taschentuch hervor und löste den Knoten, sodass der schwarze Beutel des noch verschlossenen Fluchs zum Vorschein kam.

Miss Turner keuchte auf. „Wo haben Sie das her?"

„Was glauben Sie?"

Sie gab keine Antwort, beugte sich aber vor, um das stinkende Bündel, das er auf dem Tisch abgelegt hatte, genauer zu begutachten.

„Sie haben ihn noch nicht geöffnet?"

„Nein, es stand mir nicht zu, das zu tun. Ich wollte sehen, was Sie und Ihre Schwester mir dazu sagen können."

Sie zog das Taschentuch näher zu sich und löste das Band mit zittrigen Händen. Als sie langsam den Inhalt preisgab, spürte Robert erneut wie zur Warnung das vertraute kalte Gefühl im Nacken.

„Ein rostiger Nagel, der Stummel einer schwarzen Kerze und verschiedene getrocknete Kräuter", stellte Robert fest. „Identisch mit dem Inhalt des anderen Beutels."

„Dem würde ich zustimmen – bis auf eine Sache."

„Und das wäre?"

Sie atmete tief durch. „Ich erkenne diesen Zauberbeutel."

„Wirklich?", fragte Robert mit sanfter Stimme. „Wieso?"

„Weil ich ihn hergestellt habe."

Robert erwiderte ihren Blick. „Und damit Mr Nathaniel Thurrock zu Tode verflucht haben?"

„Nein!" Sie schob den Beutel von sich. „Ich habe ihn nicht für ihn angefertigt."

„Sie haben ihn für jemanden angefertigt, der ihn tot sehen wollte?"

„Das habe ich nicht!"

„Für wen dann?"

Sie seufzte. „Was immer ich sage, Sie würden mir doch ohnehin nicht glauben, oder? Ich nehme an, als Nächstes beschuldigen Sie mich, ihn getötet zu haben."

„Haben Sie das denn? Wie ich höre, waren sowohl Sie als auch Ihre Schwester gestern Nacht nicht zu Hause."

Sie sprang auf. „Wer hat Ihnen das gesagt?"

„Das spielt wohl kaum eine Rolle, oder?"

„Das tut es, wenn Sie uns ausspionieren lassen!"

„Was geht denn hier vor sich? Grace, warum schreist du so?"

Die Küchentür wurde geöffnet und Miss Abigail Turner trat ein. Sie trug eine hübsche Spitzenkappe und ein Gewand in sanftem Gelb, das sehr ausgewaschen aussah.

Robert erhob und verbeugte sich. „Ich muss mich für die Störung entschuldigen, Miss Turner."

Miss Grace wirbelte zu ihrer Schwester herum. „Er beschuldigt uns, Mr Nathaniel Thurrock ermordet zu haben!"

„Nathaniel?" Miss Abigail sank auf den nächsten Stuhl, die Hand an den Brustkorb gedrückt. „Was ist denn passiert?"

„Er ist letzte Nacht gestorben, Miss Abigail." Robert deutete zum Tisch. „Dieser Fluch war bei seinen Sachen."

„Major Kurland nimmt an, dass ich etwas mit dem Tod zu tun haben muss, weil ich zugegeben habe, den Fluch hergestellt zu haben."

Ihre Schwester sah sich den Inhalt des Beutels an. „Das sieht tatsächlich nach deinem Werk aus, meine Liebe."

„Ich habe nie abgestritten, dass es das ist."

„Und doch fragen Sie sich, warum ich annehme, dass Sie etwas mit der Sache zu tun haben", murmelte Robert.

Sie sah ihm direkt in die Augen. „Ihnen ist doch klar, was hier passiert, Major, oder? Jemand versucht, den Verdacht auf uns zu lenken."

„Wer würde so etwas tun und warum?"

„Es wäre nicht das erste Mal, dass ein Thurrock einen Turner bedroht."

„Ich bezweifle, dass Mr Thurrock bereit war, so weit zu gehen, nur um eine Anschuldigung zu untermauern." Er lehnte sich zurück. „Wenn Sie nachweisen können, wo Sie sich gestern Nacht aufhielten, wäre das ein guter Anfang."

Sie lächelte. „Das ist sehr leicht, Major Kurland. Abigail und ich waren bei den Mallards und haben Jims Geburtstag gefeiert. Gehen Sie doch zu ihnen und fragen sie selbst, wenn Sie mir nicht glauben."

„Ich bin mir durchaus darüber bewusst, was du von mir willst, Lucy. Ich bin mir nur nicht sicher, ob ich es riskieren sollte, den Pfarrer gegen mich aufzubringen, wenn ich es tue." Penelope faltete betont fromm die Hände im Schoß, was Lucy ausgesprochen verärgerte. „Und ich kann es mir nicht leisten, den Pfarrer gegen mich aufzubringen, weil er sonst meiner Ehe die Unterstützung entzieht."

„Alles, was du tun musst, ist, mich nach Kurland Hall zu begleiten", sagte Lucy. „Das kann doch sicher nicht schaden."

„Du willst den Major treffen, obwohl es dir von deinem Vater ausdrücklich untersagt wurde. Er hat es beim Frühstück sogar noch einmal verkündet!"

„Es ist mir nicht *verboten* worden, ihn zu sehen. Solange ich eine Anstandsdame dabeihabe, ist alles in Ordnung."

„Aber ich weiß, was passieren wird, sobald wir dort eintreffen. Du wirst zusammen mit Major Kurland irgendwohin verschwinden und ich werde allein dastehen. Und wenn der Pfarrer um meine Aussage bittet, kann ich ihn nicht anlügen."

„Penelope, wenn du mir nicht helfen willst, überleg doch, wie sehr Major Kurland deinen Dr. Fletcher unterstützt, und tue es um seinetwillen."

„Major Kurland will vielleicht gar nicht mir dir sprechen, Lucy. Er hat möglicherweise beschlossen, den Warnungen deines Vaters zu gehorchen und sich zu benehmen. Ist dir das nie in den Sinn gekommen?"

Lucy bedachte Penelope mit einem finsteren Blick. „Was kann ich tun, um dich davon zu überzeugen, mich zu unterstützen?"

„Es gäbe da etwas."

„Was? Nenne deinen Preis."

„Dein bestes Kleid. Das eisblaue aus Satin."

„Was ist damit?"

„Ich möchte es als mein Hochzeitskleid tragen."

Lucy tat so, als würde sie darüber nachdenken. „Du weißt, dass es mein Lieblingsstück ist, das auch Major Kurland sehr gefällt?"

„Aber du musst zugeben, dass es sich an mir viel besser machen würde."

Das stimmte unglücklicherweise.

Lucy seufzte schwer. „Nun gut. Wenn du mich heute Nachmittag nach Kurland Hall begleitest, werde ich es dir für deinen Hochzeitstag überlassen."

Penelope stand auf. „Ich bin so froh, dass du meine Sichtweise verstehst."

„Sehr gern."

„Ich werde um zwei Uhr zum Aufbruch bereit sein."

Penelope entfernte sich, freudestrahlend ob ihres Triumphes. Lucy fühlte sich an die schnell abnehmenden Bestände ihrer Garderobe erinnert. Sie hatte sich bisher nicht einmal Gedanken darüber gemacht, was sie zu ihrer anstehenden Hochzeit tragen sollte. Vielleicht könnte sie Anna bitten, etwas aus London für sie mitzubringen. Es war möglich, dass ihre Tante bereits erste

Brautbekleidung für sie erhalten hatte, und nichts sprach dagegen, sie auch zu tragen, wenn es keine Hochzeit in feiner Gesellschaft geben würde.

Es war noch etwa eine Stunde bis zum Mittagessen und Lucy hatte vor, ihre Zeit gut zu nutzen. Sie suchte zunächst Mr Thurrocks Schlafzimmer auf und schloss die Tür hinter sich ab. Seit Maiseys letztem Versuch, hier wieder Ordnung herzustellen, war der Raum in passablem Zustand. Das Bett war gemacht und es lag nichts auf dem Boden herum.

Lucy fing mit dem Kleiderschrank an, indem sie ihn ausleerte und die Kleidung ordentlich auf der Tagesdecke ablegte. Sie kippte auch den Inhalt der Kommodenschubladen und der Truhe aus. Es fand sich enttäuschenderweise weder in seinen Taschen noch sonst irgendwo etwas Interessantes. Aber aus dem Brief, den sie am Vortag gelesen hatte, war recht klar hervorgegangen, dass Mr Thurrock sich bei der Priorei auf Schatzsuche begeben und dabei eine Karte von den Turner-Schwestern zurate gezogen hatte. Was tatsächlich passiert war, nachdem er das Haus verlassen hatte, wusste niemand.

Als sie alles fertig durchsucht hatte, widmete sie sich der Frisierkommode, wo sie Mr Thurrocks Haarbürste, Manschettenknöpfe, Krawattennadeln und sein stinkendes Haaröl vorfand. In einer der Schubladen entdeckte sie eine lederne Geldbörse, in der sich ein paar Banknoten und verschiedene Münzen befanden.

Damit blieb nur der Schreibtisch übrig, auf dem Maisey mit Bedacht sein Skizzenbuch und seine Füller gestapelt hatte. Dazwischen befanden sich historische Schriften, die mit der Gegend zu tun hatten und die Mr

Thurrock aus der umfangreichen Sammlung ihres Vaters ausgeliehen hatte. Sie sortierte die Bücher, die ins Arbeitszimmer gehörten, und behielt das Skizzenbuch für eine eingehendere Untersuchung. Es erschien ihr plausibel, dass Nathaniels Zeichnungen bestätigen könnten, wo seine wahren Interessen gelegen hatten. Vielleicht fanden sich darin auch Hinweise dazu, auf wessen Grundstücken er sich aufgehalten hatte und wer ihn dabei gesehen haben könnte.

Lucy setzte sich an den Schreibtisch, legte sich das Skizzenbuch auf den Schoß und blätterte in Ruhe durch die Seiten.

Bis Betty zum Mittagessen läutete, hatte sie sich einen guten Eindruck darüber verschafft, wo Nathaniel gewesen war und was er in seinen Skizzen festzuhalten versucht hatte. Aber es gab nichts, was ihr hätte verraten können, ob jemand außer den Turners bei seiner Entscheidung, den Schatz mitten in der Nacht suchen zu gehen, eine Rolle gespielt hatte.

Sie wollte nicht, dass man die Frauen beschuldigen würde, Mr Thurrock in den Tod gelockt zu haben, aber welche Schlussfolgerung bot sich sonst an? Schweren Herzens schloss sie das Buch, legte es auf den Schreibtisch zurück und ging nach unten.

„Miss Harrington und Miss Penelope Chingford sind hier, um Sie zu sehen, Sir", sagte Foley. „Soll ich sie in Ihr Arbeitszimmer bringen oder soll ich Tee im Gesellschaftszimmer servieren?"

„Miss Harrington ist hier?"

„Ich weiß, Sir. Ich muss gestehen, dass auch ich recht überrascht war, sie schon wieder auf den Beinen anzutreffen, aber sie hat keinen Grund, einen Besuch hier zu fürchten, nicht wahr? Niemand wird Gerüchte verbreiten, wenn sie hier beim Herrenhaus gesehen wird, da sie doch ohnehin bald schon Lady Kurland werden soll."

Robert nahm die Brille ab. „Welche Gerüchte?"

Foley ließ eine dramatische Pause verstreichen, bevor er antwortete. „Man erzählt sich im ganzen Dorf, Sir, dass sie spät gestern Nacht draußen war. Entschuldigen Sie bitte die Indiskretion, aber man sagt, dass sie in Begleitung von *Ihnen* war, Sir."

„Verdammt, das hat nicht lange gedauert", murmelte Robert. „Ich werde ins Gesellschaftszimmer kommen."

„Sind Sie sicher, Sir? Dr. Fletcher hat sehr darauf bestanden, dass Sie den Knöchel entlasten sollen."

„Dr. Fletcher kann mir gestohlen bleiben." Robert bemerkte im Vorbeihumpeln Foleys vorwurfsvollen Blick. „Bringen Sie Tee und für mich etwas Stärkeres."

„Wenn Sie darauf bestehen, Sir."

Er hatte Schmerzen, aber das würde ihn nicht davon abhalten, Miss Harrington zu sehen. Sie hatten viel zu besprechen.

Er fand sie aus dem Fenster blickend vor. Neben ihr stand Miss Chingford, die einen schicken Hut mit einer einzelnen Feder und ein grün gemustertes Kleid trug, das ihm irgendwie bekannt vorkam. Er konzentrierte sich auf seine Verlobte, die ganz in Braun gekleidet war und ihr Haar zu einem strammen Kranz um den Kopf geflochten trug. Sie sah recht angespannt aus, aber das war wenig überraschend.

„Miss Harrington, Miss Chingford." Er verbeugte sich. „Ich habe heute nicht mit Besuch gerechnet, aber Sie sind beide mehr als willkommen."

Miss Chingford nickte. „Ihr Humpeln sieht schlimm aus. Haben Sie sich erneut das Bein verletzt, Major Kurland?"

„Ich habe mir leicht den Knöchel verletzt, ja." Er deutete zu den Stühlen am Feuer. „Bitte setzen Sie sich doch und machen Sie es sich bequem."

Foley huschte mit dem Tee herein, gefolgt von der Haushälterin Mrs Bloomfield, die verschiedene Kuchen und Teilchen brachte. Robert setzte sich den Damen gegenüber hin und stürzte das Glas Brandy, das Foley ihm anbot, in einem Schluck herunter.

Sobald Foley und Mrs Bloomfield das Zimmer verlassen hatten, stellte Miss Chingford ihre Tasse samt Untertasse ab und erhob sich.

„Ich werde mir die Bildergalerie ansehen. Ich bin in einer halben Stunde zurück."

Miss Harrington blickte zu ihr auf. „Vielen Dank."

Robert wartete, bis sich die Tür hinter ihr geschlossen hatte, und wechselte dann den Platz, sodass er direkt neben Miss Harrington saß. Er nahm ihre Hand in die seine.

„Sie hätten nicht kommen sollen. Ich hatte vor, Sie später im Pfarrhaus zu besuchen."

„Wo mein Vater jedes Ihrer Worte gehört hätte? So ist es viel besser – selbst wenn es bedeutet, dass ich mein bestes Gewand abgeben muss."

„An Miss Chingford?"

„Das war der Preis, damit sie meine Anstandsdame spielt."

Er drückte ihre Hand. „Ich werde es wiedergutmachen, wenn wir verheiratet sind. Ihr Budget für Kleider wird Miss Chingford vor Neid ohnmächtig werden lassen."

Seine Verlobte versuchte ein Kichern zu unterdrücken, was ihm ein Lächeln auf die Lippen trieb und seine Stimmung sogleich aufhellte.

„Wir werden schnell sprechen müssen. Haben Sie herausgefunden, wie Mr Thurrock gestorben ist?"

„Dr. Fletcher meint, dass es chronische Herzinsuffizienz war", sagte Robert.

„Also erneut eine völlig normale Todesursache."

„Ja – abgesehen davon, dass ich einen Zauberbeutel in seiner Tasche fand."

Sie keuchte auf. „Die gleiche Art, die wir bei seinem Bruder gefunden haben?"

„Soweit ich das sagen kann, ja. Aber als ich die Turner-Schwestern damit konfrontierte, hat Miss Grace Turner erklärt, diesen hier angefertigt zu haben. Allerdings nicht mit Mr Thurrock als Ziel. Ich kann nicht behaupten, dass ich ihr glaube." Er seufzte. „Ich war wütend, Miss Harrington. Ich war dort und habe Antworten gefordert. Ich hätte zuerst mit Ihnen sprechen sollen."

„Hat Miss Grace Ihnen verraten, für wen sie den Fluch anfertigte?"

„Natürlich nicht. Da war sie schon viel zu wütend auf mich. Sie hat mir allerdings gesagt, dass die ‚Karte' der Priorei ein Streich sein sollte, um dafür zu sorgen, dass Mr Thurrock sie in Ruhe lässt."

„Ein Scherz?" Miss Harrington schüttelte den Kopf. „Ein Scherz, der vielleicht schiefgegangen ist, als der unglückselige Mr Thurrock das Zeitliche segnete."

„Aber es gibt keinerlei Beweise, dass die Turners Mr Thurrocks Tod direkt verursacht haben. Laut Dr. Fletcher hätte er jederzeit wegen seiner gesundheitlichen Probleme sterben können."

„Aber ihn dazu zu bringen, im Dunkeln in den Ruinen einer alten Priorei herumzulaufen, ist der Gesundheit nicht gerade zuträglich und könnte sogar als bösartig beschrieben werden. Ich kann nicht glauben, dass Grace Turner so etwas getan haben könnte."

„Vielleicht wussten sie nicht, dass er dumm genug sein würde, nachts hinauszugehen."

„Er schrieb ihnen, um ihnen mitzuteilen, was er vorhatte. Sie wussten Bescheid." Sie nippte an ihrem Tee. „Können Sie in Ihrer Funktion als örtlicher Magistrat Ermittlungen gegen sie einleiten?"

„Das bezweifle ich, da sie ein sehr gutes Alibi haben für den Zeitraum, als Mr Thurrock durch die Ruinen stolperte."

Miss Harrington setzte sich auf. „Und wo genau waren sie?"

„Offenbar bei den Mallards. Wieso?"

Sie sah ihm direkt in die Augen. „Weil ich Ihnen bisher nicht gesagt habe, was ich in der Nacht, als wir nach Mr Thurrock suchten, noch gesehen habe."

„Aber das klingt recht stark nach ... einer Fantasterei."
Lucy nickte. „Dessen bin ich mir durchaus bewusst."
„Merkwürdige Gestalten, die auf dem Hügel um ein Feuer tanzen." Major Kurland schüttelte nachdenklich

den Kopf. „Sind Sie sich absolut sicher, was Sie gesehen haben?"

„Ich … denke schon. Wie ich schon sagte, der Rauch hat die Orientierung recht schwierig gemacht und irgendwann muss ich eingeschlafen sein, denn als ich die Augen wieder öffnete, waren die Flammen erloschen und die Tänzer verschwunden."

„Ich hatte mich in der Tat gefragt, wo sie steckten. Wenn ich schätzen müsste, würde ich sagen, dass Sie mehr als eine Stunde lang verschwunden waren."

„Und dennoch fühlte es sich an, als hätte ich nur kurz die Augen geschlossen und kaum mehr als einen Atemzug verstreichen lassen." Lucy erschauderte. „Es war ein merkwürdiges Gefühl. Sie glauben mir doch?"

„Sie sind keine Lügnerin, Miss Harrington. Ich mag vielleicht nicht mögen, was Sie mir sagen, aber ich kann nicht verleugnen, was Sie gesehen haben."

„Vielleicht waren es die Tänzer, die die Laterne bei den Schafen ließen, um die Leute davon abzulenken, was wirklich vor sich ging."

„Das ist möglich – allerdings hatten sie dort oben ein Feuer entzündet, was nicht gerade wirkte, als ob sie versuchten, unentdeckt zu bleiben."

Lucy überlegte einen Moment. „Oder vielleicht sollte das Licht Mr Thurrock ablenken und ihn beschäftigt halten."

„Während er auf der hoffnungslosen Suche nach seinem Schatz war?" Major Kurland lehnte sich zurück. „Das ist ebenfalls möglich. Irgendjemand muss von seiner Anwesenheit gewusst haben, denn ich konnte die Karte, die er angeblich bei sich führte, weder beim Toten noch in der Priorei finden."

„Dann müssen wir nur herausfinden, ob die Turners wirklich letzte Nacht auf diesem Hügel waren", sagte Lucy mit entschlossener Stimme.

„Sie behaupten, dass sie bei den Mallards waren."

„Das dürfte recht leicht zu bestätigen sein."

Major Kurland nickte. „Das kann ich erledigen. Müssen wir noch über etwas anderes sprechen, bevor Miss Chingford wieder zu uns zurückkehrt?"

„Ich sichte derzeit Mr Thurrocks Skizzenbuch und ich habe die transkribierten Briefe der Kurland-Zwillinge. Wünschen Sie sie zu sehen?"

„Ich habe die ursprünglichen Briefe. Das Skizzenbuch würde mich interessieren, sobald Sie damit fertig sind. Was halten Sie davon, wenn ich Sie morgen im Pfarrhaus besuche und Sie es mir geben?"

„Einverstanden." Lucy zögerte. „Hat mein Vater mit Ihnen über unsere Hochzeit gesprochen?"

Der Major verzog das Gesicht. „Er hatte einiges über meinen Charakter und meine Unzulänglichkeiten als Gentleman und künftiger Ehemann zu sagen, so viel kann ich Ihnen versichern. Er hat immer wieder angedeutet, dass Ihr Ruf ruiniert sein könnte, was ich ausgesprochen ärgerlich fand, da Sie sich in meiner Obhut und auf Kurland-Land befanden."

„Und ich bin kein Kind, sondern eine selbstständige Frau, die sehr wohl dazu in der Lage ist, sich um sich selbst zu kümmern."

„Genau. Um die Wahrheit zu sagen, wenn Sie nicht dort gewesen wären, wären sowohl ich als auch Mr Thurrock nicht mehr von diesem Feld heruntergekommen. Das habe ich ihm auch gesagt."

Sie lächelte ihn an und er führte ihre Hand an die Lippen und platzierte einen Kuss darauf.

Die Uhr auf dem Kaminsims schlug zur halben Stunde, als die Tür aufging und Miss Chingford eintrat. Sie bemerkte ihre ineinander verschlungenen Finger und blickte demonstrativ auf die Uhr. „Wir müssen uns auf den Weg machen, Lucy. Vielen Dank für Ihre Gastfreundlichkeit, Major."

Major Kurland erhob sich unter einiger Mühe und humpelte zu Miss Chingford hinüber. „Vielen Dank für Ihr Verständnis. Das weiß ich sehr zu schätzen."

Sie schniefte. „Ich schulde Ihnen Dank für Ihre Hilfe für Patrick, aber erwarten Sie nicht, dass meine Toleranz zu weit geht."

„Dessen würde ich mich niemals schuldig machen." Major Kurland verneigte sich. „Guten Tag, Miss Chingford, Miss Harrington."

Kapitel 16

„Daher denke ich, dass wir Mr Ezekiels Trauerfeier ein paar Tage nach hinten schieben sollten, während wir ein weiteres Grab für seinen Bruder ausheben lassen." Lucys Vater blickte von seinem Frühstücksteller auf. „Lucy, kannst du dem Anwalt der Thurrocks schreiben und auch allen anderen, die für die Trauerfeier am Freitag erwartet werden, und sie von der Verzögerung in Kenntnis setzen?"

„Ja, Vater. Ich habe auch Tante Jane und Anna geschrieben, daher kann ich die restlichen Briefe alle heute noch abschicken – wenn es für dich in Ordnung ist, dass ich zum *Queen's Head* gehe und einen Botenjungen anheuere."

Er runzelte die Stirn. „Solange du in Begleitung einer Anstandsdame bist, meine Liebe, darfst du gern unterwegs sein."

„Ich habe auch gehört, dass einige Roma-Familien am Fluss ihr Lager aufgeschlagen haben. Ich möchte ihnen einen Besuch abstatten."

„Unsere üblichen Besucher?" Zur Abwechslung wirkte ihr Vater interessiert. „Wenn der alte Horatio unter ihnen ist, schicke ihn doch bitte, um mit Harris bei den Ställen zu sprechen. Der Mann ist ein Genie, was Pferde angeht. Ich würde seine Meinung zu meinem neuen Jagdpferd sehr zu schätzen wissen."

„Ich werde ihn fragen, sofern er dort ist, Vater."

„Vielen Dank."

Lucy beendete das Frühstück und beaufsichtigte Maisey, während sie den Tisch abdeckte. Sie hatte die Bitte ihres Vaters bereits erwartet und den Großteil des letzten Abends damit verbracht, Briefe an die Angehörigen der Thurrocks zu verfassen. Sie bezweifelte, dass Nathaniel in Kurland St. Anne begraben werden wollte, aber sofern sie nichts anderes hörte, schien es ihr die beste Möglichkeit zu sein.

Sie folgte Maisey in die Küche, wo Betty gerade das Geschirr abspülte und Mrs Fielding ein frisch geschlachtetes Huhn zerlegte.

„Betty? Sie müssen mit mir zum *Queen's Head* gehen und danach zum Lager der Roma. Können Sie dafür sorgen, dass mein Korb wie üblich bestückt ist?"

„Ja, Miss. Ich muss nur noch das Geschirr zu Ende spülen, dann bin ich bereit."

Mrs Fielding sah auf, das Schlachtermesser noch in der Hand. „Ich werde ihre Hilfe beim Abendessen brauchen, Miss Harrington."

„Selbstverständlich." Lucy war nicht bereit, mehr Worte als nötig an die Köchin zu verschwenden.

„Oh, kann ich mitkommen, Miss?", fragte Maisey. „Ich bin früher immer mit meiner Mutter zu den Roma-Familien gegangen und –"

„Das ist genug, Maisey", unterbrach sie Mrs Fielding mit strenger Stimme. „Du wirst in der Küche gebraucht."

Lucy ignorierte sie und wandte sich stattdessen an Maisey. „Hat deine Mutter etwas mit den Roma-Familien zu tun? Die meisten Leute in der Gegend bezeichnen sie nur als Diebe oder Bettler und wollen, dass sie so schnell wie möglich weiterziehen."

„Meine Familie nicht, Miss. Sie sind ausgezeichnete Heiler und meine Mutter hat es geliebt, mit ihnen zu sprechen, Rezepte oder Kräutertinkturen auszutauschen und –"

„Maisey, mach dich wieder an die Arbeit!" Mrs Fielding baute sich vor der Küchenhilfe auf. „Du hältst Miss Harrington mit deinem Geplapper nur auf."

Maiseys fröhlicher Gesichtsausdruck verpuffte. „Tut mir leid, Mrs Fielding."

Lucy verließ die Küche und fragte sich, warum die Köchin, die sonst so selten ihre neue Aushilfe zurechtwies, Maisey ermahnt und sich für Lucy eingesetzt hatte. Es ergab keinen Sinn. Außer Mrs Fielding hatte versucht, den Pfarrer davon zu überzeugen, Maisey gegen Lucys Willen zu unterstützen, und dabei seine hartnäckige Abneigung gegen jegliche Form von Unannehmlichkeiten zu spüren bekommen.

Lucy setzte die Haube auf und zog sich Handschuhe und Pelisse an, bevor sie zurück in den Salon ging, um dort auf Betty zu warten. Das Buch mit den Briefen der Kurland-Zwillinge lag auf ihrem Flickenkorb und so vertrieb sie sich die Wartezeit, indem sie über die immer chaotischer werdenden Ereignisse las, die in den Schreiben diskutiert wurden.

Ernten waren ruiniert, Vieh gestohlen und die besten Pferde aus den Ställen von beiden Heeren eingezogen worden. Zusammengefasst ließ sich sagen, dass die

Ländereien wie der Großteil des Landes in Chaos versunken waren. Lucys Augen waren bereits ermüdet, als sie auf einen nur allzu vertrauten Namen stieß und den Satz laut vorlas.

„Ezekiel Thurrock und seine neue Frau sind heute beim Herrenhaus aufgetaucht und haben gefragt, ob sie das Land kaufen dürfen, auf dem die alte Priorei liegt. Ich weiß nicht, woher sie das Geld haben könnten, aber unsere Schatzkammer würde von einem solchen finanziellen Beitrag sicher profitieren. Ich weiß, dass du nicht gern Kurland-Land verkaufst, aber denk bitte darüber nach, mein geschätzter Bruder."

Lucy markierte die Stelle im Buch und lehnte sich zurück. Ihre Vermutung über eine Verbindung zwischen den Thurrocks und den Kurlands hatte sich als wahr herausgestellt. Sie konnte es kaum erwarten, mehr darüber zu lesen. Hatte auch Major Kurland diese Stelle in den Originalbriefen gelesen? Sie musste ihn dazu fragen.

Als es an der Tür klopfte, legte sie das Buch beiseite. Betty streckte den Kopf herein.

„Ich bin bereit, Sie zu begleiten, Miss Harrington."

Sie erledigten ihre Aufgabe im *Queen's Head* und verließen dann das Dorf den Hügel hinunter in Richtung des Bachs, der am Rande der Felder entlangfloss. Es war ein Seitenarm des Flusses, der einige der Entwässerungsgräben miteinander verband, die Major Kurland auf seinen Ländereien gerade ausbessern oder neu ausheben ließ.

Im Schatten eines Eichenhains standen drei Wagen der Roma. Vor einem davon brannte ein Feuer, um das sich mehrere Gestalten versammelt hatten. Die Pferde grasten ungestört in der Nähe des Flussufers. Als Lucy und Betty sich näherten, bellten einige Hunde zur Warnung und kamen ihnen zusammen mit einer Gruppe von Kindern, von denen ein paar gerade erst laufen konnten und andere fast erwachsen schienen, entgegen.

„Miss Harrington!", rief eines der kleinen Mädchen mit aufgeregtem Lächeln. „Sie sind gekommen!"

„Ja, ich bin es, Zenna. Ist deine Mutter hier?"

„Ja, Miss." Zenna nahm ihre Hand und schubste einige der umherspringenden Hunde aus dem Weg. „Sie stillt gerade das Kleine. Es ist ein Junge geworden."

„Ach, wie schön." Lucy ließ sich mitziehen und hoffte, dass sich in ihren Taschen, die vermutlich gerade von den anderen Kindern durchsucht wurden, nichts Interessanteres als Süßigkeiten und ein Taschentuch befand. Hinter sich hörte sie Betty, die die neugierigen Hände mit sehr deutlichen Worten von sich fernzuhalten versuchte.

„Miss Harrington!"

Sie erreichte das Feuer und lächelte Hetty Driskin an. „Guten Morgen, Hetty. Zenna hat mir gesagt, dass sie ein neues Brüderchen hat."

„So ist es, Miss. Wir haben ihn Horatio, nach Großvater, benannt, aber im Moment nennen ihn alle nur Little Horry."

Hetty klopfte auf den Platz neben sich. Lucy hatte sie kennengelernt, als sie beide noch Kinder gewesen waren und der Pfarrer ihren Großvater darum gebeten hatte, sich um ein krankes Pferd im Pfarrhaus zu kümmern. Seitdem hatten sie sich fast jedes Jahr gesehen. Hetty hatte mit sechzehn geheiratet, inzwischen mehrere Kinder bekommen und einiges an Gewicht zugelegt.

„Wie ist es Ihnen da oben im Pfarrhaus ergangen? Ich hoffe doch, dass alle gesund und munter sind."

Lucy teilte ihr alle Neuigkeiten von ihrer Familie und dem Dorf mit, wobei sie mit der Verlobung mit Major Kurland abschloss, was mit überraschten Rufen und Glückwunschbekundungen der am Feuer versammelten Frauen begrüßt wurde. Die meisten der Männer waren schon aufgebrochen, um zu fischen, das Mittagessen zu erjagen oder den Bewohnern im Dorf ihre Waren anzudrehen.

Eine der älteren Frauen klopfte Lucy sanft auf den Arm. „Es ist gut, dass Sie einen Mann gefunden haben, Miss Harrington. Sie werden langsam zu alt, um noch Kinder zu bekommen."

Lucy lächelte. „Ich schätze, das stimmt."

„Dann sollten Sie am besten gleich damit anfangen!" Die alte Frau zwinkerte ihr zu und stieß ihr freundlich in die Seite. „Ich habe den idealen Talisman, den Sie unter das Kopfkissen legen können, um einen Mann so wollüstig wie einen Hengst zu machen. Sie werden im Handumdrehen Kinder kriegen. Er kostet nur sechs Pennys."

„Vielen Dank." Der bloße Gedanke an Talismane ließ Lucy erschaudern, aber er brachte sie auch auf eine Idee. Nachdem sie den Inhalt ihres Korbes geteilt hatte – frische Milch, Butter und Eier aus Kurland Hall sowie Strickwolle aus dem Dorfladen –, war sie an der Reihe, Hetty ein paar Fragen zu stellen.

Der Säugling schlief auf Lucys Schoß ein und Betty war damit beschäftigt, zweien der Mädchen die Haare zu flechten und sie über Hygiene und Frömmigkeit zu belehren. Einige der Frauen bereiteten über dem Feuer eine Mahlzeit zu, während andere auf die Kinder aufpassten. Lucy wandte sich Hetty zu und sprach mit gedämpfter Stimme, damit das Kind nicht aufwachte.

„Erinnern Sie sich an Mr Ezekiel Thurrock, den Küster?"

„Ja, ein recht netter Mann, wenn man bedenkt, was sein Beruf war. Was ist mit ihm?"

„Er ist kürzlich in einem Sturm von einem herabfallenden Stein am Kopf getroffen worden und gestorben."

„Das ist traurig."

„Die Sache ist die", fuhr Lucy schnell fort. „Bei ihm wurde ein Fluch gefunden."

„Welche Art Fluch?"

„Es war ein schwarzer Beutel, in dem sich ein rostiger Nagel, einige Kräuter und ein Kerzenstummel mit einer Inschrift darauf befanden."

„Wissen Sie, welche Kräuter es genau waren?"

Lucy versuchte, sich zu erinnern. „Birkenholz, Salbei, Brombeerblätter und Schierling, glaube ich."

Hetty erschauderte. „Das ist übel. So etwas wie ein Verbannungszauber gepaart mit Rache und Gerechtigkeit. Ich frage mich, was der arme alte Küster getan haben könnte, um das zu verdienen."

„Ich weiß es nicht." Lucy schüttelte den Kopf. „Haben Sie je Gerüchte über die Familie Thurrock gehört, während Sie hier waren?"

„Ich nicht. Für so etwas müssten Sie mit meinem Großvater sprechen. Er ist der Hüter der Erinnerungen.

Sie wissen doch, dass er es liebt, all diese alten Geschichten zu erzählen."

„Mein Vater wünscht, dass er sich das neue Pferd in seinem Stall anschaut. Vielleicht könnten Sie ihm das ausrichten und dann kann ich mich mit ihm unterhalten, wenn er ohnehin zum Haus kommt."

„Eine gute Idee, Miss. Und ich werde ihn vorher wegen der Thurrocks fragen, damit er auf Ihre Fragen vorbereitet ist und genug Zeit hat, darüber nachzudenken." Hetty lächelte. „Und jetzt geben Sie mir den Kleinen zurück, damit ich ihn noch einmal stillen kann. Vielleicht tragen Sie nächstes Jahr schon Ihr eigenes Kind in sich, wenn ich wieder hier bin."

Nachdem sie sich erkundigt hatte, ob die kleine Gruppe auch alles hatte, was sie brauchte, verabschiedete Lucy sich und kehrte gemeinsam mit Betty den Hügel hinauf ins Dorf zurück. Major Kurland gestattete es den Roma, auf seinen Ländereien zu überwintern. Unter seinem Schutz und dem der Pfarrersfamilie waren sie als Gäste relativ sicher und es war unwahrscheinlich, dass man sie fortjagen würde.

Rache, Verbannung und Gerechtigkeit ... Lucy ließ die Worte in ihren Gedanken kreisen, während sie voranging. Was genau hatte die Familie Thurrock getan, dass ihnen so viel Hass entgegenschlug? Und wie lange hielt dieser Hass schon an?

„Ich habe Antwort von Ihrem Anwalt in Bishop's Stortford erhalten, Sir Robert." Dermot legte Robert den geöffneten Brief auf den Schreibtisch.

„Was hat er mitzuteilen?"

„Dass er das Archiv durchsuchen wird und Ihnen innerhalb von einer Woche antworten will. Er entschuldigt sich für die Verzögerung, aber er meint, dass die alten Aufzeichnungen auf dem Dachboden aufbewahrt würden und er daher jemanden finden müsse, der jung und mutig genug sei, um die steilen Treppen hochzusteigen und die richtigen Dokumente aufzuspüren."

Robert las sich den Brief durch. „Wenn wir nicht bald von ihm hören, werde ich Sie die Treppen hochschicken und für mich suchen lassen. Immerhin wüsste ich dann, dass auch wirklich jemand findet, wonach ich suche."

„Das mache ich nur zu gern, Sir."

„Und was ist mit der Grafschaftsverwaltung?"

„Sie bestehen darauf, dass wir persönlich vorstellig werden."

„Dann werden wir auch das tun, wenn nicht bald etwas passiert. Obwohl ich vermute, dass unser Fall mit dem Tod von Mr Thurrock deutlich weniger dringlich geworden ist. Sofern es überhaupt noch einen Fall gibt."

„Nun, da wäre das hier." Dermot reichte ihm einen weiteren Brief. „Wie es aussieht, hatte Mr Thurrock bereits vor seinem Tod seinem Anwalt wegen der Angelegenheit geschrieben."

„Das hätte ich mir denken können. Er war wie ein Hund, der einem Knochen hinterherjagt." Robert warf den Brief beiseite. „Ich nehme an, der Anwalt wird für die doppelte Beerdigung aus Cambridge anreisen? Schreiben Sie ihm und teilen Sie ihm mit, dass ich ihn nach der Trauerfeier hier auf dem Anwesen empfangen werde."

„Sehr wohl, Sir Robert."

„Gibt es sonst noch etwas?"

„Ich habe bei der Suche nach der verschollenen Urkunde etwas anderes gefunden."

Robert blickte auf. „Und das wäre?"

„Eine Nachricht, in der es um die Einladung zu irgendeiner Zeremonie geht, die Captain William Kurland und einen Mr Ezekiel Thurrock betrifft."

„Nicht unseren Ezekiel, nehme ich an."

„Wohl kaum, Sir, sofern er nicht mehr als zweihundert Jahre alt war." Dermot grinste. „Dieser Ezekiel war dafür verantwortlich, den Fonds aufzusetzen, mit dem das Denkmal in der Kirche von St. Anne für Captain Kurlands Taten während des Krieges finanziert wurde."

„Und?"

„Captain Kurland schien nicht besonders glücklich deswegen zu sein. Tatsächlich weigerte er sich, irgendetwas damit zu tun zu haben, und bezeichnete Ezekiel Thurrock als ‚Lügner, Verräter und Vertrauensbrecher an den Bewohnern von Kurland St. Mary'. Ich frage mich, was es damit auf sich hatte."

Robert setzte sich auf. „Das ist sehr interessant. Dadurch ergibt sich ein viel früheres Datum für den Beginn der Feindseligkeiten zwischen den Thurrocks und den anderen Dorfbewohnern. Wissen Sie noch, wann das Land angeblich den Thurrocks verkauft wurde?"

„Das war etwa zur gleichen Zeit, nicht wahr?" Dermot kratzte sich am Kopf. „Ich glaube, es war Ezekiel, der das Land während des Krieges kaufte. Die Familie war vermutlich für jede Einnahmequelle dankbar."

„Also haben die Thurrocks das Land irgendwann in den 1640ern von der Familie Kurland gekauft und 1723 zurückverpachtet. Und so blieben die Dinge bis zum umstrittenen Kauf zur Zeit meines Vaters."

„Ich glaube, so ist es, Sir."

Robert runzelte die Stirn. „Wenn William und Thomas zugestimmt hatten, den Thurrocks das Land zu verkaufen, wieso ist William dann so bald darauf so schlecht auf sie zu sprechen gewesen und hat sich geweigert, sich an dem Denkmal zu beteiligen?"

„Die Thurrocks haben in jedem Fall ein Talent dafür, die Leute gegen sich aufzubringen, nicht wahr?"

„In der Tat. Ich vermute, William könnte so sehr in Geldnot gewesen sein, dass er das Land jedem verkauft hätte. Aber nach meiner Erfahrung als Kurland und nachdem ich selbst die Briefe an seinen Zwillingsbruder gelesen habe, bezweifle ich, dass er etwas unwillentlich getan hätte." Robert lehnte sich zurück. „Also was ist passiert?"

„Ich werde in den Familienarchiven weiter nach Briefen aus dieser Zeit suchen und Ihnen Bescheid geben, wenn ich noch etwas finde, Sir."

„Vielen Dank."

„Ich habe außerdem noch nicht erwähnt, dass ein kleines Roma-Lager am Fluss aufgeschlagen worden ist." Dermot hielt kurz inne. „Kennen Sie die Familien oder soll ich sie weiterschicken?"

„Sie kommen schon seit Generationen hierher", sagte Robert. „Um genau zu sein, könnten sie wissen, was hier im siebzehnten Jahrhundert vorgefallen ist."

„Vielleicht sollten Sie sie dann zurate ziehen, Sir."

„Das werde ich. Haben Sie dort mit jemandem gesprochen?"

„Nein, ich hielt es für das Beste, zuerst mit Ihnen zu sprechen, bevor ich irgendetwas unternehme."

„Guter Mann. Sorgen Sie dafür, dass man ihnen Feuerholz und Nahrung gibt, die wir entbehren können. Und sagen Sie Mrs Bloomfield und den restlichen Bediensteten, dass die Roma hier sind und sie von ihnen ihren Trödel, Bänder und Gewürze kaufen können."

Gerade als Dermot die Tür erreicht hatte, wurde diese aufgestoßen und Foley trat ein. „Verzeihen Sie die Störung, Sir, aber Mr Coleman muss Sie umgehend sehen."

Robert erhob sich, als sein oberster Kutscher mit grimmiger Miene das Zimmer betrat.

„Guten Morgen, Mr Coleman. Was gibt es?"

„Jemand hat sich an den Pferden zu schaffen gemacht, Sir. Sie sind alle erkrankt."

„Maisey."

„Ja, Miss Harrington?"

„Du hattest gestern frei, oder?"

„Ja, Miss." Maisey strich das Laken glatt, schüttelte das Kissen aus und legte es zurück aufs Bett.

„Warst du zu Hause?"

„Ja, Miss. Mein Vater hatte Geburtstag, daher sind alle gekommen. Mrs Fielding hat sogar einen Kuchen gebacken."

„Wie freundlich von ihr." Lucy glättete den Bettbezug. „War es eine schöne Feier?"

„Oh ja, hervorragend." Sie grinste. „Ich wollte noch bleiben, aber Mrs Fielding sagte, dass ich bis sechs zurück sein müsste. Es ging noch viel länger weiter."

„Wer war denn sonst noch da?"

„Die üblichen Verdächtigen: meine Tanten, meine Mutter, mein Vater, meine Brüder und Schwestern, die Landarbeiter ... Wir haben den ganzen Nachmittag getanzt und gegessen und gesungen."

„Wie schön. Ich dachte, ich hätte Miss Turner sagen hören, dass auch sie und ihre Schwester kommen wollten. Stimmt das?"

„Natürlich, Miss." Maisey zog die Augenbrauen hoch. „Sie kommen immer."

Lucy ging zur Tür. „Denkst du, dass du hier den Rest allein schaffst? Wie ich sehe, ist mein Vater zurückgekehrt, und ich muss ihm etwas von Horatio Driskin ausrichten."

„Ja, Miss. Ich bin fast fertig und dann mache ich mich an Ihr Schlafzimmer."

„Vielen Dank."

Lucy verließ stirnrunzelnd das Zimmer und ging die Treppe hinunter. Maisey hatte keinen Grund, wegen des Geburtstages ihres Vaters oder der Gäste bei der Feier zu lügen. Das Alibi der Turner-Schwestern schien also zu stimmen. Sie hielt auf der letzten Stufe inne. Allerdings war doch sicherlich die Feier noch vor Mitternacht vorbei gewesen. War es möglich, dass die Turners zusammen mit den anderen die offizielle Feier mit einer ungewöhnlicheren Aktivität oben auf dem Hügel beendet hatten?

Es gab keine Möglichkeit, festzustellen, wann genau Mr Thurrock gestorben war oder wer davon gewusst hatte. Jeder auf der Feier hätte dort draußen bei der Priorei gewesen sein können. Die Mallards hassten die Thurrocks. Das sollte sie nicht vergessen. Sie hatte das

Gefühl, etwas zu übersehen – dass der Gemüsewettbewerb, die Landstreitigkeiten und der Schatz nur Teile einer viel längeren Fehde zwischen allen Familien im Dorf waren. Aber wann hatte alles seinen Anfang genommen? Wann war der Grundstein für all die Konflikte seither gelegt worden?

Lucy ging ins Arbeitszimmer ihres Vaters, der es sich dort gerade gemütlich machen wollte, um in Ruhe seine Zeitung zu lesen.

„Ich habe Hetty die Nachricht für Horatio ausgerichtet, Vater."

Er blickte auf. „Ich weiß. Ich bin Horatio gerade eben auf der Straße begegnet. Er entschuldigte sich dafür, dass er nach Kurland Hall gerufen worden war und mich erst aufsuchen könne, wenn die Angelegenheit dort erledigt sei. Er sagte, es sei dringend."

„Ich frage mich, was passiert sein könnte", überlegte Lucy laut. „Soll ich –?"

„Nein, wir werden früh genug herausfinden, worum es ging, wenn Horatio zurückkehrt." Er widmete sich wieder seiner Zeitung.

Da Lucy alle kaputten Kleider im Haus schon geflickt hatte, beschäftigte sie sich mit der Lektüre der Kurland-Briefe. Bald schon fand sie heraus, dass Captain William die Thurrocks nicht nur gekannt, sondern auch eine große Abneigung gegen sie gehegt hatte. Irgendwann kam Betty herein, um ihr eine Tasse Tee anzubieten. Das Dienstmädchen informierte sie außerdem, dass sich das Abendessen verzögern würde, da ihr Vater noch draußen mit Horatio Driskin bei den Ställen war. Lucy nahm die Brille ab und verstaute sie in ihrer Tasche, bevor sie die Ställe hinter dem Haus aufsuchte.

Sie wartete geduldig, während ihr Vater sich mit Horatio über verschiedene Pferdeprobleme austauschte. Als die beiden das Stallgebäude verließen, schritt sie ihnen entgegen.

„Mr Driskin. Es ist so schön, Sie wiederzusehen."

Er lüftete zur Begrüßung seinen Hut. „Miss Lucy. Wie geht es Ihnen, junge Dame?"

Sein Haar war weiß und sein wettergegerbtes Gesicht von ebenso vielen Falten durchfurcht wie die Oberfläche einer Walnuss. Ihm fehlte mindestens die Hälfte seiner Zähne.

„Mir geht es sehr gut." Sie warf ihrem Vater einen Blick zu. „Hat Mr Driskin noch Zeit für eine Tasse Tee in der Küche oder habt ihr zu tun?"

„Horatio war eine wirklich große Hilfe, aber Gott sei Dank gibt es keine Probleme mit meinen Pferden, daher wären wir hier fertig."

„Ich würde mich über eine Tasse Tee mit Ihnen freuen, meine liebe Miss Lucy." Mr Driskin zwinkerte ihr zu. „Wie ich höre, werden Sie heiraten?"

Sie gingen zusammen zum Haus zurück, wo Lucy Mr Driskin am Küchentisch Platz nehmen ließ und einen Teekessel aufsetzte. Von Mrs Fielding und Betty fehlte jede Spur, aber Maisey fand in der Vorratskammer ein Stück Früchtebrot für ihren Gast und stellte die Teekanne und die Tassen auf ein Tablett. Lucy schickte sie nach oben, um dort noch etwas zu erledigen, und schloss hinter ihr die Tür.

„Vielen Dank, Miss Lucy."

Lucy hielt die warme Tasse umschlossen, während sie darauf wartete, bis Mr Driskin sein Stück Kuchen gegessen und eine zweite Tasse Tee getrunken hatte.

„Gab es Probleme oben in Kurland Hall?"

„Ja. Jemand hat sich an den Pferden des Majors zu schaffen gemacht." Mr Driskin schüttelte den Kopf. „Zum Glück war ich in der Nähe, um ihnen allen das richtige Gegenmittel zu verabreichen."

„Wogegen?"

„Gift."

„Jemand hat versucht, die Pferde von Major Kurland zu vergiften?" Lucy fasste sich erschreckt an die Wange. „Wieso?"

„Das ist eine gute Frage, Miss. Auch wenn ich mir nicht sicher bin, ob dieses Gift wirklich alle getötet hätte. Die Alten, die Mütter und die Fohlen aber sicherlich."

„Das ist trotzdem furchtbar. Wer würde so etwas tun?"

„Das habe ich den Major auch gefragt und er war ebenso ratlos wie Sie." Mr Driskin schenkte sich eine weitere Tasse Tee ein. „Vielleicht war es verunreinigtes Futtermittel, aber auf mich wirkte es wie eine Art Warnung."

„Was bringt Sie zu der Annahme?"

„Wenn die Dosis stärker gewesen wäre, hätte dieses Gift alle Pferde umbringen können. Wer immer dafür verantwortlich war, wollte eine Botschaft senden, meinen Sie nicht?"

„Ich schätze ja", sagte Lucy langsam. „War Major Kurland wütend?"

„Rasend. Niemand sieht gern, wenn die eigenen Pferde so behandelt werden, und das gilt insbesondere für einen Soldaten der Kavallerie wie den Major. Er sagte, er würde eine Wache am Stall postieren, um zu verhindern, dass noch einmal jemand eindringt."

„Ist den Bediensteten etwas Ungewöhnliches aufgefallen?"

„Wie jemand, der hereingeschlichen ist und das Futter vergiftet hat? Niemand hat etwas gesehen, aber in Ställen ist viel los und es gehen die ganze Zeit Menschen ein und aus." Mr Driskin seufzte. „Wenn man bedenkt, dass der Major der Magistrat hier ist, muss der Täter oder die Täterin wirklich sehr sicher gewesen sein, nicht erwischt zu werden."

„Oder denkt, dass der Verdacht auf die Roma fällt, die gerade erst im Dorf aufgetaucht sind", sagte sie langsam.

„Das ist mir auch durch den Kopf gegangen, Miss. Und auch wenn ich das Gegenmittel gebracht habe, wird es einige geben, die behaupten, dass ich auch für das Gift verantwortlich war."

„Nicht in diesem Haus, Mr Driskin, oder in Kurland Hall."

Er schenkte ihr ein Lächeln. „Danke, Miss Lucy. Ich werde meine Jungs im Auge behalten und dafür sorgen, dass sie einen weiten Bogen um die Kurland-Ställe machen, bis der wahre Täter gefunden ist."

„Ein ausgezeichneter Plan." Lucy erwiderte das Lächeln des alten Mannes.

„Hetty sagte mir, dass Sie sich für die alten Geschichten über die Familie Thurrock interessieren."

„Ja, ich hatte mich in der Tat gefragt, ob Sie irgendetwas über sie wissen."

Er nippte am Tee. „Soweit ich weiß, taucht etwa einmal pro Generation einer von ihnen auf wie ein fauler Apfel."

„Ich habe tatsächlich heute in einigen Briefen der Familie Kurland aus den Tagen des Bürgerkriegs eine Erwähnung von ihnen gefunden."

„Sie waren eiserne Unterstützer von Cromwell und seinesgleichen. Auch damals waren sie im Dorf wenig beliebt, da Thomas Kurland, der Erbe, aufseiten des Königs stand. Und sie liebten es, sich in jedermanns Angelegenheiten einzumischen. Ich habe gehört, dass es ein Thurrock war, der an John Stearne in Manningtree schrieb."

„Worum ging es dabei?"

„Darum, dass wir Roma in der Gegend waren, und allerlei andere gottlose Angelegenheiten."

„Was ist dann passiert?"

„Ich glaube, meine Familie zog weiter, nachdem die Ehefrau des Thurrock damit geprahlt hatte, dass wir alle bald zu Gott gebracht und von unserer heidnischen Lebensart befreit würden." Er verzog das Gesicht. „Ich bin nicht sicher, was danach im Dorf passierte."

Lucy bewunderte, wie er von diesen Angelegenheiten sprach, als ob sie erst gestern passiert wären und nicht vor fast zweihundert Jahren.

„Dann kann man also sicher sagen, dass man die Familie Thurrock in Kurland St. Mary nicht vermissen wird." Lucy trank ihre Tasse aus. „Ich schätzte Mr Ezekiel Thurrock sehr, aber es schien, dass er mit dem Großteil seiner Namensvetter nicht viel gemein hatte."

„Ja, das glaube ich auch. Der arme Mann. Und ich möchte wetten, dass er das auch zu spüren bekam." Er streckte die Hand aus. „Dann geben Sie mir mal Ihre Tasse."

Sie überließ sie ihm und beobachtete, wie er den Inhalt geschickt auf die Untertasse stürzte und eingehend die Teeblätter studierte, bevor er zu ihr aufblickte.

„Wie ich sehe, haben Sie Ihre wahre Liebe gefunden, Miss."

Sie nickte und erhielt daraufhin ein sanftes Lächeln.

„Aber vor Ihnen liegt Gefahr und Sie müssen einen klaren Kopf bewahren."

„Wie bitte?" Sie blinzelte ihn erstaunt an. „Sollten Sie mir nicht sagen, dass ich ein langes und glückliches Leben führen und ein Dutzend Kinder haben werde?"

„Das hätte ich getan, wenn Sie sich von mir auf dem Dorffest die Zukunft hätten lesen lassen. Aber die Teeblätter lügen nicht und das ist ihre Botschaft." Er blickte ihr einen Moment tief in die Augen, bevor er die Tasse zu ihr zurückschob. „Passen Sie auf sich auf, Miss Lucy."

„Das werde ich."

Sie schwiegen sich einen Moment lang an, bis Mr Driskin aufstand und sich den Hut wieder aufsetzte.

„Ich muss mich auf den Weg machen, Miss. Hetty wird sich Sorgen machen. Vielen Dank für Ihre Gastfreundlichkeit."

„Vielen Dank, dass Sie mir die Neuigkeiten von Kurland Hall mitgeteilt haben. Ich hoffe doch, dass sich die Pferde des Majors erholen werden."

„Ich glaube, das wird eine Weile dauern, und ich werde so lange ein Auge auf sie haben." Er zwinkerte ihr erneut zu. „Ich werde morgen wieder nach dort oben gehen, also machen Sie sich keine Sorgen."

Nachdem er gegangen war, blieb Lucy noch eine Weile am Tisch sitzen, um zu überdenken, was Mr Driskin ihr gesagt hatte. Sie war offenbar nicht nur in Gefahr, sie fragte sich auch, wer John Stearne aus Manningtree war und warum ihm zu schreiben so viel Aufsehen im Dorf erregt hatte. Das würde sie ihren Vater fragen müssen.

Mrs Fielding kam in die Küche, gefolgt von Betty, die einen großen Korb trug.

„Miss Harrington."

Lucy nickte der Köchin zu und brachte die Tassen und die Kanne zum Spülbecken.

„Habe ich da gerade Horatio Driskin aus dem Pfarrhaus gehen sehen, Miss?", fragte Mrs Fielding, während sie sich die Hände wusch und die Schürze anlegte.

„Ja. Er war hier, um meinen Vater zu sprechen."

„Haben Sie ihn im Auge behalten? Man kann einem Zigeuner nicht einmal eine Sekunde lang den Rücken zukehren. Diebisches Gesindel."

„Wie Sie wissen, ist Mr Driskin ein geschätzter Bekannter meines Vaters. Ich bezweifle, dass er von einer Familie stehlen würde, die er seit Jahren kennt."

„Bei denen weiß man nie." Mrs Fielding schnaubte verächtlich. „Jetzt muss ich mich aber an die Zubereitung des Abendessens machen. Wo ist Maisey schon wieder hin?"

Lucy überlegte einen Moment. „Sie war gerade noch hier. Ich sehe oben nach, ob sie immer noch mit Putzen beschäftigt ist."

Mrs Fielding nickte und fing an, Betty Befehle zuzubellen. Lucys Gedanken kreisten, während sie losging, um nach Maisey zu schauen. Sie machte sich Sorgen wegen Major Kurlands Pferden und wurde sich schmerzlich bewusst, dass es ihr nicht erlaubt war, hoch zum Anwesen zu gehen und ihm Trost zu spenden. Manchmal konnte sie es kaum erwarten, dem Pfarrhaus und damit den kleinlichen Verboten ihres Vaters zu entkommen.

Robert gähnte und streckte die Arme aus, als ihm sein Leibdiener den Mantel abnahm.
„Vielen Dank, Silas."
„Sehr gern, Sir. Wie geht es Ihrem Knöchel heute?"
„Viel besser."
Silas faltete einige Kleidungsstücke und räumte sie weg, während Robert sich das Nachthemd, das zum Vorwärmen am Feuer hing, schnappte und anzog. Er humpelte hinüber zum Bett und schlug die Decke zurück. Dabei fiel ihm der merkwürdige Winkel auf, in dem seine Kissen arrangiert waren.
„Silas?"
„Ja, Sir?"
„Haben Sie heute die Laken gewechselt?"
„Nein, Sir. Wieso?"
Robert beugte sich vor und nahm vorsichtig die beiden Kissen hoch.
„Was zum Teufel ist das?"
Silas stand inzwischen an seiner Seite. „Ich weiß nicht, Sir. Ich habe keine Ahnung, wie das hierhergekommen ist!" Er lehnte sich an Robert vorbei und streckte die Hand aus. „Lassen Sie mich mal –"
„Nein, rühren Sie es nicht an." Robert studierte das Bündel aus Kräutern und Stechpalmenzweigen. „Ich glaube, da ist auch eine Nachricht."

„Nehmen Sie Ihre Reithandschuhe, Sir." Silas hielt sie ihm entgegen.

Robert nahm das Bündel und brachte es zur Frisierkommode, um es dort im Kerzenschein besser untersuchen zu können.

„Da steht: ‚Lassen Sie es ruhen oder Schlimmeres wird folgen'", las Robert vor. „Nun, das ist sehr direkt." Er blickte ins verwirrte Gesicht seines Leibdieners. „Was in Gottes Namen ist hier los?"

Kapitel 17

„Ich muss mit Ihnen sprechen", murmelte Major Kurland Lucy zu, als er im Kirchengang stehen blieb, um ihr zu ermöglichen, ihre Sitzreihe zu verlassen.

Nach tagelangem Regen war endlich die Sonne wieder zum Vorschein gekommen, sodass sanftes Licht durch die Bogenfenster der Kirche fiel. Der Gottesdienst war gut besucht und während der Verkündung des Aufgebots war es zu keinem Zwischenfall gekommen, womit ihre mögliche Ehe jetzt offiziell von der Kirche anerkannt war.

„Bitten Sie Vater um Erlaubnis, uns nach dem Gottesdienst nach Hause begleiten zu dürfen", flüsterte sie ihm zu.

„Das wird nicht besonders lange dauern, schließlich wohnen Sie direkt gegenüber."

„Aber sobald wir ankommen, werde ich Sie auf einen Tee hereinbitten. Das gebietet die Höflichkeit."

Er bot ihr den Arm und sie schritten zusammen den Gang zwischen den Bänken hinunter. Ab und zu nickten sie Bekannten zu und akzeptierten Glückwünsche zu ihrer Verlobung. Sie war froh zu sehen, dass er weniger stark humpelte. Der Pfarrer stand am Eingang und unterhielt sich freundlich mit seinen Gemeindemitgliedern, während sie aus der Kirche strömten.

Seine Miene verfinsterte sich, als Lucy und ihr Begleiter näher kamen.

„Guten Morgen, Sir Robert."

„Herr Pfarrer." Major Kurland verneigte sich. „Dürfte ich die Damen nach Hause ins Pfarrhaus begleiten?"

„Wenn Sie das möchten."

„Vielen Dank."

Ihr Vater räusperte sich. „Haben sich Ihre Pferde wieder ganz erholt?"

„Ja, zum Glück – dank Mr Driskin, der erkannt hat, was nicht stimmte, und ein Kräuterheilmittel beisteuern konnte."

„Haben Sie irgendeine Ahnung, wer es getan hat?"

„Noch nicht, aber glauben Sie mir, ich werde es herausfinden und meine Vergeltung wird schnell und unerbittlich sein." Major Kurland erhob die Stimme, als er die kaum verhohlene Drohung aussprach. Unter den verbliebenen Gemeindemitgliedern brach Gemurmel aus.

Sie gingen gefolgt von Penelope und ihrer Schwester hinaus und überquerten die Straße zum Pfarrhaus.

„Würden Sie sich uns auf eine Tasse Tee anschließen, Major?"

„Das wäre wunderbar." Major Kurland nahm den Hut ab und übertrat die Türschwelle ins Haus. „Ich habe viel über die bevorstehende Hochzeit mit Ihnen zu besprechen. Ich hoffe, der Pfarrer wird uns gestatten, zumindest das zu tun."

„Solange wir in Begleitung einer angemessenen Anstandsdame sind, kann er kaum etwas dagegen sagen", sagte Lucy sittsam.

Sie führte ihn in die Hinterstube und rief Betty zu, ihnen Tee zu bringen. Penelope murmelte etwas davon, dass sie mit ihrer Schwester Dr. Fletcher besuchen wolle, und verschwand in der Küche.

Lucy setzte sich ans Feuer. „Geht es Ihren Pferden wirklich wieder gut?"

Major Kurland setzte sich mit grimmiger Miene hin. „Sie haben sich fast alle erholt. Ein paar sind noch immer schwach, aber Coleman ist zuversichtlich, dass es alle überstehen werden."

„Wie furchtbar für Sie. Hat Coleman eine Ahnung, wie das passiert ist?"

„Überhaupt nicht, aber ich nehme an, dass es eine Warnung an mich sein sollte."

Lucy tauschte einen Blick mit ihm aus. „Das war auch Mr Driskins Gedanke."

„Ein schlauer Mann. Ich habe ein wenig länger gebraucht, um darauf zu kommen." Er hielt kurz inne, bevor er weitersprach. „Es wurde eindeutig, als ich zu Bett gehen wollte und ein Bündel aus Kräutern und Stechpalmenzweigen unter meinem Kopfkissen zusammen mit einer Nachricht vorfand, in der es hieß, dass ich mich aus der Angelegenheit herauszuhalten hätte."

„Gute Güte! Geht es Ihnen gut?"

„Alles in Ordnung. Glücklicherweise bemerkte ich, dass meine Kissen schief lagen. Silas ist normalerweise so gründlich bei solchen Dingen, dass es mir merkwürdig erschien. Ich habe das Kissen hochgehoben und den stacheligen Strauß darunter entdeckt."

Lucy erschauderte. „Haben Sie in einem anderen Zimmer geschlafen?

Er zog eine Augenbraue hoch. „Natürlich nicht. Es war nur ein Haufen Zweige."

„Der als Drohung gemeint war."

Er zuckte mit den Schultern. „Wer würde es wirklich wagen, mich umzubringen?"

Sie musterte ihn gründlich. „Vielleicht müssten sie Sie gar nicht umbringen, sondern nur einen Weg finden, Ihren Tod ‚natürlich' wirken zu lassen, genau wie die der Thurrock-Brüder."

„Ah. Guter Einwand. Machen Sie sich keine Sorgen, Miss Harrington. Ich werde auf der Hut sein."

„Mr Driskin hat sich ebenfalls gefragt, ob man das Verbrechen mit der Ankunft der Roma im Dorf in Verbindung bringen würde."

„Oder es als weiteren unglücklichen ‚Unfall' sehen würde?" Er blickte finster drein. „Die Sache ermüdet mich. Ich hätte lieber einen Feind, den ich sehen kann, als einen, der herumschleicht und versucht, mit List seine Ziele zu erreichen."

Betty kam mit dem Teetablett herein. Lucy bat sie darum, sich als Anstandsdame in die Ecke des Zimmers zu setzen, falls ihr Vater sich dazu entscheiden sollte, bei seiner Rückkehr nach ihnen zu sehen. Sie schenkte ihnen beiden eine Tasse ein und lehnte sich dann zurück. Ihre Gedanken rasten wild umher, während sie versuchte, im Kopf alle Geschehnisse zusammenzubringen.

„Machen Sie sich keine Sorgen, Miss Harrington", sagte Major Kurland leise. „Ich verspreche Ihnen, dass wir beide sicher sind."

„Wie können Sie das wissen?" Sie griff nach seiner Hand, besann sich aber auf halbem Weg eines

Besseren. „Was, wenn das nächste Mal das Gift für Sie bestimmt ist?"

„Ich bin jetzt wachsam, genau wie meine Bediensteten. Ich bezweifle, dass noch mehr passieren wird."

„Was genau stand in der Nachricht?"

Mit finsterer Miene wiederholte er den Spruch. „Lassen Sie es ruhen oder Schlimmeres wird folgen."

„Ich nehme an, die Handschrift haben Sie nicht erkannt."

„Sie war recht unordentlich, aber das hat nichts zu bedeuten. Ich habe vor, morgen mit Mr Fletcher nach Hertford zu reisen, um Informationen von der Grafschaftsverwaltung anzufordern. Denken Sie, Ihr Vater würde es Ihnen gestatten, mich zu begleiten?"

Sie seufzte. „Nicht ohne mindestens eine Anstandsdame und einen wirklich guten Grund."

„Versuchen Sie, sich einen zu überlegen. Ich würde Ihre Unterstützung in dieser Angelegenheit sehr zu schätzen wissen."

„Ich werde mein Bestes geben, aber seien Sie nicht überrascht, wenn mir keine geeignete Möglichkeit einfällt."

„Sie und kein kreativer Einfall?" Sein Lächeln war liebevoll und amüsiert zugleich. „Ich würde mein Vermögen verwetten, dass Sie sich etwas ausdenken."

„Ich weiß Ihr Vertrauen in meine Fähigkeiten sehr zu schätzen, Sir." Sie nahm das neben ihrem Stuhl liegende Buch mit den Briefen zur Hand. „Ich habe in den Kurland-Briefen gelesen."

„Wie schön für Sie. Ich war viel zu beschäftigt, um darüber auch nur nachzudenken. Haben Sie etwas Nützliches herausgefunden?"

„Nur dass die Thurrocks schon seit Jahren im Dorf Probleme bereiten und dass sich Ihre Familie, nachdem sie ihnen das Land verkauft hatte, mit ihnen zerstritt. Ich bin mir allerdings nicht ganz sicher, warum."

„Mr Fletcher und ich sind zum selben Schluss gekommen. Vielleicht werden die Aufzeichnungen der Grafschaftsverwaltung mehr Licht in die Sache bringen. Wir können uns nach etwas in der Richtung umschauen, während wir nach unserer verschollenen Besitzurkunde suchen."

„Haben Sie herausgefunden, ob Ihre Anwälte die Thurrocks für das Land bezahlt haben?"

„Nein, aber Mr Fletcher wird von Hertford weiter nach Bishop's Stortford reisen und auf diese Frage selbst eine Antwort suchen. Wenn der Thurrock-Anwalt hier zur Doppelbeerdigung eintrifft, werde ich hoffentlich genug Informationen zur Verfügung haben, um zu verhindern, dass er auch nur daran denkt, die Sache vor Gericht zu bringen."

Lucy sah ihn forschend an. „Dann haben Sie nicht vor, die Angelegenheit ruhen zu lassen?"

Seine blauen Augen trafen voller Entschlossenheit auf die ihren. „Ich werde nicht dulden, in meinem eigenen Haus bedroht zu werden, Miss Harrington, und ich werde mich sicher nicht von einem feigen Erpresser herumkommandieren lassen, der heimtückisch Pferde vergiftet!"

Lucy warf Betty einen eiligen Blick zu, stellte fest, dass diese gerade aus dem Fenster schaute, und legte die Hand auf Major Kurlands Arm. „Bitte seien Sie vorsichtig."

„Sie haben mein Wort." Er führte ihre Hand an seine Lippen. „Jetzt, wo ich so kurz davorstehe, Sie zu heiraten, Miss Harrington, kann ich Sie unmöglich enttäuschen und einfach aus Ihrem Leben abtreten."

„Vater? Kann ich mit dir sprechen?" Lucy setzte ihre unschuldigste Miene auf, als sie sich seinem Schreibtisch näherte. Um ihn für ihre Pläne empfänglicher zu machen, hatte sie dafür gesorgt, dass das Familienessen eines seiner Lieblingsgerichte war und dass sein Glas stets mit dem besten Jahrgang aus seinem Weinkeller gefüllt blieb.

„Was ist denn?" Er nahm die Brille ab und legte sie auf seinem Buch ab.

„Kannst du mich morgen nach Hertford begleiten?"

„Nach Hertford? Was um alles in der Welt willst du denn dort?"

„Meine Schneiderin treffen natürlich. Ich heirate schließlich in drei Wochen und mein Brautkleid sollte eigentlich in London angefertigt werden." Sie schwieg kurz, um sicherzugehen, dass er ihren Ausführungen folgen konnte. „Du musst zugeben, dass ich zu meiner Hochzeit mit einem frisch geadelten Baronet etwas Modisches tragen sollte. Ich würde unsere Familie nicht beschämen wollen."

„Brautbekleidung?"

Zu ihrer heimlichen Freude wirkte er genau so peinlich berührt wie die meisten Männer, die unverhofft in ein Gespräch über Frauenbelange gezerrt wurden.

„Ja, Vater – außer du möchtest, dass die Londoner Schneiderin von Tante Jane sie stattdessen anfertigt.

Ich bin sicher, dass sie herkommen und sie mir anpassen könnte."

„Damit sie noch mehr verlangen kann als ihre ohnehin schon unverschämten Preise?" Ihr Vater hielt den Blick einen Moment nachdenklich auf seine gefalteten Hände gerichtet, bevor er zu Lucy aufblickte.

„Du hast wie immer recht, Vater", stimmte Lucy ihm zu. „Madame Harcourt wäre vermutlich deutlich vertretbarer."

„Ich werde in einer Woche ohnehin nach Hertford reisen. Das sollte genügen. Ich werde dich dann mitnehmen."

Lucy stöhnte innerlich. „Wenn du das wünschst. Aber ich habe ihr vor ein paar Tagen geschrieben und sie hat mir geantwortet, dass ich sie so schnell wie möglich aufsuchen soll, damit sie mit der nötigen Arbeit anfangen kann." Sie biss sich auf die Lippe. „Ich wollte doch so gern an meinem Hochzeitstag gut aussehen."

Er seufzte schwer. „Dann geh morgen – nimm Harris, die Kutsche und die Chingfords mit."

„Ohne dich?"

„Ich möchte wohl kaum meine wertvolle Zeit im Laden einer Schneiderin vergeuden, meine Liebe." Er winkte sie fort. „Und jetzt stör mich heute Abend bitte nicht noch einmal. Ich muss dem Autor dieses ausgesprochen interessanten wissenschaftlichen Artikels über die griechischen Skulpturen, die beim Parthenon gefunden wurden, schreiben."

Sie machte einen Knicks und wandte sich zur Tür. „Dann werde ich dich nicht unterbrechen. Ich gehe los und lasse Harris die Kutsche für morgen früh vorbereiten, damit du dich darum nicht zu kümmern brauchst."

„Lucy."

„Ja, Vater?" Sie blickte über die Schulter zu ihm zurück.

„Nimm das hier mit." Er winkte sie zu sich heran und legte eine überraschend schwere lederne Geldbörse in ihre Hand. „Für dein Brautkleid. Ich wünschte nur, deine Mutter wäre hier, um den Tag zu erleben. Auch wenn ich wetten möchte, dass sie gedacht hätte, dass die hübsche, kleine Anna diejenige sein würde, die einen Baronet heiratet!"

„Anna wird uns noch überraschen und einen Duke heiraten." Sie küsste ihn auf die Wange. „Vielen Dank."

Er tätschelte ihre Hand. „Bereust du es, dass es für dich keine Hochzeit in der feinen Londoner Gesellschaft geben wird, meine Liebe?"

„Ganz und gar nicht. Und ich bin sicher, dass Major Kurland jeden Moment davon gehasst und den ganzen Tag finster dreingeschaut hätte."

Sie verließ das Arbeitszimmer mit einem Lächeln. Anschließend schrieb sie Major Kurland eine Nachricht, besprach sich mit Harris und ging nach oben, wo sie Penelope vorfand, die noch immer auf ihrem Bett saß und ungeduldig wartete.

„Nun?"

„Er hatte keine Zeit, um selbst zu fahren, aber wir haben seine Erlaubnis, morgen allein zu gehen."

Penelope klatschte aufgeregt in die Hände. „Das sind ausgezeichnete Neuigkeiten." Ihr scharfer Blick erspähte den Beutel in Lucys Hand. „Hat er dir Geld gegeben?"

„Ja, für die Brautbekleidung."

Penelope stand auf und ging zu Lucys Kleiderschrank. „Dann wird es dir ja nichts ausmachen, wenn ich auch das rosa Musselingewand nehme, oder?"

„Bringen Sie die Kutsche zu den Stallungen, Reg, und holen Sie sich etwas zu essen."

„Ja, Sir."

Robert stieg aus der Kutsche und streckte die Beine, wobei er es gerade so verhindern konnte, von einem Stallknecht umgerannt zu werden, der einen großen Sack Getreide über der Schulter trug. Er trat eilig von den rutschigen, runden Pflastersteinen der Straße auf die viel angenehmeren Gehwegplatten vor dem Eingang zur Herberge *The Bell*.

Fore Street lag nahe dem Stadtzentrum von Hertford und war immer ausgesprochen belebt mit zahlreichen Fußgängern, Kutschen und Karren. Es war außerdem nicht weit bis Shire Hall, wo die Aufzeichnungen der Grafschaft aufbewahrt wurden. Robert hatte sowohl dem Zivil- als auch dem Schwurgericht beigewohnt, die einmal im Quartal tagten, und er würde es als Ortsmagistrat vermutlich wieder tun.

In seinen seltenen Urlauben im Kriegsdienst hatte seine Mutter ihn zu verschiedenen Bällen im Versammlungssaal des gleichen Gebäudes gezerrt.

„Ich habe für heute einen privaten Salon gebucht, Sir Robert." Dermot kam mit dem Hut in der Hand aus dem Gasthaus. „Die Kutsche der Harringtons ist noch nicht eingetroffen, aber ich habe den Inhaber darum gebeten, ein Auge danach offen zu halten und den Damen den Salon zu zeigen, sobald sie eintreffen."

„Vielen Dank, Dermot." Robert betrat die Herberge zusammen mit seinem Landverwalter und nickte dem Gastwirt zur Begrüßung zu. „Guten Morgen."

„Sir Robert. Sie sind in unserem bescheidenen Etablissement herzlich willkommen. Wenn Sie mir bitte folgen würden."

Er hatte sich noch immer nicht daran gewöhnt, dass der Zusatz eines einfachen *Sir* vor seinem Namen so viel Verbeugen und Herumscharwenzeln zur Folge hatte. Er war viel stolzer auf seinen militärischen Rang als auf den Titel, den er nur aufgrund der Sentimentalität des Prinzregenten trug.

„Wünschen Sie zu speisen oder zu trinken, Sir Robert?"

„Ja, ich bin recht hungrig. Bringen Sie für uns beide etwas Reichhaltiges zu essen, einen guten, starken Kaffee und Ihr bestes Ale."

„Selbstverständlich, Sir Robert."

Der Wirt ging rückwärts durch die Tür, fast als ob Robert ein Mitglied der Königsfamilie wäre.

Er warf Dermot einen Blick zu. „Ich gehe doch davon aus, dass Sie Hunger haben."

„Immer, Sir." Sein Landverwalter grinste.

„Nun, möchten Sie die Kutsche heute mit nach Bishop's Stortford nehmen oder werden Sie ein Pferd mieten?"

„Ich werde ein Pferd mieten. Es wird viel angenehmer sein zu reiten, anstatt auf dieser furchtbaren Straße nach Stortford durchgeschüttelt zu werden."

„Sie ist in der Tat in einem bedauernswerten Zustand. Wie der Pfarrer mir erklärt hat, wurde die Straße von den Römern gebaut und seitdem nicht mehr ausgebessert."

Dermot schüttelte den Kopf. „Das würde mich nicht überraschen, aber wie um alles in der Welt kann er das überhaupt wissen?"

„Ich glaube, er sagte, es habe etwas mit der Bauweise zu tun. Ich muss gestehen, dass ich nicht weiter zugehört habe, als er von Kalksteinschichten, Entwässerungsgräben und so weiter anfing."

„Der Pfarrer ist sehr belesen", sagte Dermot diplomatisch.

„In der Tat."

Robert sah hinüber zur Uhr. „Trotz der desaströsen Straßen sind wir recht schnell gewesen. Ich vermute, dass es noch mindestens eine Stunde dauern wird, bis Miss Harrington eintrifft." Es klopfte an der Tür und die Bedienung brachte ein großes Tablett mit Essen herein. „Das gibt uns bis zur Ankunft der Damen genug Zeit, die Teller leer zu essen."

Sie tranken gerade die letzten Reste des Kaffees, als der Gastwirt in Begleitung von Miss Harrington und den Chingford-Schwestern eintrat.

„Ihre Gäste, Sir Robert. Soll ich eine frische Kanne Kaffee bringen?"

„Das würden wir sehr begrüßen." Miss Harrington zog die Handschuhe aus und wärmte sich die Hände am Kamin. „Guten Morgen, Major Kurland, Mr Fletcher."

Robert erhob und verbeugte sich. „Guten Morgen, die Damen. Haben Sie schon gegessen?"

Miss Harrington erschauderte bei der Frage. „Unglücklicherweise ja, was bedeutete, dass Dorothea sich den Rest der Reise unwohl fühlte. Das arme Mädchen." Sie begleitete die jüngere der Chingford-Schwestern zu einem Platz am Feuer. „Setz dich doch bitte. Ich werde den Wirt fragen, ob er dir etwas warme Milch oder etwas anderes bringen kann, um deinen Magen zu beruhigen."

„Sie wird sich schon wieder erholen, wenn sie einfach nur eine Weile ruhig sitzen kann", schaltete Miss Chingford sich ein. „Es hat ihr nur das Schaukeln der Kutsche Probleme bereitet."

Die Bemerkung ließ Robert sich fragen, warum um alles in der Welt Miss Dorothea sich entschieden hatte mitzukommen, wenn sie doch wusste, dass es ihr schlecht gehen würde.

Miss Chingford sah mit ihrer gelben Haube und dem vertraut wirkenden rosa Kleid sehr schick aus. „Sie wird schon zurechtkommen, während wir unsere Einkäufe erledigen."

„Einkäufe?" Robert zog Miss Harringtons Blick auf sich.

„Ich habe einen Termin bei meiner Schneiderin." Ihre Augen verengten sich. „Der *Grund*, warum ich heute nach Hertford gereist bin? Sie erinnern sich?"

„Ah, ja, natürlich." Er neigte leicht den Kopf. „Was würden Sie zuerst von einem Spaziergang über den Marktplatz und einem Besuch der Shire Hall halten?"

„Das wäre wunderbar. Ich werde Madame Harcourt wissen lassen, dass ich sie heute Nachmittag aufsuchen werde."

Miss Chingford nahm die Haube ab und setzte sich neben ihre Schwester. „Da ich keinerlei Bedürfnis habe, über einen Provinzmarkt zu spazieren, werde ich hierbleiben, mich um Dorothea kümmern und später zu euch stoßen, Lucy."

„Wie du möchtest, Penelope." Miss Harrington nickte und wandte sich Robert zu. „Ich kann eins der Dienstmädchen als Anstandsdame mitnehmen."

Weniger als eine halbe Stunde später begleitete Robert Miss Harrington aus dem Gasthaus hinaus auf die belebte Straße. Hertford war eine wohlhabende Stadt mit regem Postkutschenverkehr, guten Läden und einem florierenden Markt.

Dermot deutete auf die andere Straßenseite. „Shire Hall ist dort drüben, Sir Robert. Es ist das Ziegelgebäude. Wir haben einen Termin bei einem Mr Chestwick." Sie brauchten eine Weile, um die Straße zu überqueren, da mehrere riesige Frachtkarren, die gerade aus der Brauerei fuhren, den Verkehr stark verlangsamt hatten.

„Die Gesellschaftssäle befinden sich im gleichen Gebäude im rechten Flügel", sagte Robert an Miss Harrington gewandt. „Es gibt auch noch zwei Gerichtskammern."

„Ich habe die Gesellschaftssäle schon mehrfach besucht, aber ich war noch nie im Gericht." Miss Harrington blickte zur prächtigen Fassade auf. „Es ist ein sehr elegantes Bauwerk und auch recht neu, soweit ich weiß."

„Ich glaube, es ist etwa vor vierzig Jahren erbaut worden." Robert hielt ihr und dem Dienstmädchen die Tür auf. „Am besten folgen wir Mr Fletcher. Er scheint zu wissen, wo es langgeht."

Ein junger Mann näherte sich ihnen und verneigte sich. „Major Sir Robert Kurland? Es ist eine Freude, Sie kennenzulernen, Sir, Madam. Wenn Sie mir bitte folgen würden. Ich habe schon einige der Informationen, die Ihr Landverwalter angefragt hat, zusammengetragen und auch einige zusätzliche Dokumente gefunden, die Sie vielleicht interessieren könnten. Das ist ein ausgesprochen faszinierender Fall."

Er führte sie in ein kleines Zimmer, das aussah, als ob es dem Urkundsbeamten des Gerichts gehörte.

„Setzen Sie sich doch bitte."

Er setzte sich ihnen gegenüber und blätterte durch einen Stapel mit Papieren. „Das Wichtigste in einem Rechtsfall wie diesem ist es, die Geschichte des umstrittenen Landes genau festzustellen. Bei den Ländereien von Kurland St. Mary haben wir den Vorteil, dass dort in den letzten siebenhundert Jahren stabile Besitzverhältnisse herrschten, was, wie Sie wissen, bemerkenswert selten ist."

„Die Familie Kurland hat es bevorzugt, die Füße still zu halten und sich nicht in die Streitigkeiten von Königen einzumischen."

„Eine sehr weise Entscheidung", schaltete Miss Harrington sich ein.

Mr Chestwick legte ein großes Stück Pergament vor Robert. „Das hier ist älter als der Zeitraum, zu dem Sie angefragt haben, aber das Schreiben beurkundet den ersten Landtransfer, als das Grundstück von einem Ezekiel Thurrock 1645 gekauft wurde. Damit gehörte das Land über einen gewissen Zeitraum tatsächlich der Familie."

Robert begutachtete das ausgesprochen fleckige Dokument. „Ich fürchte, mein Latein habe ich nach der Schule hinter mir gelassen. Gibt es etwas

Bemerkenswertes, das ich über die Originalübertragungsurkunde wissen sollte?"

„Nichts außer dem Umstand, dass es selbst während des Bürgerkrieges ordentlich gestempelt und beglaubigt worden ist."

„Gibt es Beweise dafür, dass das Land an meine Familie zurückverpachtet wurde?"

„Es gibt einen Vermerk in den Grafschaftsarchiven, dass dem so war, aber es gibt keine formellen Dokumente dazu. Ich nehme an, die wurden in Kurland Hall aufbewahrt?"

Dermot nickte. „Die befinden sich in der Tat in unseren Aufzeichnungen."

„Gut." Mr Chestwick präsentierte ihnen ein weiteres Stück Pergament, auf dem ein rotes Siegel mit einer Schleife prangte. „Das ist das Dokument, das Sie sehen wollten. Der Verkauf des Landes zurück an Ihren Vater im Jahr 1790."

„Ausgezeichnet." Robert untersuchte eingehend die Übertragungsurkunde und lächelte dann reihum den Mann, Dermot und Miss Harrington an. „Damit hat die Familie Thurrock keinerlei Anspruch auf das Land."

„Ich kann Ihnen die Originalurkunde nicht aushändigen, Sir Robert, aber ich habe einen Brief aufgesetzt, in dem das Vorliegen bestätigt und Interessierten die Einsicht angeboten wird." Er überreichte Robert einen sehr offiziell aussehenden Brief.

„Vielen Dank." Robert gab ihn direkt weiter an Dermot. „Sie können das Schreiben mitnehmen, wenn Sie meine Anwälte in Bishop's Stortford aufsuchen, dann kann man sich dort eine Kopie anfertigen."

„Das werde ich, Sir. Und ich werde das Original mit nach Kurland Hall zurücknehmen und dort an einem sicheren Ort verwahren."

Robert streckte den Arm aus, um Mr Chestwick die Hand zu schütteln. „Vielen Dank für Ihre Hilfe."

„Sehr gern, Sir Robert. Es war mir eine Freude, Ihnen zu Diensten sein zu können."

Robert verließ Shire Hall mit einem Lächeln auf den Lippen und blickte hinab zu Miss Harrington. „Sollen wir mit einem ausgiebigen Mittagessen feiern? Dann können Sie und Miss Chingford nach Herzenslaune einkaufen, während ich mich mit Mr Fletcher über den nächsten Teil seiner Reise unterhalte."

Seine Verlobte klopfte ihm sanft auf den Arm. „Das wäre wunderbar."

Sein Vertrauen in seinen Vater war gerechtfertigt gewesen. Falls der Anwalt der Thurrocks rechtlich im Namen von Nathaniels Erben gegen ihn vorgehen wollte, wäre der Fall zum Scheitern verurteilt. Wenn Dermot beweisen konnte, dass der ältere Thurrock das Geld für das Land angenommen und dies später seinem Sohn gegenüber bestritten hatte, dann wäre das sogar noch besser.

Allerdings würde Robert selbst die Sache nicht weiterverfolgen, wenn die übrige Thurrock-Familie gewillt war, sie ruhen zu lassen. Er brauchte das Geld nicht und hatte keinerlei Bedürfnis, in dieser Angelegenheit vor Gericht zu ziehen.

Miss Harrington räusperte sich. „Man fragt sich, warum der erste Ezekiel sich die Mühe gemacht hat, das Land zu kaufen, wenn seine Nachkommen es schon wenige Generationen später an Ihre Familie zurückverpachteten und die Gegend verließen."

„Vielleicht lag es daran, dass seine Familie so wenig geschätzt wurde."

„Aber wieso? Wenn das Land rechtlich korrekt gekauft, verkauft und verpachtet wurde, welches Problem hatte das Dorf dann noch mit den Thurrocks?" Sie seufzte. „Niemand ist gewillt, etwas dazu zu sagen – oder vielleicht wissen sie es auch nicht, weil es so lange her ist, dass sich keiner an die Details erinnert."

Roberts Freude verpuffte ein wenig. „Aber es war bedeutend genug, dass die Rückkehr der Thurrocks nach Kurland St. Mary Probleme verursacht hat."

„Nicht die Rückkehr des Küsters. Nur die von Nathaniel."

„Der begeisterte Amateurhistoriker, der davon überzeugt war, dass seine Familie irgendwie um ihr rechtmäßiges Erbe erpresst worden war?"

„Genau. Er hat alle aufgestachelt und Ezekiel hat es ihm wenig gedankt."

Sie überquerten die Straße, Robert gab dem Dienstmädchen eine Münze und sie kehrte in die Küche zurück. Dermot ging hinaus, um sich mit dem Wirt wegen des Mittagessens zu besprechen. Damit blieben Robert und Miss Harrington in dem schmalen Gang vor dem gemieteten Salon allein zurück.

„Ich bin mir nicht sicher, ob wir je herausfinden werden, warum die Thurrocks sterben mussten", sagte Miss Harrington. „Und das wirkt für mich wie ein ... großes Unrecht. Auch wenn sie nicht sehr sympathisch waren oder ihre Ahnen vor Hunderten von Jahren etwas getan haben, um das Dorf gegen sich aufzubringen, haben sie dieses Schicksal nicht verdient."

„Dem muss ich zustimmen. Nur weil ich mein persönliches Problem mit Nathaniel Thurrock beigelegt habe, heißt das nicht, dass ich vorhabe, einfach zu vergessen, was passiert ist." Robert blickte ihr in die Augen. „Und wenn ich in der Sache etwas zu sagen habe, werde ich dafür sorgen, dass wir die Täter finden und ihnen Gerechtigkeit widerfährt."

„Vielen Dank." Sie schenkte ihm ein zartes Lächeln. „Ich wusste, dass Sie das so sehen würden, wie Sie es sehen sollten."

„Oder viel wichtiger: Dass ich es so sehen würde, wie Sie es für richtig halten. Wir werden dieses Rätsel lösen, Miss Harrington, das verspreche ich Ihnen. Ich habe das Gefühl, dass wir die einzelnen Teile entschlüsseln müssen und sich dann das Gesamtbild von allein ergibt."

„Ich weiß Ihren Optimismus zu schätzen, Sir. Und jetzt bin ich bereit für die Mahlzeit."

Er beugte sich herunter und küsste sie auf die Nase.

„Dann lassen Sie uns zu den anderen stoßen und zusammen einen wunderbaren Nachmittag genießen."

Kapitel 18

„Vater ..."

„Ja, meine Liebe?"

„Hast du je von einem Mann namens John Stearne gehört, der in Manningtree in Essex lebte?"

Ihr Vater legte die Zeitung auf seinem Schreibtisch ab. Es war später Abend nach ihrem erfolgreichen Ausflug nach Hertford. Nach langer Bedenkzeit auf ihrer Rückreise hatte Lucy sich daran erinnert, was sie ihren Vater noch hatte fragen wollen.

„Natürlich habe ich das."

„Wer war er?

„Er hatte mit Matthew Hopkins zu tun." Als sie nicht antwortete, sah er sie gereizt an und erhob sich. „Von ihm *musst* du doch gehört haben."

„Ich glaube nicht."

Er ging zielstrebig zu einem seiner Bücherregale hinüber und zog ein kleines, in Leder gebundenes Buch hervor. „Lies das hier."

„Das Aufspüren von Hexen?" Sie öffnete das Buch und las den Text des Deckblatts laut vor. „Die Antwort auf zahlreiche aktuelle Fragen, zusammengestellt für das Schwurgericht der Grafschaft Norfolk und jetzt herausgebracht von Matthew Hopkins, Hexenjäger, für das Wohl des ganzen Königreichs."

Lucy blickte von der Seite auf. „Hexenjäger?"

„Es überrascht mich, dass du noch nie von ihm gehört hast. Er ist berüchtigt in Norfolk, Essex und sogar Hertfordshire."

Sie schlug das Buch zu. „Dürfte ich mir das ausleihen?"

„Natürlich. Ich habe dir doch nie vorgeschrieben, was du lesen darfst und was nicht."

„Und dafür bin ich sehr dankbar." Sie zögerte. „Darf ich dich noch etwas anderes fragen?"

Er kehrte zu seinem Platz zurück und nahm die Zeitung in die Hand. „Wenn es sein muss."

„Weißt du noch, wo du den Steinkopf hingelegt hast, der Mr Thurrock am Kopf getroffen hat? Das letzte Mal, als ich ihn gesehen habe, lag er auf deinem Schreibtisch. Ich wollte ihn an seinen angestammten Platz zurückbringen."

„Ich habe keine Ahnung, wo er hin ist." Ihr Vater sah sie irritiert an. „Ich erinnere mich, dass er plötzlich verschwunden war, weil eines Morgens, nachdem die Dienstmädchen hier drinnen waren, alle Papiere, die unter dem Steinkopf gelegen hatten, über den ganzen Boden verteilt waren."

„Dann werde ich Betty fragen, wo sie ihn hingelegt hat. Vielen Dank für das Buch."

Ihr Vater nickte. „Ich werde bald nach Kurland St. Anne aufbrechen, um Sir Reginald Potter zu treffen, also erwarte mich nicht vor Mitternacht zurück."

Lucy blieb an der Tür stehen. „Vielleicht könntest du ihn darum bitten, über Nacht bleiben zu dürfen. Ich mag den Gedanken nicht, dass du im Dunkeln zurückmusst."

Ihr Vater gluckste. „Er wird mir nur zu gern ein Bett anbieten. Aber es hängt davon ab, wie viel Brandy wir trinken, während wir über den Zustand der Gelehrtheit in diesem Land diskutieren."

„Und davon, ob ihr nach der Diskussion noch miteinander sprecht?"

„Davon natürlich auch, aber wir sind alte Freunde und kennen uns zu gut, um wirklich beleidigt zu sein."

Lucys Lächeln verschwand, als sie die Tür hinter sich schloss und das kleine Buch in die Tasche ihres Kleids gleiten ließ. Sie ging hinunter in die Küche, die mit Ausnahme von Maisey verlassen war.

„Guten Abend, Miss Harrington." Maisey blickte von dem Silberbesteck, das sie gerade polierte, auf. „Hatten Sie einen schönen Tag in Hertford?"

„Es war sehr angenehm." Lucy setzte sich auf den Stuhl gegenüber der Küchenhilfe. „Ist Mrs Fielding hier?"

„Heute ist ihr freier Tag, Miss. Und auch der von Betty, da der Pfarrer heute Abend auswärts isst und wir nicht sicher waren, wann Sie zurückkehren würden. Ich glaube daher nicht, dass sie bald wieder hier sein werden."

„Das ist nur allzu verständlich."

„Miss Chingford und ihre Schwester essen beim Doktor zu Abend. Wenn Sie Hunger haben, gibt es noch kalten Braten in der Vorratskammer, Miss."

„Maisey ... Erinnerst du dich an das Steinfragment, das im Arbeitszimmer des Pfarrers lag?"

Die Hände des Dienstmädchens erstarrten. „Ein Frag... was, Miss?"

„Der Steinkopf. Du hast ihn aus dem Arbeitszimmer mitgenommen. Wo hast du ihn hingelegt?"

„Warum glauben Sie, dass ich das war?"

Lucy sagte nichts und Maisey widmete sich wieder dem Besteck und polierte gründlich an einem hartnäckigen Flecken herum.

„Und selbst wenn ich es war, warum glauben Sie, dass mich niemand darum gebeten hat, das verdammte Ding woanders hinzulegen?"

„Ich mache dir keinen Vorwurf, Maisey. Wenn dir befohlen wurde, den Steinkopf wegzubringen, dann hattest du keine andere Wahl, als der Anweisung Folge zu leisten." Lucy nutzte einen möglichst besänftigenden Tonfall. „Wo hast du ihn hingelegt?"

„Zurück ins Zimmer von Mr Thurrock, wie mir gesagt wurde."

„Ah", sagte Lucy.

„Er war überrascht, ihn dort zu sehen, und hat mir eine Standpauke gehalten, das kann ich Ihnen sagen." Maisey ließ die Schultern sinken. „Ich konnte ja nicht wissen, dass es der Stein war, der seinen Bruder umbrachte, oder? Ich dachte nur, dass es ein großer Steinbrocken war!"

Lucy runzelte die Stirn. „Aber ich habe ihn nirgendwo gesehen, als ich Mr Thurrocks Besitztümer sortierte. Hast du ihn noch einmal woanders hingelegt?"

„Ich, Miss? Nein." Diesmal sah Maisey ihr in die Augen und sprach recht nachdrücklich. „Glauben Sie, dass ich das Ding nach all dem Ärger noch einmal anfassen wollte?"

„Vermutlich nicht." Lucy erhob sich. „Gute Nacht, Maisey."

„Gute Nacht, Miss."

Lucy blieb an der Tür stehen. „Es kann sein, dass ich später noch einmal ausgehe, um etwas nachzusehen. Wenn ich nicht in meinem Zimmer bin, weck bitte nicht noch einmal das ganze Pfarrhaus, in Ordnung?"

„Nein, Miss, dafür habe ich auch Ärger bekommen", sagte Maisey missmutig. „Ich werde einfach den Mund halten, wie es meine Tante Grace gesagt hat."

„Tante Grace?" Lucy ging in Gedanken alle Frauen mit Namen Grace durch, die sie in der Gegend kannte.

„Sie behält mit allem recht."

„Grace Turner?"

„Ja, Miss?" Jetzt wirkte Maisey verwirrt. „Die Schwester meiner Mutter."

„Deine Mutter war eine Turner? Das wusste ich ja gar nicht."

„Mit vierzehn wurde sie Dienstmagd. Mit sechzehn hat sie geheiratet, und als ihr Mann starb, kam sie ins Dorf zurück und heiratete meinen Vater."

„Das erklärt es also." Lucy brachte ein Lächeln hervor, von dem sie hoffte, dass es beruhigend wirkte. „Bleib nicht zu lange wach, in Ordnung?"

„Ich muss das hier noch fertigmachen, sonst bringt Mrs Fielding mich um."

„Dann lasse ich dich besser weitermachen."

Lucy raffte die Röcke und rannte, so schnell sie konnte, die Treppen hinauf. Sie setzte sich ans Feuer, nahm das Buch mit den Kurland-Briefen und blätterte hastig auf die Seiten kurz nach denen, die sie zuletzt markiert hatte.

„Stearne ...", flüsterte sie. „Stearne ... Oh, guter Gott, da ist er ja!"

Sie las einen kurzen Abschnitt, in dem Thomas erwähnte, dass John Stearne und sein viel berüchtigterer Kamerad Matthew Hopkins im Dorf aufgetaucht waren. Sie blätterte weiter in der Hoffnung, auf mehr Informationen dazu zu stoßen, fand jedoch nur einen Brief, der fast sechs Monate später verfasst worden war.

Sie blickte auf und hielt das Buch mit beiden Armen vor ihrer Brust umklammert. Horatio Driskin hatte gesagt, dass der Schreiber des Briefs an Mr Stearne gewollt hatte, dass eine Untersuchung gegen die Roma und in anderen gottlosen Angelegenheiten begonnen wurde. Es war nicht viel, aber die Ankunft des sogenannten Hexenjägers – möglicherweise das Ergebnis eines Briefs von der Frau des alten Ezekiel Thurrock – konnte durchaus dem Streit zwischen den Kurlands, den Dorfbewohnern und den Thurrocks zugrunde liegen. Vielleicht war es das, wonach sie und Major Kurland die ganze Zeit gesucht hatten.

Lucy sprang vor Schreck auf, als die Hintertür zugeschlagen wurde und der freudige Ruf ihres Vaters zur Verabschiedung durch das Haus hallte. Mit Ausnahme von Maisey war sie nun allein im Haus. Niemand würde es erfahren, wenn sie beschloss, nach Kurland Hall zu gehen und die Neuigkeiten mit Major Kurland zu teilen.

Robert hatte es sich im Sessel neben dem Feuer gemütlich gemacht. Sein verstauchter Knöchel ruhte auf einem Fußhocker, neben ihm stand eine Karaffe mit Brandy und die Kurland-Briefe warteten darauf, mühsam entziffert zu werden. Er hatte außerdem Mr

Thurrocks Skizzenbuch von Miss Harrington geborgt, um zu schauen, ob einige der Zeichnungen besonderen Sinn ergaben. Draußen heulte der Wind, ließ Fenster klappern und Türen knallen, wie ein frustrierter Einbrecher, der um jeden Preis Eintritt ins Herrenhaus suchte. Das Gemäuer war alt und selbst die dicksten Wandteppiche und Vorhänge konnten den kalten Luftzug durch die Hallen nicht aufhalten. Aber Kurland Hall war sein Zuhause und er liebte jeden einzelnen Winkel davon. Während er die Briefe las, stellte er sich Thomas und William Kurland vor, wie sie vor eben diesem Kamin auf und ab schritten, um einen Weg zu finden, das Anwesen sowohl vor dem König als auch vor dem gegnerischen Parlamentsheer zu beschützen. Manchmal fühlte seine Lage sich ähnlich an, so als ob seine Loyalität zur Krone in Konflikt stand mit der Ungerechtigkeit, die einigen seiner Pächter widerfuhr.

Dermot war in Bishop's Stortford und regelte die Angelegenheit mit den Kurland-Anwälten. Patrick hatte die Chingford-Schwestern zum Abendessen eingeladen, das von seinem neu eingestellten Koch zubereitet wurde. Er hatte auch Robert eingeladen, doch der hatte sich mit Ermüdung durch den Ausflug nach Hertford herausreden können und war nun glücklich dabei, allein die fast völlig friedliche Stille seines Zuhauses genießen zu können.

Das Leben war schön und er musste diese letzten verbleibenden Abende in Einsamkeit genießen, bevor sein Alltag schon in weniger als einem Monat durch die Anwesenheit seiner Frau verkompliziert werden würde. Er bezweifelte, dass sie besonders glücklich sein würde, wenn er jeden Abend allein in seinem verschlossenen

Arbeitszimmer verbrachte und nie auch nur hervorkam, um mit ihr zu sprechen. Vermutlich würde sie in dem Fall hereingestürmt kommen und ihn eigenhändig herauszerren. Es gab vieles, für das er dankbar sein musste, und Miss Harrington hatte einen wichtigen Beitrag zu seinem jetzigen Glück geleistet.

Ein leises Klopfen am Fenster schreckte ihn so sehr auf, dass er sich beinahe am Brandy verschluckte. Mit einem missmutigen Seufzen erhob er sich, ging hinüber zum großen Fenster und schlug die Vorhänge zurück. Vor ihm stand die tropfnasse Gestalt seiner Verlobten.

„Miss Harrington?" Er öffnete eilig das Fenster und half ihr, über das niedrige Fensterbrett hereinzuklettern. „Ich dachte, wir würden so etwas nicht mehr tun."

Sie ging schnell hinüber zum Feuer und kniete sich vor die wärmenden Flammen.

„Niemand wird es herausfinden. Mein Vater besucht einen Freund, die Chingfords sind bei Dr. Fletcher und Maisey weiß, dass ich bald zurück sein werde."

Er reichte ihr sein Glas Brandy. „Setzen Sie sich, Sie zittern ja."

Sie ließ sich in einen Sessel sinken. Mit beiden Händen führte sie das Glas an den Mund und nahm einen winzigen Schluck.

„Ich musste herkommen."

„Was haben Sie herausgefunden?"

„Ich weiß nicht, wo ich anfangen soll." Sie strich sich das vom Wind zerzauste Haar aus dem Gesicht. „Die Turner-Schwestern sind Maiseys Tanten."

„Maisey, Ihre Küchenhilfe?" Auf ihr Nicken hin fragte er weiter. „Wieso ist das von Bedeutung?"

„Wussten Sie das etwa?"

„Nein, aber was spielt es für eine Rolle?"

„Zum einen bedeutet das, dass die Mallards vermutlich lügen würden, um die Turners zu beschützen. Sie waren also vielleicht gar nicht auf der Geburtstagsfeier und könnten durchaus stattdessen bei der Priorei gewesen sein und dafür gesorgt haben, dass Nathaniel Thurrock eines ‚natürlichen Todes' starb."

Robert nickte. „Das ist eine Möglichkeit. Fahren Sie fort."

„Da Maisey im Pfarrhaus ist, wussten die Turners alles über die Thurrocks und deren Tagesablauf, und sie hatten sogar Zugang zu ihren Besitztümern."

„Ich nehme an, Sie wollen darauf hinaus, dass dies dabei geholfen hätte, die richtigen Orte zu kennen, an denen sie ihnen schaden konnten."

„Genau. Und dann ist da noch der Steinkopf."

„Welcher der beiden?"

„Ich bin mir nicht sicher, ob es je mehr als einen gab. Was ich aber weiß, ist, dass er irgendwann in Mr Thurrocks Zimmer gelegt worden ist, weil Maisey ihn dort platziert hat." Sie lehnte sich vor. „Erinnern Sie sich an den Tag, als sie ins Arbeitszimmer kam und sagte, dass sie nach etwas gesucht habe, dann aber mit leeren Händen wieder ging?"

„Ja." Robert sah sie einen langen Augenblick an. „Aber ich verstehe immer noch nicht."

„Maisey sagte, dass ihr befohlen worden sei, den Kopf in Mr Thurrocks Zimmer zu legen."

„Von wem?"

„Ich hatte angenommen, dass sie Mr Thurrock meinte, aber dann eröffnete sie mir, dass er wütend reagiert habe, als er ihn in seinem Schlafzimmer fand."

„Das ist wenig verwunderlich, wenn man bedenkt, dass damit der Schädel seines Bruders eingeschlagen wurde."

„Aber war er wütend, weil er nicht wollte, dass die Waffe, die er selbst eingesetzt hatte, in seiner Nähe lag, oder weil er tatsächlich durch den Anblick beunruhigt war?"

„Ich habe keine Ahnung." Robert runzelte die Stirn. „Wenn Sie andeuten, dass die Turners auf irgendeine Weise Ezekiel Thurrock ermordet haben, hätten sie dann nicht Maisey angewiesen, den Steinkopf zu beseitigen?"

„Vielleicht, aber vielleicht wollten sie auch Nathaniel Angst einjagen, indem sie ihn im Zimmer platzieren ließen."

„Als Drohung? Das kann sein. Wie die dornige Hinterlassenschaft unter meinem Kopfkissen."

„Sie könnten beide umgebracht haben, oder?", fragte Miss Harrington. „Ezekiel mit dem Steinkopf und Nathaniel da draußen bei der Priorei, während sie eigentlich auf der Feier der Mallards hätten sein sollen."

„Aber wir haben für nichts davon einen Beweis."

„Der Steinkopf ist in jedem Fall aus dem Pfarrhaus verschwunden, damit haben wir zumindest einen Ansatzpunkt, wo wir zuerst Fragen stellen können."

Robert ließ den Blick einen Moment lang nachdenklich auf seinen Stiefeln ruhen. „Aber wieso? Was kann es für einen Anlass geben, der die Turners dazu gebracht haben könnte, die Thurrocks zu ermorden?

Zumal sie jahrelang friedlich in Gegenwart von Ezekiel gelebt hatten."

„Weil Nathaniel zu Besuch kam und alle aufgestachelt hat."

„Wie ich bereits sagte, wenn jemand die Thurrock-Brüder wegen irgendetwas in der Vergangenheit hätte loswerden wollen, dann wäre ich das."

„Aber ich habe möglicherweise einen anderen Grund entdeckt." Miss Harrington zog ein Buch aus ihrer Tasche hervor. „Haben Sie je von einem Mann namens Matthew Hopkins gehört?"

Er nahm das Buch und schlug das Deckblatt auf. „Der Hexenjäger? Wie ich höre, haben unsere Vettern in den Kolonien sein Buch *Das Aufspüren von Hexen* ausgiebig genutzt, um ihre eigenen Hexen zu verfolgen."

„Mr Driskin hat mir gegenüber John Stearne erwähnt und –"

„Ja, den Namen kenne ich." Robert warf dem Stapel von Briefen einen Blick zu. „Er wird in den Briefen erwähnt. Offenbar gab es im Dorf irgendein Problem und jemand hat entschieden, den Hexenjäger herkommen zu lassen."

„Mr Driskin hat gesagt, dass die Frau des ersten Ezekiel Thurrock an Stearne geschrieben und ihn darum gebeten habe, nach Kurland St. Anne zu kommen und sich der vorherrschenden Gottlosigkeit anzunehmen. Die Roma entschieden sich in dem Jahr dazu, schon früher weiterzuziehen, daher wusste er nicht, was nach ihrer Abreise im Dorf passierte."

Robert legte einen Finger in das offene Buch. „Wenn die Roma also fort waren, auf wen hatte Matthew Hopkins es dann abgesehen?"

„Nach dem zu schließen, was ich bisher in dem Buch gelesen habe, hat er nach älteren, alleinstehenden Frauen gesucht, nach Heilerinnen oder weisen Frauen und sie seinen ‚Prüfungen' unterzogen."

„Die Mitglieder der Familie Turner sind schon seit Generationen Heiler, nicht wahr?"

Miss Harrington biss sich auf die Lippe. „Ich glaube, so ist es."

Robert erhob sich. „Wenn Sie mich vielleicht begleiten würden, könnten wir ihnen einen Überraschungsbesuch abstatten."

Robert fuhr die Kutsche selbst, da er seine Bediensteten nicht stören wollte, die damit beschäftigt waren, sich um seine Pferde zu kümmern. Sein Stalljunge Joseph Cobbins, der gerade Wache schob, bemerkte Roberts Ankunft, gab dazu aber keinen Kommentar ab. Er machte nur die Pferde fertig und brachte die Kutsche auf den Hof, sodass Robert und Miss Harrington losfahren konnten.

Robert warf ihm eine Münze zu. „Vielen Dank, Joseph. Wenn ich bis zum Morgengrauen nicht zurück bin, sag Coleman, dass du gesehen hast, wie ich in der Kutsche davongefahren bin, und dass ich die Turners besuchen wollte."

„In Ordnung, Sir." Joseph trat zurück und ließ die Zügel des Pferdes los.

Miss Harrington sah Robert an. In der Dunkelheit war von ihrem Gesicht nur ein blasser, verschwommener Schimmer zu sehen. „Rechnen Sie mit Ärger?"

„Ich bin mir nicht sicher."

Während er die Kutsche über die engen Landstraßen nach Kurland St. Anne und zwischen den darum verstreuten Häusern hindurchsteuerte, redeten sie nicht. Hinter einem der Fenster des Turner-Hauses brannte ein Licht, der Rest lag im Dunkeln. Robert zog seine Taschenuhr hervor und versuchte die Zeiger abzulesen.

„Es ist erst acht Uhr. Ich bezweifle, dass sie schon zu Bett gegangen sind."

Miss Harrington zuckte mit den Achseln. „Sie gehen vermutlich sparsam mit den Kerzen um und befinden sich gerade im selben Zimmer." Sie dachte einen Moment nach. „Sind Sie sich wirklich sicher, dass Sie das tun wollen? Wie Sie schon sagten, wir haben keinerlei Beweise für unsere Theorie, dass die Turner-Schwestern den Thurrocks schaden wollten."

„Dessen bin ich mir bewusst. Ich möchte sie nur wissen lassen, was wir herausgefunden haben. Wenn sie schuldig sind, bin ich mir sicher, dass wir es auf ihren Gesichtern werden ablesen können. Miss Grace ist nicht gerade eine Meisterin der Täuschung."

„Aber selbst wenn sie schuldig sind, haben wir immer noch keine Beweise."

„Möglicherweise liefern sie uns unabsichtlich einen Beweis oder gestehen sogar ihre Taten."

Sie behielt ihr zweifellos skeptisches Schweigen bei, während er vom Kutschbock stieg und das Gefährt umrundete, um ihr hinunterzuhelfen. Sie nahmen den Weg um das Haus herum und blieben nur kurz stehen, um das Tor zum Garten mit einem leichten Knarzen zu öffnen. Robert deutete in der Dunkelheit auf eines der Kellerfenster.

„Da unten brennt auch Licht."

„Ja. Da braut Miss Grace ihre Tränke zusammen."

Als er sich wieder zur Tür wandte, überkam Robert das Gefühl, dass etwas nicht stimmte. Das Letzte, an das er sich erinnerte, war ein scharfer Schmerz an seinem Hinterkopf.

Kapitel 19

„Miss Harrington!"

Lucy öffnete die Augen, erblickte aber nur vollkommene Dunkelheit und schloss sie wieder. Sie musste wohl träumen. Allerdings …

„Lucy."

Sie musste wirklich träumen. Wie sonst war zu erklären, dass ihr Major Kurland ihren Vornamen ins Ohr flüsterte? Soweit sie wusste, waren sie noch nicht verheiratet.

Neben sich konnte sie sein frustriertes Seufzen hören, was sie dazu brachte, erneut vorsichtig die Augen zu öffnen. Ihr Kopf schmerzte und sie konnte die Beine nicht bewegen.

„Major Kurland?"

„Ah, Gott sei Dank", murmelte er. „Ich dachte schon, Sie würden nie mehr aufwachen."

„Aber was ist denn überhaupt passiert? Wo sind wir hier?"

„Wenn ich das nur wüsste. Im einen Moment waren wir an der Hintertür der Turners und im nächsten wachte ich hier neben Ihnen zusammengeschnürt wie ein Hühnchen auf."

„Ganz schön kalt hier." Sie zitterte.

„Wir liegen auf einem Steinboden. Das ist alles, was ich bisher herausfinden konnte. Und es ist hier so dunkel, dass wir vielleicht irgendwo unter der Erde sein könnten."

„Begraben?"

„Nein, um uns herum ist viel Platz." Er rutschte mühselig neben ihr auf dem Boden herum. „Ich brauche Ihre Hilfe, um mich zu befreien, damit wir unsere Umgebung besser untersuchen und uns überlegen können, wie wir von hier entkommen sollen."

„Ich weiß Ihre ruhige Herangehensweise sehr zu schätzen, Major, aber was, wenn das alles unmöglich ist?"

„Ich versichere Ihnen, dass nichts unmöglich ist. Unsere Hände und Füße sind gefesselt. Ihre Hände sind vor dem Körper zusammengebunden, was bedeutet, dass Sie sie leichter einsetzen können. Schaffen Sie es, sich hinzusetzen?"

Sie kämpfte mit ihren Fesseln, um sich in die richtige Position zu bringen. Schwindel breitete sich aus, als es ihr endlich gelang, sich aufzurichten. Ihre Haube war verschwunden, aber sie trug noch immer die warme Pelisse. Nach einigen tiefen Atemzügen nickte sie.

„Ich bin für den nächsten Schritt bereit. Was soll ich jetzt tun?"

„Sehen Sie nach, ob sie mir das Taschenmesser abgenommen haben. Es ist sehr klein. Ich habe es immer bei mir."

„Und wo genau sollte ich es finden können?"

„In der rechten Innentasche meines Mantels."

Er lehnte sich mit dem Rücken gegen die Mauer, damit sie an die Knopfleiste seines Mantels herankam. Sie brauchte eine Weile, bis sie ihre kalten Finger dazu bewegen konnte, ihren Befehlen Folge zu leisten. Irgendwann gelang es ihr endlich, die drei versilberten Knöpfe zu öffnen.

Sie lehnte sich gegen ihn und war kurz überwältigt von der Wärme, die sein Körper ausstrahlte, von dem stetigen Schlag seines Herzens und dem beruhigenden Duft von Brandy, Zigarillos und seinem Haarwasser, der ihn immer begleitete. Sie verspürte den absurden Drang, einfach den Kopf auf seine Brust sinken zu lassen und einzuschlafen.

„Geht es Ihnen gut, Miss Harrington?"

„Ja." Sie konzentrierte sich wieder auf ihre Aufgabe und ignorierte dabei die Kopfschmerzen hinter den Augen, die sich wie ein Sturm immer stärker verdichteten. „Die rechte Tasche, haben Sie gesagt?"

„Es gibt zwei, eine davon ist sehr klein."

Mit den Fingerspitzen fuhr sie über das Satinfutter seines Mantels, bis sie den schmalen Zugang zur Tasche entdeckte. Sie ließ vorsichtig die Finger hineingleiten.

„Ich habe es."

„Gute Arbeit. Jetzt ganz vorsichtig."

Es dauerte eine Weile, bis sie einen Weg gefunden hatte, das Messer herauszuziehen, ohne es dabei fallen zu lassen. Zu ihrer Überraschung blieb der sonst so ungeduldige Major unter ihren Händen völlig ruhig. Zum ersten Mal konnte sie sich leicht vorstellen, wie er seine Truppen in der Schlacht angeführt hatte. Schließlich hielt sie das Messer zwischen ihren Fingern.

„Die Klinge ist im Griff versteckt. Sie müssen vorsichtig auf die rechte Seite drücken und dabei auf Ihre Finger aufpassen."

„Ich habe Brüder, wissen Sie?", erwiderte Lucy. „Das ist nicht das erste Mal, dass ich ein Taschenmesser in den Händen halte."

„Gott sei Dank." Er versuchte mit großer Mühe, sich zu drehen. „Glauben Sie, Sie könnten meine Hände befreien?"

In der Dunkelheit und mit ihrer eingeschränkten Bewegungsfreiheit dauerte es recht lange, bis sie das Seil durchtrennt hatte. Als sie die zweite Schlaufe zerschnitten hatte, gelang es Major Kurland schnell, beide Hände zu befreien.

„Ausgezeichnete Arbeit, Miss Harrington. Geben Sie mir jetzt das Messer, damit ich Sie losbinden kann."

Lucy rieb sich die Handgelenke, während Major Kurland die Seile an ihren Knöcheln durchschnitt.

„So."

„Vielen Dank."

Er knurrte missmutig. „Danken Sie mir nicht. Ich habe Sie in diese missliche Lage gebracht. Ich hätte es besser wissen sollen, als meinem Impuls zu folgen."

„Sie wollten sie auf dem falschen Fuß erwischen. Es war durchaus verständlich."

„Aber irgendwoher wussten sie, dass wir kommen würden."

„Irgendjemand wusste es."

„Wer außer den Turners hätte es sonst gewesen sein können?" Er schnaubte. „Und was hoffen sie zu gewinnen, indem sie den Gutsherrn und die älteste Tochter des Pfarrers aus dem Weg räumen? Glauben sie, dass das niemandem auffallen wird?"

Lucy war beinahe froh, den sarkastischen Tonfall wieder in seiner Stimme zu hören.

„Es waren mit Sicherheit keine einfachen Räuber, denn meine Geldbörse und meine Taschenuhr sind noch da."

„Ich nehme nicht an, dass Sie eine Zunderbüchse bei sich führen, Major?"

„Doch, natürlich habe ich eine, und dazu auch noch die passende Kerze."

Sie versuchte mutig, sich mit der Wand als Stütze auf die Beine zu bringen, und sprach mit zitternder Stimme: „Denn ich würde wirklich gern in Erfahrung bringen, wo wir sind und wie wir hier rauskommen."

Er streckte die Hand aus und berührte ihre Schulter. „Ich verstehe, warum Sie Angst haben, Miss Harrington. Ich verspreche, dass ich es nicht zulassen werde, dass man Sie hier oder irgendwo sonst gefangen hält."

Sie hasste es, sich so schwach zu fühlen. Es passte ganz und gar nicht zu ihr, aber immerhin konnte er sie verstehen.

Er fand die Zunderbüchse in seiner Tasche und es gelang ihm, einen Funken zu schlagen und die Kerze zu entzünden. Das flackernde Licht beleuchtete die niedrige gewölbte Decke und die Türbögen von mindestens zwei Durchgängen.

„Das kommt mir beinahe bekannt vor …", murmelte Major Kurland. „Als ob ich wissen müsste, wo wir hier sind."

Lucy drehte sich auf der Stelle im Kreis. „Sie haben uns nicht einmal eingeschlossen."

„Ich weiß, wie merkwürdig. Vielleicht hoffen sie, dass wir in diesem Labyrinth tagelang umherirren und man uns nie wieder sieht."

Sie erschauderte. „Sodass unser Tod irgendwann als Ergebnis unserer eigenen Torheit gesehen wird und niemand dafür belangt werden kann ... genau wie bei den Thurrocks."

„Oder man könnte denken, dass wir zusammen durchgebrannt sind, sodass niemand nach uns sucht." Major Kurland erkundete weiter die Umgebung, bevor er sich zu ihr drehte. Hinter ihm warf das Licht einen gewaltigen Schatten an die Wand. „Wir sollten losgehen. Die Kerze reicht nicht besonders lange."

„Aber in welche Richtung?" Lucy ließ den Blick unsicher zwischen den beiden identischen Durchgängen hin und her schweifen. „Was, wenn uns jemand auflauert?"

Er lehnte sich gegen einen der Steinbögen. „Möchten Sie lieber hierbleiben und auf Rettung warten?"

Sie seufzte schwer. „Nein, allerdings haben Sie immerhin Joseph gesagt, wohin wir gefahren sind, und ihn angewiesen, Mr Coleman Bescheid zu sagen, falls wir nicht zurückkehren."

Er sah auf die Taschenuhr. „Es ist gerade erst Mitternacht, wir haben also sechs Stunden bis dahin. Sollen wir zumindest versuchen, selbst von hier zu entkommen?"

„Wie geht es Ihrem Bein?"

„Gut genug."

„Und dem Knöchel?"

„Ich glaube nicht, dass Sie mich am Ende werden tragen müssen, falls es das ist, was Sie fürchten." Er zog eine Augenbraue hoch und streckte ihr die Hand entgegen. „Kommen Sie?"

Sie ging auf ihn zu. „Ja."

„Das ist mein Mädchen." Er wandte sich zum ersten Durchgang. „Wirkt dieser Ort auf Sie auch irgendwie sakral?"

„Sehr. Es riecht hier sogar wie in einer alten Kirche." Sie sah hinunter auf eine mitgenommene Holztruhe, die neben der Tür stand. „Die sieht der Truhe in Mr Ezekiel Thurrocks Haus sehr ähnlich."

Major Kurland spendete ihr mit der Kerze mehr Licht. „Ich frage mich, ob er sie von hier mitgenommen haben könnte." Er runzelte die Stirn. „Sie erinnert mich an eine andere Truhe, die ich erst vor Kurzem gesehen habe."

Lucy bückte sich, um den Deckel genauer in Augenschein zu nehmen. Im Innern befand sich nichts. „Sind wir vielleicht in den Kellern der alten Priorei?"

„Der Gedanke ist mir auch gekommen. Hat Nathaniel Thurrock hiernach die ganze Zeit gesucht?"

„Mithilfe der Turner-Schwestern?" Lucy erhob sich und sie betraten den Gang hinter dem Steinbogen. „Ich vermute, dass sie von diesen Kellern wussten. Vielleicht waren sie eher darauf bedacht, ihn fernzuhalten." Lucy stolperte und stützte sich an der Wand ab, um nicht hinzufallen. „Der Gang scheint dort hinten eingestürzt zu sein."

„Ja." Major Kurland klang nicht beunruhigt. „So sieht es aus. Lassen Sie uns zurückgehen und den anderen Ausgang versuchen."

Lucy blieb wie angewurzelt stehen. „Was, wenn auch der versperrt ist?"

Er wandte sich ihr zu, sodass sie mit dem Rücken zur Wand stand, und legte eine Hand vorsichtig auf ihre

Wange. „Wir werden hier herauskommen. Das verspreche ich Ihnen."

„In tausend Jahren, wenn jemand unsere Knochen zusammen mit der Priorei ausgräbt?"

Er streichelte mit dem Daumen über ihr Gesicht. „Es muss einen Weg nach draußen geben, wie sollen wir sonst hergekommen sein?"

„Vielleicht haben sie den Gang auf dem Weg nach draußen hinter sich einstürzen lassen."

„Wenn das so ist, finden wir einen anderen Weg."

„Das können Sie nicht wissen!"

„Ich weiß, dass ich alles in meiner Macht Stehende tun werde, um Sie hier herauszuholen."

Lucy sah in seine dunkelblauen Augen und erlaubte sich einen tiefen, beruhigenden Atemzug. „Versprochen?"

Sein Lächeln wich einer ernsten Miene. „Ja. Bei meiner Ehre."

Sie folgten dem Weg, den sie gekommen waren, zurück in den ersten Raum. Der zweite Durchgang erwartete sie.

„Kommen Sie."

Nach vierzig Schritten – nicht, dass Lucy mitgezählt hätte – stießen sie auf eine weitere dunkle Masse aus Steinen. Lucy unterdrückte den Impuls zu weinen.

„Der Gang ist ebenfalls abgeschnitten."

Major Kurland trat näher und ließ das Licht der Kerze über die herabgefallenen Steine flackern. „Das hier ist erst vor Kurzem passiert. Können Sie den Luftzug von der anderen Seite aus spüren?"

Sie versuchte ihre innerliche Panik zum Schweigen zu bringen. „Ja."

„Ich glaube, wir können gefahrlos einige der Steine bewegen und uns einen Durchgang freiräumen."

„Wirklich?"

„Der Gang ist nicht vollständig vom Boden bis zur Decke verschüttet und der zusammengebrochene Teil scheint nicht sehr breit zu sein." Er runzelte die Stirn. „Es wirkt mehr, als wolle uns jemand verlangsamen, anstatt uns umzubringen, meinen Sie nicht?"

„Wie ich schon sagte, sie wollen vermutlich einfach, dass wir hier unten sterben."

„Sie sind bemerkenswert pessimistisch gestimmt, Miss Harrington. Das sieht Ihnen gar nicht ähnlich." Major Kurland ging in die Knie und bewegte vorsichtig einen der größeren Brocken zur Seite. „Wenn wir uns auf diesen Teil konzentrieren, denke ich, dass wir recht schnell die andere Seite erreichen."

Sie half ihm bei der Arbeit, wobei ihre Angst ihr zusätzliche Stärke verlieh. Es ging nur langsam voran und sie befürchtete, dass die Kerze ausbrennen könnte, bevor sie fertig sein würden, sodass ihnen nichts außer der Dunkelheit bliebe.

„Nur noch dieser eine und ..." Mit einem Ächzen hievte Major Kurland ein gebrochenes Stück einer alten Steinsäule aus dem Weg. „Ah! Frische Luft!"

Tatsächlich war Roberts Optimismus ein wenig verfrüht gewesen, da sie noch zwei weitere Einstürze überwinden mussten. Als sie den dritten Steinhaufen hinter sich gelassen hatten, schmerzte sein ganzer Körper und Miss Harrington sah erschöpft aus. Um wieder zu Atem zu kommen, setzten sie sich hin und lehnten sich an die kalte Mauer. Ihre Finger waren ineinander verschlungen.

„Wo, glauben Sie, führt dieser Gang hin?", fragte Miss Harrington.

„Ich habe keine Ahnung – vielleicht auf den Gipfel des Hügels, wo Sie die Tänzer gesehen haben?"

„Beschützt jemand diesen Ort? Nur zu welchem Zweck?" Sie schüttelte den Kopf. Ihr braunes Haar hatte sich aus dem Zopf gelöst und fiel locker auf ihre Schultern hinunter. „Wegen des Schatzes?"

„Ich glaube, es hat nie einen Schatz gegeben."

„Warum dann?"

„Wenn ich das wüsste, Miss Harrington, würde ich hier gerade nicht auf meinem Hintern sitzen, oder?"

Sie sah ihn tadelnd an. „Ihre Ausdrucksweise ist beschämend."

„Ich entschuldige mich dafür."

„Aber durchaus verständlich. Es ist wirklich ausgesprochen frustrierend."

„Wir sollen weitergehen. Die Kerze geht gleich aus und ich möchte nicht im Dunkeln herumstolpern." Er deutete nach oben. „Dort ist es in jedem Fall heller und ich spüre einen Luftzug."

Lucy zog sich mit aller Kraft auf die Beine und bot Major Kurland ihre Hand an, die er zum ersten Mal auch annahm. Schmerz blitzte auf seinem Gesicht auf. Er presste die Lippen zusammen und atmete zischend aus, während er versuchte, sich wieder aufzurichten.

„Legen Sie Ihren Arm um meine Schultern, Major."

Er schnaubte. „Damit ich Sie mit meinem Gewicht nach unten ziehe? Vielen Dank für das Angebot, aber ich komme schon zurecht."

Sie hatte nicht die Kraft, mit ihm zu streiten. Ihr Kopf tat weh, ihre Kehle war trocken und kratzig und es war beinahe unmöglich, einen Fuß vor den anderen zu setzen. Als die Kerze flackerte und schließlich erlosch, fuhr sie mit einer Hand an der Mauer entlang und ertastete sich so den Weg. Major Kurland fiel weiter zurück; sein Atem wurde angestrengter und seine Schritte schlurfender.

Am Ende des Gangs war eine große Eichentür, die deutlich neuer aussah. Lucy sagte ein stilles Gebet auf, als sie versuchte, den Riegel zu heben. Die Tür öffnete sich nach innen. Lange stand sie nur da und ließ den unerwartet willkommenen Anblick vor ihr auf sich wirken.

„Was ist los?"

Major Kurland hatte zu ihr aufgeschlossen. Sie trat zur Seite und gab die Sicht für ihn frei.

„Guter Gott. Ich glaube, das ist der Melkstand der Pethridges!" Er warf einen Blick auf die Taschenuhr. „Wenn wir nicht wollen, dass Martin Pethridge uns hier entdeckt, sollten wir besser gehen. Er wird um fünf Uhr die ersten Kühe zum Melken herbringen." Er musterte seine verwirrt dreinblickende Begleiterin. „Glauben Sie, Sie schaffen den Weg nach Kurland Hall zu Fuß?"

Sie schüttelte erschöpft den Kopf.

„Ich auch nicht. Was bedeutet, dass wir zum Haus gehen und um Hilfe bitten müssen."

„Nicht schon wieder." Sie biss sich auf die Lippe. „Mein Vater wird mich bis zum Tag unserer Hochzeit wegsperren – wenn es überhaupt noch eine Hochzeit gibt und ich nicht zu meinen Cousins nach Indien verbannt werde oder so etwas in der Richtung."

„Es wird eine Hochzeit geben. Selbst wenn ich Ihnen zum Ende der Welt folgen muss." Robert dachte kurz nach. „Ich frage mich, was mit meiner Kutsche passiert ist. Ich bezweifle, dass die Turners sie vor ihrem Haus stehen lassen würden.

„Major Kurland." Miss Harrington zupfte an seinem Ärmel.

„Was ist denn?"

Sie deutete in Richtung der Pethridge-Ställe gegenüber dem Melkschuppen. „Da ist Ihre Kutsche."

Er sah sich einen Moment um. Dann nahm er sie an der Hand und lief, so schnell er konnte, zu dem Gefährt.

„Steigen Sie auf." Er band das Pferd los und nahm die Zügel in die Hand.

„Aber –"

„Wir bleiben nicht hier. Was das zu bedeuten hat, klären wir später."

Er fuhr in aller Eile zurück nach Kurland Hall. In seinen Gedanken kreisten Sorgen und Erklärungsversuche. Miss Harrington lehnte sich an ihn und zur Abwechslung vergaß er seine Angst, die Kontrolle über das Pferd zu verlieren.

„Geht es Ihnen gut?"

Den Kopf an seine Schulter gedrückt, gähnte sie kräftig. „Tut mir leid, ich bin nur müde."

„Sie werden gleich zu Hause sein – außer, Sie möchten lieber in Kurland Hall übernachten und von Ihrem Vater verstoßen werden?"

„Ich würde lieber nach Hause gehen. Es ist noch früh. Ich glaube, ich könnte es diesmal ungesehen ins Bett schaffen."

„Wenn nicht, sagen Sie Ihrem Vater, dass er mich für ein klärendes Gespräch aufsuchen soll."

„Das würde ich ihm nicht sagen müssen. Er würde Sie wahrscheinlich zu einem Duell herausfordern." Sie rieb ihre Wange an dem zerrissenen Ärmel seines Lieblingsmantels. „Ich denke, ich werde einfach ins Bett gehen und für eine Woche durchschlafen."

„Eine wunderbare Idee." Er überlegte kurz, bevor er weitersprach. „Versprechen Sie mir, dass Sie nicht allein das Haus verlassen, bis wir das hier geregelt haben?"

„Ja. Wollen Sie die Turner-Schwestern verhaften lassen?"

„Das werde ich auf jeden Fall versuchen."

Sie erreichten die Tore von Kurland Hall und Robert stoppte die Kutsche. „Es ist vermutlich am besten, wenn ich Sie hier absteigen lasse. Sind Sie sich ganz sicher, dass Sie nicht mitkommen und hier übernachten möchten?"

„Es wird schon alles gut gehen." Sie kletterte langsam vom Kutschbock. „Auch Sie müssen mir versprechen, dass Sie auf sich aufpassen werden."

„Das werde ich." Er machte eine winkende Geste in Richtung des Pfarrhauses. „Gehen Sie. Ich sehe Ihnen nach, um zu schauen, dass Sie die Tür auch sicher erreichen."

Bis er Joseph die Kutsche bei den Ställen übergeben und den Weg ins Schlafzimmer überwunden hatte, schmerzte jeder einzelne Knochen in seinem Körper. Er saß am Feuer und trank drei große Gläser Brandy, bevor er sich langsam seiner Kleidung entledigte und ins Bett stieg. Silas würde einen Anfall bekommen, sobald er den Lieblingsmantel seines Herrn und die gerade gekaufte Hose aus Hirschleder sehen würde. Robert bezweifelte, dass selbst ein Lumpensammler noch etwas damit anfangen konnte.

Gott – alles schmerzte, nicht nur seine kaputte Hüfte, der Oberschenkel und der Knöchel. Er fragte sich, ob er je wieder aus dem Bett aufstehen können würde. Als er die Augen schloss, spielte ihm sein Geist einen Streich. Er wurde verfolgt von Bildern von Tunneln, eingestürzten Durchgängen und Miss Harringtons angsterfülltem Gesicht.

Wie war die Kutsche zum Gehöft der Pethridges gekommen?

Wer hatte sie in den Tunneln gefangen gehalten und sie umbringen wollen?

Lucy schloss die Hintertür und lehnte sich von innen dagegen. Sie atmete langsam aus. Das Haus war still und weder ihr Vater noch Maisey waren aufgetaucht, um sie zur Rede zu stellen. Sie hängte ihren matschverschmierten Mantel auf einen Haken und starrte auf ihre völlig ruinierten Stiefeletten, die sie irgendwann würde ausziehen müssen. Sie legte die Hand in den Nacken und wollte sich gerade nach vorn beugen – als sie vor der vollständig bekleideten Gestalt von Mrs Fielding zusammenzuckte, die am Küchentisch saß.

„Sie sind zurück."

Lucy versuchte sich wieder aufzurichten. „Guten Morgen, Mrs Fielding."

Die Köchin trommelte mit den Fingern auf die hölzerne Tischplatte. „Ich hatte gehofft, dass Sie noch ein wenig länger herumirren würden."

„Wie bitte?"

Mrs Fielding erhob sich. „Sie haben sich schon immer gern eingemischt, Miss Harrington, nicht wahr? Selbst als Kind. Sie stecken Ihre Nase in meine Angelegenheiten, verurteilen mich dafür, dass ich das Bett Ihres Vaters wärme, obwohl er der alte Narr ist und nicht ich."

„Ich habe keine Zeit, mit Ihnen zu diskutieren, Mrs Fielding. Ich bin müde und möchte ins Bett. Wie es aussieht, haben Sie nicht vor, auch nur eine Spur von Höflichkeit mir gegenüber zu wahren, daher werde ich meinem Vater empfehlen, Ihr Dienstverhältnis aufzulösen."

Sie wollte an Mrs Fielding vorbeigehen, wurde aber zurückgerissen. Ihr Arm wurde auf dem Rücken verdreht und ihr ganzer Körper mit Wucht auf die Tischplatte gedrückt. Sie keuchte auf, als sie die Klinge des Küchenmessers an ihrer Kehle spürte.

„Mrs Fielding, was *soll* das?"

„Seien Sie still oder ich werde Ihnen die Kehle durchschneiden. Wir werden zusammen einen Morgenspaziergang unternehmen."

Lucy versuchte sich zu befreien, aber die Spitze der Klinge ritzte sie in die Haut.

„Ich sagte, Sie sollen ruhig bleiben."

„Ich werde schreien und –"

„Wenn Sie das tun, werde ich dafür sorgen, dass Major Kurland in seinem Bett stirbt. Sie wissen, dass ich in der Lage bin, in sein Schlafzimmer einzudringen. Wollen Sie, dass auch *sein* Tod auf Ihrem Gewissen lastet? Oder vielleicht werde ich Sie an einen Stuhl binden, die Treppen hochgehen und Ihrem Vater das Messer ins Herz rammen."

„Das würden Sie nicht wagen ..."

„Ich tue nur, was nötig ist, um zu erreichen, was ich will." Noch während sie sprach, fesselte die Köchin Lucys gepeinigte Handgelenke hinter dem Rücken. „Und jetzt bewegen Sie sich."

Lucy befolgte die Anweisungen. Ihr müder Geist und ihr erschöpfter Körper hatten der Stärke der Köchin nichts entgegenzusetzen. Was hier passierte, ergab für sie keinerlei Sinn.

Sie nahmen den Pfad zwischen Kirche und Kurland Hall, der hinaus zu den Ruinen der Priorei führte. Es war niemand auf den Beinen und der leichte Nebel machte es unmöglich, mehr als ein paar Meter weit zu sehen.

„Deswegen hat Maisey meinen Vater geweckt", sagte Lucy.

„Was?"

„Sie wollte Sie aufwecken, aber Sie waren nicht da, daher ging sie davon aus, dass Sie im Bett meines Vaters waren."

Mrs Fielding schlang die Hand enger um Lucys Oberarm. „Ich habe keine Ahnung, wovon Sie sprechen."

„Von der Nacht, in der Mr Nathaniel Thurrock starb. Sie waren nicht im Pfarrhaus."

„Sie ebenso wenig – wenn man den Gerüchten glauben darf, sind Sie mit Ihrem Verlobten umhergetollt. Kaum die Art, wie sich die Tochter eines Geistlichen verhalten sollte."

„Wenn also heute Morgen festgestellt würde, dass Major Kurland und ich erneut verschwunden sind, würden später alle annehmen, dass wir erneut *herumgetollt* wären und dabei einem schrecklichen Unfall zum Opfer fielen?"

Mrs Fielding antwortete nicht. Der Untergrund wurde steiler. Lucys Kleid war bald schon vom Morgentau durchnässt und schlang sich mit jedem Schritt schwer um ihre Beine. Sie stolperte und fiel beinahe hin.

„Ich will jetzt keine Ihrer Dummheiten sehen."

Sie stieß schmerzerfüllt die Luft aus, als Mrs Fielding sie gewaltsam wieder aufrichtete. Wenn sie sich nur nicht die ganze Nacht damit abgearbeitet hätte, sich einen Weg aus den Kellern der Priorei zu bahnen, dann hätte sie jetzt noch die Kraft, um vor der älteren Frau davonzulaufen, aber ihre Beine fühlten sich an wie alter Haferbrei.

„Halt."

Sie hörte, wie etwas zerrissen wurde, und dann wurden Lucys Augen mit Stoff verdeckt. Mit einem Schubs in den Rücken wurde sie wieder in Bewegung versetzt. Irgendwann vernahm sie den typischen Geruch eines Bauernhofs. Sie wurde in irgendein Gebäude gebracht und eine Steintreppe hinuntergeführt, auf deren Stufen jeder Schritt an den Wänden widerhallte. Zum zweiten Mal in weniger als einem Tag wurde sie in einen Raum mit Steinboden geworfen.

Und diesmal wurde die Tür hinter ihr verschlossen.

Kapitel 20

„Ich bestehe darauf, umgehend mit Sir Robert zu sprechen!"

Robert blickte von der gewohnten morgendlichen Lektüre seiner Zeitung auf, als sich die lauten Rufe näherten. Die Tür zum Frühstückszimmer wurde aufgestoßen und gab den Blick auf den rasend wirkenden Pfarrer preis. Ein ganzes Stück hinter ihm folgte Foley, der die Arme in einer entschuldigenden Geste weit ausbreitete.

„Es tut mir leid, Major, aber –"

„Sie, Sir!", unterbrach der Pfarrer Foley. „Wo ist meine Tochter?"

Robert blinzelte seinen zornigen Gast verdutzt an. „Wie bitte?" „Meine Tochter! Lucy Harrington!" Der Blick des Pfarrers schweifte durch das Zimmer, als ob er fest damit rechnete, seine fehlgeleitete Tochter hinter einem der Vorhänge zu erspähen. „Sie ist nicht aufzufinden!"

„Nicht aufzufinden?" Robert warf die Zeitung beiseite und sprang auf. „Was zum Teufel?"

„Man hat sie letzte Nacht erneut in Begleitung von Ihnen gesehen."

„Wer will uns gesehen haben?"

„Das ist nicht von Belang! Was haben Sie mit ihr gemacht?"

Robert blickte in die zornig blitzenden blauen Augen des Pfarrers. „Ich habe sie bis zur Tür begleitet und gewartet, bis sie sicher im Haus war. Das ist die Wahrheit, Sir, darauf haben Sie mein Wort." Er erhob die Stimme. „Foley? Fragen Sie Mrs Bloomfield, ob Miss Harrington letzte Nacht vielleicht doch hierhergekommen ist, um zu übernachten."

„Ja, Sir."

Er umrundete den Tisch und führte den Pfarrer zu einem Platz am Feuer. „Beruhigen Sie sich, Sir. Wir werden sie finden."

Der Pfarrer wischte Roberts Hand von seiner Schulter. „Falls nicht, wird es Ihre Schuld sein. Ihr Verhalten ist unverzeihlich!"

„Vertrauen Sie mir, Mr Harrington. Wenn ihr etwas zugestoßen sein sollte, werde ich es mir selbst vorwerfen."

Foley klopfte an die Tür und trat mit einem großen Silbertablett, auf dem eine Karaffe mit Brandy stand, ein. „Ich habe mit Mrs Bloomfield gesprochen und auch sie hat Miss Harrington nicht gesehen. Sie hat jemanden zu den Stallungen geschickt, um zu fragen, ob sie dort gesehen wurde."

„Vielen Dank, Foley. Lassen Sie bitte Joseph Cobbins ausrichten, dass er, sobald er hier eintrifft, zu mir kommen soll.

„Sehr wohl, Sir Robert."

Robert schenkte dem Pfarrer und sich reichlich Brandy ein. „Wann haben Sie bemerkt, dass Miss Harrington nicht da war?"

„Ich war letzte Nacht in Kurland St. Anne bei einem Freund von mir und bin erst heute Morgen zurückgekehrt, um mein Haus im Ausnahmezustand vorzufinden. Betty hatte versucht, Lucy zu wecken, und das Bett leer vorgefunden."

Robert runzelte die Stirn. „War das Bett gar nicht benutzt worden?"

„Nein."

„Hat sie sich umgezogen?"

„Was für eine merkwürdige Frage. Wieso sollte Sie das etwas angehen?"

„Wegen der Umstände vor ihrem Verschwinden." Robert setzte sich auf den Stuhl gegenüber von seinem aufgebrachten Gast. „Sie glauben mir vielleicht nichts davon, aber Miss Harrington und ich waren zuvor in den alten Tunneln der Priorei gefangen."

Als er endlich die ganze Geschichte erzählt hatte, kehrte Foley mit Joseph im Schlepptau zurück. Robert ließ den Pfarrer mit geweiteten Augen und skeptischer Miene sitzen und ging hinüber zur Tür.

„Joseph, du musst etwas für mich erledigen. Geh zum Haus der Turners und frag Miss Abigail und Miss Grace, ob ich sie heute Morgen besuchen dürfte. Mach ihnen klar, dass es eine dringende Angelegenheit ist und ich darauf bestehe, dass sie mit mir kooperieren."

„In Ordnung, Sir."

„Und nimm einen der größeren Stallknechte mit dir und lass ihn dort zurück, um das Haus der Turners zu bewachen."

„Was werden die denn dazu sagen, Sir?"

„Sag ihnen, dass es zu ihrem eigenen Schutz ist."

Joseph setzte sich die Kappe auf und eilte davon.

Der Pfarrer blickte auf. „Sie glauben, die Turner-Schwestern könnten meine Tochter in ihrer Gewalt haben?"

„Ich bin mir nicht sicher, aber sie können uns vielleicht verraten, wo wir nach ihr suchen müssen." Robert runzelte die Stirn. „Lassen Sie uns hoffen, dass meine Nachricht sie gebührend verschreckt und sie bereit sind, uns zu helfen."

„Wir sollten sofort aufbrechen." Der Pfarrer sprang auf.

„Wieso warten?"

Robert zögerte. „Ich würde zunächst gern mit den Bewohnern des Pfarrhauses sprechen, wenn das gestattet ist."

„Wieso? Ich habe sie schon ausgiebig befragt."

„Haben Sie mit Maisey Mallard gesprochen?"

„Mit dem Küchenmädchen?" Der Pfarrer runzelte die Stirn. „Ich glaube nicht."

Robert schnappte sich den Gehstock. „Dann lassen Sie uns das zuerst tun, bevor wir uns zu den Turners aufmachen."

Er musste auch noch Mr Pethridge fragen, wie seine Kutsche zum Gehöft gekommen war, aber diese weniger bedeutende Sache würde warten müssen, bis er den Aufenthaltsort seiner Verlobten gefunden hatte. Kalte Furcht erfüllte sein Herz, als er darüber nachdachte, was bei ihrer Rückkehr ins Pfarrhaus passiert sein mochte. Jemand musste auf sie gewartet haben, nur wer? Er wollte sich selbst geißeln, weil er nicht darauf bestanden hatte, sie bis zur Tür ihres Schlafzimmers zu begleiten.

„Kommen Sie, Sir Robert?"

„Ja, sofort." Er folgte Mr Harrington durch die Eingangshalle nach draußen vor den Haupteingang, wo die Kutsche des Pfarrers wartete. „Foley, wenn Joseph zurückkehrt, bevor ich wieder hier bin, schicken Sie ihn bitte zum Pfarrhaus."

„Ja, Sir." Foley räusperte sich. „Ich hoffe inständig, dass Sie Miss Harrington sicher und gesund wiederfinden, Sir."

„Nicht halb so sehr wie ich", murmelte Robert, als er sich in die Kutsche schwang und den Kutscher die Tür schließen ließ.

Robert schritt vor dem Kamin im Gesellschaftszimmer des Pfarrhauses auf und ab, bis Maisey hereingebracht wurde. Sie wirkte verunsichert und hielt die Hände eng verschlungen vor ihrer Schürze.

„Sie wollten mit mir sprechen, Sir?"

„Die Turners sind die Schwestern deiner Mutter, richtig? Und deine Mutter ist verheiratet mit Jim Mallard."

„Das stimmt. Sie waren sechs Mädchen und keine Jungs. Aber weil Mr Turner das Land gehörte, konnte er seinen Töchtern das Haus hinterlassen."

„Wann haben die Turners das Land gekauft?"

Maisey blinzelte ihn fragend an. „Ich habe keine Ahnung, Sir. Ist das denn wichtig? Ich dachte, Sie wollten mir Fragen zu Miss Harrington stellen."

„So ist es. Hast du sie letzte Nacht gesehen?"

„Sie sagte mir, dass sie vielleicht noch ausgehen würde, ich aber nicht auf sie warten oder erneut den Pfarrer wecken solle."

„Hast du sie zurückkommen sehen?"

„Nein, ich habe eine Weile gewartet für den Fall, dass der Pfarrer zurückkehren würde, aber er hat eine Nachricht schicken lassen, in der er ankündigte, dass er in Kurland St. Anne übernachten würde. Mrs Fielding sagte mir und Betty, dass wir zu Bett gehen sollten, damit wir heute früh anfangen könnten, die Mahlzeiten für die Trauerfeier der Thurrocks zuzubereiten."

„Um welche Uhrzeit bist du ins Bett gegangen?"

„Die Küchenuhr schlug einmal, als ich die Treppe hochging."

„Damit blieb Mrs Fielding allein in der Küche."

„Ja, sie sagte, sie müsste noch Teig vorbereiten – allerdings habe ich davon heute nichts gesehen."

„Ist sie hier?"

„Soll ich für Sie in der Küche nachsehen?", fragte Maisey.

„Ich komme mit", sagte Robert mit grimmiger Entschlossenheit. Er wusste, dass die Köchin Miss Harrington nicht ausstehen konnte, aber sie hätte doch sicher etwas gesagt, wenn sie beobachtet hätte, dass der Tochter ihres Arbeitgebers etwas zugestoßen war.

Mrs Fielding stand am Herd und rührte in einem Topf herum. Sie wandte sich um und starrte Robert an, als er die Küche betrat.

„Guten Morgen, Major Kurland."

„Wie ich höre, waren Sie als Letzte im Pfarrhaus gestern Nacht noch wach."

Mrs Fieldings Blick wanderte bedrohlich zu Maisey, die sofort errötete. „Wer hat Ihnen das gesagt? Ich war nur noch ein paar Minuten länger wach, bevor ich selbst nach oben ging. Der Pfarrer war außer Haus, und soweit ich weiß, schliefen alle anderen bereits."

Sie stellte sich ihm entgegen. Sie war hochgewachsen. Ihre blauen Augen erinnerten ihn an jemanden, den er erst kürzlich gesehen hatte. Der herausfordernde Tonfall und die beinahe spöttisch klingenden Worte machten ihn nur noch wütender.

„Maisey hat Ihnen nicht gesagt, dass Miss Harrington noch aus war?"

Sie warf Maisey einen mahnenden Blick zu. „Du wusstest, dass Miss Harrington nicht in ihrem Zimmer war, und hast es mir nicht *gesagt*? Maisey Mallard! Was um alles in der Welt hast du dir nur dabei gedacht?"

„Ich –" Maisey schluckte schwer. „Ich habe versucht zu –"

„Geh mir aus den Augen, du dummes Mädchen!"

Maisey wirbelte herum und stürmte davon. Die Küchentür knallte hinter ihr zu. Robert hörte das Trampeln von Stiefeln auf der Treppe nach oben.

„Ich kann nicht glauben, dass Miss Harrington beschloss, allein auszugehen. Nach allem, was ihr Vater ihr eingetrichtert hat." Mrs Fielding schüttelte den Kopf und schnalzte mit der Zunge. „Kein Wunder, dass sie noch nicht zurückgekommen ist. Sie hat vermutlich Angst davor, was der Pfarrer mit ihr anstellen wird."

Robert starrte sie an. „Sie ist zurückgekehrt. Jemand hat sie entführt. Sind Sie sicher, dass Sie nichts von einem Kampf gehört haben?"

„Mein Zimmer ist auf dem Dachboden. Ich habe nichts gehört." Sie dachte einen Moment nach. „Und wir wissen nicht sicher, dass sie zurückgekehrt ist, oder? Ihr Bett war unberührt und sie hat sich nicht umgezogen."

Robert machte sich nicht die Mühe, sie zu korrigieren. Es klopfte an der Hintertür und Joseph trat ein.

„Es tut mir leid, Sie stören zu müssen, Sir, aber Foley hat mich angewiesen, sofort herzukommen."

Robert ging mit ihm zum Ausgang, wo die Stiefel und die Oberbekleidung aufbewahrt wurden. Seine Schulter streifte an einem matschverschmierten Mantel entlang, der dadurch zu Boden glitt. Mit einiger Mühe bückte er sich und hob ihn auf. Er starrte das Kleidungsstück einen Moment lang an. Was immer Mrs Fielding glaubte, Miss Harrington war sicher zurückgekehrt. Das hier war ihr Mantel. Einen Moment lang verspürte er den Impuls, sein Gesicht in dem Wollstoff zu vergraben und ihren Duft einzuatmen.

„Sind die Turners gewillt, mit mir zu sprechen?"

„Sie sind fort, Sir."

„Was soll das heißen?" Seine Finger krallten sich fest in den Stoff.

„Das Haus ist leer. Einer der Nachbarn hat sie vor Sonnenaufgang in einem der Wagen der Roma verschwinden sehen."

„Mr Driskin."

Robert sprang aus der Kutsche des Pfarrers und humpelte eilig zu den zwei verbliebenen Wagen der Roma. Horatio Driskin saß mit seinem schlafenden Enkel im Arm vor einem der Wagen und rauchte in Ruhe seine Pfeife. Alle anderen schienen verschwunden zu sein.

„Guten Morgen, Major Kurland."

„Wie ich höre, ist eine Ihrer Familien weitergezogen und hat die Turner-Schwestern mitgenommen."

Horatio zuckte mit den Schultern. „Das habe auch ich gehört. Sie brauchten vermutlich das Geld."

„Sie glauben nicht, dass sie den beiden absichtlich zur Flucht verholfen haben?"

„Um zwei Frauen dabei zu helfen, Ihnen und dem Gesetz zu entkommen? Ich vermute, das hat eine Rolle gespielt, aber es gab auch eine familiäre Verbindung."

„Mit wem?"

„Mrs Mallard war eine Turner. Ihr erster Ehemann war ein Rom. Die Familie, die sie aus Kurland St. Anne mitgenommen hat, ist mit dem verstorbenen Ehemann über mehrere Grade verwandt."

Robert schlug sich mit dem Reithandschuh auf den Oberschenkel. „Soll sie doch der Teufel holen!"

„Ich höre, dass Sie größere Probleme als die Turners haben, Sir."

„In der Tat." Robert blickte ihm in die Augen. „Haben Sie eine Ahnung, wo Miss Harrington sein könnte?"

„Ich wünschte, die hätte ich. Das Mädchen liegt mir sehr am Herzen. Wenn ich auch nur ein Gerücht aufschnappe, werde ich es Ihnen mitteilen, versprochen."

„Vielen Dank." Robert nickte und wandte sich wieder der Kutsche zu, wo der Pfarrer auf ihn wartete. „Ich gehe zum Turner-Haus und dann vermutlich zurück nach Hause."

„Seien Sie vorsichtig, Sir", rief Horatio ihm nach. „Es liegt Gefahr in der Luft."

Sie erreichten das Zuhause der Turners, wo Robert seinen Stallknecht anwies, die Hintertür aufzubrechen. Es war offensichtlich, dass die Schwestern eilig das Haus verlassen hatten. Schränke waren geöffnet,

Schubladen herausgezogen und es lag dreckiges Geschirr im Waschbecken. Robert ließ sich Zeit, jeden Winkel des Hauses abzusuchen. Das Haus war nicht besonders alt, daher bezweifelte er, dass es irgendwelche Geheimgänge hinunter in die Keller der Priorei gab. Aber er wies seine Männer dennoch an, alle Böden zu überprüfen und nach Hohlräumen zu suchen.

In der Wohnstube blieb er einen Moment stehen und begutachtete eine Holztruhe, die genau so groß war wie die, die Miss Harrington in der vorigen Nacht in den Tunneln entdeckt hatte. Sie hatte gesagt, dass auch Ezekiel Thurrock eine besessen habe.

Der Pfarrer trat hinter ihm ein und sah sich ebenfalls die Truhe an.

„Gott, das ist ein recht altes Stück. Vermutlich noch vor der Reformation gefertigt."

„Die hier?", fragte Robert.

„Ja. Ich bin überrascht, dass die Turners so etwas in ihrem Haus haben, obwohl sie sich nie die Mühe gemacht haben, in die Kirche zu kommen, wenn sie nicht mussten."

„Wofür wäre die Truhe denn früher genutzt worden?"

Der Pfarrer zuckte mit den Achseln. „Pergamentrollen, wertvolle Manuskripte – vielleicht sogar das Altarsilber. Vermutlich gab es früher ein Schloss." Er runzelte die Stirn. „Ich bin mir sicher, dass ich eine ähnliche Truhe schon einmal gesehen habe."

„Vielleicht im Haus von Ezekiel Thurrock?"

„Möglich." Der Pfarrer ging weiter in das Zimmer hinein und begutachtete die Sammlung von Bildern und Krimskrams. „Das Haus und das Grundstück gehören seit dem siebzehnten Jahrhundert den Turners."

„Das wusste ich nicht. Sie wissen nicht zufällig, wie sie in den Besitz des Landes kamen, oder?"

„Aus meiner Unterhaltung mit Mr Nathaniel Thurrock weiß ich, dass sie irgendwann in den Vierzigerjahren des siebzehnten Jahrhunderts zu Geld kamen."

„Also etwa zur gleichen Zeit, als die Thurrocks ihr Land kauften?"

„Ich glaube schon."

„Woher hatten diese Leute das Geld, um mitten in einem Bürgerkrieg überall Land aufzukaufen?", dachte Robert laut nach. „Hat Mr Thurrock das erwähnt?"

„Ich habe ihm die gleiche Frage gestellt. Zu seiner eigenen Familie hielt er sich erstaunlich bedeckt, aber er bestand darauf, dass die Turners ihr Geld durch Betrug erlangt hätten – er wollte ein Buch über die Angelegenheit schreiben, wenn er nicht unter so unglücklichen Umständen ums Leben gekommen wäre."

„Major Kurland?"

Robert wandte sich vom Pfarrer ab und erblickte seinen Kutscher, der an der Hintertür stand.

„Ja?"

„Wir haben nichts gefunden, Sir."

„Vielen Dank." Robert atmete tief durch, um sich zu beruhigen. „Mr Harrington? Ich fürchte, das hier führt zu nichts. Lassen Sie uns nach Kurland Hall zurückkehren und Suchtrupps zusammenrufen."

Nachdem er seine Bediensteten und Freiwillige aus dem Dorf in Gruppen eingeteilt und ausgesandt hatte, kehrte Robert in sein Arbeitszimmer zurück und ließ sich seufzend am Feuer nieder.

„Verdammt!"

Er ballte die Hände zu Fäusten. Er verspürte den Drang, den Turners hinterherzujagen und sie zurückzuschleifen, damit sie ihrer gerechten Strafe zugeführt werden konnten. Aber die Rückkehr von Miss Harrington war viel wichtiger, als seinen Rachedurst zu stillen. Er musste darauf vertrauen, dass seine Verlobte irgendwann freigelassen werden würde, wenn er die Turners ziehen ließ. Wenn sie erst sicher war, würde er schon einen Weg finden, um aufzudecken, wohin die Turners geflohen waren. Sie würden ihm nicht lange entkommen können.

Was, wenn die Turners Miss Harrington erneut irgendwo in den Prioreikellern eingesperrt hatten? Was, wenn sie ihr unbeugsamer Geist verließ und sie eine Flucht nicht weiter versuchen würde? Er fuhr sich mit der Hand durch sein bereits zerzaustes Haar und versuchte, nicht daran zu denken, dass sie allein und ängstlich war und …

Er nahm Nathaniels Skizzenbuch zur Hand und blätterte durch die Zeichnungen, um weitere Orte für eine Suche zu finden. Das Haus der Mallards zum Beispiel. Die Eltern der jungen Maisey wären vielleicht gewillt, Miss Harrington festzuhalten, wenn es bedeutete, dass die Turner-Schwestern ihrer gerechten Strafe entkamen. Auch wenn er noch keine Beweise hatte, um überhaupt jemanden zu überführen.

Er schloss die Augen, um den aufkommenden Kopfschmerzen entgegenzuwirken, und versuchte sich zu entspannen. Vor seinem geistigen Auge formten sich Bilder. Turners und Mallards und Schwestern … Weiße Laken flatterten in der Brise, verzierte Holztruhen, heißer Gewürz-Cider an einem bitterkalten Tag …

Er setzte sich auf und blätterte erneut durch die Seiten des Buchs, bis sein Finger auf der Zeichnung zum Ruhen kam, die er gesucht hatte. Er legte das Buch beiseite, erhob sich und rief James herbei, um ihn zu begleiten.

Immerhin hatten sie sie diesmal nicht bewusstlos oder in völliger Dunkelheit zurückgelassen. Mrs Fielding hatte Lucys Hände nicht besonders sorgfältig zusammengebunden, sodass sie sich nach kurzer Anstrengung selbst von den Fesseln befreien konnte. Damit konnte sie den steinernen Keller frei erkunden. Das Einzige, was ihre Flucht verhinderte, war die schwere Eichentür, die Mrs Fielding hinter sich verschlossen hatte.

Dieser Teil der alten Priorei war in deutlich besserem Zustand als das, was sie bisher gesehen hatte. Sie schloss daraus, dass der Keller noch immer genutzt wurde, und überlegte, ob sie unter dem neueren Haus der Turners oder dem viel älteren der Mallards sein konnte. Sie hatte viel Zeit nachzudenken und hatte dennoch nicht herausgefunden, warum Mrs Fielding mit der Sache zu tun hatte.

Die Frau hasste sie, aber Lucy würde bald das Pfarrhaus verlassen und Major Kurland heiraten, also warum machte sie sich die Mühe, sie umbringen zu wollen? Es ergab keinen Sinn. Major Kurland war inzwischen vermutlich außer sich und würde nach ihr suchen und versuchen, die Turner-Schwestern dazu zu bringen, ihren Aufenthaltsort zu verraten. Wussten sie überhaupt, was vorgefallen war? Hatte Mrs Fielding auf ihr Geheiß gehandelt – nur allzu froh, ihren Hass auf Lucy für die Zwecke einer anderen Person einzusetzen?

Was wussten die beiden Schwestern tatsächlich? Lucy versuchte sich innerlich Mut zuzusprechen, wie Major Kurland es gewollt hätte. Mrs Fielding war in der Nacht, als Nathaniel starb, nicht im Pfarrhaus gewesen und Lucy erinnerte sich nicht daran, dass sie im Haus gewesen war, als Ezekiel in der Kirche zu Tode kam.

Die Truhe im Keller der Priorei war identisch mit der, die sie in Ezekiels Haus bemerkt hatte. Hatten die Thurrock-Brüder erst vor Kurzem den Schatz gefunden und beschlossen, dass sie das Land von der Kurland-Familie zurückhaben mussten, um ihn für sich zu beanspruchen? War das der Grund, warum Nathaniel nach all den Jahren so plötzlich beschlossen hatte, seinen Bruder zu besuchen? Doch Major Kurland war sich sehr sicher, dass es in der Priorei gar nichts zu holen gab.

Nichts an der Sache ergab Sinn. Lucy wanderte im Keller auf und ab, durchsuchte die Regale und schaute hinter den Bierfässern, ob es irgendwo einen weiteren Ausweg gab. Nach einer Weile entdeckte sie hinter ein paar Regalen einen verstellten Durchgang. Davor waren Säcke voller Getreide aufgetürmt, aber dahinter konnte sie eine Öffnung erahnen.

Sie hatte Kerzen, um ihr den Weg zu leuchten. War sie mutig genug, sich erneut ins Ungewisse vorzuwagen und am Ende vielleicht unter einer einstürzenden Gewölbedecke begraben zu werden? Sie blickte unsicher zurück zur verschlossenen Tür. Wenn sie hierblieb, würde man sie vielleicht gegen Major Kurland und seine Familie ausspielen.

Sie hatte keine andere Wahl. Sie musste es versuchen. Lucy nahm die entzündete Kerze und eine weitere als Reserve aus dem Regal und machte sich daran, die Säcke aus dem Weg zu hieven. Sie waren bis an den Rand gefüllt und daher ausgesprochen schwer. Lucy wollte nichts sehnlicher, als einen von ihnen als Kopfkissen zu nehmen und zu schlafen. Doch sie hielt durch, bis sie eine Lücke geschaffen hatte, die groß genug war, um sich hindurchzuzwängen. Sie langte zurück durch die Öffnung und griff nach ihrer Kerze, anschließend zog sie den letzten Getreidesack vor den Durchgang, um hoffentlich für ein wenig Verwirrung zu sorgen, wenn man nach ihr schauen würde.

Sie hob die Kerze und erhellte damit den Gang vor ihr. Der Weg schien frei zu sein, also ging sie los. Lucys Herz schlug so laut, dass sie überrascht war, dass sie das Echo nicht von den Wänden widerhallen hörte. Sie blieb kurz stehen, um etwas Glänzendes vom Boden aufzuheben. Mit dem Stück Metall kratzte sie ein X auf den steinernen Bogen, den sie gerade passiert hatte. Sollte sie irgendwann doch feststellen, dass alle Auswege versperrt waren, würde sie in den Kellerraum zurückkehren und ihr Schicksal erwarten.

Robert wurde langsamer, als er sich dem Eingang des Gehöfts des Anwesens näherte. Sein Blick wanderte hoch, um die Zeichnung, die er in Mr Thurrocks Buch gesehen hatte, mit dem tatsächlichen Gebäude zu vergleichen. Links über dem steinernen Türsturz grinste ihm ein Steinkopf entgegen. Auf der rechten Seite befand sich ein weiterer, der allerdings nicht mehr fest im Mörtel saß, sondern leicht schief an der Fassade prangte, als ob jemand eilig versucht hätte, ihn dort wieder zu befestigen. Wie oft war er durch diese Tür gegangen, ohne jemals die zwei Steinköpfe zu bemerken? Einer der beiden war sogar möglicherweise als Waffe missbraucht worden.

Er klopfte kräftig mit seinem Gehstock an die Tür. „Mr Pethridge?"

Hinter ihm verlagerte James unruhig das Gewicht von einem Fuß auf den anderen.

Die Tür wurde von Mrs Pethridge geöffnet. Ihre blauen Augen weiteten sich, als sie Robert erblickte. „Guten Morgen, Major Kurland. Wünschen Sie mit meinem Ehemann zu sprechen? Er ist in der Küche."

„Ich wollte Sie beide sprechen. James, kommen Sie mit mir." Robert trat ein, ohne eine weitere Einladung abzuwarten, und ging direkten Weges in den besten Salon des Hauses.

„Major Kurland, was haben Sie denn vor?"

Hinter sich hörte er Mrs Pethridge hastig in Richtung der Küche verschwinden, während sie den Namen ihres Mannes rief. Robert suchte den Salon ab und sein Blick kam auf der Holztruhe am Feuer zum Ruhen. Vor ein paar Wochen hatte Mrs Pethridge darauf das Tablett mit dem Gewürzcider abgestellt.

Soweit er es beurteilen konnte, war die Truhe identisch mit der aus dem Haus der Turners und dem Prioreikeller.

„Major Kurland? Wollten Sie mich sprechen?"

Er wandte sich zum ernst dreinschauenden Mr Pethridge um, der im Türrahmen erschienen war.

„Ja. Sie haben hier Kellerräume?"

„Ja, aber –"

Robert trat auf ihn zu. „Ich möchte sie umgehend sehen."

„Wieso um alles in der Welt wollen Sie die Keller sehen?"

„Ich bitte Sie."

Mr Pethridge trat mit verwirrter Miene zurück. Im Hintergrund erblickte Robert jedoch Mrs Pethridge, die herumwirbelte und in Richtung der Küche verschwinden wollte.

„James, lassen Sie Mrs Pethridge bitte nicht aus dem Haus."

„In Ordnung, Sir."

„Major Kurland, sind Sie verrückt geworden? Sie können doch nicht einfach hereinmarschieren und –"

„Doch, das kann ich. Dieses Gehöft gehört *mir*! Und jetzt zeigen Sie mir die Keller!"

Wenig später folgte er Mr Pethridge eine steile Treppe hinunter durch einen vertraut wirkenden Türbogen, der mit einer dicken Eichentür versperrt war.

„Sie ist abgeschlossen."

„Dann sperren Sie sie auf", befahl ihm Robert.

„Sie ist sonst nie verschlossen", sagte Mr Pethridge und suchte nach dem passenden Schlüssel an seinem Bund. „Ich hoffe, ich habe den richtigen Schlüssel dabei."

Er probierte mehrere aus, bevor er den richtigen fand. Gerade rechtzeitig, denn Robert konnte seine Wut kaum im Zaum halten und wollte ihm gerade den Schlüsselbund wegschnappen und sich selbst daran versuchen. Die Tür führte in einen Keller, der denen unter den Ruinen der Priorei erstaunlich ähnlich sah.

„Ist das der einzige?"

„Nein, es gibt hinter diesem hier noch mehrere Räume, die über einen langen Gang verbunden sind."

Er führte Robert durch zwei weitere Keller und rüttelte dann an der Tür zum nächsten. „Der hier ist auch abgeschlossen."

Mr Pethridge musste diesmal nicht darum gebeten werden, ihn aufzuschließen, musste allerdings erneut alle Schlüssel durchprobieren, bis er Erfolg hatte.

„Guter Gott. Was ist denn hier drinnen passiert?"

Robert drängte sich an seinem Begleiter vorbei in das kleine Zimmer. Eine Kerze brannte auf dem Tisch und daneben war ein Stuhl umgestoßen worden. Auf dem Boden lagen die durchschnittenen Überreste eines Seils und etwas, das wie eine Augenbinde aussah. Er humpelte vorwärts und hob den blauen Stofffetzen auf. Er roch nach Blut. Robert wirbelte zu Mr Pethridge herum, der völlig verdutzt aussah.

„Das hier stammt von Miss Harringtons Gewand", sagte Robert mit gefährlich ruhiger Stimme. „Sagen Sie mir gefälligst, wo sie ist."

Es roch nach ... Schweinen.

Lucy blieb stehen, hielt die Kerze weit vor sich und wägte zwischen den beiden Durchgängen vor ihr ab. Sie war noch nicht sehr weit gekommen und der Tunnel war bis zu diesem Punkt wenig kompliziert gewesen.

Schweine oder vielleicht auch nur Gülle ... Konnte es so einfach sein? Waren all die Keller miteinander verbunden?

Sie nahm den Durchgang zu ihrer Linken und stand kurz darauf vor einer Tür. Mit großer Beklemmung öffnete sie die Tür und blickte auf einen vertrauten Bauernhof. Sie raffte ihre Röcke und rannte über die Pflastersteine in die Freiheit.

„Wo ist Ihr Sohn, Mr Pethridge?", fragte Robert. Nach kurzer, unergiebiger Suche in den Kellern war er zusammen mit Mr Pethridge zum Haus zurückgekehrt, wo James die Hintertür bewachte. Mrs Pethridge saß am Küchentisch, die Hände angespannt ineinander verschlungen.

„Martin? Ich weiß nicht, Sir."

Robert wandte sich an Mrs Pethridge. „Wissen Sie, wo er ist, Madam, oder konnten Sie ihn noch warnen, sich fernzuhalten?"

Sie antwortete nicht.

„Miss Harrington wurde in Ihren Kellern gefangen gehalten", blaffte Robert sie an. „Jemand muss sie dorthin gebracht haben."

„Bei meiner Ehre, Sir, ich hatte keine Ahnung", brachte Mr Pethridge stotternd hervor.

„Sie vielleicht nicht, aber ich vermute, Ihre Frau und Ihr Sohn waren sich voll darüber im Klaren, dass sich ein unfreiwilliger Gast hier aufhielt." Robert schlug die Hand auf den Tisch und Mrs Pethridge zuckte zusammen. „Wenn Sie mir nicht sagen, was hier vor sich geht, werde ich einfach hier sitzen bleiben und abwarten, bis jemand zurückkommt, der es tun wird."

Die Hintertür wurde geöffnet und Martin kam pfeifend herein. Er blieb mit offenem Mund wie angewurzelt stehen, als er die um den Küchentisch versammelten Leute erblickte. Abrupt versuchte er den Rückzug anzutreten. James stellte sich ihm jedoch in den Weg.

Robert funkelte ihn wütend an. „Guten Morgen, Martin. Siehst du gerade nach Miss Harrington?"

Martin warf seiner Mutter einen schnellen Blick zu. „Ich weiß nicht, wovon Sie sprechen, Sir."

„Oh, ich glaube, das tust du doch." Robert wandte sich an Mr Pethridge. „Weiß er, dass ich der Ortsmagistrat bin und ihn jederzeit anklagen kann, wenn ich das für richtig halte?"

Mr Pethridge schluckte schwer. „Martin, bitte sag Major Kurland die Wahrheit."

„Ich habe sie da nicht eingeschlossen", murmelte Martin, während er bedächtig den Boden anstarrte.

„Wer war es dann?"

Er zuckte mit den Schultern. „Keine Ahnung. Ich habe nur eine Nachricht gefunden, auf der stand, dass sie hier sei, und es Mutter gesagt."

„Und du hast es nicht für nötig befunden, ihrer Familie oder mir mitzuteilen, dass Miss Harrington noch lebt?" Mit jedem Wort wurde Roberts Stimme lauter. „Gefällt dir das Leben in Kurland St. Mary nicht, Martin? Denn ich kann sehr leicht dafür sorgen, dass du nach Übersee verschifft wirst."

Normalerweise nutzte er ungern seinen Status, um zu bekommen, was er wollte. Aber wenn es nach ihm ginge, verdiente Martin Pethridge es, für den Versuch, sie zu behindern, gehängt zu werden.

Mr Pethridge schaltete sich ein. „Nun warten Sie mal, Major Kurland, mein Junge –"

„Wenn Ihr Junge alt genug ist, sich in anderer Leute Angelegenheiten zu mischen, ist er auch alt genug, für seine Taten die Verantwortung zu übernehmen."

Robert sah hinüber zu seinem Bediensteten. „James? Würden Sie Martin zu meiner Kutsche führen?"

„Lassen Sie ihn!" Mrs Pethridge erhob sich. „Es war meine Entscheidung, Miss Harrington hierzubehalten, nicht seine. Wir wollten ihr kein Haar krümmen. Wir hätten sie so bald wie möglich wieder freigelassen."

„Wer ist *wir*, Mrs Pethridge?"

„Diejenigen, die die Thurrock-Sache etwas angeht."

„Die Thurrock-*Sache*? Zwei Männer sind tot, Mrs Pethridge, und Miss Harrington wird vermisst." Robert funkelte sie an. „Das ist kaum eine triviale Angelegenheit."

„Doris! Was sagst du denn da? Du wusstest davon?" Mr Pethridge wandte sich mit blassem Gesicht an seine Frau.

„Ich beschütze die Meinen, Liebster. Meine Familie und deine."

„Sie sind auch eine der Turner-Schwestern, nicht wahr?", stellte Robert fest. „Natürlich sind Sie das."

„Es tut mir leid, Major Kurland, aber wenn Sie einfach zu Hause geblieben wären und abgewartet hätten, wäre Miss Harrington Ihnen unversehrt wieder übergeben worden."

„Im Austausch wofür?"

Sie zuckte mit den Schultern. „Ich denke, meine Schwestern hatten ausreichend Zeit, um die Gegend zu verlassen, oder?"

„Sie beide haben den Turners geholfen?" Robert blickte Mr Pethridge an. „Ich weiß, dass Ihre Familie seit Generationen mit den Thurrocks im Streit liegt, aber Sie heißen das hier gut?"

„Nein, Sir." Mr Pethridge sah hilflos seine Frau an. „Ich hatte keine Ahnung."

„Du solltest dankbar sein", sagte Mrs Pethridge. „Dieser Mr Nathaniel hat uns gedroht. Hat gesagt, dass unsere beiden Familien Diebe und Lügner seien und dass er das allen in seinem Buch verkünden würde."

„Also haben Sie ihn umgebracht?"

Sie lächelte. „Natürlich nicht, Major. Fragen Sie Ihren Freund Dr. Fletcher, wenn Sie mir nicht glauben wollen. Soweit ich gehört habe, ist Mr Nathaniel Thurrock an Herzversagen gestorben, während er im Dunkeln auf unbekannten Feldern umherwanderte. Der arme Mann."

„Und was ist mit seinem Bruder?"

„Ein unglücklicher Unfall während des Sturms."

„Getötet von einem Steinkopf, der ursprünglich über Ihrer Vordertür hing!"

„Das können Sie nur nicht mit Sicherheit beweisen, Major, oder?"

Robert erwiderte ihren ruhigen Blick. „Ich akzeptiere Ihre Argumente nicht, Madam."

„Dann beweisen Sie mir das Gegenteil, Major Kurland." Sie machte einen Knicks. „Nun, wenn Sie uns nichts weiter zu sagen haben, dürfte ich Ihnen dann empfehlen, nach Hause zu gehen und auf die Rückkehr Ihrer Verlobten zu warten?"

„Die offenbar aus Ihrer Obhut entkommen ist und überall sein könnte?" Robert neigte den Kopf in ihre Richtung. „Wenn sie nicht bald zurückkehrt, werde ich dieses Haus und das der Mallards abreißen lassen und eigenhändig nach ihr suchen, das können Sie mir glauben."

Er ging zusammen mit James hinaus. Vor seinen Augen breitete sich ein roter Nebel aus Wut aus, gegen den er nichts unternehmen konnte. Er hasste den Krieg, aber immerhin konnte er in der Schlacht ohne Gnade töten, ohne dafür belangt zu werden.

James schloss die Kutschtür und kletterte auf den Bock, wodurch die Kabine ins Schwanken geriet. Robert schlug auf den ledernen Sitz.

„Soll sie doch der Teufel holen!"

Sein Herz blieb beinahe stehen, als sich unter dem Sitz etwas bewegte. Ein zerzauster Kopf tauchte auf und ein Finger presste sich auf die Lippen.

„Gott sei Dank. Du wunderschönes, schlaues Mädchen."

Mit einem erleichterten Seufzen lehnte er sich vor, nahm Miss Harringtons schmutziges Gesicht zwischen die Hände und küsste sie stürmisch.

Lucy wusste, dass sie nicht auf Major Kurlands Schoß sitzen, er seine Arme nicht um sie schlingen und sie ihre Wange nicht an seine Brust schmiegen sollte, aber sie war so erschöpft, dass schon der Gedanke daran, sich zu bewegen, fast unmöglich schien.

„Ich bringe Sie nach Kurland Hall. Ich glaube, Ihr Vater und Betty werden Sie dort erwarten. Dann werde ich Patrick einen Blick auf Sie werfen lassen und –"

„Warten Sie." Sie presste einen Finger auf seine Lippen. „Wo sind die Turner-Schwestern?"

„Zusammen mit den Roma verschwunden."

„Ah. Natürlich." Sie dachte über die neue Information nach. „Mrs Mallards erster Ehemann."

„Offenbar. Nun, wie ich gerade sagen wollte –"

„Dann müssen wir ins Pfarrhaus."

„Ich bin mir nicht sicher, ob das eine gute Idee ist. Mrs Fielding hat sich recht merkwürdig verhalten."

„Ich weiß. Sie war diejenige, die mir im Haus aufgelauert hat und mich in den Keller der Pethridges brachte."

„Mrs Fielding? Nicht Martin Pethridge?"

„Nein, allerdings bin ich mir recht sicher, dass sie ihn unterwegs getroffen und er uns in den Keller gebracht hat. Die Sache ist nur, dass ich mir nicht sicher bin, warum Mrs Fielding mich entführt hat, daher muss ich mit ihr reden."

Er runzelte die Stirn. „Sie müssen sich ausruhen. Lassen Sie mich –"

„Major Kurland, bitte." Sie legte die Hände um seinen markanten Unterkiefer. „Ich muss mit ihr sprechen – sie wird nämlich nicht erwarten, mich zu sehen. Sie können sich irgendwo versteckt halten und ich werde versuchen, sie zu einem Geständnis zu bewegen."

„Was soll sie gestehen? Ist es nicht offensichtlich, dass die Turner-Schwestern für alles verantwortlich sind?"

„Nein, es ist mehr an der Sache dran. Da bin ich mir sicher." Sie dachte einen Moment nach. „Lassen Sie es mich wenigstens versuchen? Das Überraschungsmoment bringt sie vielleicht zum Reden."

Er seufzte. „Ich würde mich ihrer viel lieber selbst annehmen, aber Ihr Plan ist durchaus durchdacht. Aber Sie müssen mir versprechen, vorsichtig zu sein."

Sie sah ihm in die Augen. „Das werde ich."

„Sir Robert?"

Er hatte sich gerade nach vorn gelehnt und wollte sie offensichtlich küssen, als sie der Ruf von draußen zusammenfahren ließ. Major Kurland streckte den Kopf aus dem Fenster.

„Was gibt es, James?"

„Ein einzelner Reiter nähert sich. Es scheint eine Frau zu sein, und sie scheint unsere Aufmerksamkeit auf sich ziehen zu wollen."

„Halten Sie die Kutsche an."

Er trat hinaus und Lucy sah sofort selbst aus dem Fenster. James rannte los, um das Pferd bei den Zügeln zu fassen zu bekommen und die Reiterin aus dem Sattel zu heben.

Lucy erstarrte, als die Frau Major Kurlands Weste packte und dabei bedrohlich ins Schwanken geriet.

„Major Kurland, das ist alles ganz falsch! Sie müssen mir zuhören!"

Erst als er sich mit der Frau zur Kutsche wandte, erkannte Lucy, dass er die bewusstlose Grace Turner in den Armen hielt.

Kapitel 21

Lucy winkte Major Kurland zu sich und flüsterte ihm ins Ohr. Nachdem sie Miss Grace endlich wieder Leben eingehaucht hatten, verbrachten sie lange damit, ihrer Geschichte zu lauschen. Wenn sie die Wahrheit sprach – und Lucy hatte keinen Anlass, daran zu zweifeln –, dann würde Mrs Fielding eine recht große Überraschung erleben.

„Warten Sie an der Tür, bis ich Maisey Mrs Fielding holen lasse, und dann verstecken Sie sich hinter den Mänteln."

„Ja, Miss Harrington."

Sie betrat die Küche. Maisey schrie, sprang auf und drückte sich die Hand an den Brustkorb.

„Miss Harrington! Wo sind Sie denn nur gewesen? Das ganze Dorf ist unterwegs und sucht nach Ihnen!"

„Guten Morgen, Maisey." Lucy stützte sich mit einer Hand am Tisch ab. Sie war furchtbar müde, aber entschlossen, die Sache endlich zu Ende zu bringen. „Ist Mrs Fielding da? Ich muss mit ihr sprechen."

„Sie ist oben in ihrem Zimmer und macht ein Nickerchen. Ich werde sie für Sie holen gehen."

Als Maisey die Küchentür hinter sich zuknallte und geräuschvoll auf den Treppen zu hören war, klickte hinter ihr leise der Riegel der Hintertür, als sie geöffnet und wieder geschlossen wurde. Lucy hoffte, dass Major Kurland jetzt in Position war. Sie hatte sich noch nicht so recht überlegt, was sie der Köchin sagen würde, sondern wollte zunächst auf ihre Reaktion warten.

„Sie denken, Sie sind so schlau, nicht wahr?" Mrs Fielding trat leise in die Küche ein. Ohne ihre Schürze und die Haube sah sie viel jünger aus. „Sie hätten sich die ganze Flucht auch sparen und einfach warten können, bis eine von uns Sie wieder freigelassen hätte."

„Geduld gehörte nie zu meinen Tugenden."

Mrs Fielding schnaubte verächtlich. „Wir alle mussten schon immer mit Ihrer scharfen Zunge zurechtkommen, daher werde ich Ihnen da nicht widersprechen. Sieht Major Kurland nicht, dass er einen alten Drachen am Hals haben wird?"

„Major Kurland wird zu sehr damit beschäftigt sein, Mörder ihrer gerechten Strafe zuzuführen, um sich um mich Sorgen zu machen."

„Welche Mörder? Alles, was ich getan habe, ist, Sie davon abzuhalten, zwei schutzlosen Frauen die Gesetzeshüter auf den Hals zu hetzen." Sie zuckte mit den Schultern. „Ich werde mich sogar der Behinderung der Justiz schuldig bekennen, wenn die Sache vor Gericht landen sollte. Aber dazu wird es nicht kommen, denn Major Kurland hat keine Beweise, um die Turners irgendeines Verbrechens zu überführen, ganz zu schweigen von mir."

„Vielleicht werden Sie ja überrascht." Lucy gelang ein triumphierendes Lächeln. „Sollen wir uns hinsetzen? Wir haben viel zu besprechen."

Mrs Fieldings Miene verdunkelte sich, aber sie setzte sich auf einen der Stühle, während Lucy gegenüber Platz nahm.

„Vielleicht ist es an der Zeit für uns, ein ernsthaftes Gespräch zu führen, Mrs Fielding. Sie haben Mr Ezekiel Thurrock in die Kirche gelockt und ermordet."

„Sie irren sich." Die Köchin sah amüsiert aus. „Wieso sollte ich so etwas tun?"

„Weil Sie die Familie Thurrock hassen und sie zurück im Dorf waren und in der Vergangenheit herumwühlten."

„Ich habe im Pfarrhaus gelebt und den armen alten Ezekiel viele Jahre gekannt. Wieso sollte ich plötzlich entscheiden, ihn umzubringen? Ihr Verdacht ist sehr weit hergeholt, Miss Harrington, und niemand wird Ihnen glauben."

„Es war nicht ihre Schuld!"

Hinter Lucy bewegte sich jemand und sie fuhr herum. In der geöffneten Tür stand Maisey, die nervös mit den Händen ihre Schürze knetete.

„Ich habe dir gesagt, dass du oben bleiben sollst", blaffte Mrs Fielding sie an.

„Ich muss ihr sagen, was ich getan habe, Tante. Ich halte es nicht mehr aus!"

„*Tante?*" Lucy blickte von Maisey zur Köchin, die das Mädchen wütend anfunkelte.

„Du musst ihr gar nichts sagen. Sei still!"

„Aber es war meine Schuld!"

„Was war deine Schuld?" Lucy sprach, bevor die Köchin Gelegenheit dazu hatte.

„Mr Thurrock." Eine Träne rann Maiseys Wange hinunter. „Ich habe Mr Ezekiel die Nachricht überbracht."

„Die Nachricht mit der Bitte, in die Kirche zu kommen?"

„Ja, sie lag auf dem Küchentisch und ich habe sie genommen und ihm gegeben. Und dann habe ich davon gehört, dass er tot ist!" Sie schluckte schwer. „Daher war es meine Schuld, dass Mr Ezekiel in der Kirche war, und nicht die meiner Tante."

„Aber du hast die Nachricht nicht verfasst, oder?", fragte Lucy. „Nein, natürlich nicht."

„Und du hattest nicht vor, ihn in der Kirche zu treffen."

„Ich habe die Nachricht nicht gelesen, Miss. Mir ist erst später der Gedanke gekommen, was ich vielleicht getan hatte."

Mrs Fielding lehnte sich mit verschränkten Armen zurück. „Vielleicht ist es die junge Maisey, die der Major zur Befragung einbestellen sollte, und nicht ich."

Lucy hielt den Blick auf das junge Mädchen gerichtet. „Wer hat dir gesagt, dass du die Nachricht überbringen sollst?"

„Niemand. Sie lag nur auf dem Tisch und war an Mr Thurrock adressiert." Sie wischte sich die Augen mit der Schürze ab. „Ich wollte doch nur helfen."

„Was ist mit dem Steinkopf, den du in Mr Nathaniels Zimmer gebracht hast? Hat Mrs Fielding dich darum gebeten?"

„Ja, Miss Harrington. Sie sagte mir, dass er ihn für eine Zeichnung in seinem Buch haben wolle."

Lucy ignorierte das selbstgefällige Grinsen auf Mrs Fieldings Gesicht. „Maisey, ist Mrs Fielding mit der Seite deiner Mutter oder der deines Vaters verwandt?"

„Der meiner Mutter."

„Sie ist also eine Turner?" Lucy wandte sich zur Köchin und bemerkte zum ersten Mal die Ähnlichkeiten: blaue Augen, schwarzes Haar und die große Statur. „Natürlich! Wie konnte ich nur so blind sein?"

„Sind wir hier dann fertig? Maisey, geh zurück nach oben und bleib diesmal da." Mrs Fielding erhob sich, als Maisey mit einem letzten beklommenen Blick über die Schulter die Küche verließ. „Maisey fand auf dem Tisch eine Nachricht für Mr Thurrock, der in die Kirche ging und unglücklicherweise von einem herabfallenden Steinbrocken getötet wurde. Sein Bruder erlitt einen Herzinfarkt. Es gibt nichts weiter zu sagen."

„Miss Grace Turner würde Ihnen da nicht zustimmen."

„Sie ist längst fort, also wie könnten Sie wissen, was sie denken mag? Sie ist *meine* Schwester."

„Weil sie nicht gutheißen kann, was Sie und Abigail getan haben, und alles gestanden hat."

Mrs Fielding ließ sich schwer zurück auf den Stuhl sinken. „Ich glaube Ihnen nicht. Erstens gibt es nichts zu gestehen und zweitens würde Grace nie ihre eigene Familie verraten."

„Nur hat sie das bereits getan." Lucy fixierte die Köchin mit einem unnachgiebigen Blick. „Sie hat gesagt, dass Sie und ihre anderen Schwestern sie belogen haben. Dass Sie ihre Fähigkeiten und ihr Wissen genutzt haben, um die Thurrocks zu verängstigen und einzuschüchtern. Und als sie Sie darum bat, endlich damit aufzuhören, wurde sie ignoriert."

„Grace ist die jüngste Tochter. Sie liebt die Aufmerksamkeit und erfindet daher gern Geschichten." Mrs

Fielding zuckte mit den Schultern. „Niemand wird ihr glauben."

„*Ich* glaube ihr. Sie sagte außerdem, dass Nathaniel Thurrock absichtlich auf die sinnlose Hetzjagd durch die Prioreiruinen gelockt wurde, die am Ende seinen Tod verursachte."

„Sie hat ihm die Karte gezeichnet. Vielleicht fühlt sie sich wegen der Rolle, die sie bei seinem unglückseligen Tod gespielt hat, schuldig und beschuldigt andere, um sich besser zu fühlen."

„Haben Sie gar kein Schamgefühl?" Lucy hob eine Augenbraue. „Sie schrecken nicht davor zurück, Ihre jüngste Schwester und Ihre Nichte zu belasten, um Ihre eigene Unschuld zu beweisen? Langsam wird mir klar, warum Grace sich ausgenutzt fühlt."

Mrs Fieldings Wangen nahmen Farbe an. „Sie haben kein Recht, mich oder meine Familie zu verurteilen."

„Das habe ich sehr wohl, wenn Sie sich mit ihnen dazu verschworen haben, zwei Männer zu ermorden."

„Beides Unfälle."

„Beim ersten mag ich Ihnen zustimmen. Ich vermute, dass nicht Mr Ezekiel Thurrock die Nachricht erhalten sollte. Maisey hat sie in ihrer eifrigen Hilfsbereitschaft dem falschen Bruder überbracht und Sie haben den falschen Mann getötet."

Mrs Fielding sagte nichts, sondern hielt ihre Lippen fest zusammengepresst.

„Mr Nathaniel war derjenige, der all die Probleme verursachte, nicht wahr?"

„Nathaniel Thurrock und seine Abkömmlinge waren in diesem Dorf nicht willkommen. Er hätte unseren Rat befolgen und gehen sollen, bevor ihn der Fluch traf."

„Ein Fluch, mit dem die Familie Turner die Thurrocks belegt hat?"

„Nicht ich oder meine Schwestern, aber eine unserer Vorfahrinnen. Warum, glauben Sie, haben die Thurrocks überhaupt Kurland St. Mary verlassen?"

„Weil eine der alten Mrs Thurrocks den Hexenjäger ins Dorf holte?"

„Oh, davon wissen Sie?" Mrs Fielding faltete die Hände. „Dann wissen Sie auch, dass Matthew Hopkins mehrere Dorfbewohner, darunter auch die Turners, ungerechterweise der Hexerei bezichtigte. Die Thurrocks waren die wichtigsten Zeugen. Alle Hexen wurden gehängt. Sie haben seinen Namen verflucht, als sie in den Tod gingen." Sie schüttelte den Kopf. „Nathaniel war dumm, hierher zurückzukehren, und das war der Grund, warum er starb. Niemand musste einen Finger rühren, um es geschehen zu lassen."

„Das würde beinahe Sinn ergeben, Mrs Fielding, wenn da nicht der Umstand wäre, dass Mr Ezekiel Thurrock dreißig Jahre lang friedlich in Kurland St. Mary gelebt hat. Sicherlich hätte der Fluch auch ihn umbringen müssen, wenn es das war, was seinem Bruder zustieß."

„Ich weiß nicht, Miss. Vielleicht wurde er durch seinen Glauben und die Kirche geschützt."

„Aber Ihre Schwester Grace sagt, dass Sie alle darin involviert waren, dafür zu *sorgen*, dass der Fluch Wirklichkeit wurde."

„Wie ich schon sagte, sie übertreibt gern." Mrs Fielding blickte sich um. „Wo ist sie denn? Hat sie Ihnen einen Brief geschrieben oder ist sie zurückgekehrt?"

„Es steht mir nicht frei, Ihnen das mitzuteilen, aber ich kann Ihnen sagen – nur für den Fall, dass Sie mich aus dem Weg räumen wollen –, dass sie nicht nur mir, sondern auch Major Kurland ihre Geschichte erzählt hat." Sie dachte einen Moment nach. „Ich hoffe, Sie haben nicht vor, auch ihn umzubringen?"

„Dummes Mädchen", murmelte Mrs Fielding.

„Meinen Sie mich oder Ihre Schwester?"

„Sie beide mischen sich gern in Angelegenheiten ein, die Sie nichts angehen." Mrs Fielding erhob sich. „Ich habe genug gehört. Und jetzt raus aus meiner Küche, bevor ich –" Sie hielt abrupt inne und blickte zur Hintertür. Lucy musste sich nicht umdrehen, um zu wissen, wer aus seinem Versteck herausgetreten war.

„Bleiben Sie, wo Sie sind, Mrs Fielding", sagte Major Kurland. „Vielleicht können wir jetzt die wahre Geschichte hören?"

Lucy sah gefesselt zu, wie er sich seiner Zielperson näherte und sie dabei wie ein Wolf das Reh fixiert hielt.

„Halten Sie uns für Narren, die glauben, dass ein uralter Fluch ausgelöst wurde, nur weil ein Mann zum Geburtsort seiner Ahnen zurückkehrte?"

Mrs Fielding wich keinen Schritt zurück. „Seine Familie ist verantwortlich für viele sinnlose Tode. Er hat es verdient, verflucht zu werden."

„Ich habe Mitleid mit denen, die unschuldig angeklagt wurden, aber das war vor fast zweihundert Jahren. Das erklärt nicht, warum es plötzlich so wichtig war, ausgerechnet jetzt die Thurrocks loszuwerden." Er stützte sich auf den Gehstock. „Wenn Sie auf Rache und ‚Gerechtigkeit' aus waren, hätten Sie das Bedürfnis jahrelang an Ezekiel Thurrock ausleben können, der friedlich in seiner Hütte lebte. Aber diese hehren Beweggründe sind nicht wirklich die Wurzel dieses Übels, oder?"

„Was genau wollen Sie mir sagen, Sir?"

„Hier geht es nur um Eigentum und Geld. Ich habe ein paar Nachforschungen in den Kurland-Aufzeichnungen angestellt und habe heute Morgen eine sehr interessante Nachricht von Mr Fletcher erhalten. Ursprünglich waren die Thurrocks, die Pethridges, die Mallards und die Turners befreundet – bis jemand den Schatz in den Kellern der alten Priorei entdeckte. Die Truhen mit Münzen und Altarsilber hatte man vergraben, um zu verhindern, dass sie von den plündernden Soldaten König Heinrichs entdeckt wurden. Jede der Familien erhielt eine der Truhen."

„Weshalb sie alle in Zeiten des Bürgerkrieges über Geld verfügten", sagte Lucy.

Major Kurland nickte. „Dieser Schatz hätte natürlich rechtmäßig der Familie Kurland gehört, da er auf ihren Ländereien lag."

Mrs Fielding sah wenig beeindruckt aus.

„Da die Kurlands Geld brauchten, war es den Turners, den Mallards und den Pethridges möglich, ihre Grundstücke zu kaufen. Mr Fletcher hat die Urkunden über all diese Transaktionen gefunden. Die Thurrocks aber verschwendeten ihr Geld und waren schon bald verschuldet, wie aus den Archiven der Kurlands hervorgeht. Da fing der Ärger an. Die Thurrocks argumentierten, dass sie mehr vom ursprünglichen Schatz erhalten sollten, weil ihre Investitionen im Krieg verloren gingen. Die anderen stimmten nicht zu und so kam es zum Streit unter den Nachbarn."

Lucy rückte diskret einen Stuhl in Richtung von Major Kurland, der sich setzte, ohne Mrs Fielding auch nur einen Moment lang aus den Augen zu lassen.

„Als sich eine Gelegenheit bot, die anderen Mitverschwörer auszustechen, nutzte der alte Ezekiel Thurrock die Gunst der Stunde und schrieb dem Hexenjäger, dass er ins Dorf kommen solle. Mehrere Mitglieder der Familie Turner wurden beschuldigt, wie auch die der Mallards und Pethridges. Die Pethridge-Familie verlor ihr Land und war dazu gezwungen, es den Kurlands zurückzuverkaufen, die es als Gutshof nutzten. Die Thurrocks wurden durch eine Zahlung von den Gönnern von Matthew Hopkins vergütet und handelten aus, das Land aufzukaufen, auf dem sich die Ruinen der Priorei befanden.

Als die Kurlands nach dem Krieg herausfanden, was die Thurrocks getan hatten, waren sie natürlich entsetzt und machten es den Thurrocks schwer, im Ort zu bleiben."

„Daher verpachteten sie den Kurlands das Land und zogen nach Cambridge", fügte Lucy hinzu.

„In der Tat. Nach Aussage des Pfarrers wollte Nathaniel ein Buch darüber schreiben und damit einiges richtigstellen." Major Kurland schlug mit der flachen Hand auf den Tisch. „Das ist der wahre Grund, warum Sie und Ihre Schwestern sich dazu entschlossen haben, zwei Unschuldige zu töten."

„Nathaniel Thurrock war alles andere als unschuldig. Er wollte uns alle zu Fall bringen – Schande über unsere Familien bringen, unser Land wegnehmen und alles für sich beanspruchen mit seinen Lügen und Halbwahrheiten."

„Er ist sicherlich nicht ganz unbeteiligt, aber er ist tot und Sie und Ihre Schwestern sind dafür verantwortlich." Major Kurland hob die Stimme. „James? Kommen Sie herein und begleiten Sie Mrs Fielding nach Kurland Hall, wo sie mit ihren Schwestern Mrs Pethridge und Mrs Mallard wiedervereint wird."

Mrs Fielding erhob sich mit stählernem Blick. „Sie sind ein unnachgiebiger Mann, Major Kurland, aber ich bezweifle, dass uns irgendein Richter verurteilen würde, wenn er hört, was die Thurrocks vor all den Jahren unserer Familie angetan haben."

„Das, Mrs Fielding, liegt nicht in meiner Hand. Ich werde Sie nach Hertford überstellen lassen, um die vierteljährliche Strafkammer zu erwarten." Er legte eine kurze Gesprächspause ein, in der er sich von seinem Stuhl erhob. „Aber seien Sie sich bitte darüber im Klaren: Selbst wenn Sie nicht verurteilt werden, sind *Sie* diejenigen, die in diesem Dorf nicht länger willkommen sind."

James trat ein und ging hinüber zu Mrs Fielding, die noch immer nicht zu glauben schien, dass sie tatsächlich vor Gericht gestellt wurde. Lucy hoffte inständig, dass sie damit nicht recht behalten würde.

James führte sie wenige Momente später mit entschlossener Miene und der Hand an ihrem Ellbogen ab. Major Kurland setzte sich wieder und atmete tief durch.

„Mr Nathaniel Thurrock war ein Narr, aber er hat es nicht verdient, auf diese Art zu sterben. Miss Grace sagte, dass die ganze Sache eine einzige Inszenierung war – die Tänzer auf dem Hügel, der Rauch, die Lichter an den Schafen –, um ihn davon abzuhalten, den richtigen Ort zu finden. Sie hielt es für amüsant, bis sie herausfand, dass er gestorben war und jemand ihm einen Fluch zugesteckt hatte, der von ihr stammte."

„Warum haben sie das getan?"

„Vielleicht weil jemand der Versuchung nicht widerstehen konnte? Das Bedürfnis, die eigene Familie zu rächen, und die Wut über seine Missetaten obsiegten über den gesunden Menschenverstand. Vielleicht starb er tatsächlich eines natürlichen Todes, aber ich werde immer glauben, dass er vor Angst starb, und die wurde ihm absichtlich eingeflößt." Er griff nach ihrer Hand, die auf dem Tisch lag. „Und Ihre Bemerkung, dass Ezekiels Tod ein Fehler war, war brillant."

„Ich denke, Mrs Fielding erhielt den Steinkopf von den Pethridges und wartete in der Kirche, bis Nathaniel auftauchte. Sie wusste vermutlich bis zum nächsten Tag nicht einmal, dass sie den falschen Mann ermordet hatte."

„Was bedeutete, dass sie ganz von vorn beginnen mussten, einen neuen Mord zu planen." Er seufzte. „Wenn Miss Grace nicht ihr Gewissen gefunden hätte, bezweifle ich, dass wir dieses Rätsel je aufgeklärt hätten, oder was meinen Sie?"

„Ich denke schon, dass es uns gelungen wäre."

Er führte ihre Hand an die Lippen und platzierte einen Kuss darauf. „Ich weiß Ihr Vertrauen in mich zu schätzen. Jetzt müssen wir nur noch die Trauerfeier der Thurrocks durchstehen, zwei Wochen lang zuhören, wie am Sonntag im Gottesdienst das Aufgebot verkündet wird, und dann können wir heiraten."

Kapitel 22

Es war so schön, Anna wieder zu Hause zu haben – vor allem an diesem besonderen Tag. Endlich würde etwas eintreten, an dem Lucy bereits angefangen hatte zu zweifeln. Ihr Schlafzimmer war voller Frauen, wobei die meisten eher im Weg standen, als ihr beim Ankleiden zu helfen, aber es machte ihr nichts aus. Ihre Gedanken waren schon weit voraus, bei der friedlichen Schönheit der Kirche von Kurland St. Mary, wo sie hoffentlich schon von Major Sir Robert Kurland erwartet wurde, der seinerseits von Mr Stanford und Dr. Fletcher unterstützt wurde.

„Lucy!"

Sie wandte sich Penelope zu, die ihr ein Paar Strümpfe unter die Nase hielt.

„Konzentrier dich!"

Anna drängte sich zwischen sie. „Es gibt keinen Grund zu schreien, Penelope. Lucy, welcher Strumpf und welches Strumpfband gefallen dir besser?"

Lucy deutete vage auf das schönste Paar. „Diese. Wie viel Uhr ist es?"

„Keine Sorge, du wirst dich schicklich verspäten." Major Kurlands Tante Rose kam auf sie zu und küsste sie auf die Wange. „Ich gehe schnell zur Kirche und schaue, ob ich Roberts Nerven beruhigen kann."

„Vielen Dank." Lucy schenkte ihr ein Lächeln. „Er kann manchmal ein wenig ungeduldig sein, wenn er nicht sofort bekommt, was er will."

Tante Rose verließ das Zimmer mit Dorothea und Sophia, sodass Lucy nur noch ihre beiden Helferinnen blieben, die ihrerseits ihre Lieblingskleider trugen. Penelope hatte Lucys zweitbestes Kleid gewählt und es sah aus, als wäre es ihr auf den Leib geschneidert worden. Trotz Tante Janes Enttäuschung darüber, dass die Hochzeit nicht in London stattfand, war sie gütig genug gewesen, all die Brautbekleidung herbringen zu lassen, die Lucy bestellt hatte und die schon fertig war, sodass sie eine ausgesprochen große Auswahl an neuen Kleidern besaß.

Sie bemühte sich, die Strümpfe anzuziehen. Anna musste mit den Strumpfbändern helfen, weil Lucys Hände zu sehr zitterten.

„Jetzt das Kleid", sagte Penelope.

Lucy betrachtete sich im Spiegel und ihr schaute eine gut aussehende Fremde in einem narzissengelben Kleid mit Puffärmeln und Rüschen und einem Überwurf aus weißer Spitze entgegen. Ihr Haar fiel in sanften Locken von einem Knoten am Hinterkopf hinunter.

„Du siehst wunderschön aus", sagte Anna mit sanfter Stimme, als sie ein leichtes Umhängetuch um Lucys Schultern drapierte. „Major Kurland kann sich sehr glücklich schätzen."

Sie gingen die Treppe hinunter und fanden das Haus merkwürdig still vor, da alle Bediensteten bereits in der Kirche waren. Es war eigenartig, Mrs Fieldings laute Stimme nicht aus der Küche zu vernehmen, aber Lucy weigerte sich, an ihrem Hochzeitstag an diese Frau zu denken. Sie und ihre Schwestern wurden zurzeit in Hertford bis zur nächsten Sitzung des Schwurgerichtes festgehalten.

Es war windig, sodass sie ihre Halstücher und Röcke festhalten mussten, als sie eilig die Straße zur Kirche überquerten. Die Dorfbewohner, die sich keinen Platz in der Kirche hatten sichern können, standen vor der Tür versammelt und sprachen Lucy ihre Glückwünsche aus. Lächelnd nahm sie die Bekundungen entgegen. Vermutlich würde sie tatsächlich einiges an Glück in ihrem zukünftigen Leben mit dem manchmal aufbrausenden und unberechenbaren Major brauchen.

„Lucy?"

Eine Figur trat aus dem Schatten hinter der Kirche und für eine Sekunde erstarrte Lucy. Mit einem halb unterdrückten Kreischen sprang sie ihrem Bruder Anthony in die Arme und drückte ihn fest an sich.

„Guten Morgen, Schwesterchen. Drück mich nicht zu fest, sonst zerknautschst du meine Uniform."

Sie berührte sein Gesicht. Nachdem er mit seinem Regiment fast ein Jahr fern der Heimat verbracht hatte, sah Anthony größer aus und er hatte sich einen schneidigen Schnurrbart und Koteletten wachsen lassen.

„Wie um alles in der Welt hast du Heimaturlaub bewilligt bekommen?", brachte sie schließlich hervor.

„Dein zukünftiger Ehemann hat ein paar Gefallen eingelöst und hier bin ich. Ich kann aber nur bis morgen bleiben. Major Kurland hat mir versichert, dass dir meine Anwesenheit viel bedeuten würde."

„Das ist fantastisch", sagte Lucy mit unsicherer Stimme.

„Oh Gott, Schwesterchen, fall mir nicht in Ohnmacht. Major Kurland würde mir dafür nicht zu danken wissen!" Er bot ihr den Arm. „Ich soll dich zum Altar führen, schließlich ist Vater ein wenig dadurch verhindert, dass er die Eheschließung vollzieht."

„Danke dir." Sie legte die behandschuhten Finger auf seinen Arm und atmete tief durch. „Was für eine unglaublich schöne Überraschung."

Penelope und Anna vergewisserten sich ein letztes Mal, dass alles gut aussah, bevor sie auf ein Zwinkern von Anthony den ersten Schritt in Richtung des Altars machten. Ihr Herz schlug so stark, dass die Spitze an ihrem Mieder leicht bebte.

Major Kurland stand in voller Uniform der 10. Husaren des Prinzen von Wales mit Schwert am Gürtel und Federhut in der Ellenbeuge vor dem Altar. Er wandte sich nicht um, als sie sich näherte. Sein Rücken wirkte angespannt, als ob er einen Angriff erwartete. Aus irgendeinem Grund wurde dadurch alles nur noch besser. Sie erreichte seine Höhe und lächelte ihren Vater an, was dieser erwiderte. Er räusperte sich.

„Liebe Gemeinde. Bei der Gnade Gottes ..."

Robert bemühte sich, die Antworten deutlich auszusprechen und den Blick auf den Pfarrer fixiert zu halten. Er wagte es kaum, Miss Harrington anzusehen, aus Angst, dass er aus einem Traum erwachen und entdecken würde, dass seine Verlobte ihm erneut entgangen war. So war es allerdings schwierig, ihr den Ring auf den Finger zu stecken, und daher musste er schließlich doch zu ihr schauen. Sie schenkte ihm einen beruhigenden Blick und er entspannte sich sofort. Im

Gegenzug ließ er ein kurzes Lächeln aufblitzen und drückte leicht ihre Hand.

Und dann war es auch schon vorbei und sie schritten gemeinsam durch den Kirchengang in Richtung Ausgang – vereint für alle Zeiten im heiligen Bund der Ehe. Robert atmete erleichtert aus und blickte hinunter zu seiner Braut.

„Du siehst wunderschön aus."

„Danke. Du siehst auch sehr gut aus." Sie klopfte ihm sanft auf den Arm. „Und danke, dass du Anthony hergeholt hast."

„Ich dachte mir, dass dir seine Anwesenheit gefallen würde." Er machte vor der Kirchentür halt, bevor diese aufgestoßen wurde und sie von den heiseren Rufen der umstehenden Menschenmenge empfangen wurden. „Guter Gott, es ist so kalt, dass niemand hier draußen bei diesem Wetter stehen sollte!"

„Ihr Gutsherr heiratet eben nicht oft." Andrew hatte zu ihnen aufgeschlossen. „Nimm das."

Er reichte Robert eine Geldbörse voller Münzen, die Robert zu verteilen versuchte, ohne dabei jemanden zu verletzen. Trotz des kurzen Weges zurück nach Kurland Hall wartete seine mit Schleifen und Bändern geschmückte Kutsche auf sie. Er half Miss Harrington – nein, das war falsch.

„Lady Kurland? Ihre Kutsche erwartet Sie."

Sie sah hinauf in sein Gesicht und verzog die Miene. „Ich bin mir nicht ganz sicher, ob ich mich daran schnell gewöhnen werde."

„Ich bin mir auch nicht sicher, ob ich mir merken kann, wie ich dich nennen muss. Für mich wirst du immer Miss Harrington sein." Er nahm ihre Hand, als sich die Kutsche in Bewegung setzte. „Ich kann immer noch nicht glauben, dass wir es wirklich geschafft haben. Geht es dir auch so?"

„Ja." Ihr Lächeln war wunderschön. „Aber ich bin unglaublich froh, dass es so ist."

Ingram Content Group UK Ltd.
Milton Keynes UK
UKHW012223080323
418239UK00004B/460